Bridget Jones
L'âge de raison

Du même auteur
Aux Éditions Albin Michel

LE JOURNAL DE BRIDGET JONES
CAUSE CÉLEB'

Helen Fielding

Bridget Jones

L'âge de raison

Traduit de l'anglais
par Claudine Richetin

Albin Michel

REMERCIEMENTS

Merci à Gillon Aitken, Sunetra Atkinson, Peter Bennet-Jones, Frankie Bridgewood, Richard Coles, Richard Curtis, Scarlett Curtis, Pam Dorman, Ursula Doyle, Breene Farrington, Nellie Fielding, la famille Fielding, les films First Circle, Andrew Forbes, Colin Firth, Paula Fletcher, Piers Fletcher, Henrietta Perkins, Tracey Macleod, Sharon Maguire, Tina Jenkins, Sara Jones, Emma Parry, Harry Ritchie, Sarah Sands, Tom Shone, Peter Straus, Russ Warner et les films Working Title, pour l'inspiration, les commentaires constructifs et le soutien qu'ils m'ont prodigués.
Et je remercie tout particulièrement Kevin Curran.
Recherches de Sara Jones.

Pour toutes les Bridget

I
Et ils vécurent heureux...

Lundi 27 janvier

58,5 kg (ne suis qu'un bourrelet), jules : 1 (hourra !), baise :
3 fois (hourra !), calories : 2100, calories éliminées par baise :
600, donc calories restantes : 1500 (exemplaire).

7:15. Hourra ! Finies, les années de solitude. Depuis quatre
semaines et cinq jours, entretiens relation fonctionnelle avec
adulte mâle, prouvant par conséquent que je ne suis pas paria
de l'amour comme craint précédemment. Me sens merveilleusement bien, un peu comme Jemima Goldsmith[1] ou radieuse
jeune mariée du même genre dans hôpital pour cancéreux,
drapée d'un voile, quand tout le monde l'imagine au lit avec
Imran Khan. Oooh ! Mark Darcy vient de bouger. Il va peut-
être se réveiller et me dire à quoi je pense.

7:30. Mark Darcy ne s'est pas réveillé. J'ai une idée, vais me
lever et lui préparer petit déjeuner génial avec saucisses, œufs
brouillés et champignons, ou peut-être œufs Bénédictine ou
Florentine.

7:31. Tout dépend de ce que sont réellement les œufs Bénédictine ou Florentine.

7:32. Sauf que je n'ai ni champignons ni saucisses.

---

1. Jemima Goldsmith est la femme de Imran Khan, célèbre joueur de
cricket pakistanais. (Toutes les notes numérotées sont de la traductrice.)

7:33. Ni œufs.

7:34. Ni lait, au fait.

7:35. Toujours pas réveillé. Humm ! Il est beau. Adore le regarder dormir. Épaules larges et torse velu t. sexy. Pas du tout le genre objet sexuel. C'est son cerveau qui m'intéresse. Humm.

7:37. Toujours pas réveillé. Me rends compte que je ne dois pas faire de bruit, mais peut-être pourrais le réveiller subtilement par vibrations mentales.

7:40. Vais peut-être mettre... AAAAH !

7:50. C'était Mark Darcy, il s'est dressé comme un ressort en hurlant : « Bridget, arrête ! Putain, arrête de me regarder quand je dors. Trouve-toi quelque chose à faire. »

8:45. Au Coins Café avec cappuccino, pain au chocolat, et cigarette. Ça soulage de fumer ouvertement et de se laisser un peu aller. T. compliqué en fait d'avoir un mec à la maison, impossible passer temps nécessaire dans salle de bains ou la transformer en chambre à gaz, sachant l'autre en retard pour partir travailler ou pressé de faire pipi, etc. Perturbée aussi de voir Mark plier son caleçon en se déshabillant le soir, curieusement gênant du coup de laisser mes propres fringues en tas sur la moquette. Et il revient ce soir, alors suis obligée aller au supermarché, soit avant, soit après le boulot. Enfin, je ne suis pas *obligée*, l'horrible vérité est que j'ai envie d'y aller, c'est sans doute une bizarre modification génétique rétro. Pas moyen d'avouer ça à Sharon.

8:50. Humm. Me demande quelle sorte de père ferait Mark Darcy. (Père de ses enfants, je veux dire. Pas de moi. Ça serait un truc malsain genre Œdipe.)

8:55. De toute façon, éviter fantasmes et idées fixes.

9:00. Me demande si Una et Geoffrey Alconbury nous laisseraient mettre une grande tente sur leur pelouse pour la récept... AAAH !

C'était ma mère, rentrant dans mon café, quel culot ! en jupe plissée et blazer vert pomme à boutons dorés, comme un astronaute qui se pointerait à la Chambre des communes dégoulinant de boue pour s'asseoir tranquillement au premier rang.

— Bonjour, ma chérie, roucoule-t-elle. J'allais justement chez Debenhams et je sais que tu viens toujours ici pour ton petit déjeuner. Je me suis dit que j'allais passer pour voir quand tu veux faire définir ta palette de couleurs. Ooh, je prendrais bien un café. Tu crois qu'ils peuvent servir du lait chaud ?

— Maman, je t'ai déjà dit que je ne veux pas d'analyse de couleurs, ai-je bredouillé, écarlate.

Tout le monde nous regardait et une serveuse, visiblement furieuse et débordée, s'est pointée en vitesse.

— Allons, ne sois pas si sclérosée, ma chérie. Il faut que tu t'affirmes ! Tu ne vas pas te cantonner tout le temps dans ces teintes neutres et indéfinissables. Oh, bonjour, mon petit.

Et maman de prendre son ton doucereux et aimable genre : « Essayons de faire ami ami avec le personnel et d'être la cliente la plus exceptionnelle du café, à tout hasard. »

— Alors... Voyons... Vous savez, je crois que je vais prendre un café. J'ai bu tellement de thé ce matin à Grafton Underwood avec Colin, mon mari, que le thé me sort par les yeux. Mais pourriez-vous me faire chauffer un peu de lait ? Je ne supporte pas le lait froid dans le café. Je ne le digère pas. Et ma fille Bridget prendra...

GRRR ! Pourquoi les parents font-ils ça ? Pourquoi ? Est-ce un besoin désespéré des personnes âgées d'attirer l'attention et de se donner de l'importance, ou bien est-ce que, dans notre génération citadine, nous sommes trop pressés et trop méfiants pour être sincères et aimables ? Je me souviens que quand je suis arrivée à Londres, je souriais à tout le monde, jusqu'au jour où, sur un escalier mécanique du métro, un type s'est masturbé dans mon dos.

— Expresso ? Filtre ? Crème ? Cappuccino ? Demi-écrémé ou déca ? a lancé la serveuse en débarrassant toutes les assiettes de la table d'à côté et en me regardant d'un air accusateur comme si j'étais responsable de maman.

— Un cappuccino demi-écrémé et un crème, ai-je chuchoté d'un air d'excuse.

— Pas très aimable, cette jeune fille ! Elle ne parle pas anglais ? a soufflé maman pendant que l'autre s'éloignait. Quel drôle d'endroit, hein ? Elles ne savent pas comment s'habiller le matin, je suppose ?

J'ai suivi son regard en direction des filles de la table voisine. L'une d'elles tapait sur son ordinateur portable, elle portait des croquenots Timberland, un jupon, un bonnet rasta et une peau de mouton. L'autre, en talons aiguilles Prada, chaussettes de montagne, short de surf, manteau long en peau de lama, coiffée d'une chapka de berger bhoutan avec oreillettes, hurlait dans son téléphone mobile : « Tu vois, il dit que s'il me chope encore à fumer de la dope, il me reprend l'appart. Et moi, je lui fais : Va te faire foutre, papa... », tandis que sa fille de six ans grignotait tristement une assiette de frites.

— Est-ce que cette fille parle toute seule avec un pareil vocabulaire ? a demandé maman. Tu vis dans un drôle de monde, on dirait. Tu ne crois pas que tu ferais mieux de fréquenter des gens normaux ?

— Ce sont des gens normaux, ai-je dit, furieuse, avec un signe de tête en direction de la rue pour illustrer mon point de vue, au moment où, pas de chance, une bonne sœur en robe de bure passait avec deux bébés dans une poussette.

— Tu vois, c'est à cause de ça que tu ne sais plus où tu en es.

— Je sais très bien où j'en suis.

— Pas du tout. Enfin, passons. Comment ça va avec Mark ?

— Très bien, ai-je dit d'un air béat, si bien qu'elle m'a observée de près.

— Tu n'as pas l'intention de faire ce-que-tu-sais avec lui, hein ? Il ne t'épousera pas, tu sais.

Grrr. GRRR. Depuis la minute où je suis sortie avec le type qu'elle a essayé de me fourguer de force pendant dix-huit mois (« le fils de Malcolm et Elaine, ma chérie, il est divorcé, affreusement seul, et riche »), j'ai l'impression de faire une espèce de parcours du combattant, avec escalade de murs et filets, pour lui rapporter une grande coupe d'argent avec un beau ruban.

— Tu sais ce qu'ils disent après, continuait-elle. « Oh, c'était une fille facile. » Je veux dire, quand Merle Robertshaw a commencé à sortir avec Percival, sa mère lui a dit : « Assure-toi qu'il ne se serve de son truc que pour pisser. »

— Maman..., ai-je protesté.

C'est quand même un peu fort, venant d'elle. Il n'y a pas six mois, elle faisait les quatre cents coups avec un agent de voyages portugais aux frais de la princesse.

— Oh, est-ce que je t'ai dit ? a-t-elle coupé en changeant délicatement de sujet. Je pars au Kenya avec Una.

— Quoi ? ai-je hurlé.

— Nous allons au Kenya ! Imagine, ma chérie ! L'Afrique des ténèbres !

Mon cerveau s'est mis à tourner dans tous les sens pour chercher parmi toutes les explications possibles, comme une machine à sous, avant de s'immobiliser : Ma mère était devenue missionnaire ? Ma mère avait loué encore une fois la vidéo d'*Out of Africa* ? Ma mère s'était soudain souvenue de *Né pour être libre* et avait décidé d'élever des lions ?

— Oui, ma chérie. Nous voulons faire un safari et rencontrer les tribus masaï, puis nous séjournerons dans un hôtel en bord de mer.

La machine à sous s'est arrêtée brusquement sur une série d'images sinistres de vieilles dames allemandes en train de s'envoyer en l'air sur la plage avec des jouvenceaux indigènes. J'ai regardé maman droit dans les yeux.

— Tu ne vas pas recommencer à fiche la pagaille, hein ? Papa vient à peine de se remettre de toute cette histoire avec Julio.

— Vraiment, ma chérie ! Je me demande pourquoi ça a fait tant d'histoires ! Julio n'était qu'un ami. Un correspondant ! Nous avons tous besoin d'amis, ma chérie. Je veux dire, même dans les meilleurs couples, une personne ne suffit pas. Il faut des amis de tous âges, de toutes races, de toutes religions, de tribus différentes. Il faut élargir sa conscience à tous les...

— Quand est-ce que tu pars ?

— Oh, je ne sais pas, ma chérie. C'est juste une idée. De toute façon, il faut que je file. Au revoir !

Merde. 9:15. Vais être en retard à la conférence de rédaction.

11:00. Studios de Sit Up Britain. Par chance, n'avais que deux minutes de retard à la conférence de rédaction. Réussi à cacher mon manteau en le roulant en boule pour avoir sensation agréable d'être arrivée depuis des heures et d'avoir été retardée par tâche urgente dans un autre service. Ai fait mon entrée très calmement dans l'affreuse salle de réunion jonchée des restes révélateurs d'une mauvaise émission de télé — ici un mouton gonflable à l'arrière-train percé, là un agrandissement de Claudia Schiffer avec la tête de Madeleine Albright, là encore une grande pancarte disant : LESBIENNES, DEHORS ! — jusqu'à l'endroit où Richard Finch, arborant des rouflaquettes et des lunettes noires à la Jarvis Cocker, sa bedaine hideusement comprimée dans un ensemble safari rétro des années soixante-dix, était en train de beugler à l'intention des vingt et quelque membres de l'équipe de recherche.

— Entrez donc ! Mademoiselle Bridget-la-Souillon-en-

16

retard-comme-d'hab ! a-t-il hurlé en me voyant arriver. Je ne te paye pas pour rouler ton manteau en boule et faire l'innocente, je te paye pour arriver à l'heure et avoir des idées.

Franchement. Le manque de respect jour après jour, c'est pas humain.

— Allez, Bridget ! a-t-il rugi. Je pense nouvelles travaillistes. Je pense rôles et images. Je veux Barbara Follett dans le studio. Pour qu'elle change complètement le look de Margaret Beckett. Avec des mèches décolorées. Une petite robe noire. Des bas. Je veux que Margaret ait l'air d'un sex-symbol ambulant.

On dirait parfois qu'il n'y a pas de limites à l'absurdité de ce que Richard Finch me demande de faire. Un jour, je vais me retrouver en train de convaincre Harriet Harman et Tessa Jowell de venir avec moi dans un supermarché et je demanderai aux clients s'ils peuvent dire laquelle est laquelle, ou alors j'essaierai de persuader un maître de chasse de se faire poursuivre tout nu dans la campagne par une meute de renards en folie. Il faut absolument que je trouve un boulot plus épanouissant. Infirmière, peut-être ?

11:03. Au bureau. D'accord, ferais mieux de téléphoner au service de presse du parti travailliste. Mmm. N'arrête pas d'avoir des visions de la nuit dernière... J'espère que Mark Darcy n'était pas vraiment fâché ce matin. Me demande si c'est trop tôt pour l'appeler au bureau.

11:05. Oui. Comme expliqué dans *Comment trouver l'amour dont vous rêvez* — à moins que ce ne soit dans *Comment garder l'amour quand vous l'avez trouvé ?* —, le mélange d'un homme et d'une femme est une affaire délicate. C'est l'homme qui doit proposer. Attendrai qu'il m'appelle. Ferais peut-être mieux de lire les journaux pour me mettre au courant de la politique des nouveaux travaillistes au cas où j'aurais vraiment Margaret Beckett sur... AAAH !

11:15. C'était Richard Finch qui gueulait encore. M'a refilé le sujet de la chasse au renard au lieu des femmes travaillistes. Dois faire un direct du Leicestershire. Ne pas paniquer. Je suis une femme solide, sûre d'elle, réceptive, capable de réagir. Ce que je suis ne dépend pas de ce que je fais, mais vient de l'intérieur. Je suis une femme solide, sûre d'elle, réceptive... Seigneur. Il pleut des cordes. Aucune envie de sortir dans un monde qui tient du frigo et de la piscine.

11:17. En fait, t.b. d'avoir à faire une interview. Grosse responsabilité — tout est relatif, évidemment, ça n'est pas comme d'avoir à décider l'envoi de missiles de croisière sur l'Irak, ni de maintenir une pince sur une valve artérielle pendant une opération —, mais occasion rêvée de cuisiner un Tueur de renards en direct et de marquer des points, un peu comme Jeremy Paxman [1] avec l'ambassadeur iranien — ou irakien ?

11:20. Peut-être même qu'on me demandera de faire un essai pour *Newsnight*.

11:21. Ou une série de brefs reportages spécialisés. Hourra ! OK, vaudrait mieux sortir dossier de presse... Oh, téléphone.

11:30. Je m'apprêtais à laisser sonner, mais je me suis dit que c'était peut-être mon interviewé, Sir Hugo Rt Hon. Boynton-Tueur de renards, qui voulait me donner des précisions sur l'itinéraire pour me rendre chez lui, genre à droite des silos, à gauche de la porcherie, etc., alors j'ai décroché. C'était Magda.

— Bridget, salut ! Je téléphonais juste pour te dire dans le pot ! Dans le pot ! Fais dans le pot !

Grand fracas suivi de bruits d'eau qui coule et hurlements genre Croates massacrés par Serbes, accompagnés de « Maman va donner une fessée ! Elle va donner une fessée ! » en boucle en bruit de fond.

---

1. Journaliste connu pour ses questions directes aux hommes politiques pendant l'émission *Newsnight* de BBC2.

— Magda ! ai-je hurlé. Reviens !

— Désolée, ma chérie, a-t-elle dit au bout d'un instant. Je téléphonais juste pour te dire... mets bien ton zizi dans le pot ! Si tu le laisses sortir, tu vas tout arroser !

— Je suis en plein travail, ai-je tenté d'argumenter. Il faut que je parte dans le Leicestershire dans deux minutes...

— C'est ça, vas-y, remets-en une couche, tu es séduisante, super-importante et moi je suis coincée chez moi avec deux gosses qui n'ont pas encore appris à maîtriser la langue anglaise. Je téléphonais juste pour te dire que je t'ai pris rendez-vous avec mon menuisier pour tes étagères demain. Désolée de t'avoir dérangée avec mes problèmes domestiques rasoir. Il s'appelle Gary Wilshaw. Salut.

Nouvelle sonnerie du téléphone avant que j'aie eu le temps de rappeler. C'était Jude, en larmes.

— Ça va aller, Jude, ça va aller, ai-je dit en calant le téléphone entre épaule et menton pour pouvoir fourrer les articles de presse dans mon sac.

— C'est Richard le Cruel. Hic !...

Aïe aïe aïe. Après Noël, nous avions réussi, Shaz et moi, à convaincre Jude que si elle avait encore une seule de ces conversations débiles avec Richard le Cruel sur les sables mouvants ou son problème d'engagement, il faudrait la faire interner dans un asile psychiatrique. Et alors il ne serait *plus question* d'escapades, de thérapie de couple ou d'avenir commun entre eux pendant des années et des années jusqu'à ce qu'elle sorte sous protection sociale rapprochée.

Dans un magnifique effort de dignité, elle l'a largué, s'est coupé les cheveux et a repris son ancien boulot à la City, en blouson de cuir et jean moulant. Et tous les Hugo, Johnny ou Jerrers en chemise à rayures qui s'étaient un jour vaguement demandé ce qu'il y avait sous le tailleur de Jude se sont soudain retrouvés dans un état de frénésie priapique et elle en a un nouveau pendu au téléphone chaque soir, on dirait. Mais elle n'en garde pas moins une certaine mélancolie au sujet de Richard le Cruel.

— J'étais en train de trier les affaires qu'il a laissées, prête à tout balancer, quand je suis tombée sur ce bouquin... bouquin... qui s'appelle...

— Allons, tout va bien. Dis-moi.

— Qui s'appelle *Comment sortir avec une jeune femme : un guide pour les hommes de plus de trente-cinq ans.*

Doux Jésus.

— C'est horrible, horrible..., disait-elle. Je ne supporte pas de recommencer à vivre cet enfer. La recherche d'un partenaire... C'est la jungle... Je vais rester seule toute ma vie...

Tentant de trouver un compromis entre l'importance de l'amitié et l'impossibilité d'arriver dans le Leicestershire avant d'être partie, me suis contentée d'administrer premiers conseils d'urgence pour lui permettre de se raccrocher à sa dignité, genre : il a probablement fait exprès de le laisser ; mais non, mais non ; etc.

— Oh, merci, Bridge, a-t-elle dit, un peu calmée. Je peux te voir ce soir ?

— Euh, tu sais, Mark doit passer.

Silence.

— Parfait, a-t-elle dit froidement. Parfait. Non, amuse-toi bien.

Seigneur, me sens coupable envers Jude et Sharon maintenant que j'ai quelqu'un, presque comme un guérillero traître qui aurait changé de camp. Me suis débrouillée pour voir Jude demain soir, avec Shaz, et rediscuterai de tout ça au téléphone ce soir. Ce qui a eu l'air de passer. Bon, maintenant, je ferais mieux de rappeler Magda pour la convaincre qu'elle n'est pas chiante du tout et que mon boulot n'a rien d'excitant.

— Merci, Bridge, a dit Magda quand on a eu parlé un moment. Je me sens juste déprimée et seule depuis la naissance du bébé. Et Jeremy travaille encore demain soir. Je suppose que tu n'as pas envie de passer ?

— Ben... tu sais, je dois voir Jude au 192.

Silence pesant.

— Et je suppose qu'en tant que chiante et Mariée-Fière-de-l'Être, je serais de trop ?

— Mais non, mais non, pas du tout. Viens. Ça sera super ! !

J'en ai un peu trop rajouté. Je savais que Jude allait être furieuse parce que Richard le Cruel ne serait pas le sujet de conversation n° 1. Bon, j'arrangerai ça plus tard. Et maintenant, je suis vraiment en retard et il faut que j'aille dans le Leicestershire sans avoir lu le moindre article sur la chasse au renard. Pourrai peut-être lire dans la voiture aux feux rouges. Et si je passais un petit coup de fil en vitesse à Mark Darcy pour lui dire où je vais ?

Humm. Non. Mauvaise idée. Mais si jamais je suis en retard ? Mieux vaut téléphoner.

11:35. Bon. Voici la conversation :

Mark : Oui ? Darcy à l'appareil.

Moi : C'est Bridget.

Mark : (silence) Très bien. Euh... Tout va bien ?

Moi : Oui. C'était bien hier soir, hein ? Je veux dire, tu sais, quand...

Mark : Je sais, oui. Délicieux. (Silence.) En fait, je suis en ce moment avec l'ambassadeur indonésien, le président d'Amnesty International et le sous-secrétaire d'État au Commerce et à l'Industrie...

Moi : Oh, excuse-moi. Je pars pour le Leicestershire. J'ai pensé te prévenir au cas où il m'arriverait quelque chose.

Mark : Au cas où... quoi ?

Moi : Je veux dire au cas où je serais... en retard. (Chute lamentable.)

Mark : Très bien. Écoute, appelle-moi plutôt quand tu auras fini. Parfait. Et maintenant, au revoir.

Humm. Je crois que je n'aurais pas dû. Il est clairement

21

spécifié dans *Comment aimer un divorcé et garder la tête froide* que s'il y a bien une chose qu'ils n'aiment pas, c'est qu'on les appelle sans raison valable quand ils sont occupés.

19:00. De retour chez moi. Le reste de la journée a été un cauchemar. Après circulation d'enfer, trajet sous la pluie, me suis retrouvée dans le Leicestershire sous des hallebardes, ai frappé à la porte d'une grosse baraque entourée de vans, à moins de trente minutes de la retransmission. Soudain, la porte s'est ouverte sur un grand type en pantalon de velours et pull flottant assez sexy.

— Ouais, a-t-il dit en me toisant des pieds à la tête. Feriez mieux d'entrer. Vos collègues sont derrière. Où étiez-vous passée, sacrebleu ?

— On m'a demandé brusquement d'abandonner un sujet politique très important sur lequel je travaillais, ai-je dit avec hauteur, tandis qu'il m'entraînait vers une grande cuisine pleine de chiens et de harnais.

Tout à coup, il s'est retourné, m'a jeté un regard furieux et s'est mis à taper sur la table.

— Nous sommes censés être dans un pays libre, oui ou non ? Si on commence à nous interdire de chasser même le dimanche, où est-ce que ça va s'arrêter, sacrebleu ?

— Eh bien..., vous pourriez dire la même chose pour les gens qui ont des esclaves, vous ne croyez pas ? ai-je balbutié. Ou ceux qui coupent les oreilles des chats. Ça ne me paraît pas très civilisé, tout simplement, une meute de gens et de chiens qui se lancent pour s'amuser à la poursuite d'une pauvre petite créature morte de peur.

— Avez-vous déjà vu ce qu'un renard peut faire à un poulet ? a rugi Sir Hugo, virant au violet. Si nous ne les chassons pas, la campagne en sera infestée.

— Tirez-leur dessus alors, ai-je dit en le dévisageant d'un air meurtrier. Mais humainement. Et poursuivez autre chose le dimanche, comme pour les courses de lévriers. Attachez à un fil de fer un petit animal duveteux imprégné de l'odeur d'un renard.

— Tirer ? Vous avez déjà essayé de tirer un foutu renard ? Vous verriez le temps que mettraient vos petits renards morts de peur à agoniser dans tous les coins Je vous en foutrais, moi, des petits animaux duveteux !

Soudain, il a attrapé le téléphone et a fait un numéro.

— Finch, espèce de con ! a-t-il hurlé. Qu'est-ce que c'est que cette foutue crétine que vous m'avez envoyée ? Si vous croyez que vous serez des nôtres dimanche prochain...

C'est le moment qu'a choisi le cameraman pour passer la tête dans la porte et dire d'un air vexé :

— Tiens, vous êtes là ? (Puis, avec un coup d'œil à sa montre :) Vous ne croyez pas que vous pourriez nous tenir au courant, non ?

— Finch veut vous parler, a dit Sir Hugo.

Vingt minutes plus tard, sinon j'étais virée, j'étais sur un cheval prêt à prendre le trot sous l'œil de la caméra, pour interviewer l'Honorable Pète-Sec également sur un cheval.

— OK, Bridget, on est sur toi dans quinze secondes, allez, allez, allez, hurlait Richard Finch dans mes écouteurs, depuis Londres, tandis que j'enfonçais les genoux dans le cheval, comme on me l'avait dit. Malheureusement, le cheval refusait d'avancer.

— Allez, allez, allez ! hurlait Richard. Je croyais que tu avais dit que tu savais monter, putain !

— J'ai dit que j'avais une très bonne assiette, ai-je soufflé en enfonçant frénétiquement les genoux dans le cheval.

— OK, Leicester, cadrez sur Sir Hugo le temps que cette foutue Bridget se reprenne, cinq, quatre, trois, deux... go.

Là-dessus, l'Honorable Face-Violette a lancé d'une voix de stentor la première annonce publicitaire en faveur de la chasse, et moi je labourais frénétiquement les flancs du talon jusqu'à ce que le cheval se mette à reculer comme un malade,

23

trottant de côté devant les caméras, tandis que je m'accrochais à son encolure.

— Merde, on arrête tout, on arrête tout ! a hurlé Richard.

— Eh bien, ce sera tout pour le moment. À vous les studios ! ai-je chevroté, comme le cheval faisait volte-face et repartait à reculons en direction des cameramen.

Après le départ de l'équipe hilare, je suis rentrée, mortifiée, chercher mes affaires dans la maison, télescopant pratiquement l'Honorable Géant-Tapedur.

— Ah ! a-t-il rugi, je savais bien que cet étalon vous donnerait une petite leçon. Vous en voulez un ?

— Quoi ?

— Un Bloody Mary ?

Réprimant mon envie instinctive de m'enfiler une vodka, je me suis redressée de toute ma taille.

— Vous voulez dire que vous avez fait exprès de saboter mon reportage ?

— Peut-être, a-t-il ricané.

— C'est honteux ! Et indigne d'un membre de l'aristocratie.

— Ha, ha ! On a du caractère. J'aime ça chez les femmes, a-t-il dit d'une voix de gorge, avant de s'affaler à moitié sur moi.

— Bas les pattes ! ai-je dit en m'esquivant.

Non mais quand même ! Qu'est-ce qu'il s'imaginait ? Je fais mon métier, moi, je ne suis pas là pour qu'on me fasse du gringue. Quoique, en fait, ça montre bien à quel point les hommes aiment qu'on ait l'air de ne pas leur courir après. Faudra que je m'en souvienne pour occasion plus utile.

Viens de rentrer, après avoir arpenté le Tesco Metro et réussi à monter l'escalier en titubant sous le poids de huit sacs à provisions. Suis crevée. Comment se fait-il que c'est toujours moi qui suis de corvée de supermarché ? C'est comme si je devais à la fois mener ma carrière et être femme d'intérieur. Comme au dix-septième... Ooh ! Le répondeur clignote.

— Bridget — voix de Richard Finch —, je veux te voir dans mon bureau demain à neuf heures. Avant la réunion. C'est-à-dire neuf heures du matin, pas du soir. J'ai bien dit matin. À l'aube. Je ne sais pas comment être plus clair. Tu as intérêt à être là, c'est tout.

Il avait l'air vraiment contrarié. J'espère que je ne vais pas découvrir que c'est impossible d'avoir à la fois un appart, un boulot et un mec qui me plaisent. De toute manière, je vais faire savoir à Richard Finch ce que j'entends par intégrité journalistique. Bon. Vaudrait mieux commencer à tout préparer. Je n'en peux plus.

20:30. Ai réussi à retrouver énergie grâce à chardonnay. Ai tout rangé, allumé le feu et les bougies, ai pris un bain, me suis lavé les cheveux, maquillée, et j'ai mis jean noir t. sexy avec petit haut à bretelles. Pas exactement confortable, en fait l'entrejambe du pantalon et les bretelles me rentrent affreusement dans la chair, mais ça rend bien. C'est le principal. Car, comme dit Jerry Hall[1], une femme doit savoir être cuisinière dans la cuisine et pute dans le salon. Ou je ne sais plus dans quelle pièce.

20:35. Hourra ! La soirée s'annonce cosy et sexy, avec délicieuses pâtes à l'italienne légères, mais nourrissantes — à la lumière du feu de bois. Suis merveilleux hybride de femme active et d'amoureuse.

20:40. Putain, où est-il ?

20:45. Grrr. À quoi bon s'affoler comme une puce ébouillantée si monsieur se contente de se pointer quand ça lui chante ?

20:50. Quel salaud, ce Mark Darcy, vraiment je... On sonne. Hourra !

Il était super dans son costume avec sa chemise débouton-

---

1. Mannequin, ex-femme de Mick Jagger.

née à l'encolure. Dès qu'il est entré, il a laissé tombé sa mallette, m'a prise dans ses bras et m'a fait tournoyer en me collant contre lui.

— C'est si bon de te voir, a-t-il murmuré dans mes cheveux. J'ai adoré ton reportage, tu es une cavalière extraordinaire.

— Arrête, ai-je dit en m'écartant. C'était affreux.

— Pas du tout, c'était génial. Pendant des siècles, les gens ont monté à cheval en avançant et un jour, par un unique et original reportage, une femme change à elle seule et à jamais la face — ou la croupe, plutôt — de l'équitation britannique. C'était géant. Un vrai triomphe.

Il s'est laissé tomber sur le canapé.

— Je suis mort. Ces foutus Indonésiens ! Ce qu'ils considèrent comme une avancée en matière de droits de l'homme, c'est de dire à quelqu'un qu'il est en état d'arrestation au moment où ils lui font sauter la cervelle.

Je lui ai versé un verre de chardonnay et le lui ai apporté à la manière d'une hôtesse de James Bond en disant avec un sourire rassurant ·

— Le dîner est prêt dans une minute.

— Oh, mon Dieu ! a-t-il dit en jetant des regards terrifiés dans tous les sens, comme s'il y avait un commando d'Extrême-Orient caché dans le micro-ondes. Tu as fait la cuisine ?

— Oui, ai-je répondu, indignée.

Quand même, on aurait pu penser qu'il serait content, non ? En plus, il n'avait même pas fait la plus petite allusion à ma tenue de pute.

— Viens t'asseoir, a-t-il dit en tapotant le canapé. Je te fais marcher. J'ai toujours rêvé de sortir avec Martha Stewart.

C'était sympa de faire un petit câlin, mais bon, les pâtes cuisaient déjà depuis six minutes, elles allaient coller.

— Je vais préparer les pâtes, ai-je déclaré en m'extirpant du canapé.

Juste à ce moment-là, le téléphone a sonné et je me suis jetée dessus par pur réflexe, pensant que c'était peut-être lui.

— Salut, c'est Sharon. Comment ça va avec Mark ?

— Il est ici, ai-je chuchoté sans remuer la bouche, pour que Mark ne lise pas sur mes lèvres.

— Quoi ?

— ... est ci, ai-je sifflé, dents serrées.

— C'est bon, a dit Mark avec un signe de tête rassurant. Je me rends compte que je suis ici. Je ne crois pas que ce soit le genre de choses que nous devrions nous cacher.

— OK. Écoute-moi bien, a commencé Shaz, tout excitée. « Nous ne dirons pas que tous les hommes trompent leur femme. Mais tous les hommes y pensent. Les hommes sont constamment taraudés par le désir. Nous essayons, nous, de contrôler nos pulsions sexuelles... »

— En fait, Shaz, je suis en train de faire cuire des pâtes...

— Oh, là, là ! En train de faire cuire des pâtes, pas possible ? J'espère que tu n'es pas en train de tourner à la Fille-qui-a-un-mec-et-qui-se-la-joue ? Écoute seulement ça et tu te rendras compte que ça lui va comme un gant.

— Un instant, ai-je dit en jetant un regard inquiet à Mark. J'ai retiré la casserole du feu et suis revenue au téléphone.

— OK, a continué Shaz. « Parfois, les instincts l'emportent sur le raisonnement. Un homme sera attiré par une femme qui a des petits seins et cherchera à coucher avec elle s'il a une relation stable avec une femme à gros seins. Peut-être ne trouvez-vous pas que la variété est le sel de la vie, mais, croyez-moi, c'est ce que pense votre petit ami. »

Mark commençait à pianoter sur l'accoudoir du canapé.

— Shaz...

— Attends... attends. C'est un bouquin qui s'appelle *Ce que veulent les hommes*. Bon... « Si vous avez une sœur ou une amie plutôt jolie, vous pouvez être sûre que votre petit ami PENSE À COUCHER AVEC ELLE. »

Silence éloquent. Mark s'était mis à faire des gestes mimant une gorge tranchée et une chasse d'eau qu'on tire.

— Je veux dire, c'est écœurant, non ? Ce sont tous des...

— Shaz, je peux te rappeler ?

Aussi sec, Shaz m'a accusée d'être obsédée par les hommes, alors que j'étais censée être féministe. Illico, je lui ai demandé pourquoi, si elle n'était pas censée, elle, s'intéresser à eux, elle lisait un bouquin intitulé *Ce que veulent les hommes*. C'était en train de tourner à la dispute typiquement non féministe, et à cause des hommes, en plus, quand nous nous sommes rendu compte du ridicule de la situation et avons convenu de nous voir le lendemain.

— Alors ! ai-je dit gaiement en m'asseyant près de Mark.

Malheureusement, ai dû me relever car m'étais assise sur quelque chose qui s'est révélé être un pot de yaourt vide Müller Lite.

— Ouiii ? a-t-il fait en me brossant le derrière.

Il ne pouvait pas y en avoir une quantité telle et ça ne justifiait pas un brossage aussi énergique, mais c'était bien agréable. Mmm.

— Et si nous dînions ? ai-je proposé en essayant de me concentrer sur ce que je faisais.

Je venais de mettre les pâtes dans un saladier et versais un pot de sauce dessus quand le téléphone a recommencé à sonner. Ai décidé de ne pas répondre jusqu'à ce que nous ayons mangé, mais le répondeur s'est enclenché et on a entendu la voix plaintive de Jude :

— Bridge, tu es là ? Décroche, décroche. Bridge, je t'en suppliiie...

J'ai décroché, au moment où Mark se donnait une grande claque sur le front. Il faut dire que Jude et Shaz ont été sympas avec moi pendant des années, bien avant que je rencontre Mark, alors, évidemment, ce ne serait pas correct de laisser le répondeur branché.

— Salut, Jude.

En allant à la gym, Jude était tombée sur je ne sais quel article qualifiant les filles célibataires de plus de trente ans de « rechapées », comme les pneus.

— Le type prétend que le genre de filles qui ne voulaient pas sortir avec lui à vingt ans ne demandent pas mieux maintenant, mais que lui n'en veut plus, a-t-elle dit tristement. D'après lui, elles ne pensent qu'à une chose : se caser et avoir des bébés, mais maintenant sa règle avec les filles, c'est « Rien au-dessus de vingt-cinq ans ».

— Allons donc ! ai-je dit gaiement tout en essayant d'ignorer un pincement d'angoisse à l'estomac. C'est de la foutaise ! Personne ne pense que tu es une rechapée. Rappelle-toi tous ces banquiers qui te téléphonent. Au fait, et Stacey et Johnny ?

— Bof, a dit Jude, mais elle commençait à se ragaillardir. Hier soir, je suis sortie avec Johnny et ses copains du Crédit suisse. Et quelqu'un a raconté une blague sur un type dans un restaurant indien qui, à force de boire, est tombé dans le « coma », et Johnny, qui prend tout au pied de la lettre, a fait : « Seigneur, c'est affreux ! Je connaissais un mec qui, à force de manger indien, a fini avec un ulcère à l'estomac ! »

Elle rigolait. La crise était visiblement passée. Vous voyez, il n'y a rien de bien grave, elle devient seulement un peu parano de temps en temps. On a bavardé encore un moment et quand j'ai eu l'impression qu'elle avait retrouvé confiance en elle, j'ai rejoint Mark à table, où j'ai découvert que les pâtes n'avaient pas exactement l'aspect prévu : elles flottaient, complètement ramollies, dans une eau blanchâtre.

— J'aime ça, a dit Mark, encourageant. J'adore la ficelle, j'adore le lait. Mmm.

— Tu veux qu'on commande des pizzas ? ai-je proposé, avec l'impression d'être une ratée et une rechapée.

Nous avons commandé des pizzas que nous avons mangées devant la cheminée. Mark m'a parlé des Indonésiens. J'ai écouté attentivement et lui ai donné mon avis et quelques conseils, qu'il a trouvés très intéressants et très « frais », puis je lui ai parlé de mon atroce convocation chez Richard Finch, avec menace de renvoi à la clé. Il m'a très judicieusement conseillé de réfléchir à ce que j'attendais de cette entrevue et de laisser à Richard d'autres solutions que de me saquer. Comme je lui ai dit, c'était un peu la mentalité de gagneur exposée dans *Sept bonnes habitudes pour être vraiment efficace*, quand le téléphone s'est remis à sonner.

— Laisse, a dit Mark.

— Bridget. C'est Jude. Décroche. Je crois que j'ai fait une connerie. J'ai appelé Stacey et il ne m'a pas rappelée.

J'ai décroché.

— Peut-être qu'il est sorti

— De ses gonds, comme moi, a ajouté Mark.

— Chut ! ai-je soufflé, pendant que Jude débitait son baratin. Écoute, je suis sûre qu'il va t'appeler demain. Sinon, tu n'as qu'à revenir à l'Étape de séduction *Mars et Vénus* précédent. Il s'éloigne comme une bande élastique martienne et tu dois lui faire sentir son attraction pour rebondir.

Quand j'ai raccroché, Mark regardait le foot.

— Bande élastique et Martiens gagneurs, a-t-il dit en se fichant de moi. On dirait des manœuvres militaires en terrain charabia, ici.

— Tu ne parles jamais de problèmes sentimentaux avec tes copains ?

— Non, a-t-il dit en zappant d'un match de foot à l'autre.

Je le regardais, fascinée.

— Tu as envie de coucher avec Shazzer ?

— Je te demande pardon ?

— Tu as envie de coucher avec Shazzer et Jude ?

— J'en serais ravi ! Tu veux dire séparément ? Ou les deux en même temps ?

Sans tenir compte de son ton frivole, j'ai insisté :

— Quand tu as rencontré Shazzer après Noël, est-ce que tu as eu envie de coucher avec elle ?

— Eh bien, le problème, tu vois, c'est que je couchais avec toi.

— Mais est-ce que ça ne t'a jamais traversé l'esprit ?

— Bien sûr que ça m'a traversé *l'esprit*.

— Quoi ? ai-je éclaté.

— C'est une fille très séduisante. Ça aurait été bizarre que je n'y pense pas, non ?

Il ricanait, le monstre !

— Et Jude ? ai-je demandé, indignée. Coucher avec Jude, ça t'a déjà « traversé l'esprit » ?

— Ma foi, de temps en temps, en passant, je suppose. C'est humain, non ?

— Humain ? Il ne m'est jamais venu à l'idée de coucher avec Giles ou Nigel, qui travaillent avec toi.

— Non, a-t-il murmuré. Non, je crois que ce n'est venu à l'idée de personne. C'est tragique. Sauf peut-être José au bureau du courrier.

Juste comme nous avions fini de débarrasser et que nous commencions à nous embrasser sur le tapis, le téléphone a remis ça.

— S'il te plaît, a dit Mark. S'il te plaît, au nom de Dieu et de tous ses chérubins, ses séraphins, ses anges, ses archanges, ses balayeurs de nuages et ses barbiers..., ne réponds pas.

Le répondeur s'enclenchait déjà. Mark s'est cogné la tête par terre quand une voix d'homme a retenti :

« Ah, bonsoir. C'est Giles Benwick, le copain de Mark. Je suppose qu'il n'est pas là ? C'est seulement que... (Soudain, sa voix s'est brisée.) C'est seulement que ma femme m'a dit qu'elle voulait me quitter et... »

— Bon Dieu ! a dit Mark en saisissant le téléphone avec une expression de pure panique. Giles. Seigneur ! Du calme... euh... ah... euh... Giles, je crois que je ferais mieux de te passer Bridget.

Mmm. Je ne connaissais pas Giles, mais je crois que mes conseils n'étaient pas mauvais. Ai réussi à le calmer et à lui

31

indiquer quelques lectures utiles. Après quoi, bonne petite partie de jambes en l'air avec Mark. Me sentais merveilleusement en sécurité, douillettement blottie contre sa poitrine. Toutes les théories paraissaient futiles.

— Suis-je une rechapée ? ai-je demandé, à moitié endormie, quand il s'est penché pour souffler la bougie.

— De l'asile ? Non, chérie, a-t-il dit en me tapotant les fesses d'un geste rassurant. Un peu bizarre, peut-être, mais pas une réchappée.

2

Les méduses sont lâchées

Mardi 28 janvier

59 kg, cigarettes fumées devant Mark : 0 (t.b.), cigarettes fumées en douce : 7, cigarettes non fumées : 47* (t.b.).

* C'est-à-dire que j'ai failli fumer, mais me suis rappelé que j'avais arrêté, donc n'ai effectivement pas fumé ces 47. Ce nombre n'est donc pas le nombre de cigarettes non fumées dans le monde (qui serait un nombre ridiculement astronomique).

8:00. Chez moi. Mark est parti chez lui se changer avant d'aller travailler, donc je peux m'en fumer une petite et développer force intérieure et mentalité positivante pour entretien préalable de licenciement. Travaille à la mise en place d'un sentiment d'équilibre serein et... AAAH ! On sonne.

8:30. C'était Gary, l'artisan de Magda. Merde, merde, merde. Avais oublié qu'il devait venir.

— Ah ! Super ! Bonjour ! Pourriez-vous repasser dans dix minutes ? Je suis juste en train de faire quelque chose, ai-je gazouillé poliment, l'obséquiosité même — en nuisette.

Qu'est-ce que je pourrais être en train de faire ? L'amour ? Un soufflé ? Un vase sur un tour de potier qu'on ne peut absolument pas laisser sécher avant la finition ?

J'avais les cheveux encore mouillés quand la sonnette a retenti à nouveau, mais au moins j'étais habillée. Ai ressenti poussée de culpabilité bourgeoise en voyant Gary ricaner de la décadence de ceux qui traînassent au lit alors qu'un monde bien différent de vrais travailleurs est debout depuis si long-temps que pour eux l'heure est pratiquement venue de déjeuner.

— Vous voudriez peut-être du thé ou du café ? ai-je proposé gracieusement.

— Ouais. Du thé. Quatre sucres, mais sans tourner.

Je l'ai regardé en me demandant si c'était une blague, ou un peu comme de fumer sans avaler la fumée.

— D'accord, d'accord, et je me suis mise à préparer le thé, sur quoi Gary s'est assis à la table de la cuisine et a allumé une cigarette.

Malheureusement, au moment de servir le thé, me suis rendu compte qu'il n'y avait ni lait ni sucre.

Il m'a regardée d'un air incrédule en passant en revue la rangée de bouteilles de vin vides.

— Ni lait ni sucre ?

— Je viens... euh... de finir le lait et, en fait, je ne connais personne qui prenne du sucre avec son thé... mais, naturellement, c'est très bien de... euh... prendre du sucre. Je vais faire un saut à l'épicerie.

En remontant, je me disais qu'il avait dû sortir ses outils de la camionnette, mais non, il était encore assis et il s'est lancé dans une histoire compliquée de pêche à la carpe dans un lac de barrage près d'Hendon. C'était comme ces déjeuners d'affaires quand tout le monde fait des digressions si longues que ça devient gênant de rompre le plaisir de bavarder, et qu'on ne rentre jamais dans le vif du sujet.

Finalement, j'ai interrompu une anecdote de pêche décousue et incompréhensible en lançant :

— Bon ! Et si je vous montrais ce que je veux faire ?

Me suis rendu compte immédiatement que j'avais fait une gaffe grossière et blessante qui insinuait que Gary n'avait aucun intérêt sur le plan humain mais uniquement en tant qu'ouvrier, j'ai donc été obligée de replonger dans l'histoire de pêche pour me faire pardonner.

9:15. Bureau. J'arrive en courant, folle d'angoisse parce que j'ai cinq minutes de retard, pour découvrir que ce salaud de Richard Finch est introuvable. Mais c'est aussi bien d'avoir le temps de préparer ma défense. Chose bizarre : le bureau est désert. Alors, ça veut dire que la plupart du temps, quand je panique à l'idée d'être en retard en croyant que tout le monde est déjà là en train de lire les journaux, ils sont tous en retard eux aussi, juste mais pas tout à fait autant que moi.

Bon, je vais noter mes points clés pour l'entrevue. Mettre ça au clair dans ma tête, comme dit Mark.

— Richard, compromettre mon intégrité journalistique par...

— Richard, comme vous le savez, je prends ma profession de journaliste très au sérieux...

— Va donc te faire foutre, espèce de gros...

Non, non. Comme dit Mark, pense à ce que tu veux, à ce qu'il veut. Penser aussi en gagneur comme expliqué dans *Sept bonnes habitudes pour être vraiment efficace*. AAAH !

11:45. C'était Richard Finch, dans un costume Galliano framboise écrasée avec une doublure aigue-marine, qui galopait à reculons dans le bureau sur un cheval imaginaire.

— Bridget ! Bon, tu es nulle, mais tu t'en es tirée. Ils ont adoré ça là-haut. Adoré. Adoré. Nous avons une proposition. Je pense Bunny girl, je pense *Gladiateurs*, je pense campagne des législatives. Je pense Chris Serle qui rencontre Jerry Springer qui rencontre Anneka Rice qui rencontre Zoe Ball qui rencontre Mike Smith[1] à la sortie du *Late, Late Breakfast Show*[2].

— Quoi ? ai-je dit, indignée.

Il s'est révélé qu'ils avaient concocté je ne sais quel projet humiliant dans lequel j'allais endosser toutes les semaines une

---

1. Tous les cinq sont des présentateurs d'émissions de télévision.
2. Émission de Channel 4 très populaire auprès des jeunes.

nouvelle profession, et foirer in situ. Naturellement, je lui ai dit que j'étais une journaliste professionnelle sérieuse et que je n'envisageais pas de me prostituer de cette façon, si bien qu'il s'est mis à faire la gueule en disant qu'il allait reconsidérer l'intérêt de ma participation à l'émission, si tant est que j'y apportais quelque chose.

20:00. Journée parfaitement idiote au boulot. Richard Finch voulait m'obliger à apparaître dans l'émission vêtue d'un short minuscule à côté d'un agrandissement de Fergie en tenue de gym. J'essayais de positiver un maximum en disant que j'étais flattée mais que je pensais qu'ils feraient mieux de prendre un vrai mannequin, quand Matt, cette espèce de dieu du sexe qui travaille au service graphique, est entré avec l'agrandissement en disant :

— Vous voulez qu'on mette des cercles concentriques animés au niveau de la cellulite ?

— Ouais, si tu peux faire la même chose sur Fergie, a répondu Richard Finch.

Bon. C'en était trop. J'ai dit à Richard que ce n'était pas prévu dans les termes de mon contrat que je me fasse humilier à l'écran et que je ne le ferais à aucun prix.

Suis rentrée chez moi, tard, crevée, pour trouver Gary l'Artisan encore là, la maison envahie de toasts brûlés abandonnés sous le gril, de vaisselle sale et de numéros épars du *Journal du pêcheur à la ligne* et de *La Pêche au gros*.

— Qu'est-ce que vous en pensez ? a demandé Gary en désignant fièrement de la tête le travail accompli.

— Super, super, ai-je assuré précipitamment, sentant mes lèvres se pincer bizarrement. Juste un petit truc : vous croyez que vous pourriez vous arranger pour aligner tous les supports ?

Les étagères, en fait, étaient posées de manière délirante, avec des supports ici, là, partout, à tous les niveaux.

— Ouais, vous comprenez, le problème, c'est votre câble

électrique, parce que si je perce le mur ici, ça va tout court-circuiter..., a commencé Gary, au moment où le téléphone a sonné.

— Allô ?

— Salut. Le Q.G. Rencontres ?

C'était Mark sur son portable.

— La seule chose que je puisse faire, c'est les enlever et mettre des rivets sous les trous de la perceuse, a baragouiné Gary.

— Tu as quelqu'un chez toi ? a chevroté Mark sur fond de bruits de circulation.

— Non, c'est seulement... (j'allais dire l'artisan mais, pour éviter de vexer Gary, j'ai dit :) Gary, un ami de Magda.

— Qu'est-ce qu'il fait là ?

— Évidemment, vous aurez besoin d'un nouveau système..., a continué Gary.

— Écoute, je suis dans la voiture. Tu veux venir dîner ce soir avec Giles ?

— J'ai promis de sortir avec les filles.

— Doux Jésus ! J'imagine que je vais être décortiqué, disséqué et analysé à fond.

— Mais non...

— Ne quitte pas. Je passe sous le tunnel. (Craquements.) J'ai rencontré ta copine Rebecca l'autre jour. Elle a l'air très sympa.

— Je ne savais pas que tu connaissais Rebecca, ai-je dit en respirant très vite.

Rebecca n'est pas exactement une amie, sauf qu'elle se pointe toujours au 192 lorsqu'on y est avec Jude et Shaz. Mais le problème avec Rebecca, c'est que c'est une méduse. Vous discutez avec elle, tout a l'air sympa et tout d'un coup vous vous faites piquer sans savoir d'où ça vient. Vous parlez de jeans, par exemple, et elle dit : « Bon, quand on a une culotte de cheval, il vaut mieux prendre un jean vraiment bien coupé, genre Dolce et Gabbana » — elle, elle a les cuisses d'un girafon, alors... —, puis elle enchaîne sur les pantalons de toile DKNY — comme si de rien n'était.

— Bridge, tu es là ?

— Où... où as-tu vu Rebecca ? ai-je demandé d'une voix étranglée.

— Elle était au pot de Barky Thompson hier soir et elle s'est présentée.

— Hier soir ?

— Oui, j'y suis passé en rentrant parce que tu étais en retard.

— De quoi avez-vous parlé ? ai-je demandé, consciente du regard rigolard de Gary, une cigarette au bec.

— Oh, tu sais, elle m'a parlé de mon travail et elle m'a dit des trucs sympas sur toi, a répondu Mark d'un ton anodin.

— Qu'est-ce qu'elle a dit ?

— Elle a dit que tu étais un esprit libre...

La communication s'est interrompue un instant.

Esprit libre ? Dans le langage de Rebecca, esprit libre signifie grosso modo : Bridget couche à droite et à gauche et prend des drogues hallucinogènes.

— Je pourrais mettre du placoplâtre et les suspendre, a repris Gary, comme si je n'étais pas au téléphone.

— Bon, je crois qu'il vaut mieux que je te laisse, si tu as quelqu'un, a dit Mark. Amuse-toi bien. Je te rappelle plus tard ?

— Oui, oui, à tout à l'heure.

J'ai raccroché, l'esprit en ébullition.

— Il a quelqu'un d'autre en vue, hein ? a dit Gary dans un moment de lucidité particulièrement malvenue.

Je lui ai lancé un regard meurtrier.

— Alors, ces étagères ?

— Ben... Si vous les voulez alignées, je vais devoir changer vos plombs de place, et ça veut dire arracher le plâtre, à moins de poser un panneau de contre-plaqué de 90 sur 120. Si vous m'aviez dit dès le début que vous les vouliez symétriques, je l'aurais su, quoi. Oh, je pourrais arranger ça maintenant. (Il a jeté un regard circulaire dans la cuisine.) Vous n'avez rien à manger ?

— Elles sont parfaites, absolument super comme ça, ai-je bredouillé.

— Si vous me faites cuire ces pâtes, je vais...

Viens de payer 120 livres en liquide à Gary pour des étagères azimutées et de le faire sortir d'ici. Oh, Seigneur, suis en retard. Merde, merde, encore le téléphone.

21:05. C'était papa. Bizarre, d'habitude, il laisse à ma mère le soin de téléphoner.

— Je t'appelais juste pour savoir comment ça va.

Il avait une voix très étrange.

— Je vais bien, ai-je répondu, inquiète. Et toi ?

— Très bien, très bien. Je suis très occupé dans le jardin, tu sais, très occupé, bien que, naturellement, il n'y ait pas grand-chose à faire en hiver... Alors, comment ça va ?

— Très bien. Et tout va bien pour toi ?

— Oh oui, oui, parfait. Humm, et ton travail ? Comment va ton travail ?

— Mon travail, ça va. Je veux dire, bon, c'est la catastrophe, évidemment. Mais tu vas bien, toi ?

— Moi ? Oui. Bien sûr, les perce-neige ne vont pas tarder à sortir, tu sais. Alors, tout va bien, tu es sûre ?

— Oui, super. Et toi ?

Après quelques minutes de conversation en boucle inextricable, j'ai réussi à placer :

— Comment va maman ?

— Ah. Eh bien, elle va... elle va...

Long silence pénible.

— Elle va partir au Kenya. Avec Una.

Le problème, c'est que l'affaire avec Julio, l'agent de voyages portugais, a commencé la dernière fois qu'elle est partie en vacances avec Una.

41

— Tu pars avec elles ?

— Non, non, a déclaré papa, bravache. Je n'ai aucune envie d'attraper un cancer de la peau sur je ne sais quelle horrible plage en buvant des pina colada et de regarder des danseuses tribales à moitié nues se prostituer à des vieux lascifs devant le buffet du petit déjeuner du lendemain.

— Elle te l'a proposé ?

— Euh... En fait, non, tu vois Ta mère dirait qu'elle est une personne à part entière, que notre argent est son argent et qu'elle doit avoir la possibilité d'explorer librement le monde et sa propre personnalité quand elle a envie.

— Bon, tant qu'elle se limite à ces deux choses-là... Elle t'aime, tu sais, papa. Tu l'as bien vu... (j'ai failli dire « la dernière fois », mais j'ai opté pour :) à Noël. Elle a seulement besoin d'un peu d'émotions.

— Je sais, Bridget, mais il y a autre chose. Quelque chose d'affreux. Tu peux attendre une minute ?

J'ai jeté un coup d'œil à la pendule. J'aurais déjà dû être au 192 et je n'avais pas encore eu le temps de prévenir Jude et Shaz que Magda venait aussi. C'est toujours délicat de mélanger des copines mariées et des célibataires, mais en plus Magda venait d'avoir un bébé. Et je me disais que ça ne vaudrait rien pour l'équilibre mental de Jude.

— Excuse-moi. Je fermais la porte. Alors, a repris papa d'une voix de conspirateur, j'ai surpris ta mère au téléphone dans l'après-midi. Je crois qu'elle appelait l'hôtel au Kenya. Et elle disait... elle disait...

— Ça va aller, papa, ça va aller. Qu'est-ce qu'elle disait ?

— Elle disait : « Nous ne voulons pas de jumeaux, et rien d'en dessous de un mètre quatre-vingts. Nous venons pour prendre du bon temps. »

Doux Jésus !

— Je veux dire... (pauvre papa, il sanglotait presque), est-ce que je vais rester ici et permettre à ma propre femme de réserver les services d'un gigolo à son arrivée là-bas ?

Je suis restée désemparée un instant. Les conseils à donner à son propre père au cas où sa propre mère engage un gigolo ne figurent pas parmi les sujets traités dans mes bouquins.

Finalement, me suis efforcée d'aider papa à recouvrer sa dignité, tout en lui suggérant de prendre un peu de recul avant de discuter calmement avec maman demain matin. Conseil, je m'en rends compte, que je serais complètement incapable de suivre moi-même.

J'étais maintenant plus qu'en retard. Ai expliqué à papa que Jude traversait une petite crise.

— Va vite, va vite. On en reparlera quand tu auras une minute. Pas de quoi s'inquiéter, a-t-il conclu avec une bonne humeur forcée. Je ferais mieux d'aller faire un tour au jardin, maintenant que la pluie a cessé.

Il avait la voix bizarrement pâteuse.

— Papa, ai-je dit. Il est neuf heures du soir. Nous sommes en plein hiver.

— Tu as raison. Très bien, très bien. Je vais plutôt boire un whisky, alors.

J'espère que ça va aller.

Mercredi 29 janvier

59 kg (Horreur ! Mais c'est peut-être à cause de mon estomac sac à vin), cigarettes : 1 (t.b.), boulots : 1, appartements : 1, jules : 1 (tout va bien).

5:00. Ne boirai plus jamais, jamais. Jusqu'à la fin de mes jours.

5:15. La soirée ne cesse de me revenir par épisodes troublants.

Après une course effrénée sous la pluie, suis arrivée au 192 pour constater que Dieu merci, Magda n'était pas encore arrivée, mais que Jude était déjà dans tous ses états, ce qui l'avait autorisée à enclencher l'Effet Boule-de-Neige, c'est-à-dire transformer par extrapolation des incidents insignifiants en immenses tragédies, ce qu'il ne faut surtout pas faire, comme on l'explique très bien dans *Comment garder la tête froide*.

— Je n'aurai jamais d'enfants, répétait-elle d'une voix monocorde, le regard fixe. Je suis une rechapée. Ce mec dit que les femmes de plus de trente ans ne sont que des ovaires ambulants.

— Oh, je t'en prie ! a henni Shaz en se resservant du chardonnay. Tu n'as pas lu *Backslash*, par hasard ? Ce type n'est qu'un scribouilleur sans moralité qui recycle les clichés féminins éculés et il s'en sert comme propagande petite-bourgeoise pour rabaisser les femmes à l'état d'esclaves. J'espère qu'il sera chauve avant l'âge.

— Mais quelles sont mes chances de rencontrer quelqu'un de nouveau, d'avoir le temps de former un couple et de le persuader d'avoir envie de faire des enfants ? Ils n'ont jamais envie d'en avoir avant, c'est connu.

Aimerais bien que Jude ne parle pas d'horloge biologique en public. Il est clair qu'on se préoccupe de ce genre de choses en privé et qu'on essaie de faire comme si toutes ces indignités n'existaient pas. Si on ramène ça sur le tapis en plein 192, on ne fait qu'affoler tout le monde et on a l'impression d'être des clichés ambulants.

Heureusement, Shaz est partie sur une autre idée :

— Il y a beaucoup trop de femmes qui gâchent leur jeunesse en ayant des enfants à vingt, trente ou quarante ans, alors qu'elles devraient se concentrer sur leur carrière. Regardez cette femme, au Brésil, qui en a eu un à soixante ans.

— Super ! ai-je dit. Personne ne refuse d'avoir des enfants, mais c'est le genre de truc qu'on repousse toujours de deux ou trois ans !

— Tu parles ! a fait Jude, renfrognée. Magda dit que même après leur mariage, à chaque fois qu'elle parlait d'avoir des enfants, Jeremy devenait tout bizarre et disait qu'elle se prenait trop au sérieux.

— Quoi, même après leur mariage ? a demandé Shaz.

— Oui, a répondu Jude.

Elle a ramassé son sac à main et elle est partie aux toilettes, froissée.

— J'ai une super-idée pour l'anniversaire de Jude, a dit Shaz. Si on lui faisait congeler un de ses ovules ?

— Chut ! ai-je gloussé. Tu ne crois pas que ça serait un peu difficile de lui faire la surprise ?

Juste à ce moment-là, Magda est arrivée, ce qui tombait très mal car a) je n'avais pas encore eu l'occasion d'avertir les filles et b) j'ai eu le choc de ma vie parce que je n'avais revu Magda qu'une fois depuis la naissance de son troisième bébé et qu'elle n'avait pas encore perdu son ventre. Elle portait un chemisier doré et un bandeau de velours dans les cheveux, ce qui contrastait de façon flagrante avec les tenues tendance, genre treillis ou sportswear, de toutes les autres.

Je servais à Magda un verre de chardonnay quand Jude est réapparue. Elle a regardé le ventre de Magda, puis moi, avec un air méchant.

— Salut, Magda, a-t-elle lancé sèchement. C'est pour quand ?

— Elle est née il y a cinq semaines, a répondu Magda, le menton tremblotant.

Je savais bien que c'était une erreur de mélanger les copines de races différentes, je le savais.

— J'ai l'air si grosse que ça ? m'a soufflé Magda, comme si Jude et Shaz étaient des ennemies.

— Non, tu es superbe. Épanouie.

— C'est vrai ? a dit Magda, un peu rassérénée. C'est que ça prend un peu de temps pour... euh... dégonfler. Et puis tu sais, j'ai eu une mastite...

Jude et Shaz ont sursauté. Pourquoi les Mariées-Fières-de-l'Être font-elles toujours ça ? Pourquoi ? Elles se lancent comme si de rien n'était dans des récits pas possibles d'épisiotomies, points de suture, effusions de sang, poison et tritons ou Dieu sait quoi, comme si elles parlaient de la pluie et du beau temps.

— Enfin, continuait Magda en descendant le chardonnay, avec le regard rayonnant de quelqu'un qui sort de prison, Woney m'a dit de mettre des feuilles de chou dans mon soutien-gorge — du chou frisé, obligatoirement — et, au bout de quatre ou cinq heures, ça arrête l'inflammation. Évidemment, ça devient un peu crade, avec la transpiration, le lait et les sécrétions. Et Jeremy n'était pas ravi de m'avoir dans son lit, saignements d'un côté et soutien-gorge plein de feuilles humides de l'autre, mais je me sens nettement mieux ! J'ai pratiquement utilisé un chou entier !

Silence effaré. J'ai jeté un coup d'œil inquiet en direction des autres. Mais Jude semblait avoir repris le moral tout d'un coup, elle lissait de la main son cache-cœur Donna Karan qui laissait entrevoir un ravissant nombril percé et un ventre parfaitement plat, tandis que Shazzie ajustait son Wonderbra.

— Enfin... Assez parlé de moi. Et toi, comment vas-tu ? a lancé Magda, comme si elle était en train de lire un de ces bouquins dont on voit la publicité dans les journaux, avec le dessin d'un quinquagénaire à l'air bizarre et le sous-titre : *Avez-vous des problèmes de conversation ?* Comment va Mark ?

— Il est *adorable*, ai-je dit gaiement. Il me donne l'impression d'être tellement...

Jude et Shaz échangeaient des regards. Ai réalisé que je devais avoir l'air un peu trop contente de moi.

— Le seul problème..., ai-je immédiatement ajouté.

— C'est quoi ? a demandé Jude en se penchant en avant.

— Probablement rien, mais... Il m'a appelée tout à l'heure et il m'a dit qu'il avait fait la connaissance de Rebecca.

— QUOI ? a explosé Shazzer. Putain, comment ose-t-il ? Où ça ?

— À un pot, hier soir.

— Qu'est-ce qu'il faisait à un pot hier soir ? a hurlé Jude. Avec Rebecca, sans toi ?

Hourra ! Tout d'un coup, c'était comme au bon vieux temps. Ai soigneusement disséqué ton du coup de téléphone, impressions ressenties et signification possible du fait que Mark, qui est venu directement chez moi *après le pot*, ne m'en avait pas soufflé mot, pas plus que de Rebecca, et qu'il avait attendu plus de *24 heures* pour m'en parler.

— C'est un cas flagrant de mentionnite, disait Shaz.

— Qu'est-ce que c'est ? a demandé Magda.

— Oh, tu sais, quand on ne peut pas s'empêcher de parler de quelqu'un, sans raison apparente, du genre : Rebecca a dit ceci... ou : Rebecca a une voiture comme ça.

Magda s'est tue. Je savais très bien pourquoi. L'année dernière, elle n'arrêtait pas de me dire que Jeremy mijotait quelque chose. Et un jour, elle avait découvert qu'il sortait avec une fille qui travaillait avec lui à la City. Je lui ai tendu une Silk Cut.

— Je vois très bien ce que tu veux dire, a-t-elle dit en la portant à sa bouche, avec un hochement de tête approbateur. Comment se fait-il qu'il vienne toujours chez toi, au fait ? Je croyais qu'il avait une grande baraque dans Holland Park ?

— Ben, c'est vrai, mais on dirait qu'il préfère...

— Humm, a dit Jude. Est-ce que tu as lu *Comment s'y prendre avec un homme qui refuse de s'engager* ?

— Non.

— Viens chez moi tout à l'heure. Je te le passerai.

Magda regardait Jude comme Piglet quand il espère être invité à une excursion avec Pooh et Tigger[1].

— C'est sans doute seulement parce qu'il essaie d'éviter les corvées de courses et de ménage, s'est-elle empressée de dire. Je n'ai jamais connu d'homme qui, au fond, ne croie pas qu'on

---

1. Personnages de *Winnie l'ourson*.

devrait s'occuper de lui comme sa mère s'occupait de son père, aussi évolué qu'il puisse se prétendre.

— Très juste, a grogné Shazzer, et Magda a rayonné de fierté.

Malheureusement, tout de suite après, nous sommes revenues sur le fait que l'Américain de Jude ne l'avait pas rappelée, et Magda a immédiatement reperdu tout le terrain gagné.

— Sincèrement, Jude, a dit Magda, je ne comprends pas comment tu peux être une spécialiste mondialement reconnue de la chute du rouble et te mettre dans un état pareil pour un crétin.

— En fait, Magda, ai-je expliqué pour tenter d'arranger les choses, c'est que c'est plus facile de s'occuper du rouble que des hommes. Ses fluctuations obéissent à des règles nettes et précises.

— Je crois que tu devrais laisser passer un jour ou deux, a dit Shaz après avoir réfléchi. Essaie de ne pas y penser et, quand il appellera, tu fais comme si de rien n'était, tu es très occupée et tu lui dis que tu n'as pas le temps de lui parler.

— Une minute, a asséné Magda. Si tu veux lui parler, pourquoi attendre trois jours et lui dire ensuite que tu n'as pas le temps ? Pourquoi tu ne l'appelles pas, toi ?

Jude et Shazzer l'ont regardée, bouche bée, incrédules devant cette suggestion idiote de Femme-Mariée-Fière-de-l'Être. Tout le monde sait qu'Anjelica Huston n'a jamais, au grand jamais, téléphoné à Jack Nicholson, et que les hommes ne supportent pas de ne pas être les demandeurs.

Les choses n'ont fait que s'aggraver, Magda assurant naïvement que quand Jude rencontrerait le bon, ce serait aussi évident que « les feuilles qui tombent des arbres ». À dix heures et demie, elle a bondi en disant :

— Bon, il vaudrait mieux que j'y aille ! Jeremy rentre à onze heures !

— Pourquoi fallait-il que tu invites Magda ? a demandé Jude à la seconde où elle était hors de portée de voix.

— Elle se sentait seule, ai-je répondu bêtement.

— OK, d'accord. Parce qu'elle avait deux heures à passer sans Jeremy, a lancé Shazzer.

— Elle ne peut pas avoir le beurre et l'argent du beurre. Elle ne peut pas être dans la famille Mariée-Fière-de-l'Être et se plaindre de ne pas faire partie de la famille Célibattante, a dit Jude.

— Franchement, si cette fille était jetée dans la jungle impitoyable de la séduction moderne, elle se ferait bouffer toute crue, a ronchonné Shaz.

— ALERTE, ALERTE, ALERTE REBECCA, a lancé Jude, genre sirène nucléaire.

Suivant son regard, nous avons vu par la fenêtre arriver une Mitsubishi style Jeep urbaine qui contenait Rebecca, une main sur le volant et l'autre sur un téléphone mobile collé contre son oreille.

Rebecca a sorti ses longues jambes, fusillant du regard quelqu'un qui avait eu l'audace de passer à proximité pendant qu'elle téléphonait, elle a traversé la rue sans se soucier des voitures, qui ont été obligées de s'arrêter dans un crissement de freins, elle a exécuté une petite pirouette comme pour dire : « Allez vous faire foutre, cet espace m'appartient ! », et elle a foncé droit dans une clocharde avec un caddie, sans même s'excuser.

Elle a fait irruption dans le bar, balançant en arrière ses longs cheveux qui sont immédiatement tombés tel un rideau brillant et ondoyant.

— OK, je me dépêche. Je t'aime ! Byeee ! disait-elle dans son téléphone. Salut, salut ! a-t-elle dit en nous embrassant toutes, et elle s'est assise en faisant signe au garçon d'apporter un verre. Comment ça va ? Bridge, comment ça va avec Mark ? Tu dois être super-contente d'avoir enfin un jules.

Enfin ! Grrr. Première méduse de la soirée.

— Alors, c'est le paradis ? a-t-elle roucoulé. Il t'emmène au dîner de la Société des avocats vendredi ?

Mark n'avait parlé d'aucun dîner de la Société des avocats.
— Oh, désolée ! J'ai fait une gaffe ? a susurré Rebecca. Je
suis sûre qu'il a simplement oublié. Ou peut-être qu'il pense
qu'il ne peut pas te faire ça. Mais je crois que tu t'en sortiras.
Ils te trouveront probablement mignonne comme tout.

Comme l'a dit Shaz par la suite, c'était moins une méduse
qu'une physalie. Encerclée par des pêcheurs qui tentaient de
la tirer vers la grève.

Rebecca s'est envolée vers d'autres cieux et nous sommes
allées toutes les trois en titubant chez Jude.

— « L'Homme-qui-refuse-de-s'engager ne veut pas de vous
dans son domaine personnel », nous lisait Jude à haute voix,
pendant que Shaz essayait de repérer sur la vidéo d'*Orgueil et
Préjugés* la séquence où Colin Firth plonge dans le lac.

— « Il aime venir dans votre tour, comme un chevalier
errant sans responsabilités. Puis il retourne dans son château.
Il peut recevoir et donner tous les coups de téléphone qu'il
veut sans que vous le sachiez. Il peut garder son appartement
pour lui, il peut se garder pour lui. »

— Très juste, a marmonné Shaz. OK, venez, il va plonger.

Dans un silence religieux, nous avons regardé Colin Firth
émerger du lac, dégoulinant dans sa chemise blanche transpa-
rente. Mmm. Mmmm.

— Tout de même, ai-je dit, sur la défensive, Mark n'est pas
un Homme-qui-refuse-de-s'engager. Il a déjà été marié.

— Alors, ça veut peut-être dire qu'il te prend pour une
Fille-de-Passage, a hoqueté Jude.

— Le salaud ! a marmonné Shazzer, la voix pâteuse. Tous
des salauds. Waouh ! regardez ça !

Ai finalement titubé jusque chez moi, me suis précipitée
pleine d'espoir vers le répondeur, puis immobilisée, atterrée :
pas de clignotant rouge. Mark n'avait pas appelé. Mon Dieu,
il est déjà six heures et il faut que je dorme encore un peu.

8:30. Pourquoi n'a-t-il pas appelé ? Pourquoi ? Zut. Suis une femme solide, receptive, sûre d'elle. Mon identité dépend de moi et non de... Minute. Peut-être que le téléphone ne marche pas.

8:32. La tonalité semble normale, mais vais vérifier en appelant de mon portable. Si ça ne marche pas, peut-être que tout va bien.

8:35. Zut. Le téléphone marche. Mais quoi, il avait bien dit qu'il m'appellerait hier... Oh, super, téléphone.

— Bonjour, fifille. Je ne te réveille pas, dis-moi ?

C'était papa. Me suis immédiatement sentie coupable d'être affreuse fille égoïste, plus intéressée par ma propre relation vieille d'à peine quatre semaines que par la menace qui pèse sur le mariage de trente ans de mes parents sous forme de gigolos kenyans de plus d'un mètre quatre-vingts, non jumeaux.

— Qu'est-ce qui se passe ?

— Tout va bien. (Papa riait.) Je lui ai parlé du coup de téléphone et — flûte, elle arrive.

— Franchement, ma chérie ! a dit maman en s'emparant du téléphone. Je me demande où papa va pêcher des idées aussi idiotes. Nous parlions des lits !

J'ai ri toute seule. Apparemment, papa et moi, nous avons l'esprit mal tourné.

— Enfin, a-t-elle continué, nous partons le 8 février. Le Kenya ! Imagine ! Tout est réglé. J'ai travaillé comme un nègre.

— Maman ! ai-je explosé.

— Quoi, ma chérie ?

— Tu ne peux pas dire « travailler comme un nègre ». C'est du racisme.

— Mais personne ne va travailler comme un nègre, idiote ! Nous sommes en retraite, ton père et moi...

— Si on se permet de garder des expressions de ce genre dans son vocabulaire, ça empoisonne les relations et...

51

— Allons ! Franchement, tu ne crois pas que parfois tu laisses l'arbre te cacher la forêt ? Oh ! est-ce que je t'ai dit ? Julie Enderbury est encore enceinte.

— Écoute, il faut vraiment que j'y aille...

Pourquoi est-ce que les mères, au téléphone, dès que vous leur faites savoir que vous êtes pressé, ont dix-neuf choses complètement sans intérêt à vous dire d'urgence ?

— Oui, c'est son troisième, a-t-elle poursuivi, le ton accusateur. Oh, autre chose, Una et moi avons décidé de skier sur le Net.

— Je crois que l'expression est « surfer », mais il faut...

— Skier, surfer, peu importe, ma chérie ! Merle et Percival sont sur le Net. Tu sais, il était directeur du département des brûlés à la clinique de Northampton. Ah, troisième chose, est-ce que Mark et toi viendrez pour Pâques ?

— Maman, je dois y aller, je vais être en retard au bureau.

Finalement, après dix bonnes minutes d'inepties supplémentaires, j'ai réussi à me débarrasser d'elle et j'ai replongé avec reconnaissance sur mon oreiller. Ça me met quand même en position de faiblesse, si ma mère est branchée sur Internet et moi pas. Je l'étais, mais une certaine compagnie GBH m'a envoyé 677 courriers identiques par erreur et je n'ai jamais été capable d'en tirer quoi que ce soit d'intelligible depuis.

Jeudi 30 janvier

58,5 kg (il y a urgence : mes slips de dentelle commencent à me laisser des motifs en relief dans la chair), ravissants articles de lingerie coquine essayés : 17, articles de lingerie modèle géant genre incontinence affreux à voir achetés : 1, jules : 1 (mais tout dépend de ma capacité à lui cacher ma nouvelle effroyable culotte).

9:00. Coins Café. En train de boire un café. Super ! Tout va bien. Il vient de téléphoner ! Apparemment, il m'a bien appelée hier soir, mais comme il devait me rappeler plus tard, n'a pas laissé de message et s'est finalement endormi. J'ai quelques doutes, mais il m'a invitée au truc des avocats pour demain soir. Giles, son copain de bureau, a dit que j'avais été super au téléphone.

9:05. Un peu effrayant tout de même, ce truc d'avocats. Smoking et robe longue. Ai demandé à Mark ce qu'on attendait de moi et il a dit : « Oh, rien, ne t'inquiète pas. Nous allons juste nous asseoir à table et manger avec des collègues de travail. Ce sont mes amis. Ils vont t'adorer. »

9:11. « Ils vont t'adorer. » Il est clair que c'est déjà l'acceptation tacite que je serai soumise à jugement. Donc, très important de faire bonne impression.

9:15. Bon, je vais positiver. Je serai merveilleuse : élégante, enjouée, magnifiquement fringuée. Au fait ? N'ai pas de robe longue. Peut-être que Jude ou Magda m'en prêteront une.
Bien :

Compte à rebours avant dîner Société des avocats
Jour 1 (aujourd'hui)
Ration alimentaire prévue :
1. Petit déjeuner : jus de fruits comprenant oranges, banane, poires, melons et autres fruits de saison. (N.B. : pré-petit déjeuner, soit café au lait et pain au chocolat déjà consommé.)
2. En-cas : fruit, mais pas trop proche du déjeuner parce qu'il faut une heure pour que le taux d'enzymes baisse.
3. Déjeuner : salade avec protéines.
4. Goûter : céleri ou brocoli. Irai à la gym en sortant du bureau.
5. En-cas après gym : céleri.
6. Dîner : poulet grillé et légumes vapeur.

18:00. Je quitte le bureau. Vais faire des courses en soirée avec Magda pour acheter sous-vêtements afin de résoudre à court terme problème de silhouette. Magda va me prêter des bijoux et une robe longue t. élégante, bleu foncé, qui, d'après elle, a besoin d'un peu de « maintien », et apparemment toutes les stars de cinéma portent des sous-vêtements gainants les soirs de première. Ne peux donc pas aller à la gym, mais les sous-vêtements gainants sont beaucoup plus efficaces à court terme que les séances de gym.

Ai également, de façon générale, pris la décision de ne plus aller aux séances de gym une fois par hasard mais d'opter pour nouveau programme complet commençant demain par bilan de forme. Naturellement, ne peux espérer que mon corps sera transformé de façon significative avant le dîner, ce qui justifie précisément l'achat d'une gaine, mais au moins ça me donnera du tonus. Oh, téléphone.

18:15. C'était Shazzer. Lui ai brièvement raconté mon programme de préparation pour la soirée des avocats (y compris la malencontreuse débâcle de la pizza du déjeuner), mais quand je lui ai parlé du bilan de forme, on aurait dit qu'elle se mettait à cracher dans le téléphone :

— Ne fais pas ça, m'a-t-elle avertie dans un chuchotement sépulcral.

Apparemment, Shaz a subi un bilan de ce genre avec une énorme femme aux cheveux rouge vif, sortie tout droit des *Gladiateurs*, qui s'appelle « Carborundum », elle l'a mise devant un miroir au milieu de la salle de gym en hurlant : « La graisse de vos fesses a glissé vers le bas et elle a poussé la graisse de vos cuisses sur le côté, ce qui explique la culotte de cheval. »

Je déteste l'idée de cette femme style *Gladiateurs*. J'ai toujours pensé qu'un jour cette émission va échapper à tout contrôle, que les gladiateurs vont devenir cannibales et les producteurs, se mettre à balancer les chrétiens à Carborundum et à ceux de son acabit. Shaz me conseille d'annuler, mais je me dis que si, comme le suggère Carborundum, la graisse peut glisser de cette façon, alors il semble possible de la modeler et de la comprimer en formes plus harmonieuses, ou même en formes différentes si nécessaire ; ne peux m'empêcher de me demander, au cas où j'aurais la liberté de réorganiser ma graisse comme je veux, si je souhaiterais encore en réduire la quantité. Je crois que je voudrais de gros seins, des hanches épanouies et une taille minuscule. Mais est-ce qu'il y aurait trop de graisse à répartir ? Et que fait-on du reste ? Est-ce que ce serait moche d'avoir des oreilles, ou des pieds grassouillets, si le reste du corps était parfait ?

— Des grosses lèvres, ça irait, a dit Shazzer. Mais pas... (elle a baissé la voix en un murmure dégoûté) une grosse vulve.

Pouah ! Shazzer est vraiment dégoûtante, parfois. Bon. Faut y aller. J'ai rendez-vous avec Magda chez Marks & Spencer à six heures et demie.

21:00. De retour chez moi. L'expérience que je viens de vivre peut être décrite au mieux comme éducative. Magda me brandissait sous le nez avec insistance des culottes gigantesques et effrayantes :

— Allez, Bridget, c'est la Nouvelle Lingerie ! Pense années soixante-dix, pense Cœur-Croisé, pense gaine, disait-elle en empoignant une espèce de combinaison de cycliste serial killer en Lycra noir avec short, baleines et soutien-gorge carcan.

— Pas question que je porte un truc comme ça, ai-je sifflé. Rapporte-le !

— Pourquoi ?

— Et si quelqu'un me touchait ?

— Franchement, Bridget, ces sous-vêtements ont un rôle précis. Si tu portes une petite robe fluide ou un pantalon, pour aller travailler, par exemple, tu as besoin d'effacer les bourrelets. Personne ne va te toucher quand tu vas travailler, quand même ?

— Ben... ça pourrait arriver, ai-je dit sur la défensive, me rappelant ce qui se passait dans l'ascenseur quand je « sortais » — si on peut appeler comme ça la phobie d'engagement cauchemardesque que j'ai vécue — avec Daniel Cleaver. Qu'est-ce que tu dis de ça ? ai-je demandé pleine d'espoir en prenant un ensemble ravissant de la même matière que les collants noirs brillants, mais en forme de slip et soutien-gorge.

— Non, non ! C'est complètement années quatre-vingt, ça ! Voilà ce qu'il te faut, a-t-elle déclaré, brandissant un truc qui ressemblait à un croisement de caleçon long et de gaine de ma mère.

— Mais imagine que quelqu'un passe la main sous ma jupe ?

— Bridget, tu es incroyable ! Est-ce que tu te lèves tous les matins avec l'idée qu'un homme pourrait par hasard passer la main sous ta jupe au cours de la journée ? Tu n'as donc aucun contrôle sur ton destin sexuel ?

— Bien sûr que si ! ai-je rétorqué d'un air de défi en me dirigeant au pas de charge vers la cabine d'essayage, les bras chargés de culottes en béton.

Me suis retrouvée en train d'essayer de rentrer de force dans une espèce d'armure caoutchouteuse noire, qui me montait jusque sous les seins et se tortillait aux deux extrémités comme un préservatif incontrôlable.

— Et si jamais Mark me voit là-dedans ou me touche ?

— Vous n'allez pas vous peloter dans un club. Vous allez à un dîner officiel où il va faire impression sur ses collègues. Il ne pensera qu'à ça, pas à te tripoter.

Je ne suis pas sûre que Mark pense souvent à faire impression sur qui que ce soit, en fait, étant donné qu'il est sûr de lui. Mais Magda a raison en ce qui concerne les sous-vêtements. Il faut évoluer avec son temps et ne pas se laisser enfermer dans des concepts étroits en matière de lingerie.

Bon, il faut que je me couche tôt. Rendez-vous pour la gym à huit heures demain matin. Je crois en fait que ma personnalité tout entière est en train de subir un changement sismique.

Vendredi 31 janvier Jour J

58 kg, unités d'alcool : 6 (2)*, cigarettes : 12 (0), calories : 4 284 (1 500), mensonges racontés au moniteur de gym : 14.

* Les chiffres entre parenthèses indiquent l'information donnée au moniteur.

9:30. Il est caractéristique de la nouvelle culture glauque des clubs de remise en forme que les entraîneurs personnels se permettent de se prendre pour des médecins sans avoir prononcé le serment d'Hippocrate.

— Combien d'unités d'alcool buvez-vous par semaine ? m'a demandé Rebelle, le moniteur de gym, une espèce d'avorton qui se donne des airs de Brad Pitt, alors que, en slip et soutien-gorge, j'essayais de rentrer le ventre.

— Entre quatorze et vingt et une, ai-je tranquillement menti, ce qui ne l'a pas empêché d'avoir le culot de sourciller.

— Et vous fumez ?

— J'ai arrêté, ai-je ronronné.

Sur ce, Rebelle a jeté un regard inquisiteur dans mon sac où, OK, il y avait un paquet de Silk Cut Ultra. Et alors ?

— Quand avez-vous arrêté ? a-t-il demandé sèchement en tapant sur son ordinateur quelque chose qui va sûrement aller tout droit au bureau central du ministère de l'Intérieur, pour que je sois envoyée dans un camp de redressement la prochaine fois que j'aurai une contravention pour stationnement interdit.

— Aujourd'hui, ai-je répondu fermement.

Ensuite, je me suis retrouvée debout, tandis que Rebelle mesurait ma graisse en me pinçant.

— Voilà, je vais juste faire ces marques pour voir ce que je mesure, a-t-il déclaré avec autorité en me traçant des cercles et des croix sur tout le corps en appuyant. Elles partiront si vous frottez avec un peu de white-spirit.

57

Puis j'ai dû aller dans la salle de gym et faire des exercices avec toutes sortes de commandes inexpliquées du regard et de la main de la part de Rebelle, comme par exemple debout face à face avec les mains posées sur l'épaule de l'autre, tandis que Rebelle s'accroupissait, rebondissait gaillardement des fesses sur le tapis et que moi j'essayais maladroitement de fléchir un peu les genoux. À la fin, j'avais l'impression d'avoir eu une longue séance d'activité sexuelle avec Rebelle et que nous sortions pratiquement ensemble. Après, je me suis rhabillée, j'ai pris une douche et je me suis demandé ce que je j'allais faire — comme si je devais au moins retourner lui demander à quelle heure il rentrait dîner. Mais bien sûr je dîne avec Mark Darcy.

T. excitée par ce dîner. J'ai essayé ma tenue et l'effet est vraiment super, ligne impeccable, pas un seul bourrelet, tout ça grâce à l'effrayante culotte. Pas de raison qu'il la découvre. Pas de raison non plus que je ne sois pas une t.b. accompagnatrice. Après tout, suis une femme du monde avec carrière, etc.

Minuit. Quand je suis enfin arrivée au Guildhall, Mark faisait les cent pas dehors, en smoking et grand pardessus. Ouah. Adore sortir avec quelqu'un qui a soudain l'air d'un étranger extrêmement séduisant avec qui on n'a envie que d'une chose : rentrer à la maison en vitesse et baiser à perdre haleine comme si on venait de se rencontrer. (Non que ce soit, évidemment, ce que font normalement les gens qui viennent de se rencontrer.) En me voyant, il a eu l'air très surpris, a éclaté de rire puis a repris son sérieux en me conduisant vers l'entrée, très poli et bien élevé.

— Désolée d'être en retard, ai-je dit, hors d'haleine.
— Tu ne l'es pas. J'ai fait exprès d'avancer l'heure.
Il me regardait d'un drôle d'air.
— Quoi ? ai-je demandé.
— Rien, rien, a-t-il dit gaiement d'un ton exagérément conciliant, comme si j'étais une forcenée debout sur une voi-

ture, brandissant une hache dans une main et la tête de sa femme dans l'autre.

Il m'a fait passer la porte qu'un valet de pied en uniforme nous tenait ouverte.

Dans le hall d'entrée, haut de plafond et lambrissé de bois sombre, il y avait plein de vieux en smoking qui parlaient à voix basse. Ai vu une femme vêtue d'un bustier hérissé de sequins me regarder d'un drôle d'air. Mark lui a fait un signe de tête amical et m'a chuchoté à l'oreille :

— Tu devrais juste aller faire un petit tour au vestiaire pour vérifier ton maquillage.

J'ai foncé aux toilettes. Malencontreusement, dans le taxi mal éclairé, je m'étais mis de l'ombre à paupières gris foncé sur les joues au lieu de blush : le genre de chose qui peut arriver à n'importe qui, évidemment, puisque les boîtiers sont identiques. Quand suis ressortie des toilettes, bien débarbouillée, et après avoir déposé mon manteau, me suis arrêtée net : Mark était en pleine conversation avec Rebecca.

Elle portait un fourreau de satin couleur café, dos nu, avec décolleté plongeant, qui collait à son corps décharné sans l'aide du moindre corset, visiblement. Me suis sentie comme mon père quand il avait apporté un gâteau pour participer au concours de la fête de Grafton Underwood et qu'il l'avait retrouvé après délibération du jury décoré d'une note qui disait : « Non conforme au niveau de la compétition. »

— Oh, c'était tout simplement trop drôle ! disait Rebecca en riant affectueusement à dix centimètres du nez de Mark. Oh, Bridget ! a dit Rebecca, quand je les ai rejoints. Comment vas-tu, ma jolie ? (Elle m'a fait une bise et je n'ai pas pu m'empêcher de faire la grimace.) Pas trop angoissée ?

— Angoissée ? a dit Mark. Pourquoi serait-elle angoissée ? Elle est l'équilibre personnifié, pas vrai, Bridge ?

Pendant un quart de seconde, ai vu un air contrarié passer sur le visage de Rebecca avant qu'elle ne se ressaisisse en disant :

— Ahhh ! Comme c'est mignon ! Je suis si heureuse pour toi !

Puis elle s'est éloignée nonchalamment avec un petit regard modeste en direction de Mark.

— Elle a l'air très sympa, a dit Mark. Elle paraît toujours extrêmement gentille et intelligente.

Toujours ? ? Qu'est-ce que ça veut dire ? Toujours ? Je croyais qu'il ne l'avait rencontrée que deux fois ? Il a glissé son bras dangereusement près de ma gaine et j'ai dû faire un bond de côté. Un couple d'emmerdeurs est venu vers nous et a commencé à féliciter Mark pour quelque chose qu'il avait fait avec un Mexicain. Il a bavardé courtoisement avec eux une minute ou deux puis nous a habilement trouvé un prétexte pour nous diriger vers la salle à manger.

Très classe : bois sombre, tables rondes, chandelles et cristal scintillant. Seul problème, j'étais sans arrêt obligée de bondir de côté, c'est-à-dire chaque fois que Mark essayait de me prendre par la taille.

Notre table commençait déjà à se remplir d'une foule d'avocats sémillants, la bonne trentaine, qui hurlaient de rire en rivalisant de plaisanteries éculées qui sont manifestement la partie émergée du gigantesque iceberg du savoir juridique et branché.

— Comment sait-on qu'on est accro à Internet ?

— Quand on se rend compte qu'on ne connaît pas le sexe de ses trois meilleurs amis. Hahaha ! Hahaha !

— Quand on ne peut plus écrire un point sans ajouter co.uk. HAHAHAHA !

— Quand on ne travaille plus qu'en Protocole HMTL. Hahahahaha ! Hahah.

Au moment où la salle entière commençait à dîner, une femme qui s'appelait Louise Barton-Foster (une avocate incroyablement déterminée, le genre de femme qu'on imagine bien en train de vous obliger à manger du foie) s'est mise

60

à débiter des conneries monumentales pendant environ trois mois.

— Mais, dans un sens, disait-elle, les yeux férocement rivés sur le menu, euh, on pourrait soutenir que l'ensemble... euh... du euh... Protocoleuropéen est... euh... un problèmicroscopique.

Tout allait bien. Me suis contentée de manger et boire tranquillement, jusqu'au moment où Mark a dit soudain :

— Je crois que tu as absolument raison, Louise, si je dois encore voter pour les conservateurs, je veux savoir a) si mes opinions sont analysées et b) si elles sont représentées.

Je l'ai dévisagé, horrifiée. Je me sentais comme mon copain Simon un jour où il jouait avec d'autres enfants à une fête : leur grand-père est arrivé et c'était Robert Maxwell, et tout d'un coup Simon a regardé tous les gamins et il s'est aperçu que c'était tous des mini-Robert Maxwell avec des fronts protubérants et des mentons énormes.

Me rends compte que, quand on commence une relation avec quelqu'un, il y a forcément des différences auxquelles on doit s'adapter et qu'on doit arrondir les angles, mais n'avais jamais, au grand jamais, soupçonné que j'avais pu coucher avec un homme qui votait conservateur. Ai soudain eu l'impression que je ne connaissais pas du tout Mark Darcy et que, pour ce que j'en savais, depuis le temps que nous sortions ensemble, il collectionnait en secret les petits animaux en faïence coiffés d'un bonnet, édition limitée, qu'on voit dans les dernières pages du supplément des journaux du dimanche, ou qu'il allait en car aux matchs de rugby et montrait ses fesses aux automobilistes par la lunette arrière.

La conversation devenait de plus en plus snob et de plus en plus prétentieuse.

— Alors, comment savez-vous que c'est 4,5 à 7 ? aboyait Louise à un type qui ressemblait au prince Andrew en chemise rayée.

— Eh bien, il se trouve que j'ai étudié l'économie à Cambridge, moi.

— Quel prof aviez-vous ? a lancé une autre fille, comme si c'était l'argument final.

— Ça va ? m'a chuchoté Mark en aparté.

— Oui, ai-je marmonné, tête baissée.

— Tu... frissonnes. Voyons, qu'est-ce qu'il y a ?

J'ai fini par lui dire.

— Bon, je vote conservateur, qu'est-ce qu'il y a de mal à ça ?

Il me dévisageait, incrédule.

— Chutttt ! ai-je soufflé avec un regard angoissé autour de la table.

— Quel est le problème ?

— C'est simplement..., ai-je commencé, regrettant que Shaz ne soit pas là, je veux dire, si je votais conservateur, je serais une paria. Ce serait comme se pointer au Café Rouge sur un cheval suivi d'une meute de chiens beagles, ou donner des dîners sur une table cirée avec des petites assiettes pour le pain

— Ah bon, ce serait pareil ?

Il a éclaté de rire.

— Ben oui, ai-je marmonné.

— Alors, tu votes quoi ?

— Travailliste, évidemment. Tout le monde vote travailliste.

— Écoute, je crois qu'il a été prouvé de façon flagrante que ce n'est pas *encore* le cas. Pourquoi, au fait ?

— Pourquoi quoi ?

— Pourquoi votes-tu travailliste ?

— Eh bien... (J'ai réfléchi un instant.) Parce que, si on vote travailliste, ça veut dire qu'on est de gauche.

— Ah.

Il avait l'air de trouver ça très amusant, je me demande pourquoi. Tout le monde écoutait à présent.

— Et socialiste, ai-je ajouté.

— Socialiste, je vois. Et socialiste signifie... ?

— Qu'on défend la cause des ouvriers.

— Eh bien, Blair n'a pas exactement l'intention d'augmenter le pouvoir des syndicats, figure-toi, a-t-il lancé. Regarde ce qu'il dit de l'Article Quatre.

— Bon, mais les conservateurs sont nuls.

— Nuls ? L'économie marche mieux aujourd'hui qu'elle n'a marché depuis sept ans.

— Non, c'est faux, ai-je rétorqué avec emphase. De toute façon, ils l'ont probablement relevée juste parce qu'il va y avoir des élections.

— Relevé quoi ? L'économie ?

— Et quelle est la position de Blair sur l'Europe par rapport à celle de Major ? a enchaîné Louise.

— Ouais ? Et pourquoi n'a-t-il pas augmenté chaque année les dépenses de santé en valeur réelle comme les conservateurs l'avaient promis ? a demandé le prince Andrew.

Franchement. Et ils étaient repartis, essayant à qui mieux mieux d'épater la galerie. J'ai fini par ne plus pouvoir le supporter.

— Ce qui compte, c'est de voter pour des principes, pas pour des détails de pourcentages et de cheveux coupés en quatre. Et il est tout à fait évident que les travaillistes défendent le partage, la générosité, les homosexuels, les mères célibataires et Nelson Mandela par opposition aux autocrates braillards qui couchent à droite, à gauche et au centre, et qui vont se pavaner au Ritz à Paris pour ensuite donner des leçons à tous les présentateurs de *Today*.

Silence de plomb autour de la table.

— Ma foi, je crois que tu as bien résumé la situation, m'a dit Mark en riant et en me caressant le genou. Impossible de discuter.

Tout le monde nous regardait. Mais alors, au lieu que quelqu'un se mette en colère — comme dans le monde normal —, ils ont fait comme si de rien n'était et ils ont recommencé à piailler et à braire, en m'ignorant complètement.

Impossible d'évaluer la gravité de l'incident. J'avais l'impression d'être au milieu d'une tribu de Papouasie-Nouvelle-Guinée, et d'avoir marché sur la queue du chien du chef. Je ne savais pas si le ton de leur conversation signifiait que ce n'était pas grave ou s'ils discutaient de la façon dont ils allaient me réduire la tête.

Quelqu'un a tapé sur la table pour annoncer les discours qui ont été vraiment, mais vraiment incroyablement chiants. Dès qu'ils ont été finis, Mark a murmuré :

— On s'en va, d'accord ?

Nous avons fait nos adieux et pris la direction de la sortie.

— Euh... Bridget, m'a-t-il dit, je ne voudrais pas t'inquiéter, mais tu as quelque chose d'un peu bizarre autour de la taille.

J'ai vérifié de la main. L'effroyable gaine avait réussi je ne sais comment à s'enrouler du haut et du bas et s'était transformée en une espèce de pneu géant autour de ma taille.

— Qu'est-ce que c'est ? m'a demandé Mark en faisant des signes de tête et des sourires à droite et à gauche, tandis que nous nous frayions un chemin entre les tables.

— Rien, ai-je marmonné.

À peine sortie de la pièce, j'ai foncé aux toilettes. Ça a été coton d'enlever la robe, de dérouler l'effroyable gaine et de remettre tout le tintouin en place. Je regrettais de ne pas être chez moi, à l'aise dans un pantalon et un pull.

Quand j'ai émergé dans le hall, j'ai failli retourner aussi sec dans les toilettes. Mark était en train de parler avec Rebecca. Encore. Elle lui a chuchoté quelque chose à l'oreille, puis a éclaté d'un horrible rire hululant.

Je les ai rejoints et suis restée plantée là, gauchement.

— La voilà ! a dit Mark. Tout est arrangé ?

— Bridget ! s'est exclamée Rebecca en faisant semblant d'être contente de me voir. On dirait que tu as fait ton petit effet avec tes opinions politiques !

Cherché désespérément quelque chose de t. amusant à dire, mais suis restée muette, le regard fixe, les sourcils froncés.

— C'était génial, en fait, a dit Mark. Elle nous a tous fait passer pour des cons prétentieux. Bon, il faut qu'on y aille, ravi de t'avoir revue.

Rebecca nous a embrassés tous deux avec effusion dans un nuage d'*Envy* de Gucci, avant de s'éloigner gracieusement en pas chassés, espérant visiblement que Mark l'observait.

Ne savais pas quoi dire en retournant à la voiture. Rebecca et lui s'étaient évidemment fichus de moi derrière mon dos et il avait ensuite essayé de rattraper le coup. Aurais bien voulu pouvoir téléphoner à Jude et Shaz pour leur demander conseil.

Mark se comportait comme si rien ne s'était passé. Dès que nous avons démarré, il a essayé de glisser sa main sur ma cuisse. Pourquoi est-ce que moins vous avez l'air de vouloir un homme, plus il vous désire ?

— Tu ne voudrais pas tenir le volant ? ai-je dit en tentant désespérément de m'écarter afin de maintenir le plus de distance possible entre le rouleau caoutchouteux et ses doigts.

— Non, je veux te violer, a-t-il répondu en fonçant sur une borne.

Ai réussi à rester intacte en feignant l'obsession sécurité routière.

— Au fait, Rebecca demande si nous voulons dîner avec elle un soir, a-t-il lancé.

Incroyable. Je connais Rebecca depuis quatre ans et elle ne m'a jamais invitée une seule fois à dîner.

— Elle n'était pas mal, hein ? Jolie robe.

C'était la mentionnite. Cas flagrant de mentionnite, je n'en croyais pas mes oreilles.

Nous étions arrivés à Notting Hill. Aux feux, sans rien me demander, il a pris la direction de mon appart, à l'opposé de chez lui. Il préservait son château. Probablement plein de messages de Rebecca. Je n'étais qu'une Fille-de-Passage.

— Où allons-nous ? ai-je explosé.

— À ton appartement. Pourquoi ? a-t-il demandé avec un regard inquiet.

— Précisément. Pourquoi ? ai-je dit, en rage. Nous sortons ensemble depuis quatre semaines et six jours. Et nous n'avons pas été une seule fois chez toi. Pas une seule fois. Jamais. Pourquoi ?

Mark a sombré dans un silence total. Il a mis le clignotant, tourné à gauche et repris la direction de Holland Park Avenue sans mot dire.

— Qu'est-ce qu'il y a ? ai-je fini par dire.

Il a regardé droit devant lui et mis le clignotant.

— J'ai horreur des cris.

Quand nous sommes arrivés chez lui, c'était horrible. Avons monté les marches en silence. Il a ouvert la porte, ramassé le courrier et allumé dans la cuisine.

La cuisine est haute comme un autobus à impériale, pleine de trucs en acier chromé mais difficile de dire lequel est le frigo. Absence bizarre de désordre et trois flaques de lumière glaciale au milieu du plancher.

Il a traversé la pièce en quatre enjambées, ses pas résonnaient, ça me rappelait une caverne que j'avais visitée lors d'un voyage scolaire, il a regardé les portes d'acier chromé d'un air inquiet en demandant :

— Tu veux un verre de vin ?

— Oui, s'il te plaît. Merci, ai-je répondu poliment.

Il y avait quelques tabourets hauts d'allure moderne devant un comptoir en acier inoxydable. Je me suis maladroitement juchée sur l'un d'eux. J'avais l'impression d'être Petula Clark se préparant à chanter un duo avec Tom Jones.

— Bon, a dit Mark.

Il a ouvert l'une des portes de placard en acier, découvert qu'une poubelle y était attachée et l'a refermée, a ouvert une autre porte et considéré avec étonnement une machine à laver. J'ai baissé les yeux, j'avais envie de rire.

— Vin rouge ou vin blanc ? a-t-il demandé sèchement.

— Blanc, s'il te plaît.

Je me sentais tout d'un coup très fatiguée. Mes chaussures me faisaient mal, ma culotte diabolique me rentrait dans la chair. Je n'avais qu'une envie, rentrer chez moi.

— Ah !

Il avait repéré le frigo.

Ai jeté un coup d'œil et vu le répondeur sur l'un des comptoirs. Mon estomac s'est retourné. La lumière rouge clignotait. Ai levé les yeux et vu Mark devant moi qui tenait une bouteille de vin dans un décanteur de chez Conran en fer forgé. Il avait l'air vraiment malheureux, lui aussi.

— Écoute, Bridget, je...

Je suis descendue du tabouret pour l'entourer de mes bras, mais aussitôt ses mains se sont posées sur ma taille. Je me suis écartée. Il fallait absolument que je me débarrasse de ce foutu machin.

— Je vais monter, j'en ai pour une minute..., ai-je dit.

— Pourquoi ?

— Aux toilettes, ai-je balbutié, effarée, en titubant vers l'escalier.

Mes chaussures me torturaient, à présent. Suis rentrée dans la première pièce, qui m'a semblé être le dressing-room de Mark, pleine de costumes, de chemises et de rangées de chaussures. Suis sortie de ma robe et, avec un immense soulagement, ai commencé à me défaire de l'effroyable culotte en me disant que je pourrais enfiler une robe de chambre et que nous pourrions nous mettre gentiment à l'aise et peut-être arranger les choses, mais tout d'un coup Mark est apparu sur le seuil. Je suis restée figée dans ma gaine diabolique, puis j'ai essayé frénétiquement de l'ôter pendant qu'il me regardait, consterné.

— Attends, attends, m'a-t-il dit, au moment où je tendais la main vers la robe de chambre, en fixant attentivement mon ventre. Tu t'es dessiné des ronds et des croix sur le corps ?

Ai essayé de lui expliquer l'histoire de Rebelle et que je n'avais pas pu acheter du white-spirit un vendredi soir mais il avait juste l'air très fatigué et embrouillé.

— Excuse-moi, je ne comprends rien à ce que tu me racontes, a-t-il dit. Il faut que je dorme un peu. Si on allait se coucher ?

Il a poussé une autre porte et tourné l'interrupteur. J'ai jeté un coup d'œil et laissé échapper un grand cri. Là, dans le grand lit, il y avait un jeune garçon oriental, nu comme un ver, qui souriait bizarrement et brandissait deux boules de bois reliées par une ficelle et un petit lapin.

3
Désaaastre !

Samedi Ier février

58,5 kg, unités d'alcool : 6 (mais mélangées à jus de tomate, t. nutritif), cigarettes : 400 (parfaitement compréhensible), lapins, daims, faisans ou autre gibier trouvés dans mon lit : 0 (nette amélioration depuis hier), jules : 0, jules de l'ex-jules : 1, nombre de jules potentiels normaux qui me restent : 0.

12:15. Pourquoi ce genre de chose m'arrive toujours à moi ? Pourquoi ? POURQUOI ? Pour une fois que je tombe sur quelqu'un qui a l'air gentil et sensé, selon les critères de ma mère, qui n'est ni marié, ni fou, ni alcoolique, ni enfoiré affectif, il faut que ce soit un pervers pédéraste et zoophile. Pas étonnant s'il ne voulait pas que j'aille chez lui. Ce n'est pas qu'il est allergique à l'engagement, qu'il veut coucher avec Rebecca ou que je suis juste une Fille-de-Passage. C'est parce qu'il garde dans sa chambre jeunes Orientaux et animaux sauvages.

Choc épouvantable. Affreux. Ai regardé l'Oriental avec des yeux ronds pendant environ deux secondes, puis ai foncé dans dressing-room, enfilé robe n'importe comment, dégringolé escaliers, hurlements dans chambre derrière moi genre troupes américaines en train de se faire massacrer par Vietcong, ai titubé jusque dans la rue et fait signes frénétiques à taxis, comme une call-girl tombée sur un client qui veut lui chier sur la tête.

Peut-être vrai, ce que disent les Mariés-Fiers-de-l'Être, que les seuls mecs célibataires le sont parce qu'ils ont une tare rédhibitoire. Voilà pourquoi tout est si dégueulasse, dégueulasse... Je ne veux pas dire qu'être homosexuel est une tare en soi, mais c'est un défaut flagrant si vous êtes la petite amie de quelqu'un qui faisait semblant de ne pas l'être. Vais être toute seule le jour de la Saint-Valentin, pour la quatrième année consécutive. Passerai Noël chez mes parents, dans mon lit à une place. Une fois de plus. Désastre ! Désaaastre !

Je voudrais pouvoir appeler Tom. C'est bien de lui d'aller à San Francisco juste au moment où j'ai besoin du point de vue d'un homosexuel. Typique. Il n'arrête pas de me demander des conseils, pendant des heures, pour gérer ses crises avec d'autres homosexuels, et quand j'ai besoin de conseils pour une crise avec un homosexuel, qu'est-ce qu'il fait ? Monsieur s'en va à SAN FRANCISCO !

Du calme, du calme. Me rends compte que j'ai tort de mettre incident sur le dos de Tom, puisque incident n'a rien à voir avec Tom. Ne dois pas trouver remède en mettant quelqu'un d'autre en faute. Suis femme de tête, réceptive, responsable et sûre de moi, totalement maîtresse équilibre intérieur... Aaah ! Téléphone.

— Bridget. C'est Mark. Je suis désolé. Je suis désolé. C'était affreux qu'un truc pareil arrive.

Il avait l'air secoué.

— Bridget ?

— Quoi ? ai-je dit, essayant de maîtriser le tremblement de mes mains pour pouvoir allumer une Silk Cut.

— Je sais ce que tu as dû penser. J'ai été aussi choqué que toi. Je ne l'avais jamais vu de ma vie.

— Bon, alors, c'était qui ? ai-je éclaté.

— Apparemment, c'est le fils de ma gouvernante. Je ne savais même pas qu'elle avait un fils. Il semble qu'il soit schizophrène.

On entendait des hurlements en bruit de fond.

— J'arrive, j'arrive. Mon Dieu ! Écoute, il va falloir que je fasse quelque chose. On dirait qu'il veut l'étrangler. Je peux te rappeler ? (Encore des hurlements.) Ne quitte pas, attends... Bridget, je te rappelle demain matin.

Très troublée. Si seulement je pouvais téléphoner à Jude ou à Shaz pour savoir si l'excuse est valable, mais on est en pleine nuit. Vais peut-être essayer de dormir.

9:00. Aaarh ! Téléphone. Super ! Non ! Désastre ! Viens de me rappeler ce qui s'est passé.

9:30. Ce n'était pas Mark, mais ma mère.

— Tu sais, ma chérie, je suis verte.

— Maman, l'ai-je résolument interrompue, ça ne te dérange pas si je te rappelle sur le mobile ?

Tout me revenait par vagues. Il fallait absolument libérer le téléphone, au cas où Mark essaierait d'appeler.

— Ton mobile, ma chérie ? Ne dis pas de bêtises, tu n'en as plus depuis l'âge de deux ans. Tu te rappelles ? Avec les petits poissons qui tournaient ? Oh, papa veut te dire un mot, mais... tant pis, le voilà.

J'ai attendu, les yeux allant frénétiquement de la pendule au mobile.

— Bonjour, ma chérie, m'a dit papa d'un ton las. Elle ne va plus au Kenya.

— Bravo, super, ai-je dit, contente qu'au moins l'un d'entre nous ait résolu ses problèmes. Comment as-tu fait ?

— Je n'y suis pour rien. Son passeport est périmé.

— Ah, génial. Ne lui dis pas qu'on peut en faire faire un autre.

— Elle le sait, elle le sait, a-t-il dit. Le problème, c'est que pour en faire refaire un nouveau, il faut une nouvelle photo. Tu vois, ça n'a rien à voir avec le respect qu'elle a pour moi, c'est uniquement pour pouvoir flirter avec les douaniers.

Maman s'est emparée du téléphone.

— C'est tout simplement ridicule, ma chérie. Je me suis fait photographier et j'ai l'air d'une antiquité. Una m'a dit d'es-

73

sayer dans un photomaton, mais c'est encore pire. Je garde mon ancien passeport, un point c'est tout. Au fait, comment va Mark ?

— Très bien, ai-je dit d'une voix aiguë et étranglée, me retenant tout juste d'ajouter : Il aime coucher avec des petits garçons orientaux et tripoter des lapins, tu ne trouves pas ça marrant ?

— Bien, papa et moi nous disions que vous pourriez venir déjeuner demain. Nous ne vous avons jamais vus ensemble. Je n'ai qu'à mettre des lasagnes au four, et quelques haricots...

— Puis-je te rappeler ? Je suis en retard pour... mon yoga, ai-je dit sous le coup de l'inspiration.

Ai réussi à me débarrasser d'elle après une tirade étonnamment brève d'un quart d'heure durant laquelle il est devenu évident que rien de ce que pourrait tenter le bureau national des passeports ne faisait le poids devant maman et son ancienne photo. Ai ensuite fouillé à la recherche d'une autre Silk Cut, désespérée, ahurie. Cette histoire de gouvernante. Bon, je sais qu'il en a une, effectivement, mais... Et toutes ces salades avec Rebecca. Et il vote conservateur. Vais peut-être manger un peu de fromage. Aaah ! Téléphone.

C'était Shazzer.

— Oh, Shaz, ai-je soupiré d'une voix lamentable, et je me suis mise à déballer toute l'histoire.

— Arrête-toi tout de suite, a-t-elle dit, avant même que je sois arrivée au jeune Oriental. Arrête. Je vais te dire une chose, une seule fois, et je veux que tu m'écoutes.

— Quoi ? ai-je demandé, en pensant que s'il n'y avait qu'une personne au monde incapable de dire quelque chose une seule fois — à part ma mère —, c'était bien Sharon.

— Quitte-le.

— Mais...

— Quitte-le. Tu as eu l'avertissement, il vote conservateur. Alors, quitte-le avant d'être trop attachée.

— Mais, attends, ça n'est pas pour...

74

— Oh, pour l'amour du ciel, a-t-elle grondé. Il lui faut tout, hein ? Il vient chez toi, tout lui tombe tout rôti. Tu te pointes sur ton trente et un pour ses abominables potes conservateurs et qu'est-ce qu'il fait ? Il flirte avec Rebecca. Il te traite en quantité négligeable. Il vote conservateur. C'est de la manipulation tout ce qu'il y a de plus paternaliste...

J'ai jeté un coup d'œil angoissé à la pendule.

— Écoute..., Shaz, est-ce que je peux te rappeler sur mon portable ?

— Quoi ! Au cas où il t'appellerait ? Non ! a-t-elle rugi.

Juste à ce moment-là, le portable s'est mis à sonner.

— Shaz, il faut que je te quitte. Je te rappelle.

Ai appuyé ardemment sur la touche OK du portable. C'était Jude.

— Oh ! J'ai une de ces gueules de bois ! Je crois que je vais vomir.

Et elle s'est lancée dans un interminable récit de sa soirée au Met Bar, mais j'ai dû l'interrompre. Me disais que le problème du jeune Oriental était plus urgent. J'avais vraiment l'impression d'avoir raison. Ce n'était pas de l'égoïsme.

— Oh, Seigneur ! Bridge, ma pauvre..., a dit Jude, quand j'ai eu fini. Je crois que tu t'es très bien débrouillée. Très bien. Je le crois vraiment. Tu as vraiment fait ce qu'il fallait.

Me suis sentie rougir de fierté, puis me suis demandé pourquoi.

— Qu'est-ce que j'ai fait ? ai-je demandé avec un regard circulaire, en passant alternativement du sourire satisfait au clignement de paupières embarrassé.

— Tu as fait exactement ce qui est indiqué dans *Les Femmes qui aiment trop*. Tu n'as rien fait. Tu t'es juste détachée. Nous ne pouvons pas résoudre les problèmes à leur place. Nous nous détachons simplement.

— D'accord, d'accord, ai-je dit en hochant gravement la tête.

— Nous ne leur voulons pas de mal. Nous ne leur voulons

pas de bien. Nous ne les voyons pas. Nous nous détachons simplement. Le fils de sa gouvernante, mon cul ! S'il a une gouvernante, pourquoi est-ce qu'il est toujours fourré chez toi et te fait faire la vaisselle ?

— Mais si c'était *vraiment* le fils de sa gouvernante ?

— Là, Bridget, a dit sévèrement Jude, c'est ce qui s'appelle du Déni de Réalité.

11:15. Ai rendez-vous avec Jude et Shazzer au 192 pour déjeuner. Bien. Pas question de tomber dans le Déni de Réalité.

11:16. Oui. Suis parfaitement détachée. Vous voyez !

11:18. Ne peux croire qu'il n'ait pas encore appelé. Salaud, salaud, salaud. Je déteste ce comportement passif agressif du téléphone dans les nouvelles relations de couple, où on utilise la non-communication comme moyen de communiquer. C'est terrible, terrible : entre une simple sonnerie et une non-sonnerie, il y a toute la différence entre vivre le chaud bonheur amoureux et se retrouver à nouveau rejetée dans l'impitoyable guerre de tranchées de la recherche d'un partenaire, exactement comme avant, mais avec l'impression de s'être fait baiser encore plus que la dernière fois.

Midi. Incroyable. Le téléphone s'est réellement mis à sonner pendant que je le regardais, comme si je l'avais déclenché par vibrations mentales, et cette fois c'était Mark.

— Comment ça va ? a-t-il dit d'une voix fatiguée.

— Très bien, ai-je répondu, m'efforçant d'être détachée.

— Veux-tu que je passe te prendre, nous pourrions aller déjeuner et parler ?

— Ben... je déjeune avec les filles, ai-je rétorqué avec un détachement vraiment parfait.

— Oh, *Seigneur*.

— *Quoi ?*

— Bridget, as-tu une idée du genre de nuit que je viens de passer ? Avec ce gamin qui essayait d'étrangler sa mère dans

la cuisine, la police, l'ambulance, les fléchettes de tranquilli-
sant, aller-retour à l'hôpital, des Philippins hystériques plein
la maison. Je veux dire, je suis vraiment désolé que tu aies dû
subir tout ça, mais moi aussi, et je n'y étais pour rien.

— Pourquoi ne m'as-tu pas appelée plus tôt ?

— Parce qu'à chaque fois que j'ai réussi à avoir une
seconde de libre pour t'appeler, soit sur ton téléphone, soit
sur ton portable, c'était toujours occupé, bordel !

Humm. Le détachement n'était peut-être pas la bonne solution. Il a vraiment passé un sale quart d'heure. Ai rendez-vous
avec lui pour dîner et il dit qu'il va dormir cet après-midi.
Tout seul, j'espère.

Dimanche 2 février

*57 kg (excellent : me transforme en garçon oriental), cigaret-
tes : 3 (t.b.), calories : 2100 (t. modeste), jules : 1 à nouveau
(hourra !), guides pratiques, comptés d'un air critique et incrédule par jules nouvellement réinstallé : 37 (élémentaire bon sens
à l'époque où nous vivons).*

22:00. Chez moi. Tout va bien. Le dîner a été un peu crispé
au début, mais ça s'est arrangé quand j'ai décidé de croire à
son histoire, surtout lorsqu'il m'a dit que je devrais aller voir
sa gouvernante aujourd'hui.

Mais ensuite, au moment de la mousse au chocolat, il a dit :

— Bridge ? Hier soir, même avant tout ça, j'avais déjà l'impression que quelque chose ne tournait pas rond.

Ai ressenti pincement glacial de terreur à l'estomac. Ce qui
était bizarre, en fait, vu que moi aussi je m'étais dit que quelque chose clochait. Mais bon, il n'y a pas de mal à se dire
que quelque chose cloche dans un couple, sauf que si l'autre
commence à se le dire aussi, c'est comme si quelqu'un se per-
mettait de critiquer votre mère. Et vous vous mettez à imagi-

ner qu'on va bientôt vous laisser tomber, ce qui, sans parler du chagrin, de la perte, du cœur brisé, etc., est très humiliant.

— Bridge ? Es-tu en transe hypnotique ?

— Non. Pourquoi t'es-tu dit que quelque chose ne tournait pas rond ? ai-je murmuré.

— Eh bien, à chaque fois que j'essayais de te toucher, tu t'écartais comme si j'étais un vieux dégoûtant.

Énorme soulagement. Lui ai expliqué le coup de la culotte diabolique, ce qui l'a fait éclater de rire. Avons commandé vin pour dessert et, un peu pompettes, sommes finalement rentrés chez moi pour fantastique partie jambes en l'air.

Ce matin, alors que nous lisions les journaux, allongés devant le feu, me suis demandé si je devais ramener sur le tapis l'histoire de Rebecca et pourquoi il vient toujours chez moi. Mais Jude a dit que je devais éviter parce que la jalousie est un trait de caractère t. peu séduisant pour le sexe opposé.

— Bridget, a dit Mark, on dirait que tu es ailleurs. Je te demandais la signification du nouveau système d'étagères. Tu es en train de méditer ? Ou est-ce que le système de suspension des étagères a quelque chose à voir avec le bouddhisme ?

— C'est à cause de l'installation électrique, ai-je répondu vaguement.

— Qu'est-ce que c'est que tous ces bouquins ? a-t-il demandé en se levant pour les regarder. *Comment sortir avec une femme jeune : un guide pour les hommes de plus de trente-cinq ans ? Le Bouddha sortait-il avec des femmes ? Comment se lancer* par Victor Kyam ?

— Ce sont mes guides d'aide à l'épanouissement personnel, ai-je dit pour me défendre.

— *Ce que veulent les hommes ? Comment s'y prendre avec un homme qui refuse de s'engager ? Comment aimer un homme divorcé sans perdre la tête ?* Tu te rends compte que tu accumules la plus vaste documentation théorique qui existe au monde sur le comportement du sexe opposé ? Je commence à avoir l'impression d'être un animal de laboratoire.

— Ben...

Il ricanait.

— Tu es censée les lire deux par deux ? a-t-il demandé en sortant un livre de l'étagère. Pour te protéger des deux côtés ? *Célibataire et heureuse* avec *Comment trouver le partenaire idéal en trente jours ? Le Bouddhisme simplifié* avec *Comment se lancer* de Victor Kyam ?

— Non, ai-je répliqué, indignée. Ça se lit séparément.

— Pourquoi diable achètes-tu ces trucs ?

— Eh bien, en fait..., j'ai une théorie là-dessus, ai-je commencé avec enthousiasme (parce que j'ai vraiment une théorie). Si tu considères les autres religions du monde comme...

— Les autres religions du monde ? Autres que quoi ?

Grrr ! Je voudrais bien parfois que Mark n'ait pas cette foutue formation juridique.

— Autres que les guides pratiques.

— Oui, je pensais bien que tu allais dire ça. Bridget, les guides pratiques ne sont pas une religion.

— Mais si ! C'est une *nouvelle* forme de religion. C'est un peu comme si les êtres humains étaient des cours d'eau et que, quand un obstacle se dresse en travers de leur chemin, ils bouillonnaient et rejaillissaient ailleurs pour trouver une autre voie.

— Bouillonnaient et rejaillissaient, Bridge ?

— Ce que je veux dire, c'est que, comme les religions traditionnelles sont en perte de vitesse, les gens essaient de trouver d'autres règles. Et effectivement, comme je te le disais, si tu regardes les guides pratiques, ils contiennent beaucoup d'idées présentes dans d'autres religions...

— Par exemple... ? a-t-il interrogé avec un geste circulaire encourageant.

— Eh bien, le bouddhisme et...

— Non. Quelles idées, par exemple ?

— Eh bien..., ai-je commencé, paniquant un peu, car malheureusement ma théorie n'est pas encore tout à fait au point.

Le positivisme. Dans *Intelligence et Émotions*, on dit que l'optimisme, penser que tout va s'arranger, c'est le plus important. Bien sûr, il y aussi la foi en soi-même, comme dans *Confiance et Émotions*. Et si tu regardes le christianisme...

— Ouiii... ?

— Eh bien, ce truc qu'on lit pour les mariages, c'est la même chose : « Ces trois choses demeurent : la foi, *l'espoir* et l'amour. » Et puis, il y a vivre le moment présent, c'est dans *Le Chemin le moins fréquenté* et dans le bouddhisme...

Mark me regardait comme si j'étais folle.

— Il y a aussi le pardon : dans *Comment surmonter les épreuves de votre vie*, on dit que la rancune est un sentiment dangereux et qu'il faut pardonner aux gens.

— Et ça, ça vient de qui ? Pas des musulmans, j'espère. Je ne crois pas que tu trouves beaucoup de pardon dans une religion qui tranche les mains des gens capables d'avoir volé un pain.

Mark hochait la tête en me dévisageant. J'avais l'impression qu'il ne comprenait pas bien ma théorie. Peut-être parce que, côté spiritualité, il n'est pas très développé, ce qui pourrait constituer un autre problème entre nous.

— « Pardonne-nous nos offenses comme nous pardonnons à ceux qui nous ont offensés ! ! » ai-je cité avec indignation.

Juste à ce moment-là, le téléphone a sonné.

— C'est sûrement le QG Rencontres, a dit Mark. À moins que ce ne soit l'archevêque de Canterbury !

C'était ma mère.

— Tu es encore là ? Allons, allons. Je croyais que Mark et toi veniez déjeuner.

— Mais, maman...

J'étais sûre que je n'avais jamais dit que nous venions déjeuner, certaine. Mark levait les yeux au ciel en allumant la télé pour regarder le foot.

— Franchement, Bridget. J'ai fait trois pavlovas, quoique,

en fait, ce ne soit pas plus dur de faire trois pavlovas que d'en faire une, et j'ai sorti des lasagnes et...

J'entendais papa derrière qui disait : « Fiche-lui la paix, Pam », pendant que, vexée comme un pou, elle pérorait à l'infini sur les dangers encourus si on recongèle de la viande, puis il a pris le téléphone :

— Ne t'inquiète pas, petite. Je suis sûr que tu ne lui as jamais dit que vous veniez. C'est une idée qui lui est passée par la tête. Je vais tâcher d'arranger les choses. Au fait, mauvaise nouvelle : elle part au Kenya.

Maman a attrapé le téléphone.

— Tout est arrangé pour le passeport. Nous avons fait faire une très jolie photo dans le magasin de mariage à Kettering, tu sais, là où Ursula Collingwood avait fait faire les photos de Karen.

— Tu l'as fait retoucher ?

— Pas du tout ! Enfin, ils ont peut-être fait quelque chose à l'ordinateur, mais ça n'a rien à voir avec des retouches. Et voilà, nous partons samedi prochain, Una et moi. L'Afrique ! Imagine !

— Et papa ?

— Franchement, Bridget ! Il faut profiter de la vie ! Si papa veut vivre entre le terrain de golf et la cabane du jardin, c'est son affaire !

Ai fini par me libérer, encouragée par Mark debout devant moi avec un journal roulé dans une main et tapotant sa montre de l'autre. Nous sommes passés chez lui et maintenant je le crois tout à fait parce que la gouvernante était en train de nettoyer la cuisine avec quinze membres de sa famille qui avaient tous l'air de vénérer Mark comme un dieu. Ensuite, nous avons passé la nuit chez lui avec plein de bougies dans sa chambre. Hourra ! Je crois que tout va bien. Oui. Tout va bien. J'aime Mark Darcy. Parfois, il me fait un peu peur mais au fond il est très gentil et très doux. Ce qui est bien. Je crois.

Surtout que c'est la Saint-Valentin dans douze jours.

Lundi 3 février

56,5 kg (t.b.), unités d'alcool : 3, cigarettes : 12, nombre de jours avant la Saint-Valentin : 11, nombre de minutes passées à culpabiliser pour attitude antiféministe parce que je ne pense qu'à la Saint-Valentin : approx. 162 (mal).

8:30. Espère que ça ira pour papa. Si maman s'en va samedi, ça veut dire qu'elle le laissera tout seul le jour de la Saint-Valentin, ce qui n'est pas très gentil. Peut-être que je vais lui envoyer une carte, comme si c'était d'une admiratrice inconnue.

Me demande ce que va faire Mark. Sûr qu'il va m'envoyer une carte, au moins.

Je veux dire, bon, c'est certain.

Et peut-être que nous irons dîner quelque part, ou autre chose. Mmmm. Très sympa d'avoir un jules pour la Saint-Valentin, pour une fois. Ah, téléphone.

8:45. C'était Mark. Il part à New York demain pour quinze jours. Il avait l'air un peu distant, en fait, il m'a dit qu'il était trop occupé pour qu'on se voie ce soir parce qu'il fallait qu'il range tous ses dossiers et tout.

Ai réussi à bien le prendre, à dire seulement : « Oh, c'est bien », et à attendre de raccrocher le téléphone pour hurler : « Mais c'est la Saint-Valentin dans une semaine et quatre jours, c'est la Saint-Valentin. Bouououh ! »

Enfin ! C'est de l'immaturité pure. Ce qui compte, c'est ce qu'il y a entre nous, pas les cyniques arnaques médiatico-commerciales.

Mardi 4 février

8:00. Au café devant cappuccino et pain au chocolat. Et voilà ! Me suis sortie de l'impasse pensées négatives. En fait, c'est sans doute très bien que Mark s'en aille. Ça lui donnera une chance de s'éloigner comme une bande élastique martienne, comme indiqué dans *Mars et Vénus ont une liaison* et de vraiment sentir mon attraction. Me donnera aussi l'occasion de faire des efforts personnels et de reprendre ma vie en main.

> **Résolutions pendant l'absence de Mark**
> 1. Aller tous les jours à la gym.
> 2. Passer plein de soirées sympas avec Jude et Shazzer.
> 3. M'occuper sérieusement de l'aménagement de l'appart.
> 4. Consacrer du temps à papa pendant que maman est partie.
> 5. Travailler très sérieusement pour améliorer situation professionnelle.

Midi. Au bureau. Matinée paisible. On m'a donné un sujet à traiter sur les voitures vertes. « Du point de vue de l'environnement, Bridget, a précisé Richard Finch. Pas de la couleur. »

Il est devenu rapidement évident que le sujet sur les voitures vertes ne conviendrait pas, alors ça m'a laissé du temps pour rêvasser à Mark Darcy et me dessiner un nouveau papier à lettres à en-tête en utilisant différents caractères et différentes couleurs, tout en réfléchissant à de nouveaux sujets qui me mettraient réellement en valeur... Aaaah !

12:15. C'était ce con de Richard Finch qui hurlait :

— Bridget, tu ne fais pas un stage de réinsertion pour apprendre à rien foutre. C'est une réunion de production audiovisuelle. Si tu dois absolument regarder les mouches voler, essaie au moins de le faire sans suçoter ce stylo sans arrêt. Alors, c'est possible ?

— Oui, ai-je répondu, vexée, en posant le stylo sur la table.

— Non, je ne te demande pas si tu peux sortir le stylo de ta bouche, mais si tu peux me trouver un électeur anglais moyen, classe moyenne, la cinquantaine, qui soit favorable ?

— Oui, pas de problème, ai-je déclaré d'un air dégagé, me disant que je pourrais toujours demander plus tard à Patchouli favorable à quoi.

— Favorable à quoi ? a interrogé Richard Finch.

Je lui ai lancé un sourire tout ce qu'il y a d'énigmatique.

— Je crois que vous avez répondu vous-même à la question, ai-je dit. Homme ou femme ?

— Les deux, a dit Richard, sadique. Un de chaque.

— Hétéro ou homosexuel ? ai-je riposté.

— J'ai dit anglais moyen, a-t-il aboyé. Et maintenant, file au téléphone, bordel, et la prochaine fois essaie de penser à mettre une jupe, tu perturbes mon équipe.

Franchement, comme s'ils faisaient attention ! Ils sont tous obsédés par leur carrière et elle n'est pas si courte que ça, cette jupe, elle a juste remonté un peu.

Patchouli me dit que c'est favorable à la monnaie européenne ou à la monnaie unique. C'est-à-dire à l'un ou l'autre, croit-elle. Oh merde ! Merde ! Bon ! Ah, téléphone. C'est sûrement l'attaché de presse du ministère des Finances.

12:25. — Oh, bonjour, ma chérie ! (Grrr ! Ma mère.) Dis-moi, tu n'as pas un bustier à me prêter ?

— Maman, je t'ai dit de ne m'appeler au bureau qu'en cas d'urgence.

— Je sais, mais tu comprends, le problème, c'est que nous partons samedi et que les magasins sont encore pleins de vêtements d'hiver.

Tout à coup, j'ai eu une idée. Il m'a fallu un certain temps pour me faire comprendre.

— Franchement, Bridget, m'a-t-elle dit, quand j'ai eu fini d'expliquer, nous ne voulons pas que les Allemands viennent la nuit avec leurs camions pour embarquer tout notre or.

84

— Mais, maman, comme tu le dis toi-même, il faut vivre sa vie ! Il faut tout essayer !

Silence.

— Ça peut aider la monnaie des pays africains. (Pas sûre que ce soit tout à fait vrai, mais tant pis.)

— Bon, ça se peut, mais je n'ai pas le temps de passer à la télé pendant que je prépare mes valises.

— Écoute, ai-je lancé, tu veux le bustier, oui ou non ?

12:40. Hourra ! Ai réussi à trouver non pas un, ni deux, mais trois électeurs anglais moyens. Una veut venir avec maman pour fouiller dans ma garde-robe et faire une descente chez Dickens & Jones, et Geoffrey a envie de passer à la télé. Suis enquêtrice de premier ordre.

— Alors, on s'occupe ? (Richard Finch avait sa tronche d'après déjeuner, suant et titubant.) On travaille sur la version Jones du projet de monnaie unique, c'est ça ?

— Eh bien, pas vraiment, ai-je murmuré avec un sourire modeste et décontracté. Mais je vous ai trouvé des électeurs moyens qui sont pour. Trois, en fait, ai-je ajouté en compulsant négligemment mes « notes ».

— Oh, personne ne te l'a dit ? (Il a eu un ricanement sardonique.) On a laissé tomber. On est sur les alertes à la bombe maintenant. Tu ne pourrais pas me trouver un ou deux Anglais moyens, conservateurs, qui prennent le train pour venir travailler à Londres, et qui seraient sensibles aux arguments de l'IRA ?

20:00. Berk. Ai passé trois heures à la gare Victoria, en plein vent, à essayer de manipuler l'opinion de banlieusards en faveur de l'IRA jusqu'au moment où j'ai commencé à avoir peur de me faire arrêter et écrouer à la prison de Maze. Suis rentrée au bureau, inquiète de ce que maman et Una allaient trouver dans mon armoire, pour essuyer les quolibets de Richard Finch, genre : « Tu ne croyais pas que tu allais trouver quelqu'un, quand même ! Quelle gourde ! »

Il faut absolument que je trouve un autre boulot. Super, téléphone !

C'était Tom. Hourra ! Il est rentré !

— Bridget ! Comme tu as maigri !

— C'est vrai ? ai-je commencé, ravie, avant de me rappeler que nous étions au téléphone.

Tom s'est ensuite lancé dans un récit enthousiaste de son voyage à San Francisco.

— Le type à la douane était absolument divin ! Il m'a demandé : « Rien à déclarer ? » J'ai répondu : « Seulement ce scandaleux bronzage ! » En fin de compte, il m'a donné son numéro de téléphone et nous nous sommes retrouvés pour baiser dans un établissement de bains !

Ai ressenti le pincement familier de jalousie devant la facilité des relations sexuelles des homos, qui baisent apparemment dès qu'ils se rencontrent, simplement parce qu'ils en ont envie tous les deux et que ce n'est pas important de se voir obligatoirement trois fois d'abord ni de se demander combien de temps on doit attendre ensuite avant de téléphoner.

Après m'avoir décrit pendant quarante-cinq minutes ses escapades de plus en plus scabreuses, il m'a déclaré :

— Enfin, tu sais à quel point je déteste parler de moi. Et toi, comment vas-tu ? Comment va le fameux Mark, avec ses petites fesses bien fermes ?

Je lui ai dit que Mark était à New York, mais j'ai décidé de laisser de côté l'histoire du lapinot de peur de trop l'exciter. Ai embrayé sur le thème boulot :

— Il faut que je me trouve un autre emploi, je suis en train de perdre ma dignité et ma propre estime. J'ai besoin d'un job qui me permette d'utiliser sérieusement mes compétences et mon talent.

— Humm. Je vois ce que tu veux dire. Tu as pensé à faire le tapin ?

— Oh, très drôle.

— Pourquoi ne ferais-tu pas un peu de journalisme en plus ? Quelques interviews à tes moments perdus ?

Ça, c'était une idée géniale. Tom m'a dit qu'il allait en toucher deux mots à son copain Adam, de l'*Independent*, pour qu'il me file des interviews, des comptes rendus ou des trucs de ce genre !

Vais devenir journaliste de haute volée et aurai de plus en plus de travail et d'argent, si bien que je pourrai laisser tomber job et travailler simplement chez moi sur canapé, avec ordinateur portable sur les genoux. Hourra !

Mercredi 5 février

Viens d'appeler papa pour voir comment il va et s'il veut faire quelque chose de sympa pour la Saint-Valentin.

— Oh, c'est gentil, mon petit. Mais ta mère m'a dit que j'avais besoin de m'élargir l'esprit.

— Et alors ?

— Je vais à Scarborough jouer au golf avec Geoffrey.

Super ! Suis bien contente qu'il soit OK.

Jeudi 13 février

58,5 kg, unités d'alcool : 4, cigarettes : 19, séances de gym : 0, cartes de Saint-Valentin reçues en avance : 0, nombre de fois où jules a parlé de Saint-Valentin : 0, intérêt de Saint-Valentin si jules n'en parle même pas : 0.

J'en ai vraiment ras le bol. C'est la Saint-Valentin demain et Mark n'en a même pas parlé. Ne comprends d'ailleurs pas pourquoi il est obligé de rester à New York tout le week-end. Les bureaux juridiques sont forcément tous fermés.

Objectifs atteints pendant l'absence de Mark
Nombre de séances de gym : 0.
Soirées passées avec Jude et Shazzer : 6 (et une de plus demain soir, vraisemblablement).
Minutes passées avec papa : 0.
Minutes passées à parler à papa de ce qu'il ressent : 0.
Minutes passées à parler de golf avec papa, pendant que Geoffrey beugle en fond sonore : 287.
Articles rédigés pour journaux : 0.
Kilos perdus : 0.
Kilos gagnés : 1.

Ai quand même envoyé cadeau Saint-Valentin à Mark. Un cœur en chocolat. L'ai envoyé à l'hôtel avant son départ avec la mention : « Ne pas ouvrir avant le 14 février. » Je crois qu'il comprendra que c'est de ma part.

Vendredi 14 février

59 kg, séances de gym : 0, fleurs, bijoux, cadeaux Saint-Valentin : 0, intérêt Saint-Valentin : nul, différence entre Saint-Valentin et autres jours : 0, intérêt de la vie : incertain, possibilité de réaction exagérée au fiasco de non-Saint-Valentin : légère.

8:00. Me fiche totalement de tout ce qui concerne la Saint-Valentin. C'est tout simplement sans importance par rapport à tout le reste.

8:20. Vais juste descendre voir si le facteur est passé.

8:22. Le facteur n'est pas passé.

8:27. Le facteur n'est toujours pas passé.

8:30. Le facteur est passé ! Hourra !

8:35. Un relevé bancaire. Rien de Mark, rien, rien, rien, rien, rien, rien. Rien.

8:40. Ne peux pas croire que je passe la Saint-Valentin toute seule encore une fois. C'est pire qu'il y a deux ans quand nous sommes allées en Gambie avec Jude et Shaz et que nous avons dû partir la veille à cause des vols. Quand nous sommes descendues dîner, tous les cœurs étaient en bandoulière. Toutes les tables sans exception étaient pleines d'amoureux main dans la main et nous, nous étions seules, à lire *Apprenez à vous aimer.*

Suis t. triste. Impossible qu'il ne le sache pas. C'est juste qu'il s'en fout. Ça signifie sans doute que je ne suis qu'une Fille-de-Passage, car, comme on peut le lire dans *Mars et Vénus ont une liaison*, je crois que si un homme s'intéresse sérieusement à vous, il vous offre toujours de la lingerie et des bijoux, et pas des livres ou des aspirateurs. C'est peut-être sa façon de me dire que tout est fini entre nous et il va me l'annoncer à son retour.

8:43. Peut-être que Jude et Shaz avaient raison : j'aurais dû rompre dès les premiers signes. Par exemple, avec Daniel l'année dernière, si la première fois qu'il m'a posé un lapin, dès notre premier rendez-vous, sous un prétexte lamentable, j'avais laissé tomber, au lieu de me réfugier dans le Déni de Réalité, je n'aurais pas fini par trouver une femme nue sur une chaise longue sur la terrasse de son appartement. En fait, si on y pense, Daniel contient toutes les lettres de Déni !

C'est une manie. Je n'arrête pas de trouver des gens nus dans les appartements de mes jules. Je suis dans la répétition.

8:45. Mon Dieu ! J'ai un découvert de 200 livres. Comment est-ce possible ? Comment ? Comment ?

8:50. Vous voyez bien. À quelque chose malheur est bon. J'ai trouvé sur mon relevé un retrait bizarre pour un chèque de 149 livres, dont je ne me souviens pas. Suis persuadée que c'est un chèque de 14,9 livres que j'ai fait au pressing, ou un truc de ce genre.

9:00. Ai téléphoné à la banque pour voir à qui il était destiné, et c'était à « Monsieur S.S.F. ». Les teinturiers sont des escrocs. Vais appeler Jude, Shazzer, Rebecca, Tom et Simon pour leur dire de ne plus aller chez Duraclean.

9:30. Ha ! Viens d'aller chez Duraclean pour enquêter sur « Monsieur S.S.F. » sous prétexte de porter ma petite nuisette de soie noire à nettoyer. N'ai pu m'empêcher de remarquer que le personnel du pressing a l'air plutôt d'origine indienne que française. Peut-être indo-française, après tout.

— Pouvez-vous me dire votre nom, s'il vous plaît ? ai-je demandé au type en lui tendant ma chemise de nuit.

— Salwani, a-t-il répondu avec un sourire d'une amabilité suspecte.

S. Ha !

— Et le vôtre ? a-t-il demandé.

— Bridget.

— Bridget. Écrivez-moi votre adresse ici, s'il vous plaît, Bridget.

Vous voyez bien qu'il y a quelque chose de louche. Ai décidé de mettre l'adresse de Mark Darcy, car il a du personnel et un système d'alarme.

— Connaissez-vous un certain Monsieur SSF ? ai-je demandé au type, qui est devenu presque badin.

— Non, mais je crois que je vous ai déjà vue quelque part, a-t-il dit.

— Ne croyez pas que je ne sois pas au courant de vos manigances, ai-je lancé avant de sortir en vitesse.

Non mais ! J'ai pris les choses en main.

10:00. Ne peux croire ce qui m'arrive. À onze heures et demie, un jeune est entré avec un énorme bouquet de roses rouges et les a posées sur mon bureau. Pour moi ! Vous auriez dû voir les têtes de Patchouli et de l'Horrible Harold. Richard Finch lui-même en a perdu la voix, il a à peine réussi à placer un lamentable : « On se les est envoyées soi-même, hein ? »

J'ai ouvert la carte et voici ce qui était écrit :

Joyeuse Saint-Valentin à la lumière de ma triste vie. Sois à Heathrow, Terminal 1, demain à 8 h 30 pour retirer billets au comptoir British Airways (réf : P23/R55) pour magique escapade surprise. Retour prévu lundi matin à temps pour travailler. Je t'attends à l'arrivée.
(Essaie d'emprunter combinaison de ski et chaussures convenables.)

Je n'y crois pas. Je n'y crois tout simplement pas. Mark m'emmène skier comme surprise de Saint-Valentin. C'est un miracle. Hourra ! Ce sera t. romantique, dans un village de carte postale, au milieu des lumières scintillantes, nous dévalerons les pentes main dans la main comme le Roi et la Reine des Neiges.

Suis pleine de remords d'avoir cédé à mes obsessions négatives, mais c'est le genre de chose qui peut arriver à n'importe qui. Absolument.

Viens d'appeler Jude, qui me prête combinaison de ski : noire, d'une seule pièce, style Michelle Pfeiffer en Catwoman. Seul petit problème, n'ai skié qu'une seule fois quand j'étais au collège et me suis tordu la cheville le premier jour. Tant pis. Je suis sûre que ça ira tout seul.

Samedi 15 février

72 kg (j'en ai l'impression. Suis comme balle géante gonflable bourrée de fondue, de hot dogs, de chocolat chaud, etc.), grappas : 5, cigarettes : 32, chocolats chauds : 6, calories : 8257, pieds : 3, expériences où j'ai frôlé la mort : 8.

13:00. Au bord du précipice. Ne peux croire à la situation dans laquelle je me trouve. Quand suis arrivée en haut de la montagne, me suis sentie paralysée de frayeur, alors j'ai encouragé Mark Darcy à partir devant, pendant que je mettais mes skis et que je le voyais descendre la pente comme un exocet, une fusée ou un truc du genre. Bien que t. reconnaissante d'avoir été invitée, ne pouvais croire au cauchemar d'avoir à prendre le remonte-pente, me demandant l'intérêt de se trimbaler au milieu de gigantesques édifices de béton bardés de grilles et de chaînes comme un camp de concentration, les genoux à moitié pliés et les pieds quasiment plâtrés, avec sur l'épaule des skis encombrants qui n'arrêtaient pas de se désolidariser l'un de l'autre, pour se faire pousser dans un portillon automatique comme un troupeau de moutons, alors qu'on aurait pu être si bien au lit ! Le pire de tout, c'est que mes cheveux sont devenus fous avec l'altitude — ils se mettent en cornes et en paquets bizarres comme des tortillons dans un sachet de Cadbury —, et que la combinaison Catwoman est conçue exclusivement pour des filles élancées comme Jude, ce qui fait que j'ai l'air d'une poupée négresse en chiffon ou d'une mégère de pantomime. En plus, des gosses de trois ans passent sans arrêt comme des flèches sans même se servir de bâtons, sur une seule jambe, font des sauts périlleux, etc.

Le ski est un sport t. dangereux, ce n'est pas moi qui me fais des idées. On peut se retrouver paralysé, enseveli sous une avalanche, etc. Shaz m'a raconté qu'un de ses copains parti dans une mission de ski hors-piste très dangereuse avait pris peur, qu'on avait dû le redescendre sur une civière et que les pisteurs avaient *lâché la civière*.

14:30. Café de la Montagne. Mark est remonté comme une flèche et m'a demandé si j'étais prête à descendre.

Ai expliqué dans un murmure que j'avais fait une erreur de venir sur la piste parce que le ski est un sport vraiment dangereux — au point que les assurances ne veulent même pas couvrir les vacances à la neige. C'est une chose d'avoir un accident qu'on ne peut pas prévoir, c'en est une autre de se mettre volontairement dans une situation extrêmement dangereuse, en jouant consciemment avec la mort ou l'accident, par exemple, en faisant du saut à l'élastique, en escaladant l'Everest ou en se posant des pommes sur la tête pour servir de cible.

Mark m'a écoutée calmement, l'air songeur.

— Je vois ce que tu veux dire, Bridget, a-t-il dit. Mais c'est la piste des débutants. Elle est pratiquement horizontale.

J'ai dit à Mark que je voulais redescendre par le remonte-pente. Mais il m'a expliqué que c'était un tire-fesses et que ça ne marchait pas pour redescendre. Quarante-cinq minutes plus tard, Mark avait réussi à me faire descendre par petites poussées successives suivies de réceptions effectuées en me dépassant à toute vitesse. Une fois en bas, ai cru bon de suggérer de reprendre le téléphérique jusqu'au village pour se reposer un peu et boire un café.

— Bridget, a-t-il déclaré, le ski, c'est comme le reste dans la vie. C'est une question de confiance. Viens. Je crois que tu as besoin d'une grappa.

14:45. Mmm. J'adore la grappa.

15:00. La grappa est vraiment une boisson extra. Mark a raison. Suis probablement naturellement douée pour le ski. Suffit de retrouver un peu de confiance en moi.

15:15. Sommet piste des débutants. Aaah ! Facile comme tout, à première vue. Allons-y ! Youpi !

16:00. Suis une skieuse merveilleuse, extraordinaire. Viens de descendre la piste avec Mark comme sur des roulettes, mon corps bouge en parfaite harmonie, comme si c'était instinctif. Quel pied ! Je renais à la vie. Suis sportive accomplie genre princesse Anne ! Pleine d'une nouvelle énergie et de pensées positives ! Confiance ! Hourra ! Une nouvelle vie m'attend ! Grappa ! Hourra !

17:00. Sommes allés nous reposer au Café de la Montagne et Mark a soudain été assailli par un groupe de gens style avocats ou banquiers, parmi lesquels une grande fille blonde et mince qui me tournait le dos, combinaison blanche, cache-oreilles de fourrure et visière Versace. Elle riait en cascades. Comme au ralenti, elle a rejeté ses cheveux en arrière d'un mouvement de tête et au moment où ils sont revenus en rideau ondoyant, je me suis rendu compte que je connaissais ce rire et je l'ai vue tourner la tête vers nous. C'était Rebecca.

— Bridget ! a-t-elle dit en s'approchant dans un tintement métallique pour m'embrasser. Ma belle ! Comme c'est extraordinaire ! Quelle coïncidence !

J'ai regardé Mark, qui avait l'air plutôt perplexe et se passait la main dans les cheveux.

— Ce n'est pas vraiment une coïncidence, tout de même ? a-t-il dit d'un air gêné. C'est bien toi qui m'as suggéré de venir ici avec Bridget, non ? Je veux dire, je suis ravi de vous voir tous ici, bien sûr, mais je ne pensais pas que vous alliez être là, vous aussi.

Il y au moins une bonne chose avec Mark, c'est que je crois toujours ce qu'il dit. Mais quand a-t-elle suggéré ça ? Quand ?

Rebecca a eu l'air décontenancée pendant un moment, puis a eu un sourire ravageur.

— Je sais, mais ça m'a rappelé combien c'est beau, Courchevel, et tous les autres venaient aussi, alors... Ooh !

Avec beaucoup d'à-propos, elle a chancelé et a dû se faire retenir par l'un des admirateurs de service.

— Humm..., a dit Mark.

Il n'avait pas l'air content du tout. Tête baissée, j'essayais de comprendre ce qui se passait.

Finalement, je n'ai pas pu supporter plus longtemps de faire comme si de rien n'était, j'ai donc dit tout bas à Mark que je retournais faire un petit tour sur la piste des débutants. Me suis introduite dans la queue du remonte-pente plus facilement que les autres fois, tant j'étais contente d'échapper à cette comédie bizarre. J'ai raté les deux premières perches, que j'ai mal agrippées, mais j'ai réussi à attraper la troisième.

L'ennui, c'est qu'une fois partie, rien n'allait plus, tout semblait cahoteux et accidenté, j'avais l'impression de galoper. Soudain, j'ai vu un gamin sur le bord qui me faisait de grands signes et criait quelque chose en français. J'ai jeté un coup d'œil avec horreur en direction de la terrasse du café et j'ai vu les copains de Mark qui criaient et faisaient des signes, eux aussi. Qu'est-ce qui se passait ? Puis j'ai vu Mark qui courait comme un dératé dans ma direction.

— Bridget ! a-t-il hurlé en se rapprochant, tu as oublié de mettre tes skis !

— Quelle conne ! a rugi Nigel, au moment où nous revenions au café. Je n'ai rien vu de plus stupide depuis des années.

— Tu veux que je reste avec elle ? a dit Rebecca à Mark, les yeux écarquillés de sollicitude, comme si j'étais un sale marmot encombrant. Tu pourrais faire quelques bonnes descentes avant le dîner.

— Non, non, ça ira, a-t-il répondu.

Mais je voyais bien à sa tête qu'il mourait d'envie d'aller skier et je voulais qu'il en profite parce qu'il adore ça. Mais je ne pouvais absolument pas supporter l'idée que cette salope de Rebecca me donne une leçon de ski.

— En fait, j'ai besoin de me reposer, ai-je déclaré. Je vais prendre un chocolat chaud et récupérer.

Très agréable de boire chocolat dans le café, un peu comme s'enfiler une grande tasse de sauce chocolat, heureusement que j'avais ce plaisir, pendant que Mark et Rebecca étaient ensemble sur le télésiège ! Je la voyais, toute joyeuse et tintinnabulante, qui lui touchait le bras.

Finalement, je les ai vus réapparaître, filant comme des flèches, le Roi et la Reine des Neiges, lui en noir et elle en blanc, comme ces couples sur les dépliants branchés de sports d'hiver où la photo suggère que, en plus des huit pistes noires, des quatre cents remonte-pente et de la demi-pension, vous pouvez compter sur une baise d'enfer. Comme ces deux-là, bientôt.

— Oh, c'est grisant ! a dit Rebecca en remontant ses lunettes sur sa tête avec un rire complice en direction de Mark. Dites-moi, voulez-vous dîner avec nous ce soir ? Nous faisons une fondue, là-haut, et ensuite une descente à ski avec des torches... Oh, désolée, Bridget, mais tu peux redescendre par le téléphérique.

— Non, a dit Mark sèchement. Je n'étais pas là pour la Saint-Valentin et j'emmène Bridget dîner en amoureux.

Ce qu'il y a de bien avec Rebecca, c'est qu'il y a toujours une fraction de seconde où son air vexé la trahit.

— Mais bien sûr, comme vous voudrez, amusez-vous bien, a-t-elle lancé avec son sourire pour pub de dentifrice, puis elle a remis ses lunettes avant de s'éloigner gracieusement sur ses skis vers le village.

— Quand l'as-tu vue ? Quand a-t-elle suggéré Courchevel ?

Il a froncé les sourcils.

— Elle était à New York.

J'ai titubé en lâchant un de mes bâtons. Mark a éclaté de rire, m'a ramassée et m'a serrée très fort contre lui.

— Ne fais pas cette tête, a-t-il soufflé contre ma joue. Elle y était avec je ne sais combien d'autres personnes, j'ai discuté dix minutes avec elle. Je lui ai dit que je voulais faire quelque chose de sympa pour rattraper mon absence pour la Saint-Valentin et elle a suggéré de venir ici.

J'ai émis un petit bruit indéterminé.

— Bridget, a-t-il dit, je t'aime.

Dimanche 16 février

Poids : je m'en fiche (en fait, pas de balance), nombre de fois où me suis rejoué moment sublime du mot magique : nombre astronomique, genre trou noir.

Suis si heureuse. Ne ressens aucune colère envers Rebecca. Généreuse et tolérante. C'est un phasme, une vieille vache prétentieuse tout à fait sympa. Mark et moi avons eu un dîner super, beaucoup ri et nous sommes dit combien nous nous étions manqués. Lui ai donné un cadeau, un petit porte-clés marqué Newcastle United et un caleçon Newcastle United, qui lui ont beaucoup plu. Il m'a offert une nuisette de soie rouge qui était un peu trop petite, mais ça n'a pas eu l'air de lui déplaire, au contraire, pour être tout à fait honnête. Et après, il m'a raconté tout ce qui s'était passé à New York pour son boulot, je lui ai donné mon point de vue sur tout et il a dit que c'était très rassurant et « unique » !

P.S. Personne ne doit lire ce qui suit parce que c'est honteux. J'étais tellement folle de joie qu'il m'ait dit qu'il m'aimait alors que nous sortons ensemble depuis si peu de temps que, sans le faire exprès, j'ai téléphoné à Jude et Shaz et leur ai laissé des messages. Mais je me rends compte maintenant à quel point c'était superficiel. J'ai eu tort.

Lundi 17 février

59 kg (aaah ! Maudit soit le chocolat chaud !), unités d'alcool : 4 (mais y compris voyage avion, donc t. b.), cigarettes : 12, actes néocolonialistes embarrassants perpétrés par ma mère : 1 (énorme).

Notre escapade était géniale, Rebecca mise à part, mais j'ai eu un choc à Heathrow ce matin. Nous étions dans le hall des arrivées en train de chercher la sortie vers la station de taxis quand une voix a retenti : « Ma chérie ! Ce n'était pas la peine de venir me chercher, tu es sotte. Geoffrey et papa nous attendent dehors. Nous sommes juste venues acheter un cadeau pour papa. Viens que je te présente Wellington. »

C'était ma mère, bronzage orange vif, cheveux tressés à la

Bo Derek avec perles aux extrémités des nattes, dans un volumineux ensemble en batik orange comme Winnie Mandela.

— Je suis sûre que tu vas croire que c'est un Masaï, mais c'est un Kikuyu ! Un Kikuyu ! Rends-toi compte !

J'ai suivi son regard jusqu'à Una Alconbury, également orange et vêtue de batik de la tête aux pieds. Lunettes de lecture sur le nez et sac à main de cuir vert avec un gros fermoir doré au bras, elle attendait au comptoir de la boutique de chaussettes, porte-monnaie ouvert, et couvait du regard avec ravissement un énorme jeune Noir qui avait une boucle de chair pendouillant à chaque oreille avec une boîte à pellicule photo dans l'une, et qui portait une cape à carreaux bleu vif.

— *Hakuna Matata*. Ne t'en fais pas, prends la vie du bon côté. C'est du swahili. N'est-ce pas épatant ? Nous avons passé des vacances sensationnelles, Una et moi et Wellington, et nous avons ramené Wellington avec nous. Bonjour, Mark, a-t-elle dit, faisant à peine attention à sa présence. Viens, ma chérie, pourquoi ne dis-tu pas *Jambo* à Wellington !

— Tais-toi, maman, tais-toi, ai-je sifflé discrètement en regardant anxieusement à droite et à gauche. Tu ne peux pas ramener chez toi un indigène africain. C'est du néocolonialisme et papa vient à peine de se remettre de l'histoire de Julio.

— Wellington n'est pas un indigène, a dit ma mère en se redressant de toute sa taille. Enfin, au moins, ma chérie, c'est un véritable indigène ! Je veux dire qu'il vit dans une hutte de bouse ! Mais il voulait venir ! Il veut voyager à travers le monde, tout comme Una et moi !

Mark n'a pas été très bavard dans le taxi qui nous ramenait à la maison. Quelle calamité ! Pourquoi est-ce que je ne peux pas avoir une mère normale comme tout le monde, avec des cheveux gris, qui se contenterait de faire de bons petits plats ?

Bon, je vais appeler papa.

21:00. Papa, en bon Anglais moyen, s'est retranché dans le plus total mutisme émotionnel et avait l'air à nouveau complètement bourré.

— Comment ça va ? ai-je hasardé, quand j'ai enfin réussi à me débarrasser de ma mère, excitée comme un pou, pour lui parler.

— Oh, très bien, très bien, tu sais. Il y a des guerriers zoulous dans la rocaille. Les primevères commencent à sortir. Et toi, ça va ?

Seigneur ! Je ne suis pas sûre qu'il puisse faire face encore une fois à une situation aussi dingue. Je lui ai dit de m'appeler n'importe quand, mais c'est t. dur de le voir renfermé et malheureux.

Mardi 18 février

59 kg (la situation est critique), cigarettes : 13, délires masochistes où Mark est amoureux de Rebecca : 42.

19:00. Dans la tourmente. Suis rentrée à toute vitesse après nouvelle journée de cauchemar au boulot (Shaz a décidé sans crier gare qu'elle se mettait au football, alors Jude et moi allons chez elle regarder des Allemands battre des Turcs ou des Belges, ou je ne sais qui), pour trouver deux messages sur répondeur, aucun n'était de papa.

Le premier était de Tom, il disait que son copain Adam, de l'*Independent*, était prêt à me donner une chance pour une interview à condition que je trouve quelqu'un de vraiment célèbre à interviewer et que je ne compte pas être rémunérée.

Quand même, ce n'est sûrement pas comme ça que ça se passe dans le journalisme. Comment font-ils tous pour rembourser leurs emprunts et payer leurs cures de désintoxication ?

Le deuxième était de Mark. Disait qu'il sortait ce soir avec Amnesty et les Indonésiens et est-ce qu'il pouvait m'appeler chez Shazzer pour avoir des nouvelles du match ? Il y avait ensuite une espèce de silence, puis : « Euh... Au fait, Rebecca nous invite avec toute la bande chez ses parents dans le Glou-cestershire le week-end prochain ? Qu'en penses-tu ? Je te rappellerai. »

Je sais exactement ce que j'en pense. Je crois que je préfére-rais rester dans un petit trou dans la rocaille de papa et maman en compagnie des vers de terre pendant tout le week-end plu-tôt que d'aller à la fête campagnarde de Rebecca pour la voir flirter avec Mark. Enfin quoi, pourquoi ne m'a-t-elle pas télé-phoné pour nous inviter ?

C'est la mentionnite. C'est exactement la mentionnite. C'est clair. Téléphone. Je parie que c'est Mark. Qu'est-ce que je vais dire ?

« Bridget, décroche, pose ça, pose ça. POSE ÇA. »

J'ai décroché, ahurie.

— Magda ?

— Oh, Bridget ! Salut ! C'était bien, le ski ?

— C'était super, mais...

Je lui ai tout raconté, Rebecca, New York, l'invitation à la campagne.

— Je ne sais pas si je dois y aller.

— Évidemment, il faut que tu y ailles, Bridge, a dit Magda. Si Mark voulait sortir avec Rebecca, il sortirait avec Rebecca, dis-toi bien... descends, descends, Harry, descends tout de suite de cette chaise ou maman te donne une fessée. Vous êtes complètement différentes, toutes les deux.

— Hmmm. Tu comprends, je crois que Jude et Shazzer diraient...

Jeremy a pris le téléphone :

— Écoute, Bridge, demander conseil à Jude et Shazzer pour tes relations de couple, c'est comme demander conseil pour un régime à une diététicienne qui pèse cent vingt kilos.

— Jeremy ! a hurlé Magda. Il se fait l'avocat du diable, Bridge. Ne l'écoute pas. Toute femme a son charme. Il t'a choisie. Vas-y, sois belle et tiens-la à l'œil. Noon ! Pas par terre !

Elle a raison. Je serai une femme forte, sûre de moi, réceptive et capable de réagir, je m'amuserai bien et mon charme rayonnera. Hourra ! Je vais appeler papa en vitesse avant d'aller voir le foot.

Minuit. De retour chez moi. Une fois dehors dans ie froid glacial, la femme forte et sûre d'elle s'est évaporée dans l'angoisse. Ai dû passer près d'un groupe d'ouvriers qui travaillaient à la lumière de projecteurs sur une conduite de gaz. Comme je portais un manteau t. court et des bottes, je me préparais à affronter des sifflets et des remarques embarrassantes, et je me suis sentie complètement idiote quand rien ne s'est passé.

Ça me rappelle un jour quand j'avais quinze ans et que je passais en ville dans une ruelle déserte, un homme m'avait suivie et m'avait saisi le bras. M'étais retournée pour dévisager l'agresseur, terrifiée. À cette époque, j'étais très mince et portais des jeans moulants. Mais aussi des lunettes et un appareil dentaire. Le type m'avait dévisagée et avait immédiatement fichu le camp.

En arrivant, ai confié mes sentiments concernant les ouvriers à Jude et Sharon.

— Voilà tout le problème, Bridget, a explosé Shazzer. Ces mecs traitent les femmes comme des objets, comme si notre seule fonction était notre séduction physique.

— Mais ils n'ont rien fait du tout, a dit Jude.

— Justement. C'est pour ça que c'est si dégueulasse. Bon, allez, on est censées regarder le match.

— Mmmm. Ils ont de belles grosses cuisses, vous ne trouvez pas ? a dit Jude.

— Mmmm, ai-je acquiescé distraitement en me demandant si Shaz se mettrait en colère si je parlais de Rebecca pendant le match.

— Je connais une fille qui a couché avec un Turc, a dit Jude. Il avait un pénis tellement énorme qu'il ne pouvait coucher avec personne.

— Quoi ? Je croyais que tu disais qu'elle avait couché avec lui, a dit Shaz, un œil rivé sur la télévision.

— Elle a couché avec lui, mais pas jusqu'au bout.

— Parce qu'elle ne pouvait pas, parce que son engin était trop gros, ai-je ajouté par solidarité avec Jude. C'est terrible ! Vous croyez que ça vient de la nationalité ? Je veux dire, vous croyez que les Turcs...

— Chut, taisez-vous, a ordonné Shazzer.

Pendant un moment, nous n'avons rien dit, imaginant tous ces pénis bien enfermés dans les shorts et pensant à tous les matchs du passé, avec toutes ces nationalités différentes. J'étais sur le point d'ouvrir la bouche quand Jude, qui semblait je ne sais pourquoi suivre son idée, a repris :

— Ça doit être bizarre d'avoir un pénis.

— Oui, ai-je renchéri, très bizarre d'avoir un appendice actif. Si j'en avais un, je n'arrêterais pas d'y penser.

— Oui, on doit tout le temps se demander ce qu'il va faire, a dit Jude.

— Oui, tout à fait, ai-je acquiescé. Tu pourrais subitement avoir une érection gigantesque en plein milieu d'un match de foot.

— Oh, je vous en prie ! a hurlé Sharon.

— OK, ne t'énerve pas, a dit Jude. Bridge, ça va ? Tu as l'air un peu déprimée, qu'est-ce qui te tracasse ?

J'ai jeté un coup d'œil inquiet à Shaz, puis je me suis dit que c'était trop important pour le passer sous silence. Je me suis éclairci la gorge pour préparer l'auditoire et j'ai annoncé :

— Rebecca a téléphoné à Mark pour nous inviter en week-end.

— QUOI ? ont hurlé Jude et Shaz en même temps.

J'étais assez contente de les voir apprécier pleinement la gravité de la situation. Jude s'est levée pour prendre les Milk Tray et Shaz est allée chercher une autre bouteille dans le frigo.

— Voilà, résumait Sharon. Nous connaissons Rebecca

depuis quatre ans. Nous a-t-elle jamais invitées, toi, Jude ou moi, à un de ses week-ends rupins à la campagne ?

— Non.

J'ai hoché solennellement la tête.

— Mais le problème, a dit Jude, c'est que si tu n'y vas pas, suppose qu'il y aille tout seul ? Tu ne peux pas laisser Rebecca lui mettre le grappin dessus. D'autre part, il est clair que c'est important pour lui, avec la situation qu'il a, d'avoir une copine socialement à la hauteur.

— Pfff, a lancé Shazzer avec mépris. Ça, c'est de la foutaise. Si Bridget refuse de l'accompagner, qu'il y va tout seul et fout le camp avec Rebecca, ce n'est qu'un charlot de dernière zone qui ne vaut pas qu'on s'intéresse à lui. Je t'en ficherais des copines socialement à la hauteur ! On n'est plus dans les années cinquante. Elle ne passe pas ses journées à faire le ménage en soutien-gorge pointant pour ensuite recevoir les collègues de son mari comme le stéréotype du prix de la meilleure épouse. Dis-lui que tu sais que Rebecca lui court après et que c'est pour ça que tu ne veux pas y aller.

— Mais il va être flatté, a dit Jude. Il n'y a rien qu'un homme aime tant que de plaire à une femme.

— Qui a dit ça ? a demandé Shaz.

— La baronne dans *La Mélodie du bonheur*, a avoué Jude, pas très fière.

Malheureusement, quand nous sommes revenues au foot, le match avait l'air d'être terminé.

Tout de suite après, Mark a téléphoné.

— Alors ? a-t-il demandé, haletant.

— Euh..., ai-je balbutié en faisant des signes frénétiques à Jude et Shazzer qui avaient l'air complètement hors du coup.

— Mais vous avez bien regardé le match, non ?

— Oui, bien sûr, ça me revient, ça me revient..., ai-je chantonné, me souvenant vaguement que ça avait un rapport avec l'Allemagne.

— Alors, comment se fait-il que tu ne saches pas ce qui s'est passé ? Je ne te crois pas.

— Si, on l'a regardé, mais...

— Mais quoi ?

— On discutait, ai-je conclu bêtement.

— Oh, bon Dieu ! (Long silence, puis :) Écoute, tu veux aller chez Rebecca ?

J'ai regardé alternativement Jude et Shazzer, affolée. Une pour. L'autre contre. Et Magda était pour.

— Oui, ai-je dit.

— Super. On s'amusera, je crois. Elle a dit d'apporter son maillot de bain.

Un maillot de bain ! Catastrophe. Cataaastrophe !

En rentrant, j'ai retrouvé la même bande d'ouvriers qui sortaient du pub, complètement bourrés. J'ai regardé droit devant moi en me disant que ça m'était bien égal qu'ils sifflent ou pas, mais juste au moment où je passais, j'ai entendu une cacophonie de bruits élogieux. Me suis retournée, contente de pouvoir leur jeter un regard furieux, pour me rendre compte qu'ils me tournaient tous le dos et que l'un d'eux venait de jeter une brique dans le pare-brise d'une Volkswagen.

Samedi 22 février

58,5 kg (terrifiant), unités d'alcool : 3 (je me tiens bien), cigarettes : 2 (zut !), calories : 10 000 (je soupçonne sabotage de la part de Rebecca), chiens qui reniflent ma jupe : 1 (constamment).

Gloucestershire. Le soi-disant « cottage » des parents de Rebecca comporte en fait des écuries, des dépendances, une piscine, une armée de domestiques et une chapelle privée dans le « jardin ». Au moment où nous entrions dans la cour sur le gravier crissant, Rebecca, petites fesses en boules de billard moulées dans un jean — style pub Ralph Lauren —, était en train de jouer avec un chien, les cheveux chatoyant dans le soleil, au milieu d'une rangée de coupés Saab ou BMW.

— Emma, assis ! Oh, salut ! a-t-elle crié, ce qui fait que le chien s'est précipité vers moi et a fourré directement le museau sous mon manteau.

— Bon, venez prendre un verre, a-t-elle dit en accueillant Mark, tandis que je me débattais avec la tête du chien.

Mark est venu à mon secours en criant :

— Emma ! Au pied ! et en lançant un bâton, que le chien a rapporté, la queue frétillante.

— Oh, elle t'adore, hein, chérie, n'est-ce pas que tu l'adores, hein ? hein ? hein ? a roucoulé Rebecca en caressant la tête du chien, comme si c'était leur premier-né, à Mark et à elle.

Mon portable s'est mis à sonner. J'ai essayé de l'ignorer.

— Je crois que c'est le tien, Bridget, a dit Mark.

Je l'ai sorti et j'ai appuyé sur le bouton.

— Bonjour, ma chérie, tu sais quoi ?

— Maman, pourquoi m'appelles-tu ? ai-je chuchoté, furieuse, tandis que Rebecca entraînait Mark.

— Nous allons tous voir *Miss Saigon* vendredi prochain ! Una et Geoffrey, papa et moi et Wellington. Il n'a jamais vu de comédie musicale. Un Kikuyu à *Miss Saigon*, c'est drôle, non ? Et nous avons des billets pour Mark et toi !

Horreur ! Une comédie musicale ! Des mecs bizarres, jambes écartées, qui chantent à tue-tête en regardant droit devant eux.

Quand j'ai enfin pu pénétrer dans la maison, Mark et Rebecca avaient disparu et il n'y avait personne en vue, sauf le chien, qui a recommencé à fourrer le nez sous mon manteau.

16:00. Viens de rentrer d'une promenade dans le « jardin ». Rebecca n'a pas cessé de me brancher sur la conversation d'autres mecs, pour entraîner ensuite Mark avec elle à des kilomètres. Ai fini par me retrouver avec le neveu de Rebecca :

une sorte de sous-Leonardo Di Caprio à l'air traqué avec un pardessus de l'Armée du Salut que tout le monde désignait comme « le fils de Johnny ».

— Tout de même, j'ai un nom, a-t-il grommelé.

— Oh, ne sois pas absuuurde ! ai-je dit, à la manière de Rebecca. Et c'est quoi ?

Il a hésité, l'air gêné.

— St John.

— Ah, ai-je compati.

Il a éclaté de rire et m'a offert une clope.

— Il vaudrait mieux pas, ai-je dit en faisant un signe de tête en direction de Mark.

— C'est ton copain ou ton père ?

Il m'a entraînée hors du sentier vers un mini-lac et a allumé ma cigarette.

C'était t. chouette de fumer et de rigoler comme des galopins.

— Nous ferions mieux d'y retourner, ai-je dit en écrasant ma cigarette sous ma botte.

Les autres étaient à des kilomètres devant et nous avons été obligés de courir : jeunes et libres, style pub Calvin Klein. Quand nous les avons rattrapés, Mark m'a prise dans ses bras.

— Qu'est-ce que tu faisais ? a-t-il demandé dans mes cheveux. Tu fumais, comme une écolière désobéissante ?

— Je n'ai pas fumé une cigarette depuis cinq ans, a clai-ronné Rebecca.

19:00. Mmm. Mmm. Mark avait très envie de moi avant le dîner, c'est clair. Mmmmm.

Minuit. Rebecca a fait tout un cirque pour me placer à côté du « fils de Johnny » au dîner : « Vous avez l'air de si bien vous entendre, tous les deux ! ! » Et elle s'est mise à côté de Mark.

Ils étaient parfaits côte à côte, en tenue de soirée. Tenue de soirée ! Comme l'a dit Jude, c'était seulement parce qu'elle voulait mettre sa silhouette en valeur en tenue décontractée puis en robe habillée, comme si c'était un concours de Miss Monde. Donnant le signal, elle a lancé ensuite : « Et si on se mettait en maillot de bain maintenant ? » et elle s'est éclipsée pour réapparaître deux minutes plus tard dans un maillot noir impeccablement coupé qui lui faisait des jambes interminables.

— Mark, a-t-elle demandé, tu peux me donner un coup de main ? Il faut que j'enlève la bâche qui recouvre la piscine.

Mark nous a regardées alternativement, l'air inquiet.

— Oui, a-t-il dit gauchement, avant de disparaître avec elle.

— Tu vas nager ? m'a demandé le freluquet.

— Tu sais, ai-je commencé, je ne voudrais pas que tu croies que je ne suis pas une sportive déterminée et extrêmement motivée, mais onze heures du soir après un repas gargantuesque n'est pas le moment que je préfère pour nager.

Nous avons bavardé un instant, puis je me suis rendu compte que les derniers convives quittaient la salle à manger.

— Et si nous allions prendre le café ? ai-je dit en me levant.

— Bridget.

Soudain, il s'est effondré sur moi et s'est mis à m'embrasser. La porte s'est ouverte brusquement. C'était Mark et Rebecca.

— Oups ! Excusez-nous, a dit Rebecca en refermant la porte.

— Ça va pas, non ? ai-je lancé, furieuse et horrifiée, au freluquet.

— Mais... Rebecca m'a dit que je te plaisais et, et...

— Et quoi ?

— Elle m'a dit que Mark et toi étiez en train de rompre.

Je me suis retenue à la table.

— Qui est-ce qui lui a dit ça ?

— Elle m'a dit... (Il avait l'air si mortifié que j'avais vraiment pitié de lui.) Elle a dit que c'était Mark qui le lui avait dit.

Dimanche 23 février

75,5 kg (probablement), unités d'alcool : 3 (depuis minuit et il n'est que sept heures du matin), cigarettes : 100 000 (impression que j'ai), calories 3 275, pensées positives : 0, jules : chiffre extrêmement incertain.

Quand je suis revenue à la chambre, Mark était dans son bain, je me suis donc assise, préparant ma défense, en chemise de nuit.

— Ce n'était pas ce que tu crois, ai-je commencé avec une originalité extraordinaire, au moment où il a émergé.

— Ah bon ? a-t-il dit, whisky à la main.

Il s'est mis arpenter la pièce, en bon avocat, vêtu seulement d'une serviette. C'était énervant, mais incroyablement sexy.

— Tu avais peut-être une bille coincée dans la gorge ? Et « Sinjun » est peut-être, en réalité, non pas le jeune bon à rien gâté qu'il paraît être, mais un éminent chirurgien en otorhino-laryngologie qui essayait de l'extraire avec sa langue ?

— Non, ai-je répondu prudemment, après réflexion. Ce n'était pas ça non plus.

— Alors, tu avais un problème respiratoire ? Est-ce que « Sinjun » — avec son pauvre cerveau ramolli à la marijuana et farci de quelques rudiments de secourisme, peut-être inspirés par une affiche sur le mur d'un des nombreux centres de désintoxication qu'il a fréquentés dans sa courte vie, bien morne par ailleurs — essayait de te faire le bouche-à-bouche ? Ou bien il t'a simplement confondue avec une pouffiasse de choix et n'a pu résister à...

J'ai éclaté de rire. Il s'est mis à rire, lui aussi, puis nous nous sommes embrassés et de fil en aiguille nous nous sommes endormis dans les bras l'un de l'autre.

Le lendemain matin, me suis réveillée toute souriante en me disant que tout allait bien, mais en jetant un coup d'œil autour de moi, j'ai vu qu'il était déjà habillé et j'ai compris que tout n'allait pas bien du tout.

— Je peux t'expliquer, ai-je dit en me dressant comme un ressort, très théâtrale.

Pendant un instant, nous nous sommes regardés et nous sommes mis à rire. Mais ensuite il a repris son sérieux.

— Alors, vas-y.

— C'est à cause de Rebecca. St John m'a dit que Rebecca lui avait dit que je lui avais dit qu'il me plaisait et...

— Et tu as cru cet ahurissant téléphone arabe ?

— Et que tu lui avais dit que nous...

— Oui ?

— Que nous étions en train de nous séparer.

Mark s'est assis et s'est mis à se masser le front très doucement.

— C'est vrai, ai-je chuchoté, tu as dit ça à Rebecca ?

— Non. Je n'ai jamais dit ça à Rebecca, mais...

Je n'osais pas le regarder.

— Mais peut-être que nous..., a-t-il commencé.

La pièce s'est mise à tourner autour de moi. C'est ce que je déteste quand on sort avec quelqu'un. À un moment, vous êtes plus proche de lui que de n'importe qui au monde et, la minute d'après, il suffit qu'il prononce des mots comme « temps de séparation », « conversation sérieuse » ou « peut-être que nous... », pour que vous ne le revoyiez plus jamais et passiez les six mois suivants à parler toute seule en imaginant des conversations où il vous supplie de revenir ou à éclater en sanglots à la vue de sa brosse à dents.

— Tu veux rompre... ?

On a frappé à la porte. C'était Rebecca, rayonnante en cachemire rose foncé.

— Dernier appel pour le petit déjeuner, les amis ! a-t-elle roucoulé sans faire mine de repartir.

Ai finalement petit déjeuné avec des cheveux hirsutes non

lavés, pendant que Rebecca balançait sa crinière chatoyante en servant le pilaf de poisson.

Sur le chemin du retour, nous avons roulé en silence. Je m'efforçais de ne pas montrer ce que j'éprouvais et de ne pas pleurnicher. Je sais par expérience combien c'est affreux d'essayer de persuader quelqu'un de ne pas rompre s'il a déjà pris sa décision, et après on repense à tout ce qu'on a dit. Et on se sent complètement idiote.

J'avais envie de hurler : « Ne fais pas ça ! Elle essaie de te mettre le grappin dessus, c'est un coup monté. Je n'ai pas embrassé St John. Je t'aime ! »

— Bon, eh bien, au revoir, ai-je dit dignement en me forçant à descendre de la voiture.

— Au revoir, a-t-il marmonné sans me regarder.

Je l'ai regardé partir sur les chapeaux de roues. Pendant qu'il s'éloignait, je l'ai vu se frotter rageusement la joue, comme s'il essuyait quelque chose.

4

Persuasion

Lundi 24 février

95 kg (poids corps, plus chagrin), unités d'alcool : 1 (c'est-à-dire moi), cigarettes : 200 000, calories : 8 477 (sans compter le chocolat), théories sur ce qui se passe : 447, nombre de fois où j'ai changé d'avis sur ce que je dois faire : 448.

3:00 du matin. Je ne sais pas ce que j'aurais fait hier sans les copines. Je les ai appelées dès le départ de Mark et elles étaient là un quart d'heure plus tard, sans me dire une seule fois : « Je te l'avais bien dit ».

Quand Shazzer a surgi, les bras chargés de bouteilles et de sacs à provisions en aboyant : « Est-ce qu'il a téléphoné ? », on se serait cru dans *Urgences* quand le docteur Greene arrive.

— Non, a répondu Jude en me collant une cigarette dans le bec, comme si c'était un thermomètre.

— Ce n'est qu'une question de temps, a dit Shaz gaiement en déballant une bouteille de chardonnay, trois pizzas, deux pots de glace Häagen-Dasz Pralines et Crème et un paquet de Twix géants.

— Ouais, a dit Jude en posant la vidéo d'*Orgueil et Préjugés* sur le magnétoscope avec *Comment retrouver l'estime de soi après un chagrin d'amour*, *Le Guide des cinq étapes des relations amoureuses* et *Comment guérir le chagrin par la haine*. Il va revenir.

— Vous croyez que je devrais l'appeler ? ai-je demandé.

113

— Non ! a hurlé Shaz.

— Tu as perdu la tête, a beuglé Jude. Il joue à l'élastique martien. La *dernière* chose à faire est de l'appeler.

— Je sais, ai-je dit, vexée.

Elle ne croyait quand même pas que j'en étais à ce *point-là*.

— Tu le laisses retourner dans sa tanière et sentir l'attraction qui le pousse vers toi, puis tu passes de la phase Exclusivité à la phase Incertitude.

— Mais si jamais...

— Tu ferais mieux de le débrancher, Shaz, a soupiré Jude. Sinon, elle va passer toute la nuit à attendre qu'il appelle, au lieu de travailler son estime personnelle.

— Nooon ! ai-je crié, comme si elles s'apprêtaient à me couper l'oreille.

— De toute façon, a dit Shaz gaillardement en tirant d'un coup sec sur la prise du téléphone, ça lui fera du bien !

Deux heures plus tard, je ne savais pas très bien où j'en étais.

— « Plus un homme se sent attiré par une femme, plus il veut éviter de s'investir ! » a lu Jude d'une voix triomphante dans *Mars et Vénus ont une liaison*.

— C'est bien la logique masculine ! a dit Shaz.

— Alors, s'il me laisse tomber, ça veut peut-être dire qu'il prend notre relation très au sérieux ? ai-je demandé avec enthousiasme.

— Attendez, attendez... (Jude était en train de passer au crible *Intelligence et Émotions*.) Est-ce que sa femme le trompait ?

— Oui, ai-je bredouillé, la bouche pleine de Twix. Une semaine après leur mariage. Avec Daniel.

— Hmmm. Tu vois, il me semble qu'il traversait un Conflit Émotionnel dû à une blessure antérieure que tu as fait resurgir par inadvertance. Mais bien sûr ! Bien sûr ! C'est ça ! C'est pour ça qu'il a réagi de manière excessive quand il t'a vue embrasser le gamin. Alors, ne t'inquiète pas, quand la blessure cessera de le faire souffrir et de perturber son système nerveux, il se rendra compte de son erreur.

— Et aussi qu'il ferait mieux de sortir avec quelqu'un d'autre parce qu'il t'aime trop ! a ajouté Sharon en allumant joyeusement une Silk Cut.

— La ferme, Shaz, a couiné Jude. La ferme !

C'était trop tard. Le spectre de Rebecca a surgi, emplissant la pièce comme un monstre gonflable.

— Oh, oh, oh, ai-je dit en plissant les yeux.

— Vite, donne-lui à boire, donne-lui à boire ! a hurlé Jude.

— Désolée, désolée. Mets *Orgueil et Préjugés*, a trompetté Shaz en me versant du cognac directement dans le gosier. Trouve le passage de la chemise mouillée. Et si on mangeait les pizzas ?

On se serait cru à Noël, ou plutôt comme quand quelqu'un vient de mourir et qu'avec l'enterrement et toute l'agitation, rien n'est comme d'habitude, si bien que les gens ne se rendent pas compte de leur chagrin. C'est quand la vie reprend son cours normal sans le disparu que les difficultés commencent. Comme maintenant, par exemple.

19:00. Suis folle de joie ! Quand je suis rentrée, le répondeur clignotait.

« Bridget, bonjour, c'est Mark. Je ne sais pas où tu étais hier soir, mais je voulais juste prendre de tes nouvelles. J'essaierai de te rappeler plus tard. »

« Essaierai de te rappeler plus tard. » Hmmm. Donc, ça veut probablement dire que je ne dois pas l'appeler.

19:13. Il n'a pas téléphoné. Ne sais plus quelle procédure adopter. Vaut mieux appeler Shaz.

Pour couronner le tout, mes cheveux sont devenus fous, comme par sympathie. Bizarre comme les cheveux peuvent être normaux pendant des semaines et brusquement, en l'espace de cinq minutes, devenir incontrôlables, annonçant que c'est le moment de les faire couper, à la manière d'un bébé qui se met à hurler pour le biberon.

19:30. Ai fait écouter le message à Shaz au téléphone et lui ai demandé :

— Est-ce que je devrais le rappeler ?

— Non ! Laisse-le souffrir. S'il t'a laissée tomber et qu'il a changé d'avis, il faut qu'il prouve qu'il te mérite, punaise !

Shaz a raison. Oui. Suis d'humeur très déterminée vis-à-vis de Mark Darcy.

20:35. Au fait. Il a peut-être de la peine. Je ne supporte pas de l'imaginer tout triste dans son tee-shirt Newcastle United. Je devrais peut-être simplement l'appeler et aller au fond des choses.

20:50. J'étais sur le point d'appeler Mark pour lui dire tout à trac à quel point je tenais à lui et que tout ça n'était qu'un malentendu, mais heureusement Jude a téléphoné avant que je n'aie eu le temps de décrocher. Je lui ai parlé de ma brève mais inquiétante crise d'optimisme.

— Alors, tu veux dire que tu es retombée dans le Déni de Réalité ?

— Oui, ai-je avoué, hésitante. Je devrais peut-être l'appeler demain ?

— Non. Si tu veux que vous ayez une chance de vous réconcilier, il faut à tout prix éviter les scènes qui laissent des traces. Alors, attends quatre ou cinq jours d'avoir retrouvé ta sérénité et, à ce moment-là, oui, il n'y aura pas de mal à lui passer un petit coup de fil amical juste pour lui faire savoir que tout va bien.

23:00. Il n'a pas appelé. Oh, merde ! Je ne sais plus où j'en suis. Sortir avec quelqu'un n'est qu'une épouvantable partie de bluff et de double bluff où l'homme et la femme se canardent derrière deux rangées de sacs de sable opposées. Comme s'il y avait une règle du jeu, mais personne ne la connaît et chacun établit la sienne. Et vous finissez toujours par vous faire avoir parce que vous ne l'avez pas respectée mais comment est-ce que vous auriez pu, puisque vous ne la connaissiez pas ?

Mardi 25 février

Nombre de fois où je suis passée devant chez Mark Darcy pour voir s'il y avait de la lumière : 2 (ou 4, si on compte dans les deux sens). Nombre de fois où j'ai composé le 141 (pour qu'il ne puisse pas savoir qui l'appelait s'il faisait le 1471), puis appelé son répondeur juste pour entendre sa voix : 5 (mal) (t. b. quand même de ne pas avoir laissé de message). Nombre de fois où j'ai regardé le numéro de téléphone de Mark Darcy dans l'annuaire juste pour me prouver qu'il existe encore : 2 (t. correct), pourcentage d'appels effectués à partir de mon portable pour laisser libre ma ligne au cas où il appellerait : 100. Pourcentage de gens qui m'ont appelée et qui m'ont mise en rage parce qu'ils n'étaient pas Mark Darcy — à moins qu'ils n'aient appelé pour me parler de Mark Darcy — et que j'ai pressés de raccrocher aussi vite que possible pour éviter d'occuper la ligne : 100.

20:00. Magda vient de m'appeler pour demander comment s'est passé le week-end. Ai fini par tout lui raconter.

— Écoute, si tu lui reprends encore une seule fois, tu vas au coin ! Harry ! Excuse-moi, Bridge. Et alors, qu'est-ce qu'il en dit ?

— Je ne lui ai pas parlé.

— Quoi ? Mais pourquoi ?

Lui ai expliqué le message téléphonique et toute la théorie de la bande élastique, de la blessure affective douloureuse et du fait qu'il m'aimait trop.

— Bridget ! Tu es absolument incroyable. Il n'y a rien dans toute cette histoire qui permette de penser qu'il t'a laissée tomber. Ça l'a simplement mis en rogne parce qu'il t'a surprise en train d'embrasser quelqu'un.

— Je n'embrassais pas quelqu'un. Ça m'est arrivé contre ma volonté !

— Mais il ne lit pas dans les pensées ! Comment veux-tu qu'il sache ce que tu éprouves ? Il faut communiquer. Sors ça de sa bouche immédiatement ! Viens avec moi ! Tu vas aller au coin là-haut.

20:45. Magda a peut-être raison. Peut-être que j'ai simplement cru qu'il voulait me quitter, mais qu'il n'en avait pas du tout l'intention. Peut-être que dans la voiture il était seulement perturbé par l'histoire du baiser et qu'il attendait que ce soit moi qui dise quelque chose et que maintenant il pense que je l'évite ! ! Je vais l'appeler. Voilà le problème dans les couples (ou ex-couples) modernes, il n'y a tout simplement pas assez de *communication*.

21:00. Bon, je vais le faire.

21:01. Allons-y.

21:15. Je savais bien qu'il y avait une coupe Inter-Continentale, ou je ne sais plus quoi. J'avais simplement oublié, rapport au bourbier émotionnel. Le genre de truc qui pourrait arriver à n'importe qui.

21:30. Mark Darcy a répondu en aboyant : Oui ? d'une voix incroyablement impatiente, avec tapage en bruit de fond.

Déconfite, j'ai murmuré :

— C'est moi, Bridget.

— Bridget ! Tu es folle ! Tu ne sais pas ce qui se passe ? Ça fait deux jours que tu ne m'as pas appelé et tu me téléphones au moment le plus important, le plus crucial... Nooon ! Nooon ! Quel crétin, bordel ! Seigneur ! Espèce d'idiot, juste devant l'arbitre ! Carton rouge ! Tu vas te faire... Ça y est, il lui met un carton. Il sort. Oh, Seigneur... Écoute, je te rappelle quand ça sera fini.

21:15. Comment ai-je pu être aussi stupide ? Comment ? Comment ?

21:35. Super ! Téléphone ! C'est Mark Darcy !

C'était Jude.

— Quoi ! a-t-elle dit. Il ne t'a pas parlé parce qu'il était en train de regarder un *match de foot* ! Sors ! Sors immédiatement ! Il ne faut pas être là quand il rappellera. Comment ose-t-il !

Me suis immédiatement rendu compte que Jude avait raison et que si Marc se souciait vraiment de moi, le football n'aurait pas été plus important. Shaz a été encore plus catégorique :

— La seule raison pour laquelle les hommes sont obsédés par le foot, c'est qu'ils ne foutent rien. Ils s'imaginent qu'en soutenant une équipe ou en faisant beaucoup de bruit ils ont réellement gagné le match eux-mêmes et méritent les acclamations, les applaudissements et l'intérêt de tout le monde.

— Tout à fait. Alors, tu viens chez Jude ?

— Euh... non.

— Pourquoi ?

— Je suis en train de regarder le match avec Simon.

Simon ? Shazzer et Simon ? Mais Simon est seulement un de nos potes.

— Mais je croyais que tu venais de dire...

— C'est différent. Si j'aime le foot, c'est parce que c'est un jeu très intéressant.

Hmm. J'étais sur le point de partir, quand le téléphone a sonné à nouveau.

— Oh, bonjour, ma chérie. C'est maman. Nous passons des moments merveilleux. Tout le monde adore Wellington. Nous l'avons emmené au Rotary et...

— Maman, ai-je vitupéré, tu ne peux pas exhiber Wellington comme je ne sais quel phénomène rare.

— Figure-toi, ma chérie, a-t-elle répondu d'une voix glaciale, que s'il y a quelque chose que je ne supporte pas, c'est bien le racisme et l'intolérance.

119

— Quoi ?

— Eh bien, quand les Robertson sont venus d'Amersham, nous les avons emmenés au Rotary et tu n'y as rien trouvé à redire, que je sache ?

Je suis restée bouche bée, essayant de démêler cet écheveau de logique tordue.

— Il faut toujours que tu classes tout le monde par catégories, c'est ça ? les Mariés-Fiers-de-l'Être, les Célibattantes, les gens de couleur, les homos, et ainsi de suite. Enfin, je téléphonais juste pour *Miss Saigon*, vendredi. Le spectacle commence à dix-neuf heures trente.

Oh, zut !

— Euh..., ai-je fait, hagarde.

J'étais sûre de n'avoir jamais dit oui, sûre et certaine.

— Tâche de venir, Bridget ! Nous avons acheté les billets.

J'ai accepté avec résignation de participer à cette sortie bizarre, me hâtant de prétexter que Mark devait travailler, ce qui a achevé de la déchaîner :

— Il travaille ! Pfff. Qu'est-ce qu'il a à faire un vendredi soir ? Tu es sûre qu'il ne travaille pas trop ? Je crois que le travail ne devrait pas...

— Maman, il faut vraiment que j'y aille, Jude m'attend, je suis en retard, ai-je dit fermement.

— Oh, tu cours tout le temps ! Jude, Sharon, le yoga. Je me demande comment Mark et toi avez le temps de vous voir !

Une fois chez Jude, la conversation s'est naturellement orientée sur Shazzer et Simon.

— En fait..., a commencé Jude sur le ton de la confidence, alors qu'il n'y avait que nous, je suis tombée sur eux par hasard samedi chez Conran. Et ils rigolaient ensemble au rayon des ménagères, comme un couple de Mariés-Fiers-de-l'Être.

Qu'ont donc les Célibattantes modernes qui fait qu'elles ne peuvent avoir de relation normale avec quelqu'un que si ce n'est pas censé être une relation amoureuse ? Prenez le cas de

Shaz qui ne sort pas avec Simon mais qui fait avec lui ce que les couples normaux sont censés faire, alors que Mark et moi, qui sommes censés sortir ensemble, ne nous voyons même pas.

— Selon moi, les gens ne devraient pas dire « Nous sommes simplement amis », mais « Nous sortons simplement ensemble », ai-je commenté, sinistre.

— Ouais, a dit Jude. Peut-être que la solution, c'est une relation platonique et un vibromasseur.

En rentrant chez moi, j'ai trouvé un message repentant de Mark, disant qu'il avait essayé de m'appeler juste après le match mais que la ligne était constamment occupée et que maintenant j'étais sortie. Je me demandais si je devais le rappeler quand il a téléphoné :

— Excuse-moi pour tout à l'heure. Je suis vraiment effondré, pas toi ?

— Je sais, ai-je dit tendrement, je ressens exactement la même chose.

— Je n'arrête pas de me dire : mais pourquoi ?

— Moi aussi ! ai-je assuré, radieuse, envahie d'une énorme bouffée d'affection et de soulagement.

— C'est tellement stupide et inutile, a-t-il poursuivi, accablé. Une réaction absurde avec des conséquences désastreuses.

— Je sais, ai-je acquiescé, en me disant : Ma parole, il prend les choses encore plus au sérieux que moi.

— Comment peut-on accepter ça ?

— Écoute, tout le monde peut se tromper, ai-je dit, songeuse. Il faut savoir pardonner aux autres, et se pardonner à soi-même.

— Alors là ! Facile à dire ! Mais s'il n'avait pas été expulsé, nous n'aurions jamais été soumis à la tyrannie du tir des penaltys. Nous nous sommes battus comme des lions, mais ça nous a coûté le match !

J'ai émis un cri étranglé, l'esprit égaré. Ce n'est quand même pas vrai que pour les hommes, le foot remplace les émotions ? Je me rends bien compte que c'est un sport passionnant, qui crée des liens entre les nations en leur donnant des buts et des haines à partager, mais quand même, en arriver à cet accablement, cette déprime, ces lamentations des heures après...

— Bridget, qu'est-ce qu'il y a ? Ce n'est qu'un jeu. Même moi je m'en rends compte. Quand tu m'as appelé pendant le match, j'étais tellement pris que... Mais ça n'est qu'un jeu.

— Tout à fait, tout à fait, ai-je dit, en regardant fixement autour de moi, ahurie.

— Bon, mais au fait, qu'est-ce qui t'arrive ? Tu ne m'as pas donné signe de vie depuis je ne sais combien de temps. J'espère que tu ne t'es pas remise à embrasser d'autres gamins... Oh, attends, ne quitte pas, ne quitte pas, ils repassent le match. Tu veux que je vienne demain, non, attends, j'ai un match, jeudi plutôt ?

— Euh... oui.

— Super, on se voit à huit heures, alors.

Mercredi 26 février

58 kg, unités d'alcool : 2 (t. b.), cigarettes : 3 (t. b.), calories : 3 845 (moyen), minutes passées sans fantasmer sur Mark Darcy : 24 (excellente progression), variations sur sculpture biscornue inventées par cheveux : 13 (alarmant).

8:30. Bon. Tout va bien probablement (à part mes cheveux, évidemment), mais il est possible que Mark ait cherché à éviter le sujet en ne parlant pas de sentiments au téléphone. Donc, la soirée de demain est cruciale.

L'important est d'être sûre de moi, réceptive, sensible, de ne me plaindre de rien, de revenir au Stade précédent et... euh, d'avoir l'air super-sexy. Je vais voir si je peux me faire couper les cheveux à l'heure du déjeuner. Et j'irai faire un peu de gym avant d'aller travailler. Je prendrai peut-être un sauna, comme ça je serai resplendissante.

8:45. J'ai une lettre ! Hourra ! C'est peut-être une carte de Saint-Valentin en retard envoyée par un admirateur secret, qui aurait été mal acheminée pour cause de code postal incorrect.

9:00. C'était une lettre de la banque concernant mon découvert. Elle contenait également le chèque adressé à « M.S.S.F. ». Ha ! J'avais oublié ça. L'escroquerie du pressing va être révélée et je récupérerai mes 149 livres. Ooh, il y a une note jointe.

La note indiquait : « Ce chèque est adressé à Marks & Spencer-Services Financiers. »

C'était les achats de Noël que j'avais réglés par carte chez Marks & Spencer ! Oh, là, là ! J'ai des remords d'avoir accusé mentalement l'innocent gérant du pressing et d'avoir eu une attitude bizarre avec l'employé. Enfin... Trop tard pour aller à la gym maintenant, et je suis trop bouleversée de toute façon. J'irai en sortant du travail.

14:00. Au bureau. Dans les toilettes. Désastre total. Je rentre de chez le coiffeur. J'ai dit à Paolo que je voulais juste une petite coupe pour transformer mon chaos capillaire ou une coiffure style Rachel dans *Friends*. Il a commencé à me passer les doigts dans les cheveux et j'ai eu immédiatement l'impression que j'étais entre les mains d'un génie qui comprenait parfaitement ma beauté intérieure. Paolo avait l'air de maîtriser merveilleusement la situation, rejetant les cheveux d'un côté, puis de l'autre, les faisant bouffer en me regardant d'un air entendu comme pour dire : « J'vais faire de toi une super-poupée. »

Tout d'un coup, il s'est arrêté. Mes cheveux avaient l'air totalement déments — genre permanente d'instit suivie de coupe au bol. Il m'a regardée avec un sourire confiant, puis son assistant est venu et s'est répandu en louanges : « Oh, c'est divin ! » Paniquée, je me regardais avec horreur, mais j'avais établi une telle relation d'admiration mutuelle avec Paolo que si j'avais dit que je trouvais sa coiffure affreuse, tout se serait écroulé comme un château de cartes, ç'aurait été trop gênant. J'ai fini par me joindre au concert de louanges et j'ai refilé 5 livres de pourboire à Paolo. Quand je suis revenue au bureau, Richard Finch a déclaré que je ressemblais à Ruth Madoc dans *Hi-de-Hi*[1].

19:00. Chez moi. J'ai les cheveux comme une affreuse perruque avec une frange hideusement courte. Viens de passer quarante-cinq minutes à me regarder dans la glace en haussant les sourcils pour essayer de faire paraître ma frange plus longue, mais ne peux passer toute la soirée de demain à ressembler à Roger Moore au moment où le traître au chat essaie de le faire sauter en même temps que le reste du monde et la petite caisse pleine d'ordinateurs M15 super-précieux.

19:15. Tentative pour imiter Linda Evangelista en utilisant du gel pour disposer ma frange en diagonale m'a transformée en Paul Daniels[2].

Suis furax contre cet idiot de Paolo. Comment peut-on faire une chose pareille à un autre être humain ? Comment ? Je déteste les coiffeurs mégalo-sadiques. Je vais attaquer Paolo en justice. Je vais le dénoncer à Amnesty International, à Esther Rantzen, Penny Junor[3] ou autre et le livrer à la télévision nationale.

Beaucoup trop déprimée pour aller à la gym.

19:30. Ai appelé Tom pour lui raconter mon traumatisme. Il m'a dit de ne pas être aussi superficielle et de penser plutôt à Mo Mowlan[4] et à son crâne chauve. Ai eu honte. Décidé de

---

1. Ruth Madoc, actrice comique coiffée au bol, qui jouait dans le sit-com *Hi-de-Hi*, célèbre en Angleterre dans les années 80.
2. Prestidigitateur de télévision, à la tignasse ébouriffée.
3. Présentatrice d'émission de télévision et journaliste, toutes deux spécialisées dans les sujets de société.
4. Députée travailliste.

ne plus y penser. Tom m'a aussi demandé si j'avais trouvé une idée d'interview.

— Ben... J'ai été pas mal occupée, ai-je dit d'un ton coupable.

— Tu sais quoi ? Y faudrait te magner le cul. (Mon Dieu, je me demande ce qui lui est arrivé en Californie.) Qui est-ce qui t'intéresse vraiment ? Il n'y a pas une personnalité que tu aimerais interviewer ?

Après la réflexion, il m'est soudain venu une idée :

— Mr Darcy[1] ! ai-je déclaré.

— Quoi ? Colin Firth ?

— Oui, oui, Mr Darcy ! Mr Darcy !

Donc, maintenant, j'ai un projet. Super ! Vais me mettre au travail et organiser une interview par l'intermédiaire de son agent. Ça sera merveilleux, je peux sortir toutes mes coupures de presse et apporter une perspective unique... Oh, remarque. Je ferais mieux d'attendre que ma frange repousse. Aaah ! On sonne. J'espère que ce n'est pas Mark. Mais il a bien dit demain ! Du calme, du calme.

— C'est Gary, a annoncé l'interphone.

— Oh, salut, Gareeee ! (J'en ai rajouté un max, sans la moindre idée de qui ça pouvait être.) Comment allez-vous ? ai-je demandé, ajoutant mentalement : et qui êtes-vous, tant qu'on y est ?

— Je gèle. Vous me laissez entrer ?

Tout d'un coup, j'ai reconnu la voix.

— Oh, *Gary* ! me suis-je exclamée avec un enthousiasme encore plus artificiel. Montez ! ! !

Me suis frappé le front. Qu'est-ce qu'il faisait là ?

Il portait un jean de travail maculé de peinture, un tee-shirt orange et un blouson bizarre, à carreaux, avec un col en faux mouton.

---

1. Personnage du roman de Jane Austen : *Orgueil et Préjugés*.

— Salut, a-t-il dit en s'asseyant à la table de la cuisine, comme si c'était mon mari.

Je ne savais pas trop comment mener cette petite scène mettant en présence deux personnes ayant des conceptions totalement opposées de la réalité.

— En fait, Gary, je suis un peu pressée !

Il n'a rien répondu et s'est mis à rouler une cigarette. Ai soudain pris peur. C'était peut-être un violeur fou ? Mais il n'a jamais tenté de violer Magda, pour autant que je sache, du moins.

— Vous avez oublié quelque chose ? ai-je lancé nerveusement.

— Non, a-t-il répondu en continuant à rouler sa cigarette

J'ai jeté un coup d'œil vers la porte en me demandant si je ne devais pas me ruer dehors.

— Où est votre tuyau d'évacuation ?

J'aurais voulu hurler : Gareeeeeee ! Allez-vous-en. Partez ! Je dois voir Mark demain soir et il faut que j'arrange cette frange et que je donne un coup de balai.

Il s'est planté la cigarette dans la bouche et s'est levé.

— Allons jeter un coup d'œil dans la salle de bains.

— Nooon ! ai-je crié, me rappelant qu'il y avait un pot de crème décolorante ouvert et un exemplaire de *Ce que veulent les hommes* à côté du lavabo. Écoutez, vous ne pourriez pas revenir un autre...

Mais il était déjà en train de fureter, ouvrait la porte, scrutait l'escalier, se dirigeait vers la chambre.

— Vous avez une fenêtre qui donne derrière, dans cette pièce ?

— Oui.

— Allons voir.

Je suis restée prudemment sur le seuil de la chambre pendant qu'il ouvrait la fenêtre et se penchait pour regarder. Il avait effectivement l'air plus intéressé par les tuyaux que décidé à m'agresser.

— Je le savais ! a-t-il déclaré, triomphant, en rentrant la tête et en refermant la fenêtre. Vous avez la place pour une extension de ce côté-là.

— Je crains que vous ne soyez obligé de partir, ai-je dit en me redressant de toute ma taille pour revenir dans le living. Il faut que je sorte.

Mais il était déjà repassé devant moi, en direction de l'escalier, encore une fois.

— Ouaip, vous avez la place pour une extension. Mais remarquez, il faudra changer le tuyau d'évacuation de place.

— Gary...

— Vous pourriez avoir une deuxième chambre, avec une petite terrasse sur le toit. Mignon comme tout.

Une terrasse ? Une deuxième chambre ? Je pourrais en faire mon bureau et commencer ma nouvelle carrière.

— Combien ça coûterait ?

— Oooh. (Il s'est mis à hocher tristement la tête.) Je vais vous dire ça, descendons au pub et on va y réfléchir.

— Je ne peux pas, ai-je dit fermement. Je sors.

— D'accord. Bon, eh bien, je vais étudier la question et je vous passe un coup de fil.

— Parfait. Bon, il faut y aller.

Il a pris son blouson, son tabac et son Rizla, puis il a ouvert son sac, dont il a sorti un magazine qu'il a posé cérémonieusement sur la table de la cuisine.

En arrivant à la porte, il s'est retourné et m'a lancé un regard entendu.

— Page 71. Ciao.

J'ai pris le magazine, croyant que c'était *Bricolage et Décoration*, mais je me suis retrouvée devant *La Pêche au gros*, avec sur la couverture un type qui tenait un gigantesque poisson gris visqueux. J'ai feuilleté je ne sais combien de pages contenant toutes des photos de types tenant des poissons gris visqueux et gigantesques. Et à la page 71, à côté d'un article sur les « leurres des carnassiers », coiffé d'un chapeau en denim décoré de badges, le sourire épanoui et fier, il y avait Gary, tenant un gigantesque poisson gris visqueux.

Jeudi 27 février

57,5 kg (perdu une livre de cheveux), cigarettes : 17 (à cause des cheveux), calories : 625 (manque d'appétit à cause des cheveux), lettres imaginaires écrites à avocats, associations de consommateurs, ministère de la Santé, etc., afin de porter plainte contre Paolo pour m'avoir massacré les cheveux : 22, visites au miroir pour vérifier pousse des cheveux : 72, millimètres gagnés par cheveux en dépit de tout le mal donné : 0.

19:45. Plus que quinze minutes. Viens de revérifier ma frange. Suis passée de la perruque grotesque à la perruque d'épouvante, celle qui fait hurler d'horreur.

19:47. Ressemble toujours à Ruth Madoc. Pourquoi est-ce que ça devait m'arriver juste le soir le plus important de toute ma vie avec Mark Darcy ? Pourquoi ? Enfin, au moins, ça me change de regarder mes cuisses dans le miroir pour voir si elles ont fondu.

Minuit. Quand Mark Darcy est apparu sur le seuil, mes poumons sont remontés dans ma gorge.

Il est entré avec détermination sans dire bonsoir, a sorti une enveloppe de sa poche et me l'a tendue. Elle portait mon nom, mais l'adresse de Mark. Elle était déjà ouverte.

— Elle était dans mon courrier depuis mon retour, a-t-il dit en s'affalant sur le canapé. Je l'ai ouverte ce matin par erreur. Mais ça vaut sans doute mieux.

En tremblant, j'ai sorti la carte de l'enveloppe.

Elle représentait deux hérissons regardant un soutien-gorge entortillé avec un caleçon dans une machine à laver.

— De qui est-ce ? a-t-il demandé gentiment.

— Je n'en sais rien.

— Mais si, a-t-il dit avec le calme souriant de quelqu'un qui va sortir d'une seconde à l'autre un hachoir à viande pour vous couper le nez. De qui est-ce ?

— Je viens de te le dire, ai-je balbutié. Je n'en sais rien.

— Lis ce qui est écrit.

Je l'ai dépliée. À l'intérieur, en pattes de mouches, à l'encre rouge, était écrit : « Sois ma Valentine. À bientôt, quand tu viendras chercher ta chemise de nuit. Tendrement. Sxxxxx. »

Je l'ai fixée, les yeux écarquillés de stupeur. Juste à ce moment-là, le téléphone a sonné.

Flûte ! me suis-je dit, ce doit être Jude ou Shazzer, avec quelque horrible conseil à propos de Mark. J'ai bondi pour décrocher, mais Mark a posé la main sur mon bras.

— Salut, poupée, c'est Gary. (Oh non ! Comment ose-t-il être aussi familier ?) Bon, c'est à propos de notre discussion dans la chambre. J'ai des idées, alors téléphonez-moi et je passerai.

Mark a baissé la tête en clignant des yeux à toute vitesse. Puis il a reniflé et s'est passé le dos de la main sur le visage comme pour se ressaisir.

— Bon, d'accord. Tu veux bien t'expliquer ?

— C'est le menuisier. (J'aurais voulu le prendre dans mes bras.) Le menuisier de Magda, Gary. Celui qui a posé les étagères ratées. Il veut construire une extension entre la chambre et l'escalier.

— Je vois. Et la carte, elle est aussi de Gary ? Ou de St John ? Ou d'un autre...

Juste à ce moment-là, le fax s'est mis à éructer. Un message arrivait.

Devant mes yeux écarquillés, Mark a retiré la feuille du fax, y a jeté un coup d'œil et me l'a tendue. C'était juste une note de Jude, gribouillée en vitesse, disant : « Qui a besoin d'un Mark Darcy quand, pour 9,99 livres, plus frais de port, tu peux t'acheter ça ? » dans le coin d'une pub pour un vibro-masseur muni d'une langue.

Vendredi 28 février

57 kg (seul point lumineux à l'horizon), raisons pour lesquelles les gens aiment les comédies musicales : nombre mystérieuse-ment insondable, raisons pour lesquelles Rebecca a le droit de vivre : 0, raisons pour lesquelles Mark, Rebecca, maman, Una et Geoffrey Alconbury, Andrew Lloyd Webber et ses semblables ont le droit de détruire ma vie : incertaines.

Je dois garder mon calme. Je dois positiver. C'était une vraie malchance que tout ça arrive en même temps, c'est indéniable. Tout à fait compréhensible que Mark Darcy décide de partir après cette avalanche, il m'a même dit qu'il me rappellerait quand il serait calmé et... Ah ! Je viens de comprendre à l'instant de qui est cette foutue carte. Ce doit être le type du pressing. Quand j'essayais de lui faire cracher le morceau sur l'escroquerie, je lui ai dit : « Ne croyez pas que je ne voie pas clair dans vos manigances », en donnant ma chemise de nuit à nettoyer. Et je lui ai laissé l'adresse de Mark au cas où il aurait eu des mauvaises intentions. Le monde est plein de din-gues et je suis obligée d'aller voir cette *Miss Salopigon* ce soir !

Minuit. Au début, ça n'était pas trop mal. J'étais soulagée de me sortir de mes préoccupations et de l'horreur de composer le 1471 chaque fois que j'allais aux toilettes.

Wellington, loin d'être une tragique victime de l'impéria-lisme culturel, avait l'air parfaitement à l'aise dans l'un des vieux costumes des années cinquante de papa, comme s'il était un des serveurs du Met Bar pendant sa journée de congé, réagissant avec une affabilité pleine de dignité à maman et Una qui caquetaient autour de lui comme des groupies. Je suis arrivée en retard, si bien que j'ai réussi à n'échanger que quelques très brefs mots d'excuse pendant l'entracte.

— Est-ce que ça vous fait un drôle d'effet d'être en Angleterre ? ai-je demandé, me sentant immédiatement idiote parce que, évidemment, ça devait lui faire un drôle d'effet.

— Je trouve ça intéressant, a-t-il répondu d'un air perplexe. Vous trouvez ça bizarre, vous ?

— Alors ! est intervenue Una. Où est Mark ? Je croyais qu'il devait venir aussi ?

— Il travaille, ai-je marmonné, au moment où Oncle Geoffrey s'est pointé, bourré, avec papa.

— C'est ce que disait aussi le précédent, hein ? s'est esclaffé Geoffrey. C'est toujours la même chose avec ma petite Bridget, a-t-il ajouté en me tapotant le dos d'une main dangereusement baladeuse. Ils prennent la tangente. Et hop !

— Geoffrey ! a dit Una, ajoutant, comme si elle parlait de la pluie et du beau temps : Vous avez des femmes d'un certain âge qui n'arrivent pas à se marier dans votre tribu, Wellington ?

— Je ne suis pas d'un certain âge, ai-je asséné, furieuse.

— C'est la responsabilité des anciens de la tribu, a déclaré Wellington.

— Ma foi, j'ai toujours dit que c'était la meilleure solution, n'est-ce pas, Colin ? a lancé maman, contente d'elle. Je veux dire, est-ce que ce n'est pas moi qui ait conseillé à Bridget de sortir avec Mark ?

— Mais à un certain âge, avec ou sans mari, une femme a droit au respect de la tribu, a ajouté Wellington avec un regard pétillant dans ma direction.

— Je pourrais peut-être aller là-bas ? ai-je suggéré, morose.

— Je ne crois pas que vous aimeriez l'odeur des murs.

Il a éclaté de rire.

Ai réussi à prendre papa à part et à lui chuchoter :

— Comment ça va ?

131

— Oh, pas trop mal, tu sais. Il a l'air d'un bon garçon. Est-ce qu'on peut emporter son verre dans la salle ?

La deuxième partie a été un cauchemar. Pendant qu'un abominable tapage se déroulait sur scène comme dans un brouillard, je me repassais avec une horreur croissante tout le film peuplé de Rebecca, de Gary, de vibromasseurs et de chemises de nuit, qui devenait de plus en plus sinistre à chaque passage.

Heureusement, la foule des gens qui se pressaient en hurlant — de joie, sans doute — à la sortie de la salle a empêché toute conversation avant que nous nous retrouvions tous entassés dans la Range Rover de Geoffrey et Una. Una conduisait, à côté de Geoffrey, papa gloussait joyeusement dans le coffre, et moi j'étais coincée en sandwich entre maman et Wellington sur la banquette arrière, quand tout à coup l'incident survint, terrifiant et incroyable.

Maman venait de se planter sur le nez une paire d'énormes lunettes à monture dorée.

— Je ne savais pas que tu t'étais mise à porter des lunettes, ai-je dit, stupéfaite de lui voir ce penchant insolite à reconnaître les ravages du vieillissement.

— Je ne me suis pas mise à porter des lunettes, a-t-elle répondu gaiement. Attention au passage protégé, Una.

— Mais si, ai-je insisté, tu en portes.

— Non, non, seulement pour conduire.

— Mais tu ne conduis pas.

— Oh que si ! a dit papa avec un ricanement lugubre, au moment où maman hurlait :

— Attention à la Fiesta, Una. Elle va déboîter !

— Ce n'est pas Mark ? a soudain demandé Una. Je croyais qu'il travaillait.

— Où ça ? a demandé maman d'un ton autoritaire.

— Là-bas, a répondu Una. Oh, au fait, est-ce que je vous ai dit que Olive et Roger étaient partis dans l'Himalaya ? C'est couvert de papier-toilette, apparemment. Du haut en bas du mont Everest.

J'ai suivi le doigt pointé d'Una jusqu'à Mark qui, dans un manteau bleu marine et une chemise très blanche à moitié déboutonnée, descendait d'un taxi. Comme dans un film au ralenti, j'ai vu émerger du taxi une deuxième silhouette : élancée, mince, blonde, qui lui riait au visage. C'était Rebecca.

Incroyable déchaînement de torture dans la Range Rover : maman et Una prenaient mon parti, folles d'indignation.

— Quoi ! C'est absolument dégoûtant ! Il est avec une autre femme un vendredi soir alors qu'il prétendait travailler ! J'ai bien envie de téléphoner à Elaine pour lui dire ma façon de penser.

Et Geoffrey, la voix pâteuse :

— Ils prennent la tangente. Et hop !

Papa essayait de dédramatiser. Les seuls qui ne disaient rien étaient Wellington et moi. Il a pris ma main et l'a tenue, très calme, fermement, sans dire un mot.

En arrivant devant chez moi, il est descendu de la Range Rover pour me laisser sortir, au son des commentaires :

— Eh bien ! Sa première femme l'a quitté, si je ne m'abuse ?

— Exactement ! Il n'y a pas de fumée sans feu !

— Dans l'obscurité, la pierre devient bison, a dit Wellington. À la lumière du soleil, tout reprend sa forme réelle.

— Merci, ai-je dit, reconnaissante, avant de rentrer, chancelante, me demandant si je devais transformer Rebecca en bison et lui foutre le feu sans faire trop de fumée pour ne pas alerter Scotland Yard.

Samedi 1er mars

22:00. Chez moi. Journée noire. Jude, Shaz et moi sommes allées faire des courses urgentes avant de revenir ici pour nous préparer à sortir : une soirée projetée par les filles afin de me changer les idées. Dès 20 heures, les choses étaient déjà bien avancées.

— Mark Darcy est homosexuel, déclarait Jude.

— Évidemment qu'il l'est ! a grogné Shaz en servant une autre tournée générale de Bloody Mary.

— Tu crois vraiment ? ai-je demandé, momentanément soulagée par cette théorie déprimante mais plus valorisante pour moi.

— Enfin, tu as bien trouvé un garçon dans son lit, non ?

— Pour quelle autre raison sortirait-il avec quelqu'un d'aussi démesurément grand, sans aucune féminité, sans seins et sans fesses, c'est-à-dire un homme virtuel ? a demandé Jude.

— Bridge, a dit Shaz en levant sur moi un œil trouble, bon Dieu, tu sais quoi ? Quand je te regarde sous cet angle, tu as un vrai double menton.

— Merci, ai-je répondu sèchement en me versant un autre verre de vin et en appuyant une fois de plus sur la touche MESSAGES du répondeur, tandis que Jude et Shaz se bouchaient les oreilles.

« Salut, Bridget. C'est Mark. On dirait que tu ne réponds pas à mes appels. Je crois vraiment, quoi qu'il en soit, que je... vraiment... nous... du moins il me semble... que je te dois... que nous restions amis, alors j'espère que tu... que nous... Oh, merde, de toute façon, appelle-moi un de ces quatre. Si tu veux. »

— Il a l'air de débarquer, a grommelé Jude. Comme si ce n'était pas son problème, alors qu'il s'est tiré avec Rebecca. Il faut que tu prennes tes distances, une bonne fois pour toutes. Alors, nous allons à cette fête, oui ou non ?

— Ouais. Pour qui il se prend, putain ? a bredouillé Shaz. « Je te dois... » Je t'en foutrais, moi ! Tu devrais lui dire : « Chéri, j'ai besoin d'personne dans ma vie si c'est parce qu'il me *doit* quéquechose. »

À ce moment-là, le téléphone a sonné.

— Salut.

C'était Mark. Mon cœur a été malencontreusement chaviré par un grand élan d'affection.

— Bonsoir, ai-je répondu avec empressement, articulant « C'est lui » à l'intention des deux autres.

— Tu as eu ton message ? Mon message, je veux dire, a demandé Mark.

Shazzer me donnait des coups de pied en soufflant furieusement :

— Vas-y, vas-y, le loupe pas !

— Oui, ai-je dit avec hauteur. Mais comme je l'ai trouvé deux minutes après t'avoir vu sortir d'une voiture avec Rebecca à onze heures du soir, je n'étais pas de la meilleure humeur.

Shaz a levé le poing en criant « Ouais ! » et Jude lui a mis la main sur la bouche en levant le pouce dans ma direction avant de se resservir du chardonnay.

Silence à l'autre bout de la ligne.

— Bridge, pourquoi faut-il toujours que tu tires des conclusions hâtives ?

J'ai soufflé, la main sur le combiné :

— Il dit que je tire des conclusions hâtives.

Jude a fait un geste menaçant.

— Des conclusions hâtives ? ai-je repris. Rebecca te tourne autour depuis un mois, tu m'engueules pour des trucs que je n'ai pas faits, et ensuite je te vois descendre d'un taxi avec Rebecca...

— Mais ce n'était pas de ma faute, je peux t'expliquer. Et je venais de t'appeler...

— Oui, pour me dire que tu me devais de rester mon ami.

— Mais...

— Vas-y ! a lancé Shaz.

J'ai respiré un bon coup.

— Tu me dois quelque chose ? Chéri...

Là-dessus, Shaz et Jude se sont écroulées l'une sur l'autre, en extase. Chéri ! J'étais presque Linda Fiorentino dans *Last Seduction*.

— Je n'ai besoin de personne dans ma vie qui me doive quelque chose, ai-je poursuivi avec détermination. J'ai les amies les plus loyales, les plus sages, les plus spirituelles, les plus affectueuses, et je peux compter sur elles. Si je devais être ton amie après la façon dont tu m'as traitée...

— Mais... qu'est-ce que je t'ai fait ?

Il avait l'air atterré.

— Si je devais être ton amie...

Je commençais à flancher.

— Vas-y, a sifflé Shaz.

—... tu aurais beaucoup de chance.

— D'accord, tu en as assez dit, a coupé Mark. Si tu ne veux pas que je t'explique, je ne t'ennuierai plus avec mes coups de téléphone. Au revoir, Bridget.

J'ai reposé l'appareil, sonnée, et regardé les filles. Sharon était couchée sur le tapis, brandissant triomphalement une cigarette, et Jude buvait du chardonnay au goulot. Soudain, j'ai eu l'impression horrible d'avoir fait une erreur épouvantable.

Dix minutes plus tard, la sonnette a retenti. Je me suis précipitée.

— Je peux entrer ? a dit une voix étouffée, masculine.

Mark !

— Bien sûr, ai-je répondu, soulagée, en me tournant vers Jude et Shaz pour leur demander : Vous pourriez peut-être, je ne sais pas, aller dans la chambre ?

Elles étaient en train de se relever de mauvaise grâce quand la porte s'est ouverte, sauf que ce n'était pas Mark, mais Tom.

— Bridget ! Comme tu as maigri ! Oh, Seigneur ! (Il s'est affalé devant la table de la cuisine.) Oh, Seigneur ! La vie est de la merde, la vie est une histoire racontée par un cynique...

— Tom, a dit Shazzer, nous étions en train de discuter.

136

— On t'a pas vu depuis j'sais pas combien d'temps, a susurré Jude, boudeuse.

— Vous discutiez ? Pas de moi ? De quoi est-ce que vous pouviez parler ? Oh, Seigneur ! Ce salaud de Jérôme ! Salaud, salaud !

— Jérôme ? ai-je demandé, horrifiée. Jérôme le Prétentieux ? Je croyais que tu l'avais rayé de ta vie ?

— Il m'a laissé plein de messages quand j'étais à San Francisco, a répondu Tom, tête basse. Alors, on a recommencé à se voir et ce soir j'ai juste suggéré qu'on pourrait se remettre ensemble, bon, j'ai essayé de l'embrasser et Jérôme m'a dit, il a dit... (Tom s'est essuyé un œil d'une main rageuse) qu'il n'avait pas envie de moi, c'est tout.

Silence consterné. Jérôme le Prétentieux avait commis un crime impardonnable, égoïste, pervers, humiliant, enfreignant toutes les lois de la décence en matière de relations de couple.

— Je suis incapable de plaire, a dit Tom, désespéré. Je suis un paria de l'amour, c'est clair.

Immédiatement, nous sommes entrées en action, Jude a saisi la bouteille de chardonnay, tandis que Shaz passait un bras autour de Tom et que j'approchais une chaise en répétant :

— Mais non, mais non !

— Mais alors, pourquoi a-t-il dit ça ? Pourquoi ? POUR-QUOI ?

— C'est t'à fait évident, a répondu Jude en lui tendant un verre. Pasque Jérôme le Prétentieux est hétéro, c'est tout.

— Hétéro, j'te dis, a renchéri Shaz. J'ai tout de suite su que ce type n'était pas pédé, dès que j'l'ai vu.

— Hétéro, a acquiescé Jude en gloussant. Hétéro comme un vrai... mec.

5

Mr Darcy, Mr Darcy

Dimanche 2 mars

5:00. Aaah ! Viens de me rappeler ce qui s'est passé.

5:03. Pourquoi ai-je fait ça ? Pourquoi ? Pourquoi ? Si seulement je pouvais me rendormir ou me lever !

5:30. Curieux comme le temps passe vite quand on a la gueule de bois. C'est parce qu'on pense très peu. Exactement le contraire de quand on se noie et que sa vie entière repasse en un éclair et que l'instant semble durer une éternité parce qu'on pense à toute vitesse.

6:00. Vous voyez, une heure entière est passée parce que je ne pensais à rien. Ouille. En fait, j'ai très mal au crâne. Oh, là, là. J'espère que je n'ai pas vomi sur mon manteau.

7:00. Le problème, c'est qu'on ne vous dit jamais ce qui se passera si vous buvez plus de deux unités d'alcool par jour, ou, plus exactement, si vous buvez une dose hebdomadaire complète en une seule nuit. Est-ce que ça signifie que vous aurez la figure violette et le nez bourgeonnant comme un gnome, ou que vous êtes alcoolique ? Alors, tous les gens qui étaient à la soirée d'hier sont alcooliques. Sauf que les seuls qui ne buvaient pas étaient les alcooliques. Hmm.

7:30. Peut-être que je suis enceinte et que j'ai fait du mal à mon bébé. Remarque, je ne peux pas être enceinte puisque je viens d'avoir mes règles et que je ne ferai plus jamais l'amour avec Mark. Jamais. Jamais.

8:00. Le pire, c'est de se retrouver seule au milieu de la nuit sans personne à qui parler ou demander à quel point j'étais bourrée. Je n'arrête pas de me rappeler les horreurs que j'ai dites. Oh non ! Je viens de me souvenir que j'ai donné cinquante pence à un clochard qui, au lieu de me dire merci, a dit : « Vous avez l'air complètement pétée. »

Je me rappelle aussi, d'un seul coup, que ma mère me disait quand j'étais petite : « Il n'y a rien de plus laid qu'une femme saoule. » Suis une pouffiasse de caniveau genre roman naturaliste. Faut que je me rendorme.

10:15. Je me sens un peu mieux après avoir dormi. Ma gueule de bois a peut-être disparu. Je crois que je vais ouvrir les rideaux. AAAAAAH ! Ce n'est sûrement pas normal que ce putain de soleil soit aussi brillant le matin.

10:30. Bon. Vais à la gym dans une minute et ne boirai plus jamais. C'est par conséquent le moment idéal pour commencer un régime Scarsdale. Donc, en fait, ce qui s'est passé hier soir était très bien parce que je vais commencer une vie radicalement nouvelle. Super ! Les gens diront... Oooh, téléphone.

11:15. C'était Shazzer.

— Bridge, est-ce que j'étais vraiment bourrée et horrible hier soir ?

Pendant un instant, j'ai été incapable de me souvenir de quoi que ce soit.

— Non, bien sûr que non, ai-je répondu gentiment à Shazzer pour la remonter, en me disant que si elle avait été vraiment schlass, je m'en serais souvenue.

Puis j'ai pris mon courage à deux mains pour lui demander :

— Et moi ?

Silence.

— Non, tu étais très bien, adorable et tout.

Vous voyez, c'était juste de la parano due à la gueule de bois. Ooh, téléphone. C'est peut-être lui.

C'était ma mère.

— Bridget, qu'est-ce que tu fabriques encore chez toi à cette heure-ci ? Tu devrais être ici dans une heure. Papa est parti chercher l'omelette norvégienne !

11:30. Merde, merde ! Elle m'a invitée à déjeuner vendredi soir et j'étais trop anéantie pour discuter, puis trop bourrée pour m'en souvenir. Impossible de ne pas y aller, cette fois. Ou peut-être que si ? Bon. Le mieux, c'est de rester calme et de manger des fruits parce que les enzymes éliminent les toxines et tout ira bien. Je vais juste manger un tout petit peu et tâcher de ne pas vomir. Je rappellerai maman quand j'aurai émergé du Territoire de l'Indécision.

Arguments pour y aller

Je pourrai vérifier que Wellington est traité selon les principes du Comité pour l'égalité raciale.

Je pourrai discuter avec papa.

Je serai une bonne fille.

Ça m'évitera de contrarier maman.

Arguments pour ne pas y aller

Je vais devoir subir la torture à propos de l'incident Mark / Rebecca.

Et si je vomis à table ?

Téléphone, encore. Pourvu que ce ne soit pas elle.

— Alors, pas trop mal à la tête ?

C'était Tom.

— Ça va, ai-je répondu gaiement en piquant un fard. Pourquoi ?

— Ben, t'étais complètement partie hier soir.

— Shazzer m'a dit que non.

— Bridget, Shazzer n'était pas là. Elle est allée au Met Bar retrouver Simon et, d'après ce que j'ai compris, elle était à peu près dans le même état que toi.

Lundi 3 mars

58,5 kg (ignoble production instantanée de graisse à la suite du déjeuner parental hyperlipidique de dimanche), cigarettes : 17 (état d'urgence), incidents au cours du déjeuner parental suggérant qu'il reste chances de vie normale ou réelle : 0.

8:00. Ma gueule de bois commence enfin à disparaître. Énorme soulagement de me retrouver chez moi où suis maîtresse de maison adulte et non plus pion dans le jeu des autres. Avais décidé qu'il n'y avait pas moyen d'échapper au déjeuner chez ma mère hier, mais pendant tout le trajet sur l'autoroute jusqu'à Grafton Underwood, j'ai eu le cœur au bord des lèvres. Le village avait un air idyllique complètement irréel avec bordures de jonquilles, serres, canards, etc., et les gens qui taillaient leurs haies comme si la vie était facile et paisible, comme si aucune catastrophe ne s'était produite et que Dieu existait encore.

— Oh, bonjour, ma chérie ! *Hakuna Matata.* Je reviens de l'épicerie, a dit maman en m'entraînant d'autorité dans la cuisine. Ils n'ont plus de petits pois ! Attends, je vais seulement écouter le répondeur.

Me suis assise, nauséeuse, pendant que le répondeur tonnait et que maman s'agitait dans tous les sens pour mettre en route divers appareils, qui râpaient et grinçaient dans ma pauvre tête déjà endolorie.

« Pam, disait le répondeur. C'est Penny. Tu connais le type qui habite au carrefour, près du garage ? Eh bien, il vient de se suicider à cause du bruit du concours de ball-trap. C'est dans le *Kettering Examiner*. Oh, je voulais te demander, est-ce que Merle peut mettre deux douzaines de *mince pies* dans ton congélateur pendant qu'ils font installer leur gazinière ? »

« Hello, Pam, c'est Margo ! J'aurais besoin d'un moule à brioche de quinze centimètres pour les vingt et un ans d'Alison. Tu ne peux pas m'en prêter un ? »

J'ai jeté un regard effaré dans la cuisine, affolée à l'idée des mondes différents qui pouvaient surgir rien qu'en écoutant les répondeurs des gens. Peut-être que quelqu'un devrait faire une installation de ce genre à la galerie Saatchi ? Maman a ferraillé dans ses placards avant de composer un numéro.

— Margo ? Pam. J'ai un moule à biscuit, si ça peut te convenir. Bon, mais pourquoi ne prends-tu pas un moule à flan que tu tapisserais de papier sulfurisé ?

— Bonjour, bonjour, petit bonhomme, a dit papa en entrant tranquillement dans la cuisine. Est-ce que quelqu'un connaît le code postal de Barton Seagrave ? À votre avis, c'est KT4 HS ou L ? Ah, Bridget, bienvenue dans les tranchées, c'est la Troisième Guerre mondiale dans la cuisine, le Mau Mau[1] est dans le jardin.

— Colin, tu veux vider l'huile de la friteuse ? a demandé maman. Geoffrey dit que quand on l'a chauffée dix fois à haute température, il faut la jeter. Au fait, Bridget, je t'ai acheté du talc.

Elle m'a tendu un flacon Yardley couleur lilas avec un bouchon doré.

— Mais... pourquoi ? ai-je dit en prenant le flacon avec précaution.

— Eh bien ! C'est pour rester bien fraîche, non ?

Grr. Grrrr. L'allusion était on ne peut plus claire. Mark avait fichu le camp avec Rebecca parce que...

— Tu veux dire que je sens mauvais ?

---

1. Société secrète africaine, initiée par les Kikuyu et active dans les années cinquante. Son but était d'expulser les colons européens et de mettre fin à la domination britannique au Kenya.

145

— Mais non, ma chérie... Mais c'est bien de rester fraîche, quand même, non ?

— B'jour, Bridget !

C'était Una, qui semblait sortir de nulle part avec une assiette d'œufs durs.

— Pam, j'ai oublié de te dire, Bill essaie de faire niveler son allée par la municipalité parce qu'ils n'ont pas refait le revêtement, c'est pour ça qu'ils ont des nids-de-poule, alors Eileen voudrait que tu dises que l'eau ruisselait de votre allée avant qu'ils ne posent une grille.

C'était du charabia. J'avais l'impression d'être un patient dans le coma quand tout le monde croit qu'il n'entend rien.

— Dis-moi, Colin, où est passé l'Aspartam ? Ils vont arriver d'une minute à l'autre.

— Qui ça ? ai-je demandé, soupçonneuse.

— Les Darcy. Una, tu peux mettre la mayonnaise et le paprika sur les œufs, s'il te plaît ?

— Les Darcy ? Les parents de Mark ? Aujourd'hui ? Pourquoi ?

Juste à ce moment-là, la sonnette de l'entrée — qui joue l'air complet d'une cloche de beffroi — s'est mise en branle.

— Nous sommes les anciens de la tribu ! a lancé maman en enlevant son tablier de cuisine. Allez, tout le monde, du nerf !

— Où est Wellington ? ai-je soufflé à maman.

— Oh, il est dans le jardin. Il s'entraîne au football. Il n'apprécie pas ces déjeuners guindés où il doit nous faire la conversation.

Maman et Una se sont précipitées, et papa m'a tapoté le bras.

— Courage, à l'attaque, m'a-t-il dit.

Je l'ai suivi dans le salon — tapis à motifs tourbillons et décoration surchargée —, me demandant si j'avais assez de force et de contrôle sur mes mouvements pour m'enfuir, et j'ai décidé que non. La mère et le père de Mark, papa, maman,

Una et Geoffrey se tenaient en cercle, un verre de sherry à la main.

— Bon, ma chérie, a dit papa, je te sers un verre. Tu connais..., a-t-il commencé en désignant Elaine. Oh, mon petit, je suis désolé, je vous connais depuis trente ans, mais je ne me souviens plus de votre prénom.

— Alors, comment va votre fils ? a commencé Una avec ses gros sabots.

— Mon fils ! Eh bien, il se marie, figurez-vous, a dit l'amiral Darcy, une grande gueule de nature.

La pièce s'est soudain mise à tourner. Il se marie ?

— Il se marie ? a répété papa en me prenant le bras, tandis que j'essayais de maîtriser ma respiration.

— Oh, je sais, je sais, a dit l'amiral Darcy, jovial. Difficile de se tenir au courant, avec ces jeunes. Marié un jour, parti avec une autre le lendemain. Pas vrai, chérie ? a-t-il lancé en tapotant les fesses de sa femme.

— Je crois que Una parlait de Mark, pas de Peter, chéri, a-t-elle rétorqué en me jetant un regard compréhensif. Peter est notre second fils. Il vit à Hong Kong et se marie en juin. Dites-moi, est-ce que quelqu'un peut donner un verre à Bridget ? Tout juste bons à jacasser, ces hommes !

Sortez-moi d'ici, ai-je pensé. Je ne veux pas qu'on me torture. Je veux me coucher par terre dans la salle de bains, la tête près de la cuvette des toilettes, comme les gens normaux.

— Vous en voulez un ? a proposé Elaine en sortant un étui en argent de Black Sobranies. Je suis sûre que c'est de la mort en barre, mais je suis encore de ce monde, à soixante-cinq ans.

— Bien, venez tous vous asseoir ! a dit maman en arrivant avec l'entrée. Oh, là, là !

En toussant ostensiblement et en dispersant l'air de la main, elle a sévèrement annoncé :

— On ne fume pas à table, Elaine.

Je l'ai suivie dans la salle à manger d'où, devant les portes-fenêtres, on voyait Wellington, en sweat-shirt et short de satin

147

bleu, exécuter des figures étonnamment élaborées pour maintenir le ballon en l'air.

— Ah, regardez qui est là ! Continue, mon garçon, a gloussé Geoffrey en regardant par la fenêtre, agitant les mains à l'intérieur de ses poches. Continue !

Nous nous sommes tous assis en nous dévisageant, embarrassés. On aurait cru une réunion où les quatre parents et l'heureux couple se retrouvent pour préparer le mariage, sauf que le futur marié avait fichu le camp avec quelqu'un d'autre deux jours plus tôt.

— Bon ! a dit maman. Du saumon, Elaine ?

— Oui, s'il vous plaît.

— Nous sommes allés voir *Miss Saigon* l'autre soir, a commencé maman avec un enthousiasme inquiétant.

— Bof ! Je déteste les comédies musicales, c'est un ramassis de foutus barbeaux ! a marmotté l'amiral Darcy, tandis qu'Elaine lui servait une tranche de saumon.

— Ma foi, ça nous a bien plu, a rétorqué maman. En tout cas...

J'ai jeté un coup d'œil angoissé vers la fenêtre, en quête d'une inspiration, et j'ai vu Wellington qui me regardait. « Au secours ! » ai-je articulé en silence. Il a fait un signe de tête en direction de la cuisine et il a disparu.

— Ils restent tous plantés là, les jambes écartées, à beugler..., a rugi l'amiral, un homme selon mon cœur. Bon, mais Gilbert et Sullivan... *HMS Pinafore*, ça c'est autre chose !

— Excusez-moi un instant, ai-je dit en m'éclipsant, sans tenir compte du regard furieux de maman.

Me suis précipitée dans la cuisine où j'ai trouvé Wellington. Je me suis effondrée sur le réfrigérateur congélateur.

— Quoi ? a-t-il fait en me regardant attentivement dans les yeux. Qu'est-ce qui ne va pas ?

— Elle se prend pour un des anciens de la tribu, ai-je chuchoté. Elle est en train d'attaquer les parents de Mark, vous savez, Mark, on l'a vu...

Il a hoché la tête.

— Je suis au courant.

— Qu'est-ce que vous lui avez dit ? Elle est en train de réunir je ne sais quel powwow parce qu'il est sorti avec Rebecca, comme si...

Juste à ce moment-là, la porte de la cuisine s'est brusquement ouverte.

— Bridget ! Qu'est-ce que tu fabriques ? Oh.

Apercevant Wellington, maman s'est arrêtée net.

— Pamela ? a demandé Wellington. Que se passe-t-il ?

— Eh bien, j'ai pensé, après ce que vous nous avez dit, que nous autres, adultes, nous pourrions... nous pourrions arranger les choses ! a-t-elle déclaré en retrouvant son assurance, au point de parvenir à sourire.

— Vous voulez dire que vous adoptez les coutumes de notre tribu ? a demandé Wellington.

— Eh bien... je...

— Pamela, votre culture évolue depuis des siècles. Quand apparaît une influence extérieure, vous n'avez pas le droit de la laisser corrompre et diluer votre patrimoine. Comme nous l'avons dit, les échanges et les voyages à travers le monde nous donnent la responsabilité de conserver nos spécificités, et non de les détruire.

Je ne pouvais m'empêcher de me demander comment cela s'accordait avec le walkman flambant neuf de Wellington, mais maman hochait la tête, repentante. Je ne l'avais jamais vue aussi soumise à l'influence de quelqu'un.

— Bon. Retournez à vos invités et ne vous occupez plus des relations sentimentales de Bridget, comme il est de tradition dans votre tribu.

— Bien. Je suppose que vous avez raison, a-t-elle dit en tapotant sa mise en plis.

— Bon appétit, m'a lancé Wellington, avec un imperceptible clin d'œil.

De retour dans la salle à manger, il m'a semblé que la mère de Mark avait déjà adroitement dédramatisé la situation.

— C'est pour moi un mystère total que les gens puissent encore se marier de nos jours, disait-elle. Si je ne m'étais pas mariée si jeune, je ne l'aurais jamais fait.

— Oh, je suis tout à fait d'accord, a enchaîné papa, avec un peu trop d'enthousiasme.

— Ce que je ne comprends pas, a renchéri l'oncle Geoffrey, c'est comment une femme peut arriver à l'âge de Bridget sans avoir mis le grappin sur un homme. Qu'ils choisissent New York ou l'espace intersidéral, ils prennent tous la tangente. Et hop !

J'avais envie de hurler : Oh ! Ta gueule ! Ferme-la !

— C'est très difficile pour les jeunes, aujourd'hui, a ajouté Elaine en me regardant droit dans les yeux. On peut épouser n'importe qui quand on a dix-huit ans. Mais quand la personnalité s'est affirmée, ça doit sembler insupportable d'accepter la réalité masculine. Je ne parle pas des hommes qui sont ici, évidemment.

— J'espère bien ! a gaiement rugi le père de Mark en lui caressant le bras. Sinon, je vais devoir t'échanger contre deux jeunes de trente ans et quelque. Pourquoi mon fils serait-il le seul à s'amuser ?

Il a fait un signe de tête galant dans ma direction, et mon cœur a recommencé à battre la chamade. Est-ce qu'il croyait que nous sortions encore ensemble ? Ou est-ce qu'il était au courant pour Rebecca et pensait que Mark sortait avec nous deux ?

Heureusement, la conversation est revenue très vite sur *HMS Pinafore*, puis a rebondi sur les talents de footballeur de Wellington et sur le stage de golf de Geoffrey et papa, avant de papillonner sur les bordures herbacées et d'effleurer l'allée de Bill. Il était quatre heures moins le quart. Fin du cauchemar.

En partant, Elaine m'a mis discrètement dans la main deux Sobranies en disant :

— Je crois que vous en aurez besoin pour le trajet du retour. J'espère de tout cœur que nous nous reverrons.

C'était encourageant, mais insuffisant pour bâtir mon avenir. C'est avec Mark que je veux sortir, malheureusement, pas avec ses parents.

— Bien, ma chérie, a dit maman en sortant en trombe de la cuisine avec un Tupperware. Où as-tu mis ton sac ?

— Maman, ai-je fait, les dents serrées, je ne veux pas de provisions.

— Tout va bien, ma chérie ?

— Aussi bien que possible, compte tenu des circonstances, ai-je grogné.

Elle m'a embrassée. Ce qui était sympa, mais surprenant.

— Je sais que c'est dur, m'a-t-elle dit. Mais ne laisse pas Mark faire de bêtises. Tout va s'arranger, tu verras. J'en suis sûre.

Juste au moment où je me laissais aller au plaisir inhabituel du réconfort maternel, elle a ajouté :

— Tu vois bien ! *Hakuna Matata !* Ne t'inquiète pas. Sois heureuse ! Bon. Tu veux emporter un ou deux sachets de minestrone ? Ou un peu de Primula et des biscuits Tuc ? Laisse-moi passer, il faut que je prenne quelque chose dans ce tiroir. Oh, j'ai une idée. J'ai deux tranches de filet de bœuf.

Pourquoi s'imagine-t-elle que la nourriture fait plus de bien que l'affection ? Si j'étais restée une minute de plus dans cette cuisine, je suis sûre que j'aurais vomi.

— Où est papa ?

— Oh, sûrement dans sa cabane.

— Quoi ?

— Sa cabane, dans le jardin. Il y passe des heures et, quand il revient, il empeste...

— Il empeste quoi ?

151

— Rien, ma chérie. Sauve-toi et dis au revoir si tu veux partir.

Dehors, Wellington était en train de lire le *Sunday Telegraph* sur le banc.

— Merci, ai-je dit.

— Pas de problème, a-t-il répondu, avant d'ajouter : C'est une femme bien. Une femme qui a des idées bien arrêtées, beaucoup de cœur et d'enthousiasme, mais peut-être...

— Environ quatre cents fois trop, parfois ?

— Oui, a-t-il dit en riant.

Mon Dieu, j'espère qu'il ne voulait parler que de son enthousiasme à vivre.

Au moment où j'approchais de la cabane de jardin, papa est sorti, le visage rouge, l'air plutôt fuyant. On entendait à l'intérieur sa cassette de Nat King Cole.

— Alors, on s'en retourne dans la grande ville enfumée ? a-t-il lancé en chancelant un peu et en se retenant à la cabane. Tu n'as pas trop le moral, hein, mon petit loup ? a-t-il doucement bafouillé.

J'ai acquiescé.

— Toi non plus, hein ?

Il m'a prise dans ses bras et m'a serrée très fort, comme quand j'étais petite. C'était bon : mon papa.

— Comment as-tu fait pour rester avec maman pendant si longtemps ? ai-je chuchoté, tout en me demandant quelle était cette odeur douceâtre.

Du whisky ?

— Pas si difficile que ça, finalement, a-t-il dit en s'affalant à nouveau contre la cabane.

Il a penché la tête sur le côté, pour écouter Nat King Cole.

— *La plus belle chose*, s'est-il mis à fredonner, *que tu apprendras jamais, c'est comment aimer et être aimé en retour.* J'espère seulement que c'est toujours moi qu'elle aime, pas le Mau Mau.

Puis il s'est penché et a déposé un baiser sur ma joue.

Mercredi 5 mars

57 kg (bien), unités d'alcool : 0 (excellent), cigarettes : 5 (joli nombre, très sain), nombre de fois où je suis passée devant la maison de Mark Darcy : 2 (t. b.), nombre de fois où j'ai regardé le numéro de Mark Darcy dans l'annuaire pour me prouver qu'il existe encore : 18 (t. b.), appels au 1471 : 12 (en progrès), nombre d'appels de Mark : 0 (tragique).

8:30. Chez moi. Très triste. Mark me manque. Aucune nouvelle dimanche ni lundi, et quand je suis rentrée hier soir, j'avais un message disant qu'il partait pour quelques semaines à New York : « C'est donc bien un au revoir, je suppose. »

Je fais de mon mieux pour garder le moral. Ai découvert que quand je me réveille le matin, si je mets immédiatement Radio 4 pour écouter *Today* avant d'avoir pris conscience de mon chagrin — même si l'émission semble à première vue une interminable succession d'interviews d'hommes politiques essayant de jouer à *ni oui ni non*, ou de ne pas répondre aux questions posées —, je peux effectivement éviter de retomber dans mon cycle obsessionnel de « si seulement » ou de conversations imaginaires répétitives avec Mark Darcy qui ne font qu'augmenter ma tristesse et mon incapacité à sortir du lit.

Je dois reconnaître que Gordon Brown était t. b., il a, ce matin, réussi à continuer le débat sur la monnaie européenne sans hésiter, ni s'interrompre, ni vraiment dire quoi que ce soit, mais en parlant avec calme et aisance, tandis que John Humpreys[1] hurlait : « Oui ou non ? Oui ou non ? », comme Leslie Crowther[2]. Alors... bon, ça pourrait être pire, j'imagine.

Je me demande si la monnaie européenne est la même chose que la monnaie unique. D'une certaine façon, j'aimerais bien,

1. Journaliste de radio.
2. Présentateur de jeux télévisés.

car je suppose qu'on aurait des pièces différentes, ce qui serait plutôt européen et chic. On pourrait par la même occasion se débarrasser des pièces jaunes, qui sont trop lourdes, et des pièces de 5 et 20 pence, qui sont trop petites et trop insignifiantes pour procurer du plaisir. Hmm. Il faudrait qu'on garde les pièces d'une livre, quand même, qui sont fantastiques, comme des souverains : on s'aperçoit tout d'un coup qu'on a 8 livres dans son porte-monnaie, alors qu'on croyait être fauché. Mais alors, il faudrait changer toutes les machines, les distributeurs, les parcmètres et... Aaaah ! On sonne. C'esr peut-être Mark qui vient me dire au revoir.

Ce n'était que ce foutu Gary. Ai fini par lui arracher qu'il était venu me dire que l'extension coûterait « seulement » 7000 livres.

— Où voulez-vous que je trouve 7000 livres ?

— Vous pourriez faire un deuxième emprunt. Ça ne vous coûterait que 100 livres de plus par mois.

Heureusement, c'était évident, même pour lui, que j'étais en retard pour aller travailler, si bien que j'ai réussi à le faire partir. 7000 livres ! Franchement !

19:00. De retour chez moi. Ce n'est sûrement pas normal de traiter son répondeur comme on traitait son conjoint dans le temps, c'est-à-dire de se précipiter vers lui en rentrant pour voir quelle est son humeur, s'il va gazouiller pour me confirmer que je suis digne d'être aimée et acceptée dans la société, ou au contraire rester muet et distant, comme maintenant par exemple. Non seulement je n'ai pas de message de Mark pour le quarante-deuxième jour consécutif, mais je n'ai de message de personne d'autre. Je devrais peut-être relire quelques pages du *Chemin le moins fréquenté*.

19:06. Oui, vous comprenez, l'amour n'est pas quelque chose qui vous arrive, mais quelque chose que vous construisez. Alors, où est-ce que j'ai foiré ?

19:08. Suis une femme solide, sûre de moi, réceptive et sensible. La conscience de ce que je suis ne me vient pas des autres mais de... de... moi ? Ça ne peut pas être ça.

19:09. En tout cas, ce qu'il y a de bien, c'est que je ne pense pas qu'à Mark Darcy. Je commence à me détacher.

19:15. Super ! Téléphone ! C'est peut-être Mark Darcy !
— Bridget ! Comme tu as maigri ! C'est Tom. Comment vas-tu, bébé ?
— Très mal, ai-je répondu, sortant mon chewing-gum Nicorette de ma bouche pour le modeler en sculpture. Évidemment.
— Allons, allons, Bridginette ! Les hommes ! Un de perdu dix de retrouvés ! Comment va ta nouvelle carrière journalistique ?
— Eh bien, j'ai téléphoné à l'agent de Colin Firth et je me suis procuré tous les articles sur lui. Je croyais vraiment que ça l'intéresserait parce que *Fever Pitch* va bientôt sortir sur les écrans et je pensais qu'ils ne cracheraient pas sur un peu de publicité.
— Et alors ?
— Ils ont rappelé pour me dire qu'il n'avait pas le temps.
— Ha ! En fait, c'est exactement pour ça que je t'appelle. Jérôme m'a dit qu'il connaissait...
— Tom, ai-je dit, menaçante, tu ne ferais pas une crise de mentionnite par hasard ?
— Non, non... Je n'ai pas l'intention de me remettre avec lui. (Mensonge gros comme une maison.) Mais bon, Jérôme connaît un type qui a travaillé avec Colin Firth sur son dernier tournage, et il propose d'essayer de te pistonner, si tu veux.
— Oui ! ai-je répondu, enthousiaste.
Je me rends compte que ce n'est qu'un prétexte de plus pour rester en contact avec Jérôme le Prétentieux, mais il est vrai que toute action comporte une part d'altruisme et d'intérêt, et puis, peut-être que Colin Firth va accepter !

Super ! C'est exactement le travail qu'il me faut ! Je vais sillonner la planète pour interviewer des personnalités. Et avec l'argent que je gagnerai en plus, je pourrai faire un deuxième emprunt pour le bureau et la terrasse, et comme ça j'abandonnerai mon affreux job chez *Sit Up Britain* et je travaillerai chez moi. Ouais ! Tout marche comme sur des roulettes ! Je vais téléphoner à Gary. Inutile d'espérer que les choses changent si on ne change pas soi-même. Je prends la situation en main !

Bon. Je ne vais pas rester au lit à me morfondre. Je vais me lever et faire quelque chose d'utile. Par exemple ? Voyons ? Fumer une clope ? Oh, mon Dieu ! Je ne peux pas supporter l'idée que Mark aille chez Rebecca et fasse avec elle toutes les petites choses quotidiennes qu'il faisait avec moi. Il ne faut pas, il ne faut pas être négative. Peut-être que Mark ne sort pas avec Rebecca et reviendra pour me retrouver ! Super !

Mercredi 12 mars

57 kg, unités d'alcool : 4 (mais suis journaliste à présent, normal d'être ivre), cigarettes : 5, calories : 1845 (b.), lumières au bout du tunnel : 1 (très faible).

16:00. Tom vient de m'appeler au bureau.

— C'est parti !

— Quoi ?

— L'interview avec Colin Firth !

Je me suis redressée sur ma chaise, tremblante.

— Oui ! Le copain de Jérôme a téléphoné et Colin Firth a été très sympa. Il dit que si tu peux la faire passer dans l'*Independent*, il est d'accord. Et je vais dîner avec Jérôme le Prétentieux !

— Tom, tu es un saint, un dieu et un archange. Alors, qu'est-ce que je dois faire ?

— Tu n'as qu'à téléphoner à l'agent de Colin Firth, puis

appeler Adam à l'*Independent*. Oh, au fait, je leur ai dit que tu avais déjà fait des tas de trucs.

— Mais c'est faux.

— Oh, tu n'as pas besoin de prendre les choses au pied de la lettre, bordel ! Bridginette, dis-lui que tu en as déjà fait, c'est tout.

Mardi 18 mars

57,5 kg (sanction totalement injuste), calories : 1200 (repos), emprunts : 2 (super !), nombre de chambres dans appartement : bientôt 2 (super !).

Ai téléphoné à la banque, c'est OK pour nouvel emprunt ! Tout ce que j'ai à faire, c'est remplir quelques formulaires et autres paperasses, ensuite je pourrai disposer de 7 000 livres et ça ne me coûtera que 120 livres par mois ! Je ne peux pas croire que je n'y ai jamais pensé avant. Ça aurait été la solution à tous mes problèmes de découvert !

Mercredi 2 avril

58 kg, calories . 998 (l'étrange rapport inversement proportionnel entre les calories et la graisse semble rendre absurde toute restriction alimentaire), miracles : multiples, bonheur nouvellement découvert · infini.

17:00. Il se passe quelque chose de bizarre. Non seulement l'interview de Colin Firth va avoir lieu, mais elle va se passer à Rome ! Si ça se trouve, ils ne vont pas tarder à me dire que l'interview va se dérouler à poil dans la mer des Caraïbes, comme dans *Blind Date*. Je comprends que Dieu m'accorde une faveur pour compenser tous mes malheurs, mais là, vraiment, ça dépasse toute explication religieuse normale. Ça suggère que la vie a des hauts et des bas terrifiants et qu'après cette ascension fulgurante, la dégringolade mortelle ne va pas tarder. Peut-être que c'est l'effet poisson d'avril à retardement.

Je viens d'appeler Tom qui m'a dit d'arrêter de chercher toujours midi à quatorze heures, et que si l'interview a lieu à Rome, c'est tout simplement parce que c'est là qu'habite Colin Firth — c'est vrai, au fait — et que je ferais mieux de réfléchir au fait qu'il n'a pas joué que le rôle de Mr Darcy. Par exemple, dans son dernier film, *Fever Pitch*.

— Ouais, ouais, ai-je répondu, puis j'ai dit à Tom que je le remerciais beaucoup pour son aide à mettre tout ça en place. Tu comprends, c'est exactement ce dont j'avais besoin ! ai-je poursuivi avec feu. Je me sens tellement mieux depuis que je me concentre sur ma carrière au lieu de ne penser qu'aux hommes.

— Au fait, Bridget, a dit Tom, tu sais, bien sûr, que Colin Firth a une petite amie ?

Flûte.

Vendredi 11 avril

57 kg, unités d'alcool : 5 (entraînement au journalisme), cigarettes : 22, calories : 3844 (vous voyez, qu'est-ce que je vous disais ? Plus jamais je ne suivrai de régime).

6:00. Il s'est passé un truc merveilleux ! Je viens d'appeler l'attachée de presse et Colin Firth va me rappeler chez moi pendant le week-end pour fixer le rendez-vous. Je n'arrive pas à y croire. Évidemment, je vais rester coincée à la maison tout le week-end mais ça n'est pas plus mal, ça me permettra de réfléchir en visionnant la vidéo d'*Orgueil et Préjugés*, même si, bien entendu, je sais que je devrai aussi parler de ses autres projets. Oui. En fait, ça pourrait être un tournant décisif dans ma carrière. Ce qui est marrant, finalement, c'est que, d'une certaine façon, grâce à une sorte de sixième sens surnaturel mais peut-être caractéristique, Mr Darcy m'a fait oublier Mark Darcy... Téléphone ! C'est peut-être Mr ou Mark Darcy ! Vite, il faut que je mette un disque de jazz ou de musique classique, histoire de les impressionner.

Zut. C'était un certain Michael, de l'*Independent*, salement autoritaire :

— Écoutez-moi bien. Vous n'avez jamais travaillé pour nous. Pas question de faire n'importe quoi. Vous rentrez par l'avion de lundi soir, nous vous avons réservé une place, vous mettez votre interview au point mardi matin et vous la rendez avant seize heures, sinon elle ne passe pas. Et vous l'interrogez sur *Fever Pitch*. *Fever Pitch*, où, je vous le signale, il joue un personnage qui n'est pas celui de Mr Darcy.

C'est tout à fait vrai en fait. Ooh, téléphone.

C'était Jude. Elle vient avec Shazzer. J'ai peur qu'elles ne me fassent rire quand Mr Darcy va téléphoner, mais, d'autre part, j'ai besoin de me changer les idées ou je vais péter les plombs.

Samedi 12 avril

*57,5 kg (mais je suis sûre que je peux perdre deux kilos d'ici demain grâce au régime saucisses de Francfort), unités d'alcool : 3 (t. b.), cigarettes : 2 (quasi-sainteté), saucisses de Francfort : 12, appels au 1471 pour vérifier que Colin Firth n'a pas appelé pendant une soudaine crise de surdité passée inaperçue : 7, mètres carrés non recouverts par cartons à pizza, vêtements essayés, cendriers, etc : 1/2 (sous le canapé), nombre de fois où visionné séquence d'*Orgueil et Préjugés où Colin Firth plonge dans le lac : 15 (travail d'analyse, de premier ordre), appels de Colin Firth : 0 (jusqu'à maintenant).*

10:00. Colin Firth n'a pas appelé.

10:03. N'a toujours pas appelé.

10:07. N'a toujours pas appelé. Me demande si c'est trop tôt pour réveiller Jude et Shazzer. Il attend peut-être que sa petite amie soit sortie faire les courses pour m'appeler.

17:00. L'appart a l'air d'avoir subi un bombardement, à cause de l'alerte Mr Darcy : nous sommes toutes les trois répandues dans le salon comme dans *Thelma et Louise* quand la maison de Thelma est prise d'assaut par la police et que Harvey Keitel attend leur coup de fil avec des magnétophones branchés dans tous les coins. J'apprécie vraiment l'aide de Jude et Shazzer, et tout et tout, mais du coup je n'ai guère avancé dans la préparation de mon interview, hormis sur le plan physique.

18:00. Mr Darcy n'a toujours pas appelé.

18:05. N'a toujours pas appelé. Qu'est-ce que je dois faire ? Je ne sais même pas où je dois le rencontrer.

18:15. N'a toujours pas appelé. Sa petite amie a peut-être tout simplement refusé d'aller faire les courses. Ou peut-être qu'ils ont fait l'amour pendant tout le week-end, qu'ils ont télé-phoné pour qu'on leur livre des glaces italiennes et qu'ils se sont fichus de moi en douce.

18:30. Jude s'est réveillée d'un seul coup en se tâtant le front.

— Il faut qu'on sorte, a-t-elle dit d'une voix étrange, genre Meg la Mystique.

— Tu es dingue ? a rétorqué Sharon. Qu'on sorte ? Tu as perdu la boule ?

— Non, a répondu Jude, froidement. Si le téléphone ne sonne pas, c'est parce qu'il y a trop d'énergie concentrée dessus.

— Quelle blague ! a ricané Sharon.

— En plus, ça commence à puer ici. Nous avons besoin de

faire un peu de ménage, de laisser évacuer l'énergie et ensuite nous irons prendre un Bloody Mary quelque part, a-t-elle ajouté pour me tenter.

Quelques minutes plus tard, nous étions dehors, éblouies par la lumière inattendue de cette fin d'après-midi printanier. J'ai fait un bond en arrière pour rentrer, mais Shazzer m'a agrippée.

— Allons-y. Prendre. Un Bloody. Mary, scandait-elle en me faisant avancer comme un agent de police.

Quatorze minutes plus tard, nous étions de retour. Je me suis précipitée, puis immobilisée, pétrifiée : le répondeur clignotait.

— Tu vois, a dit Jude d'un ton affreusement satisfait. Tu vois !

Tremblante, comme si elle désamorçait une bombe, Shazzer a tendu la main pour appuyer sur la touche MESSAGES.

« Allô, Bridget, c'est Colin Firth. »

Nous avons toutes trois fait un bond en arrière. C'était la même voix profonde, distinguée, distante, avec laquelle il demandait à Elizabeth Bennett de l'épouser dans le film de la BBC. Bridget. Moi. Mr Darcy m'a appelée Bridget. Sur mon répondeur.

« Si j'ai bien compris, vous venez à Rome m'interviewer lundi, poursuivait-il. Je téléphonais pour prévoir un lieu de rendez-vous. Il y a une place, la Piazza Navona, c'est un endroit qu'on peut facilement trouver en taxi. Je vous retrouverai vers seize heures trente près de la fontaine. Bon voyage. »

— 1471, 1471, a bafouillé Jude. 1471, vite, vite. Non, sors la bande du répondeur, sors la bande.

— Rappelle-le ! a crié Sharon, comme un tortionnaire SS. Rappelle-le et demande-lui de te retrouver dans la fontaine. Oh, mon Dieu !

Le téléphone a sonné, à nouveau, nous sommes restées figées, bouche bée. Puis on a entendu la voix de Tom :

« Allô, mes petites mignonnes, c'est Mr Darcy qui appelle

pour savoir si l'une de vous peut l'aider à enlever sa chemise mouillée. »

Shazzer est sortie brutalement de sa transe.

— Faites-le taire ! Faites-le taire ! a-t-elle hurlé en se jetant sur le combiné. Ferme-la, Tom, ferme-la, ferme-la !

Mais c'était trop tard. L'enregistrement de Mr Darcy m'appelant Bridget sur mon répondeur et me demandant de le retrouver à Rome près d'une fontaine était perdu à jamais. Et personne au monde ne pourra jamais rien y faire. Rien. Rien.

6
Mission italienne

Lundi 21 avril

55,5 kg (graisse consumée par la peur et l'excitation), unités d'alcool : 0 (mais il n'est que 7 h 30 du matin), cigarettes : 4 (t. b.).

7:30. C'est indéniablement un merveilleux progrès de partir en voyage et d'être aussi en avance. Ça montre bien, comme on le dit dans *Le Chemin le moins fréquenté*, que les êtres humains sont capables de changer et d'évoluer. Tom est passé hier soir et a revu avec moi les questions de mon interview. Suis donc pratiquement prête, avec mise au point bien claire, même si, pour être parfaitement honnête, j'étais légèrement beurrée.

8:15. J'ai tout mon temps, en fait. Tout le monde sait que quand les hommes d'affaires sillonnent l'Europe d'aéroport en aéroport, ils se pointent au maximum quarante minutes avant le décollage, avec une petite valise contenant leurs chemises en tergal. L'avion est à onze heures quarante-cinq. Il faut que je sois à Gatwick à onze heures, donc je prendrai le train à Victoria à dix heures et demie et le métro à dix heures. Parfait.

9:30. Et si jamais je suis débordée par la situation, si je craque et que, mettons, je l'embrasse ? En plus, mon pantalon est trop serré, ce qui fait ressortir mon ventre. Je crois que je vais changer de tenue. Il faut peut-être que j'emporte une trousse de toilette pour être présentable avant l'interview.

9:40. Je n'arrive pas à croire que j'ai perdu tant de temps à préparer ma trousse de toilette, alors qu'évidemment, ce qui compte, c'est de faire bonne impression à l'arrivée. Mes cheveux sont complètement hirsutes. Il va falloir que je les remouille. Où est mon passeport ?

9:45. J'ai mon passeport, mes cheveux sont calmés, il vaut mieux que j'y aille.

9:49. Seul problème : ne peux pas soulever mon sac. Ai peut-être intérêt à réduire le contenu de ma trousse de toilette à une brosse à dents, dentifrice, rince-bouche et brumisateur. Oh, dois aussi sortir 3 500 livres du micro-ondes pour Gary afin qu'il puisse commencer à acheter les matériaux et les trucs pour construire mon nouveau bureau et la terrasse ! Hourra !

9:50. Super. J'ai appelé un taxi. Il sera là dans deux minutes.

10:00. Où est le taxi ?

10:05. Où est ce putain de taxi ?

10:06. Viens de téléphoner à la compagnie de taxis qui dit qu'une voiture Silver Cavalier attend en bas.

10:07. Pas de Silver Cavalier en bas, pas plus que dans la rue.

10:08. Le type de la compagnie de taxis me dit que la Silver Cavalier arrive dans ma rue à l'instant même.

10:10. Toujours pas de taxi. Saloperie de taxi et tout... Aah ! Le voilà. Merde, où sont mes clés ?

10:15. Suis dans le taxi. J'ai déjà fait ce trajet en quinze minutes, c'est sûr.

10:18. Aah ! Le taxi se retrouve soudain dans Marylebone Road, ayant inexplicablement décidé de me faire visiter Londres au lieu d'aller directement à la gare Victoria. Je lutte

166

contre mon envie d'attaquer le conducteur pour le tuer et le manger tout cru.

10:20. Retour dans la bonne direction, c'est-à-dire que nous avons abandonné celle de Newcastle, mais la circulation est dense. Quelle que soit l'heure, à Londres, c'est toujours l'heure de pointe.

10:27. Je me demande s'il est possible d'aller de Marble Arch à Gatwick Express en une minute.

10:35. Victoria. Du calme. Du calme. Le train est parti sans moi. Si je prends celui de 10h45, il me restera encore trente minutes avant le départ de l'avion. Et puis l'avion sera probablement retardé.

10:40. Je me demande si j'aurai encore le temps d'acheter un pantalon à l'aéroport. Bon, je ne vais pas me polariser là-dessus. Ce qu'il y a de merveilleux quand on voyage seul, c'est qu'on peut vraiment commencer à changer de personnalité, être élégant et zen, et comme ça personne ne vous connaît.

10:50. Si seulement je pouvais arrêter de me dire que mon passeport a sauté de mon sac pour rentrer à la maison.

11:10. Inexplicable arrêt du train. Soudain, tous les trucs que j'ai faits en plus, comme par exemple me remettre du vernis sur les ongles des pieds, etc., semblent sans importance si je ne peux pas me présenter au rendez-vous.

11:45. Je n'y crois pas. L'avion est parti sans moi.

Midi. Merci, mon Dieu, Mr Darcy et tous les anges du paradis. Apparemment, il y a un autre avion dans une heure et quarante minutes. Je viens d'appeler l'agent, qui m'a dit que, pas de problème, elle allait l'appeler pour lui dire de me retrouver deux heures plus tard. Super, je peux faire des courses dans l'aéroport.

167

13:00. J'aime assez la tendance du printemps : un voile aérien imprimé de roses, mais je trouve qu'on ne devrait pas concevoir des modèles dans lesquels les gens ne peuvent pas loger leurs fesses. Géniale, cette galerie marchande dans l'aéroport. J'adore. Sir Richard Rogers[1], Terence Conran et compagnie sont tout le temps en train de se plaindre que les aéroports se transforment en centres commerciaux, mais moi je trouve que c'est très bien. Vais peut-être proposer ça comme thème principal pour une prochaine émission, pourquoi pas avec Sir Richard en personne, voire Bill Clinton. Vais peut-être essayer un bikini.

13:30. Bon. Je n'ai plus qu'à poster mes lettres, acheter le nécessaire au Body Shop, puis j'embarquerai.

13:31. Annonce : « La passagère Jones, dernier passager manquant du vol BA 175 à destination de Rome, est priée de se présenter immédiatement porte 12 où l'avion est prêt à décoller. »

Mardi 22 avril

*57 kg, unités d'alcool : 2, cigarettes : 22, appels autoritaires de Michael, de l'*Independent, *pour voir « comment nous nous en sortons » : environ 30, nombre de fois où j'ai réécouté la bande de l'interview : 17, nombre de mots rédigés pour l'interview : 0.*

9:00. De retour chez moi après voyage cadeau du ciel. Bon. Je vais rédiger mon interview. C'est extraordinaire comme quand on se concentre sur son travail et sa carrière, ça vous fait totalement oublier vos déboires sentimentaux. C'était tout simplement fantastique. Le taxi m'a déposée juste devant la

---

1. Architecte qui a participé à la création du Centre Georges-Pompidou.

place romaine et j'ai cru m'évanouir : tout simplement fantastique, soleil doré, grande place pleine de ruines dressées, et au milieu de tout ça, Mr... Ooh ! Téléphone.

C'était Michael, de l'*Independent*.

— Alors, vous l'avez faite, cette interview ?

— Oui, ai-je rétorqué avec hauteur.

— Et vous avez pensé à prendre votre magnétophone, pas votre walkman ?

Franchement ! Je ne sais pas ce que Tom lui a raconté, mais quelque chose dans son ton suggère que ça ne devait pas être particulièrement respectueux.

— Bon, vous avez jusqu'à quatre heures. Alors, ne perdez pas de temps.

Lalala. J'ai tout mon temps. Je vais juste revivre un peu la journée. Mmm. Il ressemblait exactement à Mr Darcy : tout maigre et brûlant comme le feu sous la cendre. Et il m'a même emmenée voir une église avec un trou, la tombe d'Hadrien ou un autre, et une statue de Moïse, et il a fait preuve d'une incroyable maîtrise pour empêcher les voitures de me renverser, et il n'arrêtait pas de parler italien. Mmm.

Midi. La matinée n'a pas été particulièrement fructueuse, mais, bien entendu, j'avais besoin d'un peu de temps pour intégrer ce qui s'était passé et discuter de mes impressions avec mes pairs, si bien que ça n'a probablement pas été du temps perdu, au contraire.

14:00. Téléphone. Encore ! C'est sans doute comme ça quand on est un auteur à succès : le téléphone n'arrête pas de sonner.

C'était ce foutu Michael, avec son ton de petit chef :

— Comment nous en sortons-nous ?

Quel sacré culot ! Le délai fixé n'est qu'à seize heures, ce qui veut dire évidemment la fin de la journée. En fait, je suis assez contente de mon enregistrement. J'ai bien réussi le truc de le brancher sur des questions faciles avant d'aborder les questions ardues de Tom, que j'avais pris soin de noter la veille de mon départ malgré ma légère biture. Je crois qu'il a été assez impressionné par mon style de questions, en fait.

14:30. Vais juste boire un petit café sur le pouce et fumer une clope.

15:00. Il vaut peut-être mieux commencer par réécouter l'enregistrement.

Idée ! Je vais appeler Shaz et lui faire écouter cette partie.

Aaah, aaarh ! Il est trois heures et demie et je n'ai pas commencé. De toute façon, inutile de paniquer. Ils ne vont pas revenir de déjeuner avant je ne sais combien de temps, puis ils seront bourrés comme, comme... des journalistes, tiens ! Attendez seulement qu'ils voient mes scoops.

Comment commencer ? Évidemment, l'interview doit inclure mes impressions sur Mr Darcy, avec, en toile de fond, son dernier film, *Fever Pitch*, le théâtre, le cinéma, etc. Ils vont probablement me confier une rubrique hebdomadaire : Le Portrait, par Bridget Jones. « Jones rencontre Darcy. » « Jones rencontre Blair. » « Jones rencontre Marcos. » Zut, il est mort.

16:00. Comment pourrai-je produire quelque chose si ce foutu Michael n'arrête pas de me téléphoner pour me dire ce que je dois mettre et ne pas mettre dans mon article ? Grrr. Si jamais c'est encore lui... Ils n'ont aucun respect pour les journalistes dans ce bureau. Absolument aucun

17:15. Haha.

— Je-suis-en-train-de-le-faire, ai-je dit.

Ça lui a cloué le bec.

18:00. Ce n'est rien, de toute façon. Tous les grands journalistes connaissent l'angoisse de la page blanche et la hantise du délai.

19:00. Oh, merde, merde. Oh, merde, merde, merde.

Mercredi 23 avril

*57,5 kg (on dirait que je suis engluée dans la graisse), messages de félicitations d'amis, parents ou collègues à propos de l'interview de Colin Firth : 0, messages de félicitations du bureau de l'*Independent *à propos de l'interview de Colin Firth : 0, messages de félicitations de Colin Firth à propos de l'interview de Colin Firth : 0 (bizarre, non ?).*

8:00. Mon article sort aujourd'hui. Un peu précipité, mais probablement pas trop mal. Peut-être même plutôt bon. Si seulement le journal arrivait vite !

8:10. Le journal n'est pas encore arrivé.

8:20. Super ! Le journal est arrivé.

Je viens de lire l'interview. L'*Independent* n'a absolument pas tenu compte de ce que j'ai rédigé. Je sais bien que j'étais un peu en retard, mais c'est intolérable. Voici ce qu'ils ont publié :

En raison de difficultés techniques insurmontables, il nous a fallu publier l'interview de Colin Firth par Bridget Jones à partir de la transcription directe de l'enregistrement.

BJ : Bon. Je vais commencer l'interview.
CF : *(Fond sonore légèrement hystérique).* Très bien, très bien. *(Très long silence.)*
BJ : Quelle est votre couleur préférée ?
CF : Pardon ?
BJ : Quelle est votre couleur préférée ?
CF : Le bleu.
(Long silence.)
BJ : Quel est votre dessert préféré ?
CF : La crème brûlée.
BJ : Vous connaissez *Fever Pitch,* le film de Nick Hornby, qui va sortir sur les écrans ?

CF : Oui, en effet, je le connais.

BJ : *(Silence. Bruits de papier froissé.)* Pensez-vous... Oh. *(Nouveau bruit de papier froissé.)* Pensez-vous que le livre, *Fever Pitch*, a semé un style confession ?

CF : Je vous demande pardon ?

BJ : A. Semé. Un style confession.

CF : *Semé* un style confession ?

BJ : Oui.

CF : Eh bien. Sans aucun doute, le style de Nick Hornby a été beaucoup imité et je trouve que c'est un... euh... genre très émouvant, qu'il l'ait ou non, euh... semé.

BJ : Vous connaissez le téléfilm de la BBC *Orgueil et Préjugés* ?

CF : Oui, en effet, je le connais.

BJ : La scène où vous devez plonger dans le lac ?

CF : Oui.

BJ : Quand il a fallu recommencer la prise de vue, avez-vous été obligé d'enlever la chemise mouillée et d'en remettre une sèche ?

CF : Oui, je... j'ai probablement été obligé, oui. *Scusi. Ha vinto. È troppo forte. Sí grazie.*

BJ : *(Respiration hésitante.)* Combien de fois avez-vous été obligé de recommencer la prise de vues du plongeon dans le lac ?

CF : *(Toussotements.)* Bon. Les prises de vues sous l'eau ont été filmées dans un bassin dans les studios Ealing.

BJ : Oh non !

CF : Eh bien, si. Le... euh, *l'instant* en l'air — *extrêmement* bref — a été joué par un cascadeur.

BJ : Mais on aurait dit Mr Darcy.

CF : Parce qu'on lui avait collé des favoris et un costume de Mr Darcy par-dessus le costume mouillé, ce qui le faisait en fait ressembler à Elvis vers la fin de sa vie. Il ne pouvait le faire qu'une fois, selon les conditions des assurances, et ensuite il a dû subir des analyses pendant à peu près six semaines pour déceler d'éventuelles lésions. Pour toutes les autres prises de vues avec chemise mouillée, c'était moi.

BJ : Et il fallait remouiller la chemise à chaque fois ?

CF : Oui. Ils l'aspergeaient. Ils l'aspergeaient et ensuite...

BJ : Avec quoi ?

CF : Pardon ?

BJ : Avec quoi ?

CF : Une espèce de pistolet à eau. Écoutez... pourrions-nous... ?

BJ : Oui, mais je veux dire, est-ce que parfois vous étiez obligé d'enlever la chemise et... et d'en mettre une autre ?

CF : Oui.

BJ : Pour la mouiller à nouveau ?

CF : Oui.

BJ : *(Silence.)* Vous connaissez le film *Fever Pitch* qui va sortir ?

CF : Oui.

BJ : Quelles sont d'après vous les principales différences et ressemblances entre le personnage de Paul dans *Fever Pitch* et... ?

CF : Et qui ?

BJ : *(Timidement.)* Mr Darcy.

CF : Personne ne m'a jamais demandé ça.

BJ : Ah bon ?

CF : Non. Je pense que les principales différences...

BJ : Voulez-vous dire que c'est une question évidente ?

CF : Non. Je veux dire que personne ne m'a jamais demandé ça.

BJ : On ne vous pose pas constamment cette question ?

CF : Non, non. Je peux vous l'assurer.

BJ : Alors, c'est une...

CF : C'est une question totalement neuve, inédite, oui.

BJ : Oh, super.

CF : On continue ?

BJ : Oui.

CF : Mr Darcy n'est pas un supporter de l'équipe d'Arsenal.

BJ : Non.

CF : Il n'est pas instituteur.

BJ : Non.

CF : Il vivait il y a près de deux cents ans.

BJ : Oui.

CF : Paul dans *Fever Pitch* adore être dans la foule d'un stade de football.

BJ : Oui.

CF : Alors que Mr Darcy ne supporte même pas de danser le quadrille. Bon. Est-ce que nous pourrions parler de quelque chose qui n'ait pas de rapport avec Mr Darcy ?

BJ : Oui
(Silence. Bruits de papier.)
BJ : Vous sortez toujours avec votre petite amie ?
CF : Oui.
BJ : Oh.
(Long silence.)
CF : Tout va bien ?
BJ : *(Presque inaudible.)* Croyez-vous que les petits films bri-
tanniques sont sur la voie ?
CF : Je ne vous entends pas.
BJ : *(Lamentablement.)* Croyez-vous que les films britanniques
intimistes sont sur la voie ?
CF : La voie de... *(d'un ton encourageant)*... la voie de quoi ?
BJ : *(Très long silence de réflexion.)* De l'avenir.
CF : Bon. Ils semblent avancer pas à pas, je pense. J'aime bien
les films intimistes, mais j'aime aussi beaucoup les grands films
et ce serait bien si nous en faisions davantage également.
BJ : Mais vous ne trouvez pas que c'est un problème qu'elle
soit italienne et tout ça ?
CF : Non.
(Très long silence.)
BJ : *(Boudeuse.)* Pensez-vous que Mr Darcy a une dimension
politique ?
CF : Je me suis demandé, en effet, ce que pouvaient être ses
opinions politiques, s'il en avait. Et je ne crois pas qu'elles plai-
raient beaucoup aux lecteurs de l'*Independent*. Cette notion pré-
victorienne ou victorienne, probablement très proche du thatché-
risme, que les riches sont des bienfaiteurs sociaux. Je veux dire,
il est évident que l'idée du socialisme n'était pas encore...
BJ : Non.
CF :... entrée dans les mœurs de son milieu. Et il est clairement
montré que c'est quelqu'un de bien, il n'y a qu'à voir la générosité avec laquelle il traite ses fermiers. Mais je pense qu'il serait
plus proche d'une sorte de personnage nietzschéen, un...
BJ : Qu'est-ce que ça veut dire : nid de chien ?
CF : Vous savez, l'idée que, euh, l'être humain est superman.
BJ : Superman ?
CF : Pas Superman lui-même, non. Non. *(Léger gémissement.)*
Je ne crois pas qu'il portait un caleçon par-dessus son pantalon,

174

non. Écoutez, j'aimerais *vraiment* qu'on abandonne ce sujet maintenant.

BJ : Quel est votre prochain projet ?

CF : Un film qui s'appelle *The World of Moss.*

BJ : Est-ce une émission sur la nature ?

CF : Non. Non, non. Non. Il s'agit... hum, il s'agit, euh, d'une famille excentrique dans les années trente, le père possède une fabrique de mousse.

BJ : Mais la mousse ne pousse pas naturellement ?

CF : Eh bien, non, il fabrique quelque chose qui s'appelle de la mousse Sphagnum, qu'on utilisait pendant la guerre de 14 pour panser les plaies et, euh, c'est un film, euh, plutôt léger et, euh, comique...

BJ : *(Très peu convaincante.)* Ça a l'air très bien.

CF : Je l'espère

BJ : Est-ce que vous me permettez de vérifier quelque chose à propos de la chemise ?

CF : Oui.

BJ : Combien de fois en tout avez-vous été obligé de l'enlever et de la remettre, exactement ?

CF : Précisément... Je ne sais pas. Hum. Voyons... Il y a la scène où je me dirige vers Pemberley. Elle a été tournée une fois, celle-là. Une seule prise de vues. Puis la scène où je donne mon cheval à quelqu'un... Je crois qu'il y a eu un changement.

BJ : *(Ragaillardie.)* Il y a eu un changement ?

CF : *(Sévèrement.)* Oui. Un seul changement.

BJ : Donc, c'était surtout la chemise mouillée, alors ?

CF : La seule et unique chemise mouillée, qu'on ne cessait d'asperger, oui. C'est bon ?

BJ : Oui. Quelle est votre couleur préférée ?

CF : Nous avons déjà vu ça.

BJ : Bon. *(Froissements de papier.)* Pensez-vous que le sujet du film *Fever Pitch* est en fait l'enfoirage affectif ?

CF : L'en quoi ?

BJ : L'enfoirage affectif. Vous savez, les hommes qui sont dingues, alcooliques, qui ont la phobie de l'engagement et qui ne s'intéressent qu'au football.

CF : Non, je ne crois pas, vraiment. Je pense que Paul est d'une certaine façon beaucoup plus à l'aise avec ses émotions et qu'il les manifeste plus librement que son amie. Je pense en fait que, dans l'analyse finale, c'est ce qui est touchant dans ce que Nick Hornby cherche à dire : dans un monde assez terre à terre et quotidien, il a trouvé une voie pour accéder à des expériences affectives qui...

BJ : Excusez-moi.

CF : *(Soupirs.)* Oui ?

BJ : Vous ne trouvez pas que la barrière de la langue est un problème avec votre amie ?

CF : En fait, elle parle très bien l'anglais.

BJ : Mais vous ne pensez pas que ça irait mieux avec une *Anglaise* d'un âge plus proche du vôtre ?

CF : Il me semble que tout va très bien entre nous.

BJ : Bon. *(Ton menaçant.)* Jusqu'à maintenant. Est-ce qu'il vous arrive de préférer faire du théâtre ?

CF : Hum. Je ne partage pas l'opinion selon laquelle le théâtre est le lieu de la véritable expression de l'acteur, alors que le cinéma ne le serait pas. Mais je me rends compte que je préfère le théâtre lorsque je joue, en effet.

BJ : Mais vous ne trouvez pas que le théâtre est un peu irréaliste et embarrassant, et en plus vous devez jouer pendant des heures sans pouvoir manger, ni parler, ni...

CF : Irréaliste ? Embarrassant et irréaliste ?

BJ : Oui.

CF : Vous voulez dire irréaliste dans le sens où... ?

BJ : On voit que ce n'est pas réel.

CF : Irréaliste dans ce sens-là, d'accord. *(Léger gémissement.)* Hum. Je crois que ça ne devrait pas l'être si c'est bien joué. C'est beaucoup plus... Ça paraît beaucoup plus artificiel de tourner un film.

BJ : Ah bon ? Je suppose que ça ne se fait pas d'un seul coup, si ?

CF : Non. Pas du tout. Non. Oui. Un film ne se fait pas d'un seul coup. Il est tourné par petites séquences. *(Gémissements plus forts.)* Par petites séquences.

BJ : Je vois. Pensez-vous que Mr Darcy aurait pu coucher avec Elizabeth Bennet avant le mariage ?

CF : Oui. Je crois que c'est tout à fait possible. Oui.

BJ : *(Retenant sa respiration.)* Vraiment ?

CF : Je crois que c'est possible, oui.

BJ : *De quelle manière* serait-ce possible ?

CF : Je ne suis pas sûr que Jane Austen serait d'accord avec moi sur ce point, mais...

BJ : On ne peut pas le savoir, parce qu'elle est morte.

CF : Non, c'est impossible..., mais je crois que le Mr Darcy d'Andrew Davies aurait pu.

BJ : Et pourquoi croyez-vous ça ? Pourquoi ? Pourquoi ?

CF : Parce que je pense que pour Andrew Davies il était très important que Mr Darcy ait de fortes pulsions sexuelles.

BJ : *Hoquets.*

CF : Et, hum...

BJ : Je trouve que le jeu de l'acteur a vraiment très très bien fait passer le message. Je le pense sincèrement.

CF : Merci. À un moment, Andrew a même noté comme indication scénique : « Imagine que Darcy a une érection. »

(Énorme fracas de chute.)

BJ : C'était dans quelle scène ?

CF : C'est quand Elizabeth revient à travers la campagne et le rencontre par hasard dans le parc, au début.

BJ : La scène où elle est couverte de boue ?

CF : Et toute décoiffée.

BJ : Et en sueur ?

CF : Exactement.

BJ : C'était une scène difficile à jouer ?

CF : Vous voulez parler de l'érection ?

BJ : *(Murmure effrayé.)* Oui.

CF : Hum... Eh bien, Andrew avait également noté que je ne suggère pas qu'on s'appesantisse là-dessus, et par conséquent il n'y avait pas de nécessité de jeu particulier dans ce domaine, du moins.

BJ : Mmm.

(Long silence.)

CF : Oui.

(Nouveau silence.)

BJ : Mmm.

CF : C'est tout, alors ?

BJ : Non. Comment ça s'est passé avec vos amis quand vous avez commencé à être Mr Darcy ?

CF : J'ai eu droit à pas mal de plaisanteries, par exemple, on me grognait « Mr Darcy » au petit déjeuner et ainsi de suite. Il y a eu une brève période pendant laquelle ils ont fait des efforts pour cacher ce qu'ils savaient de ma vraie personnalité et...

BJ : La cacher de qui ?

CF : Eh bien, de tous ceux qui me soupçonnaient peut-être de ressembler à Mr Darcy.

BJ : Mais vous pensez que vous ne ressemblez pas à Mr Darcy ?

CF : Je crois effectivement que je ne lui ressemble pas, oui.

BJ : Je crois que vous lui ressemblez comme deux gouttes d'eau.

CF : À quel point de vue ?

BJ : Vous parlez exactement comme lui.

CF : Oh, pas possible ?

BJ : Vous lui ressemblez trait pour trait et je, oh, oh...

(Fracas prolongé suivi de bruits de lutte.)

7

Célibataires cyclothymiques

Vendredi 25 avril

56 kg (Ouiii ! Ouiii !), unités d'alcool : 4, cigarettes 4, prises de conscience résultant conjointement de la lecture du Chemin le moins fréquenté *et des unités d'alcool ingérées : 4, appartements sans trou : 0, nombre de livres en banque : 0, jules : 0, soirées électorales auxquelles j'ai été invitée : 0.*

17:30. Au bureau. Deux journées difficiles au travail où Richard Finch a lu des passages de mon interview, puis éclaté d'un rire sonore et glougloutant à la manière de Dracula, mais au moins me suis sortie de moi-même. Jude m'a dit que l'interview n'était pas mal et donnait une excellente impression de l'atmosphère et de l'ensemble. Super ! N'ai eu aucune nouvelle d'Adam ni de Michael de l'*Independent*, mais ils ne vont sûrement pas tarder à téléphoner pour me demander d'en faire une autre. Je pourrai alors travailler chez moi en freelance, dans mon nouveau bureau ou sur la terrasse décorée de plantes en pots ! En plus, il ne reste plus qu'une semaine avant les élections et tout va changer ! J'arrêterai de fumer, Mark va revenir et me retrouvera dans mon grand appartement champêtre, travaillant à mon compte !

17:45. Flûte. Je viens d'écouter mon répondeur. Un seul message, de Tom, disant qu'il a parlé à Adam et qu'ils sont tous furieux. Je lui ai laissé un message urgent pour qu'il me rappelle et me donne des explications.

17:50. Ouille ouille ouille. Je me fais du souci à propos de mon deuxième emprunt. Je ne vais pas avoir de revenus supplémentaires, et si jamais je perdais mon emploi ? Je ferais peut-être mieux de dire à Gary que je renonce à l'extension et de récupérer les 3500 livres. Heureusement, Gary devait commencer hier, mais il n'a fait que passer pour laisser ses outils avant de repartir. Je n'étais pas contente sur le moment, mais c'est peut-être un message du ciel, vu la manière dont les choses évoluent. Oui. Je vais le rappeler en rentrant, puis j'irai à la gym.

18:30. De retour chez moi. Aaah ! Aaah ! Horreur ! Il y a un gigantesque trou dans le mur de l'appartement ! Béant sur l'extérieur comme un précipice et toutes les maisons de l'autre côté peuvent voir chez moi. Week-end entier en perspective avec un trou géant dans mon mur, des briques partout et rien que je puisse faire ! Rien ! Rien !

18:45. Ooh, téléphone. C'est peut-être quelqu'un qui m'invite à une soirée électorale ! Ou Mark !

— Oh, bonsoir ma chérie, tu sais quoi ?

Ma mère. Évidemment, j'ai été obligée de prendre une cigarette.

— Oh, bonsoir, ma chérie, tu sais quoi ? a-t-elle répété.

Des fois, je me demande combien de temps elle va répéter ça, comme un perroquet. C'est une chose de dire « Allô ? Allô ? » si personne ne répond au bout du fil, mais son « Oh, bonsoir ma chérie, tu sais quoi ? Oh, bonsoir, ma chérie, tu sais quoi ? » n'est certainement pas normal.

— Quoi ? ai-je répondu avec mauvaise humeur.

— Ne me parle pas sur ce ton.

— Quoi ? ai-je répété avec la voix d'une adorable fille affectueuse.

— On ne dit pas « quoi ? », Bridget, on dit « pardon ? ».

J'ai tiré une bouffée de ma copine sympa et normale, la Silk Cut Ultra.

— Bridget, tu ne fumes pas, j'espère ?

— Non, non, ai-je balbutié, paniquée, en écrasant ma cigarette et en faisant disparaître le cendrier.

— Bon, tu sais quoi ? Una et moi, nous donnons une soirée électorale kikuyu pour Wellington derrière la rocaille.

J'ai respiré un grand coup en me concentrant sur l'Équilibre Intérieur.

— Tu ne trouves pas ça super ? Wellington va sauter par-dessus le feu comme un vrai guerrier ! Imagine ! Par-dessus ! En tenue tribale. Et nous boirons tous du vin rouge en faisant semblant que c'est du sang de bœuf ! C'est pour ça que Wellington a de si grosses cuisses.

— Euh... Wellington est au courant ?

— Pas encore, ma chérie, mais il va forcément vouloir fêter les élections. Wellington tient beaucoup à la liberté de marché et il n'est pas question qu'on revienne à la tendance rouge. Je veux dire, on finirait par écoper de je ne sais plus qui et ce serait le retour des lampes de mineur. Tu ne te rappelles sûrement pas les coupures d'électricité quand tu étais à l'école, mais Una faisait un discours au déjeuner officiel des administratrices et elle n'a pas pu brancher son fer à friser.

19:15. Ai fini par me débarrasser de maman, après quoi le téléphone s'est immédiatement remis à sonner. C'était Shaz Je lui ai dit que j'en avais ras le bol et elle a été vraiment sympa.

— Allons, Bridge ! On ne peut pas se définir uniquement par rapport à quelqu'un d'autre ! Nous devrions nous réjouir, c'est tellement extraordinaire d'être libre ! Et il va y avoir des élections, l'ambiance va changer dans tout le pays !

— Super ! ai-je dit. Vive les Célibattantes ! Vive Tony Blair ! Super !

— Oui, a renchéri Shaz, enthousiaste. Il y a plein de gens en couples qui passent des week-ends d'enfer avec des gamins insupportables, ou qui se font tabasser par leur conjoint

— Tu as raison ! Tu as raison ! On peut sortir quand on veut et prendre du bon temps. Et si on sortait ce soir ?

Ouais. Sharon est invitée à un dîner avec Simon, genre Mariés-Fiers-de-l'Être.

19:40. Jude vient de téléphoner, regonflée à bloc par ses ébats sexuels.

— C'est reparti avec Stacey ! a-t-elle déclaré. Je l'ai vu hier soir et il m'a parlé de sa famille !

Silence. Elle attendait ma réaction.

— Il m'a parlé de sa famille ! a-t-elle répété. Ce qui veut dire qu'il pense sérieusement à moi. Et nous nous sommes embrassés. Je sors avec lui ce soir et c'est la quatrième fois et... tralalalalère. Bridge ? Tu es encore là ?

— Oui, ai-je dit d'une petite voix.

— Qu'est-ce qu'il y a ?

J'ai marmotté une réponse concernant le trou dans le mur et Mark.

— Le problème, Bridge, c'est qu'il faut que tu tires un trait sur ce mec et que tu ailles de l'avant, a-t-elle dit, ignorant apparemment que ses derniers conseils avaient abouti à un fiasco total, ce qui pouvait invalider celui-là. Il faut que tu travailles à retrouver l'Estime de toi. Allez, Bridge ! C'est génial ! On peut coucher avec qui on veut !

— Vive les Célibattantes ! ai-je répondu.

Mais alors, pourquoi ai-je le moral à zéro ?

Je vais rappeler Tom.

20:00. Personne. Il est sorti. Tout le monde sort et s'amuse, sauf moi.

21:00. Je viens de lire un passage de *Transformez votre vie* et je sais exactement à quel moment je me suis trompée. Comme disait Sondra Ray, la grande théoricienne de la re-naissance. Ou peut-être que c'était quelqu'un d'autre. Peu importe. Voilà : « L'amour n'est jamais à l'extérieur de nous, l'amour est à l'intérieur. »

Ouais !

« Qu'est-ce qui peut éloigner l'amour ? Des exigences excessives ? Des clichés de stars de cinéma ? Le sentiment de ne pas en être digne ? La conviction de ne pas être attirante ? »

Tu parles ! Ce n'est pas une conviction, c'est un fait. Je vais déboucher une bouteille de chardonnay et regarder *Friends*.

23:00. Ouah ! *Le Ch'min l'moins fréquenté*, ça, c'est un bouquin super ! La Cathexis ou quékchose du genre. « La division unitaire de l'amour inclut l'amour de soi si on aime quelqu'un d'autre. » Super-génial. Oups ! Viens de tomber.

Samedi 26 avril

58 kg, unités d'alcool : 7 (super !), cigarettes : 27 (super !), calories : 4248 (super !), séances de gym : 0 (super !).

7:00. Aaah ! Qui a déclenché ce foutu réveil ?

7:05. Aujourd'hui, je prends ma vie en main et je commence à m'aimer. Je suis belle. Je suis merveilleuse. Oh, Seigneur ! Où sont mes Silk Cut ?

7:10. Bon. Je vais me lever et aller à la gym.

7:15. En fait, c'est probablement dangereux de faire des efforts avant d'être complètement réveillé. Mauvais pour les articulations. J'irai ce soir avant de regarder *Blind Date*[1]. C'est idiot d'aller à la gym dans la journée quand on a tant de trucs à faire, par exemple des courses. Ne pas penser que Jude et

---

1. Émission de télévision où un homme doit choisir entre trois femmes invisibles selon les réponses qu'elles donnent à ses questions. À la fin, on lui présente celle qu'il a préférée. Le couple ainsi formé est invité à passer une semaine de vacances.

Shaz sont probablement encore au lit toutes les deux, en train de baiser comme des malades, baiser, baiser, baiser.

7:30. Baiser.

7:45. Évidemment il est trop tôt pour que quelqu'un me téléphone. Ce n'est pas parce que je suis réveillée que tout le monde l'est. Il faut que je pense davantage aux autres.

8:00. Jude vient d'appeler, mais c'est pratiquement impossible à raconter, tellement elle hoquetait et sanglotait d'une voix complètement bêlante.

— Jude, qu'est-ce qui ne va pas ? ai-je demandé, atterrée.

— Je suis complètement déprimée, a-t-elle sangloté. Tout me semble noir, noir. Je ne vois aucune issue et je ne peux pas...

— Ce n'est rien. Ça va aller, ai-je dit en regardant désespérément par la fenêtre au cas où je verrais passer un psychiatre. Tu crois que c'est grave ou c'est juste la déprime prémenstruelle ?

— C'est terrible, terrible, a-t-elle chevroté d'une voix de zombie. Ça doit faire onze ans que je couve ça. (Elle a craqué à nouveau.) Un week-end entier à passer toute seule. Toute seule. Je n'ai tout simplement plus envie de vivre.

— Bien, c'est bien, ai-je dit, rassurante, en me demandant si je devais appeler la police ou S.O.S. Amitié...

Apparemment, Stacey l'avait juste raccompagnée chez elle après dîner hier soir et n'avait pas parlé de la revoir. Elle se disait qu'elle n'avait pas dû être à la hauteur en l'embrassant jeudi.

— J'ai le moral à zéro. Tout un week-end toute seule, je pourrais mourir et...

— Tu veux passer chez moi ce soir ?

— Ooh, oui ! Oui ! Et si on allait au 192 ? Je pourrais mettre mon nouveau cardigan Voyage.

Ensuite, Tom a téléphoné.

— Pourquoi ne m'as-tu pas rappelée hier soir ? ai-je demandé.

— Quoi ? a-t-il fait d'une voix bizarre, monocorde.

— Tu ne m'as pas rappelée.

— Oh, a-t-il dit d'un ton las. J'ai pensé que j'étais incapable de parler à qui que ce soit.

— Pourquoi ?

— Oh, parce que j'ai perdu mon ancienne personnalité et que je suis devenu maniaco-dépressif.

Tom avait travaillé seul chez lui toute la semaine, sans cesser de penser à Jérôme. J'ai fini par faire comprendre à Tom le côté comique de sa prétendue maladie mentale en lui disant que s'il ne m'avait pas prévenue qu'il était malade, je n'aurais pas remarqué la différence.

J'ai rappelé à Tom la fois où Sharon avait refusé de sortir de chez elle pendant trois jours parce qu'elle avait pris un coup de soleil et croyait que son visage se décomposait comme celui des acteurs qu'on fait vieillir à toute vitesse dans les films grâce à des effets spéciaux, et qu'elle ne voulait voir personne ni s'exposer aux rayons ultra-violets avant d'avoir accepté la chose. Et quand elle nous avait finalement rejoints au Café Rouge, elle était exactement comme la semaine précédente. J'ai réussi en fin de compte à changer de sujet pour parler de ma carrière de célèbre journaliste, qui semble malheureusement un peu compromise, du moins pour le moment.

— Ne t'inquiète pas, bébé, a dit Tom. Ils n'y penseront plus dans dix minutes. Tu pourras alors envisager un come-back.

14:45. Ça va beaucoup mieux. J'ai compris que la solution est d'oublier mes problèmes personnels et d'aider les autres. Je viens de passer une heure et quart au téléphone à réconforter Simon qui n'était de toute évidence pas au lit avec Shazzer. Il devait sortir ce soir avec une certaine Georgie avec qui il couche de temps à autre le samedi soir, mais maintenant Georgie dit que le samedi n'est pas un bon soir parce que ça fait trop « couple ».

— Je suis un paria de l'amour, condamné par le ciel à être toujours seul, rageait Simon. Toujours, toujours. Quand je pense à ce dimanche interminable !

Comme je lui ai dit, c'est super d'être célibataire parce que nous sommes libres ! Libres ! (J'espère quand même que Shazzer ne découvrira pas jusqu'à quel point Simon est libre.)

15:00. Je suis géniale. J'ai quasiment joué les thérapeutes toute la journée. Comme je l'ai dit à Jude et Tom, ils peuvent m'appeler à n'importe quelle heure du jour ou de la nuit, pour ne pas rester tristes tout seuls. Donc, comme vous le voyez, je suis raisonnable et équilibrée, presque comme la mère supérieure dans *La Mélodie du bonheur*. En fait, je m'imagine très bien en train de chanter *Climb Every Mountain* en plein 192, Jude respectueusement à genoux derrière moi.

16:00. Le téléphone vient de sonner. C'était Shazzer, au bord des larmes, mais elle essayait de ne pas le montrer. Simon vient de l'appeler pour lui rejouer le scénario Georgie. (Très ennuyeux, il est clair que mon rôle de mère supérieure n'a pas suffi à combler le besoin d'affection de Simon, je m'en rends compte à présent.)

— Je croyais que vous étiez seulement « copains » ? ai-je dit.

— Moi aussi. Mais je m'aperçois maintenant que j'étais en train de m'imaginer secrètement que nous étions dans une forme d'amour plus exceptionnelle. C'est affreux d'être célibataire. Personne pour vous prendre dans ses bras à la fin de la journée, personne pour réparer la chaudière. Quand je pense à ce week-end interminable ! Seule ! Complètement seule !

16:30. Super ! Tout le monde vient chez moi, Shaz, Jude et Tom (mais pas Simon, en disgrâce pour double jeu). Nous allons commander des plats indiens et regarder des vidéos d'*Urgences*. J'adore être célibataire. On peut s'amuser avec un tas de gens différents et la vie est pleine de liberté et de possibilités.

18:00. Quelque chose de terrible vient de se produire. Magda m'a appelée.

— Remets-le dans le pot. Remets-le dedans ! Écoute, je ne sais pas si je devrais te dire ça, Bridge, mais remets-le dedans. Remets le zizi DEDANS.

— Magda..., ai-je fait, menaçante.

— Désolée, Bridget. Écoute, je te téléphone juste pour te dire que Rebecca... Alors, là, c'est vraiment vilain, ça ! Pouah ! Pouah ! Que c'est vilain !

— QUOI ?

— Mark rentre la semaine prochaine. Elle nous a invités à un dîner en son honneur pour fêter les élections et.. NOOOOON ! OK, OK, donne-le-moi.

Sonnée, je me suis effondrée devant la table de la cuisine en cherchant une cigarette à tâtons.

— D'accord. Donne-le à papa, alors. Est-ce que tu préfères que nous acceptions ou bien est-ce que tu fais quelque chose chez toi ? Bon, fais dans le pot, alors. Dans le pot !

— Oh, mon Dieu ! ai-je murmuré. Mon Dieu !

18:30. Je sors chercher des cigarettes.

19:00. Londres est plein de couples qui se tiennent par la main au printemps, qui baisent à qui mieux mieux et projettent des escapades en amoureux. Et moi, je vais être seule pour le restant de mes jours. Seule !

20:00. Tout s'arrange pour le mieux. Jude et Tom sont arrivés les premiers avec du vin et des magazines et se sont mis à m'engueuler parce que je ne savais pas ce qu'était un pashmina. Jude a décrété que Stacey avait de grosses fesses et qu'en plus il posait toujours sa main sur les siennes en disant :

« heureuse ? », ce qu'elle ne nous avait jamais dit avant et qui signifie clairement qu'elle a l'intention de le jeter.

Et puis tout le monde a dit que Magda devait aller au dîner de cette horrible Rebecca pour espionner, et que si Mark sort vraiment avec Rebecca, alors c'est qu'il est pédé, sans le moin dre doute, ce qui est génial — surtout pour Tom, à qui ça a bien remonté le moral. En plus, Jude va faire une soirée pour les élections et elle n'invitera pas Rebecca. HA !

AHAHAHAHAHAHAHAHAHAHAHAHAHAHAHAHAHAHAHAHAHAHA-HAHAHAHAHAHAHA !

Tout de suite après, Shaz est arrivée en larmes, ce qui était super dans un sens parce que d'habitude elle ne montre rien de ce qu'elle ressent.

— Putain de salauds ! a-t-elle fini par sortir. Ça a été une année complète de ratages sentimentaux et je ne sais plus où j'en suis.

On s'est tous précipités pour dispenser les soins de première urgence, avec *Vogue*, vin mousseux, cigarettes, etc., et Tom a annoncé que l'amitié platonique n'existait pas.

— Évidemment qu'si, a bafouillé Jude. C'est juste que t'es un obsédé du sexe.

— Non, non, a assuré Tom. C'est simplement une façon fin de millénaire de voir le cauchemar des relations amoureuses. Toute amitié entre les hommes et les femmes est basée sur la dynamique sexuelle. Les gens font l'erreur de ne pas en tenir compte et après, ils sont malheureux parce que leur copain ne les baise pas.

— Je ne suis pas malheureuse, a marmonné Shazzer.

— Est-ce qu'il y a des cas où ni l'un ni l'autre n'en a envie ? a demandé Jude.

— Impossible. C'est le sexe qui est à l'origine de l'attirance. Le terme de « copain » ne convient pas, c'est tout.

— Pashmina, p't-être ? ai-je nasillé en descendant un verre de chardonnay.

— Mais oui, c'est ça ! a repris Tom, tout excité. C'est du

pashminaïsme fin de millénaire. Shazzer est la pashmina de Simon parce qu'elle a plus envie de baiser que lui, alors il la rabaisse et Simon devient le pashmaster de Shazzer.

Là-dessus, Sharon a éclaté en sanglots et il nous a fallu vingt minutes, une autre bouteille de chardonnay et un paquet de cigarettes pour arranger ça. On a finalement complété la liste avec les définitions suivantes :

> **Pashminet :** Un ami avec qui vous auriez bien envie de coucher mais qui est gay. (« Moi, moi ! » a crié Tom.)
>
> **Pashéiste :** Un ancien copain maintenant marié, avec des enfants, qui aime bien vous retrouver en souvenir du bon vieux temps mais qui vous donne l'impression d'être une vieille grenouille de bénitier stérile qui s'imagine que le vicaire est amoureux d'elle.
>
> **Ex-pashpartout :** Un ex-jules qui veut se remettre avec vous, mais prétend qu'il veut simplement sortir en « copains », puis essaie de vous emballer et vous fait des scènes.

— Et pourquoi pas « pashporcs » ? a continué Shaz, de mauvais poil. « Copains qui transforment vos désastres sentimentaux personnels en étude sociologique pour se payer votre tête. »

À ce moment-là, j'ai décidé qu'il valait mieux aller chercher des cigarettes. J'étais entrée dans le pub sordide du coin de la rue afin de faire de la monnaie au bar pour le distributeur de cigarettes quand j'ai eu le choc de ma vie. De l'autre côté du bar, il y avait un type qui ressemblait comme deux gouttes d'eau à Geoffrey Alconbury, sauf qu'au lieu de porter un pull à losanges jaunes et des pantalons de golf, il portait un jean délavé avec un pli et un blouson de cuir sur un débardeur en nylon noir. J'ai tâché de garder une contenance en fixant farouchement une bouteille de Malibu. Ça ne pouvait pas être l'oncle Geoffrey. En levant les yeux, j'ai vu qu'il parlait à un jeune qui avait l'air d'avoir environ dix-sept ans. Et c'était bien l'oncle Geoffrey. C'était lui !

J'ai hésité, sans savoir quoi faire. J'ai brièvement envisagé de laisser tomber les cigarettes et de partir pour ne pas mettre Geoffrey dans l'embarras. Puis une espèce de fureur intérieure gazza-esque [1] m'est revenue au souvenir de toutes les fois où Geoffrey m'avait humiliée sur son territoire en beuglant à gorge déployée. Ha ! Ahahahaha ! L'oncle Geoffrey était sur mon territoire, à présent.

J'étais sur le point de m'avancer et de hurler : « Alors, qui est-ce ? Ma parole, mais on s'est trouvé un petit copain ? » le plus fort possible, quand j'ai senti qu'on me tapait sur l'épaule. Je me suis retournée : personne. On m'a tapé sur l'autre épaule. C'était le petit jeu préféré de l'oncle Geoffrey.

— Ahahahaha ! Que fait ma petite Bridget ici ? Elle se cherche un jules, peut-être ? a-t-il rugi.

Je n'arrivais pas à y croire. Il avait enfilé un pull jaune sur le débardeur, le jeune homme avait disparu et il essayait de s'en sortir en faisant le malin.

— Tu n'en trouveras pas ici, Bridget, ils ressemblent tous à Julian Clary [2]. Tous vieux comme mes robes ! Ahahaha ! J'étais juste entré acheter un paquet de petits cigarillos.

À cet instant, le jeune homme est réapparu, le blouson de cuir à la main, l'air nerveux et embarrassé.

— Bridget, a commencé Geoffrey, comme s'il avait tout le poids du Rotary Club de Kettering derrière lui.

Puis il a flanché et s'est tourné vers le barman :

— Allons, presse-toi, mon gars ! Tu me les donnes, ces cigarillos ? Il y a vingt minutes que j'attends.

— Qu'est-ce que vous faites à Londres ? ai-je demandé, soupçonneuse.

— À Londres ? J'étais à l'assemblée générale annuelle du Rotary. Tu sais, Londres ne t'appartient pas.

---

1. Gazza est le surnom du footballeur Paul Gascoigne, connu pour son irascibilité.
2. Présentateur de télévision homosexuel.

— Salut, je m'appelle Bridget, ai-je lancé d'un ton sarcastique au jeune type.

— Oh, au fait, oui. Tiens, voici... euh... Steven. Il veut se présenter comme trésorier au bureau du Rotary, hein, Steven ? Je lui donnais quelques conseils. OK. Il faut que j'y aille. Sois sage ! Et si tu ne peux pas être sage, sois prudente ! ! Ahahaha !

Et il a fichu le camp en vitesse, suivi du jeune type qui m'a jeté en partant un regard mauvais.

Quand je suis remontée, Jude et Shazzer n'ont pas pu croire que j'avais laissé passer une si belle occasion de me venger.

— Imagine ce que tu aurais pu dire, a dit Shaz en plissant les yeux avec une expression de regret incrédule. Par exemple : « Ça alors ! Contente de voir que vous vous êtes enfin trouvé un jules, oncle Geoffreeeeey ! On va voir combien de temps il va tenir, hein ? Et hop, ils prennent tous la tangente ! »

Tom, quant à lui, avait une expression d'anxiété appuyée plutôt agaçante.

— C'est dramatique, dramatique, a-t-il explosé. Quand on pense au nombre d'hommes aux quatre coins de ce pays qui vivent dans le mensonge ! Imaginez toutes les pensées, les hontes et les désirs secrets qui les rongent, dans leurs murs de banlieue, entre le canapé et la porte-fenêtre, emprisonnés dans le mensonge ! Il va certainement à Hampstead Heath. Il prend certainement des risques terribles, effroyables. Tu devrais lui parler, Bridget.

— Écoute, a dit Shaz. Tais-toi. Tu es bourré.

— J'ai l'impression d'avoir trouvé une explication, ai-je articulé pensivement, avec précaution.

Et j'ai commencé à raconter que je soupçonnais depuis longtemps que l'univers de Mariés-Fiers-de-l'Être de Geoffrey et Una n'était pas vraiment ce qu'il avait l'air d'être. Par conséquent, je n'étais pas anormale et vivre en couple hétérosexuel soi-disant normal n'était pas la seule manière dictée par Dieu.

— Bridge, tais-toi ! Tu es saoule, toi aussi ! a dit Shaz.

— Super ! Revenons à nos moutons. Il n'y a rien de plus agaçant que d'être distrait de ses obsessions par les autres, a lancé Tom.

Après, on était tous vraiment bourrés. C'était une soirée totalement géniale. Comme a dit Tom, si Miss Havisham[1] avait partagé son appartement avec de bons copains qui l'auraient un peu déridée, elle n'aurait pas poireauté si longtemps dans sa robe de mariée.

Lundi 28 avril

57 kg, unités d'alcool : 0, cigarettes : 0, jules : 0, appels téléphoniques de Gary l'Artisan : 0, possibilités de nouvel emploi : 0 (prometteur), séances de gym : 0, nombre de séances de gym depuis le début de l'année : 1, coût de l'adhésion annuelle au cours de gym : 370 livres, coût d'une seule séance de gym : 123 livres (t. mauvaise gestion).

Bon Je vais vraiment commencer mon programme de gym aujourd'hui et comme ça je pourrai me promener en disant à tout le monde : « Oui, ça a fait du mal. Oui, ça a fait du bien », à la manière du parti conservateur, et, à la différence des conservateurs, tout le monde me croira et me trouvera extraordinaire. Oh, là, là, mais il est 9 heures. J'irai plutôt ce soir. Où est passé ce foutu Gary ?

Plus tard. Au bureau. Haha ! Aahahahaha ! J'ai été extra au travail aujourd'hui.

— Alors, Bridget, a lancé Richard Finch, quand on a tous été réunis autour de la table. Tony Blair, assemblées de femmes, place des femmes dans la nouvelle politique, qu'est-ce

---

1. Personnage de vieille fille dans *Les Grandes Espérances* de Dickens.

que tu proposes comme idée ? Qui ne concerne pas Colin Firth, si c'est possible.

J'ai souri d'un air béat, jeté un coup d'œil à mes notes, puis j'ai levé la tête avec aplomb et confiance.

— Tony Blair devrait instituer un code des usages en matière de rencontres pour célibataires, ai-je fini par déclarer.

Silence jaloux de tous les autres chercheurs autour de la table.

— Ah bon ? a lancé Richard Finch.

— Ouais, ai-je dit avec assurance.

— Tu ne penses pas que notre futur Premier ministre potentiel a mieux à faire ?

— Songez seulement au nombre d'heures de travail perdues en distraction, brouilles, discussions, afin d'interpréter les situations, et à attendre que le téléphone sonne, ai-je précisé. Ça doit facilement valoir les heures perdues pour mal de dos. De plus, toutes les autres sociétés ont des rituels spécifiques pour établir les relations de couple, alors que nous, nous opérons dans un monde mal défini où les hommes et les femmes sont de plus en plus éloignés les uns des autres.

Là-dessus, l'Horrible Harold a lâché un hennissement de dérision.

— Oh, là, là, a fait Patchouli d'une voix traînante, à moitié couchée sur la table avec ses gambettes et son short cycliste en Lycra. On ne peut pas imposer aux gens leur comportement affectif. Ce serait du fascisme.

— Non, non, Patchouli, tu ne m'as pas bien comprise, ai-je dit avec sévérité. Il s'agit seulement d'établir les lignes directrices d'un code des bonnes manières sexuelles. Étant donné qu'un quart de la population est célibataire, ça améliorerait considérablement le bien-être mental de la nation.

— Je crois que, vraiment, dans la course aux élections..., a commencé l'Horrible Harold d'un ton ironique.

— Non, attends, a dit Richard Finch, qui mâchouillait, la

jambe agitée de soubresauts nerveux, en nous regardant bizarrement. Combien d'entre vous sont mariés ?

Tout le monde a baissé les yeux, l'air stupide.

— Alors, il n'y a que moi, c'est ça ? Que moi pour maintenir la cohésion de l'édifice en ruines de la société britannique ?

Tout le monde essayait de ne pas regarder Saskia, la chercheuse avec qui Richard avait couché tout l'été jusqu'au jour où il avait brusquement cessé de s'intéresser à elle pour passer à la fille de la cafétéria.

— Remarquez, je ne suis pas surpris, a-t-il continué. Qui voudrait épouser l'un d'entre vous ? Vous êtes incapables de vous engager ne serait-ce qu'à aller chercher les cafés, alors vous engager vis-à-vis de quelqu'un pour la vie !

À ces mots, Saskia a émis un bruit étrange et elle est sortie du bureau comme une flèche.

Ai fait beaucoup de recherches toute la matinée, en donnant des coups de téléphone et en parlant avec les gens. C'était d'ailleurs assez intéressant de voir que même ceux qui avaient décrié mon idée n'arrêtaient pas de venir me suggérer des trucs.

— OK, Bridget, a dit Richard Finch juste avant le déjeuner. Voyons cette grande œuvre innovatrice.

Ai expliqué que Rome ne s'était pas faite en un jour et qu'évidemment je n'avais pas fini le travail, mais voici les directions dans lesquelles je progressais. Je me suis éclairci la gorge et j'ai commencé :

Code des usages en matière de rencontres amoureuses

1. Si une personne ne veut pas sortir avec une autre, elle ne doit pas commencer à la draguer.

2. Quand un homme et une femme décident de coucher ensemble, si l'une des deux parties sait qu'elle ne souhaite qu'une passade, il doit en être clairement fait état au départ.

3. Si une personne a des relations sexuelles avec une autre, elle ne doit pas faire comme si de rien n'était.

4. Une personne ne doit pas sortir avec une autre pendant des années tout en ne cessant de dire qu'elle ne veut pas que ça devienne trop sérieux.

5. Après avoir eu des relations sexuelles, il est très impoli de ne pas rester pour la nuit.

— Mais si jamais..., a grossièrement interrompu Patchouli.

— Puis-je finir ? ai-je dit avec amabilité et autorité, comme si j'étais Michael Heseltine[1] et Patchouli, Jeremy Paxman Puis j'ai terminé ma liste en ajoutant : Si les gouvernements s'attaquent aux valeurs familiales, il faudra également qu'ils aient une attitude plus positive envers les célibataires et cessent de les dénigrer. (Je me suis arrêtée un instant pour remuer avec grâce mes papiers.) Voici mes propositions :

Suggestions pour la promotion du mariage réussi

1. Enseigner *Les hommes viennent de Mars, les femmes de Vénus* dans toutes les écoles, de façon à favoriser la compréhension entre les camps opposés.

2. Enseigner à tous les garçons que le partage des tâches ménagères ne veut pas dire passer une fourchette sous le robinet de temps en temps.

3. Constituer une gigantesque agence gouvernementale matrimoniale pour célibataires, avec code de conduite très sévère en matière de rencontres amoureuses, allocations de remboursement des boissons, coups de téléphone, cosmétiques, etc., pour ceux qui recherchent l'âme sœur, amendes pour cas d'Enfoirage affectif et règlement établissant qu'il faut accepter au moins douze rencontres prescrites par l'agence gouvernementale avant de pou voir se déclarer Célibataire endurci. (Et dans ce cas, seulement si on a des raisons valables pour rejeter les douze offres.)

4. Si les raisons ne sont pas valables, il faut se déclarer officiellement Enfoiré.

---

1. Député conservateur.

— Putain..., a dit Horrible Harold. Moi, je crois que le vrai problème, c'est l'euro.

— Non, c'est bon, ça, c'est très bon, a dit Richard en me regardant fixement, si bien que Harold m'a jeté un coup d'œil mauvais, comme s'il venait d'avaler un pigeon. Je pense discussion en studio. Je pense Harriet Harman, je pense Robin Cook. Je pense peut-être même Tony Blair. Bon. Bon. Bridget, bouge-toi. Lance le coup. Appelle le bureau d'Harriet Harman et fais-la venir demain. Ensuite, essaie de joindre Tony Blair.

Super. Je suis chargée de diriger un sujet majeur. Tout va changer, aussi bien pour moi que pour le pays !

19:00. Ouais. Harriet Harman n'a pas rappelé. Et Tony Blair non plus. On laisse tomber le sujet.

Je ne comprends rien à Gary l'Artisan. Je lui ai laissé un message tous les jours de la semaine, et rien. Pas de réponse. Il est peut-être malade, ou quelque chose comme ça. Et en plus, il y a une odeur affreuse dans l'escalier.

Mercredi 30 avril

Étrange. Je viens de rentrer du boulot et le trou a été bouché avec une grande feuille de plastique, mais il n'y a pas trace de lettre, de message, rien qui parle de me rendre les 3 500 livres. Rien. Si seulement Mark pouvait m'appeler.

8
Oh Baby !

Jeudi Ier mai

57 kg, unités d'alcool : 5 (mais je fête la victoire des nouveaux travaillistes), contribution à la victoire des nouveaux travaillistes — hormis les unités d'alcools : 0.

18:30. Super ! Ambiance vraiment extraordinaire aujourd'hui : les élections sont l'une des rares occasions où on réalise que c'est nous, le peuple, qui sommes responsables, et que le gouvernement n'est qu'un ramassis interchangeable de pantins bouffis et arrogants, et que le temps est venu de nous lever tous ensemble pour exercer notre pouvoir.

19:30. Je rentre de faire des courses. C'est incroyable en ville. Tout le monde sort des pubs, complètement bourré. J'avais vraiment l'impression de participer à quelque chose. Ce n'est pas seulement que les gens veulent du changement. Non. C'est un grand soulèvement de la nation contre le profit à tout prix, le manque de principes et de respect pour les vrais gens et leurs problèmes et... Oh, super ! Téléphone.

19:45. Zut. C'était Tom.
— Est-ce que tu es allée voter ?
— En fait, j'étais sur le point d'y aller, ai-je répondu.
— Je vois. À quel bureau ?
— Celui qui est au coin de la rue.
Je déteste quand Tom est comme ça. Ce n'est pas parce

qu'il était membre des Frégates rouges dans le temps et qu'il se baladait en chantant « Chantez si vous êtes contents d'être gay » d'une voix sépulcrale qu'il doit se comporter comme l'Inquisition espagnole.

— Et tu vas voter pour quel candidat ?

— Ben..., ai-je dit en cherchant désespérément par la fenêtre des affichettes rouges sur les lampadaires. Buck !

— Vas-y alors, a-t-il dit. Pense à Mrs Pankhurst[1].

Franchement, pour qui il se prend, un président de groupe parlementaire ou quoi ? Évidemment que je vais voter. Je ferais mieux de me changer, quand même. Je ne ressemble pas à un électeur de gauche, dans cette tenue.

20:45. Je reviens du bureau de vote.

— Vous avez votre carte d'électeur ? m'a demandé une espèce de gringalet.

— Quelle carte d'électeur ?

— C'est justement ce que je veux savoir.

En fin de compte, il semblerait que je n'étais pas inscrite sur leur liste alors que je paye des impôts depuis des années dans ce quartier. Il faut que j'aille dans un autre bureau. Je passe juste chercher mon plan de Londres.

21:30. Zut. Je n'étais pas inscrite là-bas non plus. Il faut que j'aille dans je ne sais quelle bibliothèque, à des kilomètres. Remarquez, c'est sympa d'être dans la rue ce soir. Nous, le peuple, unis pour le grand changement. Ouiii ! Je regrette seulement d'avoir mis mes semelles compensées. Je voudrais bien également ne pas sentir cette horrible odeur dans l'escalier à chaque fois que je sors de chez moi.

22:30. Je ne peux pas croire ce qui m'est arrivé. J'ai fait faux bond à Tony Blair et à mon pays, mais ce n'est pas de ma faute. Apparemment, bien que mon appartement figure sur la

---

1. Célèbre suffragette.

liste, je ne suis pas inscrite sur les listes électorales, et pourtant j'avais pris la précaution d'emporter ma quittance d'impôts locaux. Franchement, quand on pense à tout le tintouin qu'ils ont fait pour dire qu'on n'avait pas le droit de voter si on ne payait pas ses impôts, et en fin de compte on n'a pas le droit de voter même si on les paye.

— Avez-vous rempli le formulaire en octobre ? m'a demandé d'un air suffisant une greluche avec un chemisier à collerette et une broche, toute fière de son moment de gloire parce qu'elle tenait bêtement une urne au bureau de vote.

— Oui ! ai-je menti.

Enfin quoi, on ne peut quand même pas exiger des gens qui vivent en appartement d'ouvrir toutes les enveloppes à la con adressées au « Résident » qui sont glissées sous leur porte. Et s'il manque juste une voix à Buck pour qu'il soit élu et qu'on perde la majorité pour un seul siège ? Ce sera ma faute. Ma très grande faute. En allant chez Shaz après être sortie du bureau de vote, j'étais morte de honte. En plus, maintenant, je ne peux plus porter de semelles compensées parce que j'ai les pieds en compote, et je vais avoir l'air d'une naine.

2:30 du matin. Ch'était une super-fête, putain. DaviMellor. Dehors ! Battus ! Ratissés ! Oups !

Vendredi 2 mai

58 kg (hourra ! Premier kilo de l'ère du nouveau travaillisme).

8:00. Super ! Rien ne pouvait me faire plus plaisir que cette majorité écrasante. Et pan dans l'œil de ma conservatrice de mère et de mon ex-jules ! Ha, ha. Bien fait. Cherie Blair est super. Elle non plus, elle ne tiendrait pas dans un minuscule bikini dans les cabines d'essayage communes. Elle non plus, elle n'a pas les fesses en boules de billard et malgré tout elle arrive à trouver des fringues qui contiennent son postérieur et qui lui donnent quand même une allure de mannequin. Peut-être que désormais Cherie va user de son influence sur le nouveau Premier ministre pour qu'il donne l'ordre à tous les magasins de vêtements de se mettre à produire des fringues adaptées aux fesses de tout le monde.

Malgré tout, je crains que ce nouveau travaillisme, ça soit comme quand on est attiré par quelqu'un et qu'on finit par sortir ensemble et quand on a sa première dispute, c'est un cataclysme épouvantable. Mais Tony Blair est Premier ministre et je pourrais parfaitement avoir envie de faire l'amour avec lui. En fait, Shaz développait hier soir une théorie selon laquelle la raison qui fait que Cherie et lui n'arrêtaient pas de se toucher, ce n'était pas à cause de ses conseillers en communication, mais parce que Cherie était de plus en plus excitée par l'annonce des résultats — l'influence aphrodisiaque du pouvoir ou... Ooh, téléphone.

— Oh, bonjour, ma chérie, tu sais quoi ?

Ma mère.

— Quoi ? ai-je dit avec assurance, prête à me repaître de sa déconfiture.

— Nous avons gagné, ma chérie. C'est merveilleux, non ? Une majorité écrasante ! Tu te rends compte !

Tout d'un coup, j'ai eu des sueurs froides. Au moment où nous étions allés nous coucher, Peter Snow avait pris une avance considérable, bien qu'inexplicable, et il semblait tout à fait clair que les résultats étaient en faveur du parti travailliste, mais... Oh, oh. Nous avions peut-être mal compris. On était tous un peu éméchés et rien n'était particulièrement clair, sauf que tous les fiefs bleus des conservateurs sur la carte de Grande-Bretagne étaient renversés. Ou alors quelque chose s'était passé pendant la nuit et avait redonné l'avantage aux conservateurs ?

— Et tu sais quoi ?

Tout est de ma faute. Les travaillistes ont perdu et c'est de ma faute. À moi et à des gens comme moi qui, comme Tony Blair nous avait prévenus, ont péché par excès de confiance. Je ne suis pas digne d'être une citoyenne britannique, ni même une femme. Désastre. Désaaastre.

— Bridget, tu m'écoutes ?

— Oui, ai-je chuchoté, humiliée.

— Nous allons faire une soirée féminine en l'honneur de Tony et Gordon au Rotary. Tout le monde s'appellera par son prénom et viendra en tenue décontractée, pas question de tenues habillées. Merle Robertshaw essaye de freiner parce qu'elle dit que personne ne veut venir en pantalon, à part le pasteur, mais en fait Una et moi pensons que c'est parce que Percival est furieux du revers. Et Wellington va faire un discours. Un Noir qui prendra la parole au Rotary ! Tu te rends compte ! Mais remarque, ma chérie, c'est bien dans l'esprit travailliste. L'éthique et les gens de couleur, comme Nelson Mandela. Geoffrey a emmené Wellington faire un petit tour dans les pubs de Kettering. L'autre jour, ils se sont retrouvés coincés derrière un camion de Nelson Myers qui transportait des échafaudages et nous avons cru qu'ils avaient eu un accident !

Tout en essayant de ne pas penser aux motivations possibles d'oncle Geoffrey et de ses « petits tours » avec Wellington, j'ai demandé :

— Mais je croyais que vous aviez fait une soirée préélectorale avec Wellington ?

— Non, en fait, ma chérie. Wellington a finalement décidé qu'il ne voulait pas. Il a dit qu'il ne voulait pas polluer notre culture en nous faisant sauter au-dessus de feux de joie, Una et moi, au lieu de servir des vols-au-vent. (J'ai éclaté de rire.) Alors, maintenant, il veut faire un discours pour récolter des fonds pour son jet-ski.

— Quoi ?

— Un jet-ski, tu sais ? Il veut démarrer une petite entreprise sur la plage au lieu de vendre des coquillages. Il dit que le Rotary va sûrement marcher parce qu'ils soutiennent les entreprises. Bon, il faut que je me dépêche. Una et moi, nous l'emmenons lui faire faire ses couleurs !

Suis une femme sûre d'elle, réceptive, sensible et solide qui n'est pas responsable du comportement des autres. Seulement du mien. Oui.

Samedi 3 mai

57 kg, unités d'alcool : 2 (niveau requis pour éviter les crises cardiaques), cigarettes : 5 (t. b.), calories : 1800 (t. b.), pensées positives : 4 (excellent).

20:00. Nouvel état d'esprit totalement positif. Je suis sûre que tout le monde est plus courtois et plus tolérant sous le nouveau régime Blair. Meilleur moyen de balayer la technique de balayage des ennuis du gouvernement conservateur. J'ai même une impression différente concernant Mark et Rebecca. Ce n'est pas parce qu'elle donne un dîner pour lui qu'ils sortent ensemble, hein ? Elle cherche à le manipuler, c'est tout. C'est vraiment merveilleux de sentir qu'on a atteint un plateau et que tout semble chouette. Toutes les idées idiotes que j'avais, comme par exemple de ne pas être séduisante après un certain âge, sont fausses. Vous n'avez qu'à regarder Jane Fonda.

20:30. Ouais, bon. Ce n'est pas très rigolo de penser que le dîner va avoir lieu ce soir, en fait. Je crois que je vais lire quelques passages de mon bouquin *Le Bouddhisme : le drame du moine rémunéré.* Idéal pour se calmer. On ne peut pas espérer que la vie va toujours bien tourner et, de toute façon, tout le monde a besoin de nourrir son âme.

20:45. Oui ! Le problème, c'est que j'ai vécu dans un monde irréel, en regardant toujours le passé ou vers l'avenir sans jouir de l'instant présent. Je vais simplement rester ici pour jouir de l'instant présent.

21:00. Je ne jouis pas du tout de l'instant présent. Il y a un trou dans mon mur, ça pue dans mon escalier, mon découvert bancaire s'accroît et Mark est invité à dîner chez Rebecca. Je vais peut-être ouvrir une bouteille de vin et regarder *Urgences*.

22:00. Je me demande si Magda est rentrée. Elle a promis de m'appeler à la minute où elle rentrera pour me faire un rapport complet. Sûr qu'elle va me dire que Mark ne sort pas avec Rebecca et qu'il a demandé de mes nouvelles.

23:30. Je viens d'appeler la baby-sitter de Magda. Ils ne sont pas encore rentrés. J'ai laissé un message pour lui rappeler de me téléphoner.

23:35. Toujours pas de coup de téléphone. Le dîner de Rebecca est peut-être un véritable triomphe et ils y sont encore, ils s'amusent comme des fous et le clou de la soirée, c'est Mark Darcy, debout sur la table, qui annonce ses fiançailles avec Rebecca... Ooh, téléphone.

— Salut, Bridge, c'est Magda.

— Alors, c'était comment ? ai-je demandé, trop vite.

— Oh, c'était plutôt réussi, en fait.

J'ai tressailli. C'était la chose à ne pas dire. Surtout pas.

— Elle avait fait des crottins chauds sur une salade verte, puis des *penne carbonara*, sauf qu'elle avait mis des asperges à la place de la *pancetta*, ce qui était délicieux, puis des poires cuites au Marsala avec du mascarpone.

Quel désastre.

— C'était évident que les recettes venaient de *La Cuisine de Delia Smith*, mais elle a soutenu le contraire.

— C'est vrai ? ai-je demandé avec empressement. (Ça, au moins, c'était une bonne chose. Il n'aime pas les gens prétentieux.) Et comment va Mark ?

— Oh, très bien. C'est vraiment un type super, hein ? Terriblement séduisant. (Magda n'a vraiment rien dans le cigare. Rien du tout. Surtout ne jamais faire à une copine l'éloge d'un ancien jules qui l'a laissée tomber.) Oh, et ensuite elle a servi des écorces d'oranges confites enrobées de chocolat.

— Très bien, ai-je dit patiemment. (Je veux dire, franchement, si ç'avait été Jude ou Shazzer, elles auraient trouvé d'autres détails à me rapporter.) Et tu crois qu'il sort avec Rebecca ?

— Hmmm, je n'en suis pas sûre. Elle flirtait outrageusement avec lui.

J'ai tenté de penser au bouddhisme et de me rappeler que, au moins, j'ai un esprit.

— Est-ce qu'il était déjà là quand vous êtes arrivés ? ai-je demandé lentement, avec sollicitude, comme si je parlais à une gamine de deux ans.

— Oui.

— Et est-ce qu'il est parti en même temps que tout le monde ?

— Jeremy ? a-t-elle soudain hurlé à pleine voix. Est-ce que Mark Darcy était encore là quand on est partis ?

Oh, Seigneur Dieu !

— Mark Darcy était quoi ? ai-je entendu Jeremy crier, puis :

— Est-ce qu'il a fait ça au lit ? a hurlé Magda. Pipi ou caca ? PIPI OU CACA ? Désolée, Bridge, il va falloir que j'y aille.

— Encore un truc, ai-je dit à toute vitesse. Est-ce qu'il a parlé de moi ?

— Enlève-le du lit, avec les mains ! Écoute, tu peux les laver, non ? Oh, mon Dieu, quand est-ce que tu seras adulte ? Excuse-moi, Bridge, qu'est-ce que tu disais ?

— Hum. Hum.

Oh, fiche-moi la paix, Jeremy !

— Alors ?

— Pour être franche, Bridge, je ne crois pas.

Dimanche 4 mai

57 kg, unités d'alcool : 5, cigarettes : 9 (il faut que j'arrête de me laisser aller), projets d'empoisonnement pour éliminer Rebecca : 14, sentiments de honte bouddhiste pour pensées homicides : innombrables, culpabilité catholique (bien que non catholique) : en augmentation.

Chez moi. Très mauvaise journée. Suis passée chez Jude tel un zombie. Elle et Shaz n'arrêtaient pas de dire qu'il fallait que je me remette en selle d'une manière ou d'une autre et elles sont même allées — de manière franchement insultante — jusqu'à feuilleter les petites annonces Cœurs solitaires de *Time Out*.

— Je ne veux pas regarder les Cœurs solitaires, ai-je protesté, indignée. Je n'en suis pas à ce point-là, quand même.

— Hé, Bridget, a rétorqué Sharon, froidement, ce n'est pas toi qui voulais que Tony Blair institue des agences de rencontres pour célibataires ? Je croyais que nous étions d'accord sur l'importance de l'intégrité politique.

— Oh, mon Dieu, c'est trop, écoutez.

Jude a lu à haute voix, en se goinfrant de morceaux énormes d'un reste d'œuf de Pâques aux noisettes :

— « Authentique mâle grand et séduisant, 57 ans, GSH, SR voluptueuse jeune femme mariée et civilisée 20-25 ans pour relation discrète sans inhibition ni engagement. » Pour qui ils se prennent, ces salauds ?

— Qu'est-ce que ça veut dire, GSH et SR ?

— Gros sexe hideux ? Salaud reconverti ? a suggéré Sharon.

— Grand sauvage habile avec souris respectueuse ? ai-je interrogé.

— Ça veut dire : Grand Sens de l'Humour, Souhaite Ren-

209

contrer, a dit Jude, laissant entendre qu'elle savait de quoi elle parlait.

— Je suppose qu'il faut avoir un grand sens de l'humour pour ne pas être capable de trouver les mots pour le dire clairement, a raillé Sharon.

Le Courrier du cœur s'est révélé très amusant. En fait, on peut même téléphoner et *entendre* les gens faire leur pub, comme les concurrents de *Blind Date*.

« Bon. Je m'appelle Barret et si vous voulez être ma petite douceur, je vous offrirai du champagne. »

Pas terrible de commencer un message par « bon », ça donne l'impression qu'on est mort de trouille et qu'on a préparé son coup pendant je ne sais combien de temps. Mais c'est vrai que ça doit être impressionnant.

« J'ai un métier intellectuel, épanouissant et valorisant, et je m'intéresse à toutes les choses habituelles, la magie, l'occultisme, le paganisme. »

« Je suis beau, je suis passionné. Je suis écrivain et je cherche une muse très particulière. Elle aura le plaisir de posséder un beau corps, j'aurai au moins dix ans de plus qu'elle et elle aimera ça. »

— Merde alors ! a dit Shaz. Je vais appeler quelques-uns de ces salauds sexistes, vous allez voir !

Shazzer s'est amusée à mettre le haut-parleur et à murmurer d'une voix sexy :

— Allô, c'est bien vous « la toute première fois » qui êtes au bout du fil ? Bon, le poisson a mordu, vous pouvez raccrocher.

Un peu puéril, évidemment, mais avec tout le chardonnay ingurgité, ça paraissait rigolo.

— « Salut, on m'appelle l'Indomptable. Je suis grand, espagnol, avec de longs cheveux bruns, des yeux noirs, de longs cils noirs et un corps mince et indomptable... », ai-je lu d'une voix idiote.

— Ooh ! a dit Jude, en alerte. Il a l'air bien, celui-là.

— Mais pourquoi tu ne l'appelles pas, alors ?
— Non ! a répondu Jude.
— Et pourquoi est-ce que tu essaies de me faire appeler quelqu'un, alors ?

Jude est devenue toute chose. Il s'est avéré que le week-end de déprime des célibataires et son histoire avec Stacey l'avaient en quelque sorte poussée à répondre à un coup de téléphone de Richard le Cruel.

— Oh, mon Dieu ! avons-nous dit en même temps, Shazzer et moi.

— Je ne recommence pas à sortir avec lui ni rien. C'est seulement... sympa, a-t-elle conclu bêtement, essayant d'éviter notre regard accusateur.

Je suis rentrée chez moi au moment où mon répondeur s'enclenchait.

« Allô, Bridget, disait une voix *jeune* et profonde, sexy, avec un accent étranger. C'est l'Indomptable... »

Ces salopes ont dû lui donner mon numéro. Horrifiée par le sentiment de danger né du fait qu'un parfait inconnu avait mon numéro de téléphone, je n'ai pas décroché, je me suis contentée d'écouter l'Indomptable expliquer qu'il serait au 192 demain soir, une rose rouge à la main.

J'ai immédiatement appelé Shazzer pour lui passer un savon.

— Oh, allez ! a dit Shaz. On y va toutes les trois. On rigolera !

On a donc prévu d'y aller ensemble demain soir. Ouais. Et qu'est-ce que je vais faire à propos du trou dans mon mur et de la puanteur dans l'escalier ? Ce salaud de Gary ! Il a mes 3 500 livres. Bon. Je vais lui téléphoner, bordel !

Lundi 5 mai

56,5 kg (super !), évolution du trou dans le mur grâce à Gary : aucune, progrès pour oublier Mark Darcy en fantasmant sur l'Indomptable : moyen (ce qui me gêne, ce sont les cils).

J'ai trouvé en rentrant un message de Gary. Il dit qu'il est pris par un autre chantier et que, comme je n'avais pas l'air très décidée, il pensait que rien ne pressait. Il prétend qu'il va tout arranger et qu'il passera demain soir. Donc, je m'inquiétais pour rien. Mmmm. L'Indomptable. Jude et Shazzer ont peut-être raison. Il faut que j'avance et que j'arrête d'imaginer Mark et Rebecca dans différents scénarios amoureux. Je m'inquiète pour les cils, quand même. Quelle longueur, exactement ? Mes fantasmes sur le corps mince, indomptable et barbare de l'Indomptable sont un peu gâchés par l'image de l'Indomptable clignant des paupières sous le poids de cils interminables comme ceux du Bambi de Walt Disney.

21:00. Suis arrivée au 192 à huit heures cinq, escortée de Jude et Shaz, qui sont allées s'asseoir à une autre table pour m'avoir à l'œil. Aucune trace de l'Indomptable. Le seul mec tout seul était un horrible vieux tordu en chemise de denim avec une queue de cheval et des lunettes noires qui n'arrêtait pas de me dévisager. Où était passé l'Indomptable ? J'ai jeté un regard mauvais au vieux tordu. Finalement, il me regardait avec une telle insistance que j'ai décidé de changer de place. Je commençais à me lever quand j'ai eu le choc de ma vie. Le tordu tenait une rose rouge. Je l'ai regardé, horrifiée, ôter ses ridicules lunettes et minauder en révélant une paire de faux cils à la Barbara Cartland. Le tordu, c'était lui l'Indomptable. Je me suis précipitée dehors, paniquée, suivie de Jude et Shazzer écroulées de rire.

Mardi 6 mai

57 kg (500 g de bébé fantôme ?), idées fixes à propos de Mark : amélioration, évolution du trou dans le mur grâce à Gary : statique, c'est-à-dire aucune.

19:00. Très déprimée. Viens de laisser un message à Tom pour lui demander s'il est fou, lui aussi. Me rends compte qu'il faut que j'apprenne à m'aimer et à vivre dans l'instant, à pas avoir d'idées fixes, à penser aux autres et à me sentir complète, mais ça ne va pas du tout. Mark me manque vraiment. Ne peux pas croire qu'il va sortir avec Rebecca. Qu'est-ce que j'ai fait ? C'est évident que quelque chose ne va pas chez moi. Je vieillis et c'est clair que rien ne marchera, alors je ferais mieux d'accepter l'idée d'être toujours seule et de ne jamais avoir d'enfants. Bon, il faut que je me ressaisisse. Gary ne va pas tarder à arriver.

19:30. Gary est en retard.

19:45. Toujours aucun signe de ce foutu Gary.

20:00. Toujours pas de Gary.

20:15. Gary n'est pas venu, merde ! Oh, téléphone, ça doit être lui.

20:30. C'était Tom, qui disait qu'il était très fou et son chat aussi : il s'était mis à chier sur la moquette. Puis il a dit quelque chose de très surprenant :
— Bridge ? Tu ne veux pas faire un bébé avec moi ?
— Quoi ?
— Faire un bébé.
— Pourquoi ? ai-je dit, soudain inquiète à l'idée de faire l'amour avec Tom.
— Ben... J'aimerais bien avoir un bébé et voir ma lignée

continuer mais, premièrement, je suis trop égoïste pour m'en occuper et, deuxièmement, je suis pédé. Mais toi, tu saurais bien t'en occuper, à condition de ne pas l'oublier dans les magasins.

J'adore Tom. C'est comme s'il comprenait la façon dont je fonctionne. Enfin, il m'a dit d'y réfléchir, c'est juste une idée.

20:45. Au fait, pourquoi pas ? Je pourrais le garder chez moi dans un petit panier. Oui ! Vous imaginez, se réveiller le matin avec un adorable petit être à côté de moi à câliner et à aimer. Et nous pourrions faire plein de trucs ensemble, comme par exemple aller aux balançoires ou chez Woolworth regarder les poupées Barbie, et l'appart deviendrait un paisible petit paradis embaumant le talc pour bébé. Et si jamais Gary réapparaît, le bébé pourrait dormir dans la pièce supplémentaire. Peut-être que si Jude et Shazzer avaient des bébés, elles aussi, on pourrait vivre ensemble en communauté et... Oh merde ! J'ai fichu le feu à la poubelle avec mon mégot.

Samedi 10 mai

57,5 kg (bébé fantôme déjà énorme, compte tenu de son âge), cigarettes : 7 (il n'est pas nécessaire d'arrêter de fumer en cas de grossesse fantôme, j'imagine ?) calories : 3255 (je mange pour une personne, plus un petit fantôme), pensées positives : 4, évolution du trou dans le mur grâce à Gary : aucune.

11:00. Je viens d'aller chercher des cigarettes. Tout d'un coup, il fait vraiment vraiment une chaleur étonnante, c'est super ! J'ai même vu des hommes se balader dans les rues en maillot de bain !

11:15. Ce n'est pas parce que c'est l'été qu'il faut que la vie sombre dans le chaos, que l'appart soit sens dessous, le classement du courrier anarchique et que ça pue dans tous les coins.

214

(Pouah ! C'est l'horreur dans l'escalier.) Je vais changer tout ça en consacrant ma journée à faire le ménage de l'appartement et à classer le courrier. Il faut que je mette les choses en ordre pour me préparer à accueillir une nouvelle vie en ce monde.

11:30. Bon. Je vais commencer par ranger toutes les piles de journaux pour n'en faire qu'une seule.

11:40. Ouais. Pas sûr.

12:15. Je vais peut-être commencer par classer le courrier.

12:20. Il est clair que je ne peux pas faire ça sans m'habiller correctement.

12:25. Je ne suis pas emballée par le look que me donne ce short. Un peu trop sportif, en quelque sorte. Ce qu'il me faut, c'est ma petite robe fluide.

12:35. Mais où est-elle passée ?

12:40. Elle a juste besoin d'un petit lavage, et après je la mets à sécher dehors. Ensuite, je peux continuer.

12:55. Super ! Je vais me baigner aux étangs de Hampstead avec Jude et Shazzer. Je ne me suis pas rasé les jambes, mais Jude m'a dit que là-bas, il n'y a que des femmes, que ça grouille de lesbiennes qui considèrent que c'est une marque de fierté gay d'être aussi velue qu'un yeti. Super !

Minuit. C'était super aux étangs, on se serait cru dans un tableau de nymphes du XVIᵉ siècle, sauf qu'elles étaient plutôt plus nombreuses qu'à cette époque-là à porter un maillot de bain Dorothy Perkins. C'est un endroit à l'ancienne mode, avec jetée en bois et maîtres nageurs. Marrant de nager dans un environnement naturel avec de la boue au fond*, sensation totalement nouvelle.

---

* Au fond de l'étang, évidemment.

Leur ai raconté ce que Tom avait dit à propos de son projet de bébé et de père célibataire.

— Mon Dieu ! a dit Shaz. Bon, c'est peut-être une bonne idée. Sauf qu'en plus d'entendre : « Pourquoi n'es-tu pas mariée ? », il faudra que tu te cognes : « Qui est le père ? »

— Je pourrais toujours dire que c'est l'Immaculée Conception, ai-je suggéré.

— Je crois que tout ça serait extrêmement égoïste, a dit Jude froidement.

Silence stupéfait. Nous l'avons regardée avec attention, essayant de comprendre ce qui se passait.

— Pourquoi ? a fini par demander Shaz.

— Parce qu'un enfant a besoin de deux parents. Tu ferais ça uniquement pour te faire plaisir alors qu'en réalité tu es trop égoïste pour avoir une vraie relation de couple.

Ouille ouille ouille. J'ai cru que Shaz allait sortir une mitrailleuse et l'abattre à bout portant. Elle s'est immédiatement lancée dans une argumentation débridée avec des références culturelles complètement éclectiques à l'appui.

— Prenez l'exemple des Caraïbes, a-t-elle rugi.

Les autres filles se sont retournées, alarmées, et je me suis dit : Hmm, les Caraïbes, chouette. Super-hôtel de luxe et sable blanc.

— Les femmes élèvent leurs enfants dans des résidences, a poursuivi Shaz. Et les hommes viennent seulement de temps en temps pour baiser, et maintenant les femmes prennent le pouvoir économique et il y a des tracts qui disent « Sauvons les hommes », parce qu'ils voient leur rôle leur échapper comme DANS TOUT LE RESTE DU MONDE, BORDEL.

Je me demande parfois si Sharon est l'autorité doctorale qu'elle prétend être en matière de... bon, de tout.

— Un enfant a besoin de deux parents, a répété Jude, têtue.

— Oh, je t'en prie, c'est une position complètement étroite, paternaliste, irréaliste, partisane et bourgeoise de parents

216

Mariés-Fiers-de-l'Être, a vitupéré Shaz. Tout le monde sait qu'un mariage sur trois finit par un divorce.

— Oui, ai-je dit. Être avec une mère qui vous aime est forcément mieux que d'être le résultat d'un divorce doulou-reux. Les enfants ont besoin d'affection, de vie, de présence autour d'eux, mais pas obligatoirement de celle d'un mari.

Puis, me rappelant tout à coup quelque chose que sort tou-jours ma — oui, quelle ironie ! — ma mère, j'ai ajouté :

— On ne peut pas nuire à un enfant en l'aimant.

— Bon, pas la peine de vous liguer contre moi, a dit Jude, vexée. Je vous donne seulement mon point de vue. Au fait, j'ai quelque chose à vous dire.

— Ah ouais ? Quoi ? a demandé Shaz. Tu es pour l'escla-vage ?

— Richard le Cruel et moi, on va se marier.

Shazzer et moi sommes restées la bouche ouverte, horri-fiées, tandis que Jude baissait les yeux, joliment rougissante.

— Oui, je sais, c'est merveilleux, hein ? Je pense que quand je l'ai largué la dernière fois, il s'est rendu compte qu'on ne sait pas ce qu'on a tant qu'on ne l'a pas perdu et ça l'a finale-ment rendu capable de s'engager !

— Dis plutôt qu'il a finalement compris qu'il allait devoir trouver un boulot s'il ne pouvait plus vivre à tes crochets ! a grommelé Shaz.

— Dis-moi, Jude, ai-je repris, est-ce que tu viens de dire que tu allais épouser Richard le Cruel ?

— Oui, a répondu Jude. Et je me demandais si... vous accepteriez d'être mes demoiselles d'honneur, toutes les deux ?

Dimanche 11 mai

57 kg (le bébé fantôme a fichu le camp, horrifié à l'idée du mariage), unités d'alcool : 3, cigarettes : 15 (autant boire et

217

fumer à ma guise, maintenant), rêves à propos de Mark : seulement 2 (excellent).

Shaz vient d'appeler et nous sommes tombées d'accord : c'est une catastrophe. Une catastrophe. Et Jude ne doit absolument pas épouser Richard le Cruel parce que :

a) Il est dingue.
b) Il est cruel : Cruel par le nom et cruel par nature.
c) Il est intolérable de se déguiser en choux à la crème roses et de remonter la nef devant tout le monde.

Je vais appeler Magda pour lui raconter.
— Qu'en penses-tu ? ai-je demandé.
— Hmm. Ça ne me paraît pas une idée très prometteuse. Mais tu sais, les relations de couple sont extrêmement mystérieuses, m'a-t-elle dit d'un ton énigmatique. Personne de l'extérieur ne comprend jamais comment ça marche.
Puis la conversation s'est orientée sur l'idée du bébé que Magda a semblé accueillir avec un enthousiasme surprenant.
— Tu sais quoi, Bridge ? Je crois que tu devrais faire des essais, d'abord, vraiment.
— Que veux-tu dire ?
— Eh bien, pourquoi est-ce que tu ne garderais pas Constance et Harry pendant un après-midi, tu verrais comment ça se passe. Je veux dire que j'ai souvent pensé que la solution du problème des femmes, c'est le partage des tâches.
Ouille ouille ouille. J'ai promis de garder Harry, Constance et le bébé samedi prochain pendant qu'elle ira chez le coiffeur se faire faire ses mèches. Elle m'a dit aussi qu'avec Jeremy ils donnaient une fête dans le jardin dans six semaines pour l'anniversaire de Constance et elle m'a demandé si je voulais bien qu'elle invite Mark. J'ai dit oui. Vous comprenez, il ne m'a pas vue depuis le mois de février et ça lui fera le plus grand bien de voir à quel point j'ai changé et comme je suis devenue calme, équilibrée et pleine de force intérieure.

Lundi 12 mai

Quand je suis arrivée au bureau, j'ai trouvé Richard Finch dans une hyperactivité épouvantable, il sautait partout en mâchouillant et en hurlant après tout le monde. (Sexy Matt, qui ressemblait particulièrement à un mannequin DKNY ce matin, a dit à Horrible Harold que Richard Finch prenait de la coke.)

Bon, enfin, il semble que le directeur de la chaîne a refusé l'idée de Richard de remplacer les informations du matin par un reportage en direct des conférences de rédaction de l'équipe de *Sit Up Britain*. Compte tenu du fait que la dernière « conférence de rédaction » consistait en une dispute pour savoir quel présentateur allait être chargé du thème principal, et que le thème principal était de savoir quel présentateur allait présenter les infos sur la BBC et sur ITV, je crois que ça n'aurait pas été une émission très passionnante. Mais Richard Finch était vraiment furax.

— Vous savez quel est le problème des informations ? criait-il en sortant son chewing-gum de sa bouche et en le lançant approximativement dans la direction de la poubelle C'est chiant. Chiant, chiant, sacrément chiant.

— Chiant ? ai-je dit. Mais nous assistons au démarrage du premier gouvernement travailliste depuis... depuis plusieurs années !

— Mon Dieu ! a-t-il dit en envoyant balader ses lunettes à la Chris Evans. Est-ce que nous aurions un gouvernement travailliste ? Est-ce possible ? Allez, allez, tout le monde autour de la table. Bridget a un scoop !

— Et les Serbes de Bosnie ?

— Oh, réveille-toi, c'est plutôt du réchauffé, a gémi Patchouli. Ils veulent continuer à se tirer dessus derrière les buissons ? Et alors ? Qu'est-ce qui a changé depuis... disons, cinq minutes ?

— Ouais, ouais, ouais, a lancé Richard en s'énervant de plus en plus. Les gens ne veulent pas d'Albanais morts en foulard, ils veulent des gens. Je pense *Nationwide*[1]. Je pense Frank Bough[2]. Je pense canards qui font du skateboard.

Donc, maintenant, il faut qu'on réfléchisse aux intérêts du genre humain, par exemple, les escargots qui se bourrent la gueule ou les vieux qui font du saut à l'élastique. Non mais, comment est-ce qu'on va pouvoir organiser un concours gériatrique de saut à l'élastique en... Ah, téléphone. C'est sûrement l'Association des mollusques et petits amphibiens.

— Oh, bonjour, ma chérie, tu sais quoi...

— Maman, ai-je dit, menaçante. Je t'ai déjà dit...

— Je sais, ma chérie. Je t'appelais juste pour t'annoncer quelque chose de très triste.

— Quoi ? ai-je dit à contrecœur.

— Wellington retourne chez lui. Son discours au Rotary était fantastique. Absolument fantastique. Figure-toi que quand il a parlé des conditions dans lesquelles vivaient les enfants de sa tribu, Merle Robertshaw s'est réellement mise à pleurer. À pleurer !

— Mais je croyais qu'il collectait de l'argent pour un jet-ski.

— Oui, oui. Mais il a trouvé un plan qui convient à merveille au Rotary. Il a dit que s'ils lui faisaient un don, il ne verserait à la section de Kettering que dix pour cent des bénéfices, mais que s'ils en donnaient la moitié à l'école de son village, il compléterait avec cinq pour cent de ses bénéfices personnels. L'action caritative et la petite entreprise en même temps, c'est super, non ? Enfin, ils ont réuni quatre cents livres et il repart au Kenya ! Il va construire une nouvelle école ! Tu te rends compte ! Grâce à nous ! Il nous a montré des

1. Émission d'informations à caractère distrayant sur des sujets d'actualité locale non dramatique.
2. Journaliste sportif, populaire et bon enfant.

superbes diapositives avec en fond sonore la chanson de Nat King Cole *Nature Boy* et à la fin il a dit *Hakuna Matata* ! Et nous en avons fait notre devise !

— C'est super ! ai-je dit, et j'ai vu Richard Finch lancer un regard meurtrier dans ma direction.

— Enfin, ma chérie, nous avons pensé que...

— Maman, l'ai-je interrompue, est-ce que tu connais des personnes âgées qui font des trucs intéressants ?

— Franchement, quelle question stupide. Toutes les personnes âgées font des choses intéressantes. Regarde Archie Garside, par exemple. Tu sais, Archie, qui était porte-parole adjoint du conseil d'administration. Il fait du saut en parachute. En fait, je crois qu'il va faire un saut parrainé par le Rotary demain et il a quatre-vingt-douze ans. Sauter en parachute à quatre-vingt-douze ans ! Tu te rends compte !

Une demi-heure plus tard, je me dirigeais vers le bureau de Richard Finch, un sourire satisfait aux lèvres.

18:00. Super ! Tout va bien ! Je suis à nouveau dans les bonnes grâces de Richard Finch et je vais à Kettering filmer le saut en parachute. Et en plus c'est moi qui dirige le reportage et ce sera le sujet principal !

Mardi 13 mai

J'abandonne l'idée stupide de faire carrière à la télévision. C'est une profession impitoyable. J'avais oublié ce qu'était le cauchemar des équipes de télé quand on les laisse libres d'agir avec des gens confiants et ignorant tout des ruses des médias. Je n'ai pas été autorisée à diriger le reportage, c'était censé être trop compliqué. Alors, on m'a laissée sur le terrain et c'est cet ambitieux de macho de Greg qu'on a envoyé dans l'avion à ma place. Mais Archie ne voulait pas sauter parce qu'il ne trouvait pas de bon endroit pour atterrir. Et Greg n'arrêtait pas de lui dire : « Allez, pépé, la lumière baisse », et finalement, il l'a convaincu de sauter dans un champ qui avait l'air fraîchement labouré. Malheureusement, ce n'était pas un champ labouré, c'était le champ d'épandage d'une station d'épuration.

Samedi 17 mai

57,5 kg, unités d'alcool : 1, cigarettes : 0, fantasmes brisés de bébé : 1, fantasmes frustrants de Mark — tous ceux où je le vois me retrouver et se rendre compte à quel point je suis transformée, équilibrée, c'est-à-dire mince, élégante, etc., et où il retombe amoureux de moi : 472.

Cette semaine de boulot m'a complètement épuisée. Suis quasiment trop crevée pour me lever. Si seulement j'avais quelqu'un pour descendre me chercher le journal, un pain au chocolat et un cappuccino. Je crois que je vais rester au lit, lire *Marie-Claire*, me faire les ongles, ensuite je verrai si Jude et Shazzer ont envie d'aller chez Jigsaw. Aimerais bien acheter quelques fringues neuves pour quand vais revoir Mark la semaine prochaine, histoire de bien montrer comme j'ai changé... Aaah ! On sonne. Quelle personne saine d'esprit peut bien sonner chez les gens à dix heures un samedi matin ? Ils sont complètement malades ou quoi ?

Plus tard. Ai réussi à me traîner jusqu'à l'interphone. C'était Magda qui babillait à pleine voix : « Dites bonjour à tatie Bridget ! »

J'ai chancelé, affolée, me rappelant vaguement que j'avais proposé de consacrer mon samedi à emmener les mômes de Magda au jardin public pendant qu'elle irait chez le coiffeur et déjeunerait en célibataire avec Jude et Shaz.

Paniquée, j'ai appuyé sur le bouton de porte, j'ai enfilé en vitesse le seul peignoir que j'ai pu trouver — complètement inadapté, très court et transparent — et je me suis mise à courir dans tous les sens pour débarrasser les cendriers, les verres à vodka, les tessons de bouteille, etc.

— Ouf ! Nous voilà. Je crois bien que Harry a un petit rhume, hein, mon chéri ? a ronronné Magda en montant l'escalier dans un cliquetis de poussette et avec autant de sacs qu'un SDF. Hou là là ! Qu'est-ce qui sent si mauvais ?

Constance, ma filleule, qui va avoir trois ans la semaine prochaine, a annoncé qu'elle m'avait apporté un cadeau. Elle avait l'air particulièrement contente de son choix et était sûre que ça allait me plaire. J'ai défait le paquet avec impatience. C'était un catalogue de cheminées.

— Elle a dû croire que c'était un magazine, a chuchoté Magda.

J'ai manifesté un ravissement sans limites. Constance a souri de plaisir et m'a fait une bise, ce que j'ai apprécié, puis elle s'est gentiment installée devant la vidéo de *Pingu*.

— Désolée, il va falloir que je file en vitesse, je suis en retard pour mes mèches, a dit Magda. Tu trouveras tout ce qu'il faut dans le sac sous le landau. Fais attention qu'ils ne tombent pas par le trou du mur.

Les choses se présentaient bien. Le bébé dormait ; Harry, qui a presque un an, était assis à côté de lui dans la poussette double, tenant un lapin très abîmé, et semblait sur le point de s'endormir, lui aussi. Mais, à la seconde où la porte du bas a claqué en se refermant, Harry et le bébé se sont mis à brailler comme des sourds en se tortillant et en donnant des coups de pied comme des forcenés quand j'essayais de les prendre.

Me suis retrouvée en train de faire tout ce qui me venait à l'idée (sauf les bâillonner avec du sparadrap, évidemment) pour les calmer : danser, agiter les bras, faire semblant de souffler dans une trompette, mais sans résultat.

Constance a détourné solennellement la tête de la vidéo en arrêtant de téter son biberon.

— Ils ont sûrement soif, m'a-t-elle dit. On voit à travers ta chemise de nuit.

Humiliée de m'être fait donner une leçon de bon sens maternel par quelqu'un qui n'avait pas encore trois ans, j'ai trouvé les biberons dans le sac, les ai remis aux intéressés et, naturellement, les deux mouflets se sont immédiatement arrêtés et se sont mis à téter en me regardant, les sourcils froncés, comme si j'étais un affreux spécimen du ministère de l'Intérieur.

J'ai essayé de me faufiler dans la pièce d'à côté pour m'habiller, mais ils ont lâché leur biberon et se sont remis à hurler. Finalement, j'ai dû m'habiller dans le salon, pendant qu'ils me fixaient avec des yeux ronds comme si j'étais une sorte de bizarre strip-teaseuse à l'envers.

Au bout de quarante-cinq minutes d'opérations genre guerre du Golfe pour les descendre, en plus du landau et des sacs, nous avons réussi à atteindre la rue. C'était super quand nous sommes arrivés aux balançoires. Harry, comme le dit Magda, ne maîtrise pas encore le langage humain, mais Constance a avec moi un adorable ton de confidence, très « entre grandes personnes », et me traduisait : « Je crois qu'il veut aller sur la balançoire », quand il baragouinait quelque chose, et, quand j'ai acheté un paquet de Minstrels, elle m'a dit solennellement : « Je crois qu'il vaut mieux pas le dire. »

Malheureusement, je ne sais pourquoi, en arrivant à la porte d'entrée, Harry s'est mis à éternuer et un énorme projectile filamenteux de morve verdâtre s'est envolé dans les airs pour retomber sur son visage comme dans un film d'épouvante. Là-dessus, Constance a eu un haut-le-cœur et m'a vomi dans les cheveux, tandis que le bébé se mettait à hurler, ce qui a fait pleurer les autres. Tentant désespérément de calmer le jeu, je me suis baissée pour essuyer la morve d'Harry et je lui ai recollé la tétine dans la bouche en entonnant une version apaisante de *Je t'aimerai toujours*.

L'espace d'une miraculeuse seconde, silence. Enthousias-

OH BABY !

mée par mes talents maternels innés, je me suis lancée dans le deuxième couplet, avec un sourire radieux à l'intention d'Harry, qui a brusquement sorti sa tétine de sa bouche et l'a fourrée dans la mienne.

— Re-bonjour, a dit une voix masculine, alors qu'Harry se remettait à hurler de plus belle.

Je me suis retournée, tétine dans la bouche, les cheveux pleins de vomi, et je me suis retrouvée face à face avec Mark Darcy, l'air extrêmement perplexe.

— C'est les mômes de Magda, ai-je dit finalement.

— Ah, je me disais bien que c'était un peu rapide. Ou un secret bien gardé.

— Qui c'est ?

Constance a mis sa main dans la mienne en le toisant d'un air soupçonneux.

— Je m'appelle Mark, a-t-il dit. Je suis l'ami de Bridget.

— Oh, a-t-elle fait, l'air toujours soupçonneux.

— Elle a le même air que toi, quand même, a-t-il déclaré en me regardant d'une manière indéchiffrable. Tu veux que je t'aide à monter ?

En fin de compte, j'ai porté le bébé en tenant Constance par la main, tandis que Mark portait la poussette en tenant la main de Harry. Je ne sais pourquoi, nous ne pouvions parler ni l'un ni l'autre, sauf aux enfants. Puis je me suis rendu compte qu'il y avait des bruits de voix dans l'escalier. Après le virage, j'ai vu deux agents de police en train de vider le placard du palier. Ils avaient eu une plainte du voisin à propos de l'odeur.

— Monte avec les enfants, je m'en occupe, a dit Mark calmement.

J'avais l'impression d'être Maria dans *La Mélodie du bonheur*, quand, après le concert, elle va conduire les enfants à la voiture pendant que le capitaine Von Trapp affronte la Gestapo.

En chuchotant gaiement d'une voix faussement confiante,

j'ai remis en marche la vidéo de *Pingu*, j'ai rempli tous les biberons du jus de fruits sans sucre et je me suis assise par terre avec eux, ce qui a semblé les ravir.

Puis un agent de police est apparu avec un sac de voyage que j'ai reconnu immédiatement. Avec sa main gantée, il a sorti de la poche à fermeture éclair un sac en plastique de chair sanguinolente et puante et m'a dit d'un air accusateur :

— C'est à vous, mademoiselle ? C'était dans le placard du palier. Nous aimerions vous poser quelques questions.

Je me suis levée, laissant les enfants bouche bée devant *Pingu*, au moment où Mark est apparu sur le seuil.

— Comme je vous l'ai dit, je suis avocat, a-t-il dit aimablement aux jeunes agents, avec dans l'intonation juste ce qu'il fallait de ferme sous-entendu, du genre « faites attention à ce que vous allez faire ».

À ce moment précis, le téléphone a sonné.

— Voulez-vous que je réponde, mademoiselle ? a demandé l'un des agents d'une voix soupçonneuse, comme si ça pouvait être l'un de mes fournisseurs en morceaux de cadavre.

Je ne voyais pas du tout comment cette chair sanguinolente était arrivée dans mon sac de voyage. Le policier a porté l'écouteur à l'oreille, a eu l'air complètement terrifié pendant un instant, puis m'a refilé le téléphone.

— Oh, allô, ma chérie, qui est-ce ? Tu as un homme à la maison ?

Soudain, j'ai compris. La dernière fois que j'avais utilisé ce sac, c'était quand j'étais allée déjeuner chez mes parents.

— Maman, ai-je dit, quand je suis venue déjeuner l'autre jour, est-ce que tu as mis quelque chose dans mon sac ?

— Oui, effectivement, maintenant que tu en parles. Deux tranches de filet de bœuf. Et tu ne m'as jamais remerciée. Dans la poche à fermeture éclair. Je veux dire, comme je le disais à Una, le filet de bœuf, ça n'est pas donné.

— Pourquoi ne me l'as-tu pas dit ? ai-je soufflé rageusement.

OH BABY !

J'ai finalement réussi à amener une mère absolument pas repentante à se confesser aux policiers. Et encore, à ce moment-là, ils ont commencé à dire qu'ils voulaient emporter le filet de bœuf pour le faire analyser et peut-être m'arrêter pour m'interroger, et du coup Constance s'est mise à pleurer, je l'ai prise dans mes bras et elle m'a passé les bras autour du cou en s'agrippant à mon pull comme si on allait m'arracher à elle pour me jeter dans une fosse pleine d'ours.

Mark s'est contenté de rire, il a posé la main sur l'épaule d'un des agents et leur a dit :

— Voyons, les gars, c'est un morceau de filet de bœuf que lui a donné sa mère. Je suis sûr que vous avez plein d'autres affaires plus importantes pour vous occuper.

Les policiers se sont regardés, ont hoché la tête, puis ont commencé à refermer leur calepin et à ramasser leur casque. Puis le plus important des deux a dit :

— Bien, mademoiselle Jones, faites attention à ce que votre mère met dans votre sac, à l'avenir. Merci de votre aide, monsieur. Bonne soirée. Bonne soirée, mademoiselle.

Il y a eu un nouveau silence quand Mark a regardé le trou dans le mur avec des yeux ronds, sans trop savoir comment réagir, puis il a dit tout d'un coup :

— Amuse-toi bien avec *Pingu*, et il est parti comme une flèche dans le sillage des flics.

Mercredi 21 mai

56,5 kg, unités d'alcool : 3 (t. bien), cigarettes : 12 (excellent), calories : 3425 (pas d'appétit), évolution dans le trou du mur grâce à Gary : 0, idées positives pour utiliser tissu d'ameublement pour toilette de cérémonie : 0.

Jude est devenue complètement folle. Je viens de passer chez elle et j'ai trouvé les lieux jonchés de magazines de mariage, d'échantillons de dentelle, de framboises dorées, de catalogues de saladiers et de couteaux à pamplemousse, de pots de fleurs pleins de mauvaises herbes et de brins de paille.

— Je veux une gourte, disait-elle. À moins que ce ne soit une yourte ? Mais pas une marquise. C'est comme une tente de nomades en Afghanistan, avec des tapis sur le sol, et je veux des lampes à huile à long col, patinées.

— Comment tu vas t'habiller ? ai-je lancé en regardant des photos de mannequins maigres comme des clous, couvertes de broderies, avec des compositions florales sur la tête, et me demandant si je devais appeler une ambulance.

— Je vais faire faire ma robe. Chez Abe Hamilton ! En dentelle avec un décolleté plongeant.

— Quel décolleté ? a dit Shaz, féroce.

— Je te demande pardon ? a dit Jude, pincée.

— Shaz a dit *Quel décolleté ?* ai-je expliqué.

— Et non pas : qu'est-ce que tu vas mettre dans ton décolleté ? a dit Shaz.

— Les filles, a dit Jude avec le ton super-aimable d'une prof de gym en train de faire ranger ses élèves en tenue de sport dans le couloir de l'école, pouvons-nous continuer ?

Intéressant, la manière dont le « je » s'était subrepticement transformé en « nous ». C'était tout à coup comme s'il ne s'agissait plus du mariage de Jude mais de notre mariage, et que nous devions accomplir toutes ces obligations débiles, comme d'emballer 150 lampes à huile dans la paille et d'emmener Jude prendre une douche dans une ferme écologique.

— Est-ce que je peux dire quelque chose ? a demandé Shaz.

— Oui, a dit Jude.

— N'ÉPOUSE PAS RICHARD LE CRUEL, BORDEL ! C'est un enfoiré, un égoïste, un cossard, qui va te tromper à la première occasion. Un mec sur qui tu ne pourras jamais compter. Si tu l'épouses, il va te piquer la moitié de ton fric et se tirer avec une petite. Je sais qu'il y a des contrats prénuptiaux, mais...

228

Jude n'a pas soufflé mot. Je me suis soudain rendu compte — en sentant son coup de pied dans mon tibia — que j'étais censée soutenir Shazzie.

— Écoutez ça, ai-je dit avec espoir en prenant *Le Guide de la mariée*. « Garçon d'honneur : idéalement, le marié doit choisir quelqu'un qui a la tête sur les épaules et le sens des responsabilités... »

J'ai jeté un regard satisfait à Shaz, comme si j'apportais de l'eau à son moulin, mais sa réaction a été glaciale.

— En plus, a dit Shaz, tu ne trouves pas qu'un mariage met trop de pression sur un couple ? Je veux dire, ce n'est pas exactement prendre des risques, non ?

Jude a pris une profonde inspiration. Nous attendions, sur des charbons ardents.

— Et maintenant, a-t-elle fini par dire en levant les yeux et en souriant courageusement, le rôle des demoiselles d'honneur !

Shaz a allumé une Silk Cut.

— On s'habille comment ?

— Eh bien ! a répondu Jude avec empressement, je pense que nous devrions faire faire les robes. Et regardez-moi ça !

C'était un article intitulé : « 50 manières de faire des économies pour le grand jour ». « Pour les demoiselles d'honneur, le tissu d'ameublement peut faire merveille » !

Du tissu d'ameublement ?

— Vous voyez, continuait Jude, pour la liste des invités, ils disent qu'on ne doit pas se sentir obligé d'inviter les petits copains des amies s'ils se connaissent depuis peu, mais dès que je lui en ai parlé, elle m'a dit : « Oh, *nous* serons ravis de venir. »

— Qui ça ? ai-je demandé.

— Rebecca.

J'ai regardé Jude, abasourdie. Non. Elle ne pouvait pas me faire ça. Elle ne pouvait pas me demander de l'escorter à l'église, déguisée en canapé, pendant que Mark Darcy serait assis à côté de Rebecca, quand même ?

— Et vous savez, ils m'ont invitée à partir en vacances avec eux. Je n'ai pas envie d'y aller, évidemment. Mais je crois que Rebecca était un peu blessée que je ne lui aie pas dit plus tôt.

— Quoi ? a explosé Shazzer. Est-ce que tu as la moindre idée de ce que signifie le mot amie ? Bridget est ta meilleure amie, avec moi, et Rebecca n'a eu aucun scrupule à lui piquer Mark, et, au lieu d'être un peu discrète, elle essaye d'aspirer tout le monde dans son répugnant réseau social, pour qu'il soit tellement emberlificoté qu'il ne puisse plus s'en sortir. Et toi, tu ne lèves pas le petit doigt, putain ! Voilà le problème dans la société moderne : tout est pardonnable ! Eh bien moi, ça me fait vomir, Jude. Si c'est ça le genre d'amie que tu es, tu peux demander à Rebecca de t'accompagner à notre place à l'autel, comme demoiselle d'honneur habillée avec des rideaux de chez Ikea. Et tu verras si ça te convient. Et tu peux te mettre ta gourte, ta yourte ou ta tourte ou ta je-ne-sais-quoi où je pense !

Alors maintenant, Sharon et moi, on ne parle plus à Jude. Oh, mon Dieu. Oh, mon Dieu.

9
Mondanités d'enfer

Dimanche 22 juin

57,5 kg, unités d'alcool : 6 (je devais bien ça à Constance), cigarettes : 5 (t.b.), calories : 2455 (la plupart provenant du glaçage à l'orange), animaux de basse-cour échappés : 1, attentats perpétrés sur moi par enfants : 2.

C'était l'anniversaire de Constance, hier. Suis arrivée avec environ une heure de retard et me suis frayé un chemin dans la maison de Magda, guidée par les cris dans le jardin où se déroulait une scène de carnage échevelé avec adultes poursuivant enfants, enfants poursuivant lapins et, dans un coin, un petit enclos où il y avait deux lapins, une gerbille, un mouton d'apparence souffreteuse et un cochon rondouillard.

Me suis arrêtée près des portes-fenêtres en regardant autour de moi avec angoisse. Mon cœur a bondi quand je l'ai repéré, isolé, suivant le mode Mark Darcy habituel pendant les réceptions, l'air détaché et lointain. Il a jeté un coup d'œil vers la porte où je me tenais et, l'espace d'une seconde, nos regards se sont soudés, puis il m'a fait un signe de tête gêné et a détourné les yeux. C'est alors que j'ai vu Rebecca accroupie près de lui avec Constance.

— Constance ! Constance ! Constance ! roucoulait Rebecca, en lui agitant un éventail japonais devant la figure, au grand déplaisir de Constance qui faisait la gueule et clignait des yeux d'un air furieux.

— Regarde qui est là ! a dit Magda en se penchant vers Constance et en me désignant du doigt.

Un sourire furtif a éclairé le visage de Constance et elle est venue à ma rencontre d'un pas décidé, bien qu'un peu chancelant, laissant Rebecca comme une idiote avec son éventail. Je me suis penchée vers elle quand elle est arrivée près de moi et elle m'a mis les bras autour du cou en pressant son petit visage brûlant contre ma joue.

— Tu m'as apporté un cadeau ? a-t-elle chuchoté.

Soulagée que cet exemple frappant d'affection désintéressée ne soit audible que de moi seule, j'ai chuchoté :

— Peut-être bien.

— Où est-il ?

— Dans mon sac.

— On va le chercher ?

— Oh, comme c'est mignon ! ai-je entendu Rebecca roucouler.

En levant les yeux, j'ai vu que Mark et elle m'observaient au moment où Constance me prenait par la main pour m'entraîner dans la fraîcheur de la maison.

J'étais assez contente de mon cadeau pour Constance, en fait, un paquet de Minstrels et un tutu de Barbie en tulle rose et or, bouffant, que j'avais trouvé après avoir écumé deux succursales de Woolworth. Ça lui a beaucoup plu et, naturellement, comme n'importe quelle femme, elle a voulu le mettre immédiatement.

— Constance, ai-je dit, après l'avoir admirée sous tous les angles, est-ce que tu étais contente de me voir pour moi ou pour le cadeau ?

Elle m'a regardée, sourcils froncés.

— Pour le cadeau.

— Bon.

— Bridget ?

— Oui ?

— Tu sais, dans ta maison ?

— Oui ?

— Pourquoi tu n'as pas de jouets ?

— Eh bien, c'est que je ne joue pas vraiment avec ce genre de jouets.

— Ah. Pourquoi tu n'as pas une salle de jeux ?

— Parce que moi, je ne joue pas.

— Pourquoi est-ce que tu n'as pas de mari ?

Je n'en croyais pas mes oreilles. Je venais d'arriver à la fête et une petite bonne femme de trois ans me donnait des leçons de mariage.

Alors, nous avons eu une longue conversation sérieuse, assises sur les marches de l'escalier, à propos des gens qui sont différents, de certains qui sont célibataires, puis j'ai entendu du bruit et, en levant les yeux, j'ai vu Mark Darcy qui nous regardait.

— Juste, euh... Les toilettes sont au premier, je suppose ? a-t-il dit d'un air détaché. Coucou, Constance. Comment va *Pingu* ?

— Il n'existe pas, a-t-elle répondu, l'air méprisant.

— Bon, bon. Excuse-moi. C'est stupide de ma part d'être aussi — il m'a regardé droit dans les yeux — crédule. Bon anniversaire quand même.

Est-ce qu'il croyait que je le trompais avec Gary l'Artisan et le type du pressing ? Enfin, ai-je pensé, peu importe. Je m'en fiche. Tout va bien et j'ai complètement cessé de penser à lui.

— Tu as l'air triste, m'a dit Constance.

Elle a réfléchi un instant, puis a sorti un Minstrel à moitié sucé de sa bouche et l'a fourré dans la mienne. Nous avons décidé de sortir pour montrer le tutu, et Constance a été immédiatement récupérée par une Rebecca excitée comme un pou.

— Oh, regardez ! C'est une fée. Tu es une fée ? Quelle sorte de fée es-tu ? Où est ta baguette ? jacassait-elle.

— C'est un cadeau superbe, Bridge, a dit Magda. Je vais te chercher à boire. Tu connais Cosmo, je crois ?

— Oui, ai-je répondu, accablée, en reconnaissant les fanons tremblotants de l'énorme banquier.

— Oh ! Bridget, quel plaisir de vous voir ! a bramé Cosmo en me regardant des pieds à la tête d'un œil lubrique. Comment va le travail ?

— Oh, super, ai-je menti, soulagée qu'il ne m'entraîne pas directement sur le terrain de ma vie sentimentale. (Comme les choses avaient changé !) Je travaille pour la télé, maintenant.

— La télé ? Merveilleux ! Super-génial ! Vous êtes devant la caméra ?

— Seulement de temps en temps, ai-je répondu d'un ton modeste, qui suggérait que j'étais quasiment Cilla Black[1], mais que je ne voulais pas que ça se sache.

— Oh ! C'est la gloire, alors ? Et... (il s'est penché vers moi avec sollicitude) ça s'arrange pour le reste ?

Malheureusement, Sharon est passée juste à ce moment-là. Elle a toisé Cosmo, on aurait dit Clint Eastwood quand il croit que quelqu'un est en train de le doubler.

— Qu'est-ce que c'est que cette question ? a-t-elle rugi.

— Quoi ? a dit Cosmo, en se retournant, ahuri.

— « Ça s'arrange pour le reste ? » Qu'est-ce que vous entendez par-là exactement ?

— Eh bien, euh, vous savez... quand est-ce qu'elle va... vous savez... ?

— Qu'elle va se marier ? Alors, au fond, juste parce que sa vie n'est pas exactement comme la vôtre, vous croyez qu'elle a besoin de s'arranger, c'est ça ? Et comment ça s'arrange pour le reste de votre vie à vous, Cosmo ? Comment ça va avec Woney ?

— Eh bien, je... euh, a bredouillé Cosmo, piquant un superbe fard.

---

1. Présentatrice de l'émission *Blind Date*.

— Oh, je suis désolée. Nous avons apparemment touché un point sensible. Viens, Bridget, avant que je ne fasse une autre gaffe.

— Shazzer ! ai-je protesté, quand nous avons été à bonne distance.

— Oh, ça va ! Ça suffit comme ça. On ne va pas les laisser donner des leçons aux autres et critiquer leur style de vie, merde ! Cosmo souhaite probablement que Woney perde vingt-cinq kilos et arrête de rire comme une pintade toute la journée, mais est-ce qu'on se permet de dire ça dès qu'on le voit, est-ce qu'on se permet de le lui suggérer ? (Une lueur diabolique s'est allumée dans son regard.) Mais peut-être qu'on devrait ? a-t-elle ajouté en m'empoignant par le bras et en rebroussant chemin vers Cosmo.

Nous nous sommes retrouvées nez à nez avec Mark, Rebecca et Constance. Oh, Seigneur.

— D'après toi, qui est le plus vieux de nous deux, Mark ou moi ? demandait Rebecca.

— Mark, a dit Constance, l'air maussade, en regardant à droite et à gauche comme si elle ne pensait qu'à s'enfuir.

— Qui est la plus vieille, ta maman ou moi ? a gaiement poursuivi Rebecca.

— Maman, a dit Constance, déloyale.

Rebecca a eu un petit rire cristallin.

— Qui est la plus vieille, Bridget ou moi ? a dit Rebecca en me faisant un clin d'œil.

— Toi, a répondu Constance.

Mark Darcy a laissé échapper un éclat de rire.

— Et si on jouait aux fées ? a gazouillé Rebecca, changeant de tactique et essayant de prendre Constance par la main. Est-ce que tu vis dans un château ? Est-ce qu'Harry est une fée, lui aussi ? Où sont tes amies les fées ?

— Bridget, a dit Constance en me regardant bien en face, je pense que tu ferais mieux de dire à cette dame que je ne suis pas vraiment une fée.

Plus tard, pendant que je relatais l'épisode à Shaz, elle a dit d'un air menaçant :

— Oh, non ! Regarde qui est là.

À l'autre bout du jardin, il y avait Jude, rayonnante en turquoise, en train de parler avec Magda, mais sans Richard le Cruel.

— Les filles sont là ! disait gaiement Magda. Là-bas !

Shaz et moi nous sommes mises à étudier attentivement le fond de notre verre, comme si nous n'avions rien remarqué. Quand nous avons levé les yeux, Rebecca fonçait sur Jude et Magda avec des exclamations ravies, comme l'épouse d'un écrivaillon arriviste qui vient de repérer Martin Amis en train de parler avec Gore Vidal.

— Oh, Jude, je suis si heureuse pour toi, c'est merveilleux ! a-t-elle roucoulé.

— Je ne sais pas avec quoi elle se shoote, mais j'en veux, a grommelé Sharon.

— Oh, il faut que vous veniez, Jeremy et toi, il faut absolument que vous veniez ! continuait Rebecca. Tant pis, amenez-les ! Amenez les enfants ! J'adore les enfants ! Le deuxième week-end de juillet. C'est la maison de mes parents, dans le Gloucestershire. Ils adoreront la piscine. Et il y a plein de gens adorables qui doivent venir. J'ai invité Louise Barton-Foster, Woney et Cosmo...

Pourquoi pas la belle-mère de Blanche-Neige, Fred et Rosemary West, et Caligula, pendant qu'elle y est !

— ...Jude et Richard, et Mark, bien entendu, Giles et Nigel, des collègues de Mark...

J'ai vu Jude jeter un coup d'œil dans notre direction.

— Et Bridget et Sharon ? a-t-elle demandé.

— Quoi ? a dit Rebecca.

— Tu as invité Bridget et Sharon ?

— Oh, fit-elle, l'air décontenancé. Bon, évidemment, je ne sais pas si nous aurons assez de chambres, mais je suppose que nous pourrons utiliser le cottage. (Tout le monde la regardait.) Oui, je les ai invitées ! (Elle a jeté un coup d'œil frénétique autour d'elle.) Oh, vous êtes là, toutes les deux. Vous venez le 12, n'est-ce pas ?

— Où ça ? a demandé Sharon.

— Dans le Gloucestershire.

— Nous n'étions pas au courant, a dit Sharon bien fort.

— Bon, maintenant, vous le savez ! Le deuxième week-end de juillet. Tu es déjà venue, Bridget, je crois ?

— Oui, ai-je répondu en rougissant au souvenir de l'abominable week-end.

— Bon ! C'est génial. Et vous venez, Magda, alors...

— Hum..., ai-je commencé.

— Nous acceptons avec joie, a déclaré Sharon en m'écrasant le pied.

— Quoi ? Quoi ? ai-je chevroté, quand Rebecca s'est éloignée en caracolant.

— Sûr qu'on y va ! a-t-elle tranché. Tu ne vas pas la laisser détourner tous tes amis sans rien dire. Elle essaie de forcer tout le monde à former je ne sais quel cercle ridicule de soi-disant amis de Mark, soudain indispensables pour qu'elle puisse jouer avec lui au roi et à la reine de la ruche.

— Bridget ? a dit une voix bien élevée.

Je me suis retournée et j'ai vu un type pas très grand, les cheveux roux, avec des lunettes.

— Je suis Giles, Giles Benwick. Je travaille avec Mark. Vous vous rappelez ? Vous m'avez beaucoup aidé l'autre soir quand ma femme m'a annoncé qu'elle me quittait.

— Oh, oui, Giles. Comment allez-vous ? Comment ça s'arrange ?

— Pas très bien, j'en ai peur.

Sharon s'est éclipsée en jetant un coup d'œil en arrière, et Giles s'est lancé dans un long récit détaillé et précis de son naufrage conjugal.

— J'ai beaucoup apprécié vos conseils, a-t-il repris en me regardant très sérieusement. Et j'ai acheté *Les hommes vien-*

nent de Mars, les femmes viennent de Vénus, vous savez. J'ai trouvé que c'était très très très bon, bien que ça n'ait pas eu l'air de modifier le point de vue de Veronica.

— En fait, ça traite plus de la rencontre que du divorce, ai-je dit par loyauté vis-à-vis du concept Mars et Vénus.

— Très juste, très juste, a concédé Giles. Dites-moi, avez-vous lu *Transformez votre vie* de Louise Hay ?

— Oui ! ai-je dit, ravie.

Giles Benwick avait vraiment l'air de connaître à fond l'univers des guides pratiques et j'ai pris beaucoup de plaisir à discuter de diverses œuvres avec lui. Un peu longuet peut-être, quand même. Finalement, Magda est venue nous rejoindre avec Constance.

— Giles, il faut absolument que je vous présente mon ami Cosmo, a-t-elle déclaré avec un regard discrètement expressif à mon intention. Bridge, ça t'ennuierait de t'occuper un petit moment de Constance ?

Je me suis agenouillée pour parler à Constance, qui semblait inquiète des effets du chocolat sur un tutu. Juste comme nous avions réussi à nous convaincre toutes deux que les taches de chocolat étaient très jolies sur le rose, originales et très décoratives, Magda est réapparue.

— Je crois que ce pauvre Giles en pince pour toi, m'a-t-elle dit en aparté en emmenant Constance faire caca.

Avant que j'aie eu le temps de me relever, quelqu'un s'est mis à me taper sur les fesses.

Je me suis retournée — en pensant, je l'avoue, que c'était peut-être Mark Darcy ! — pour découvrir que c'était William, le fils de Woney, et son copain, qui rigolaient comme des bossus.

— Encore ! a dit William, et son jeune ami a recommencé à taper.

J'ai essayé de me relever, mais William — qui a à peu près six ans et qui est grand pour son âge — s'est installé sur mon dos en s'accrochant à mon cou.

— Arrête, William, ai-je dit dans une tentative d'autorité, mais à cet instant un grand branle-bas s'est produit à l'autre bout du jardin.

Le cochon nain s'était échappé et courait dans tous les sens en poussant des cris stridents. Tous les parents se sont précipités sur leurs rejetons, mais William était toujours accroché à mon dos et l'autre gamin continuait à me fesser en hurlant de rire genre *Exorciste*. J'ai essayé de me débarrasser de William, mais il était étonnamment fort et s'agrippait. J'avais vraiment mal au dos.

Soudain, les bras de William ont libéré mon cou. J'ai senti qu'on le soulevait et les coups se sont arrêtés. Pendant un instant, je suis restée prostrée en essayant de retrouver mon souffle et mon calme. Puis, en me retournant, j'ai vu Mark Darcy qui s'éloignait avec un gamin gigotant sous chaque bras.

Pendant un moment, la capture du cochon a éclipsé la fête et Jeremy a sermonné le gardien du mini-zoo. Quand j'ai revu Mark, il avait remis sa veste et disait au revoir à Magda, sur quoi Rebecca est arrivée en courant et s'est mise elle aussi à dire au revoir. J'ai regardé ailleurs en essayant de penser à autre chose. Puis tout d'un coup Mark s'est dirigé vers moi.

— Je... euh, je m'en vais, Bridget. (J'aurais pu jurer qu'il regardait mes seins.) Ne pars pas avec des morceaux de viande dans ton sac, d'accord ?

— Non, ai-je dit.

Pendant un instant nous nous sommes regardés.

— Au fait, merci, merci pour...

J'ai fait un signe de tête en direction de l'endroit où avait eu lieu l'incident.

— De rien. Si jamais tu as encore besoin de moi pour décrocher un petit garçon, pas de problème.

Et, comme si on l'avait appelé, ce maudit Giles est réapparu, deux verres à la main.

— Oh, tu pars, mon vieux ? J'allais justement essayer de soutirer à Bridget quelques conseils expérimentés.

Mark nous a regardés vivement l'un après l'autre.

— Je suis sûr que tu seras en très bonnes mains, a-t-il dit brusquement. À lundi, au bureau.

Merde, merde, merde. Pourquoi est-ce qu'on ne flirte avec moi que quand Mark est là ?

— Tu retournes à la salle de torture, vieux ? disait Giles en lui donnant une claque dans le dos. C'est la vie. C'est la vie. Alors, vas-y.

J'avais la tête qui tournait et Giles continuait à raconter qu'il allait m'envoyer un exemplaire de *Ça vous fait peur, mais faites-le quand même*. Il tenait absolument à savoir si Sharon et moi irions dans le Gloucestershire le 12. Mais le soleil avait l'air d'être couché, on entendait des pleurs et des « Maman va donner une fessée », et tout le monde s'apprêtait à partir.

— Bridget... (C'était Jude.) Est-ce que vous voulez venir avec moi au 192 pour...

— Pas question, a répondu Sharon, sèchement. Nous allons à une soirée.

Ce qui était faux, puisque Sharon devait retrouver Simon. Jude a eu l'air consternée. Oh, mon Dieu. Cette maudite Rebecca a tout gâché, la garce. Au fait, c'est vrai, il ne faut pas que j'oublie que ce n'est pas toujours la faute des autres et que je suis responsable de tout ce qui m'arrive.

Mardi 1ᵉʳ juillet

56,5 kg (ça marche !), évolution dans trou du mur grâce à Gary : 0.

Je crois que je ferais mieux de l'accepter à présent. Mark et Rebecca sont une entité. Je ne peux rien y faire. Viens de relire des passages du *Chemin le moins fréquenté* et je me rends compte qu'on ne peut pas avoir tout ce qu'on veut dans la vie. Une partie de ce qu'on veut, mais pas tout. Ce n'est pas ce qui se passe dans la vie qui compte, mais comment on joue les cartes qui vous sont distribuées. Je n'ai pas l'intention de me mettre à ruminer le passé et la kyrielle de mes désastres avec les hommes. Je vais penser à l'avenir. Oh, super, téléphone ! Hourra ! Vous voyez bien !

C'était Tom qui téléphonait juste pour s'épancher un peu. Ce qui semblait sympa. Jusqu'à ce qu'il dise :

— Au fait, j'ai vu Daniel Cleaver en début de soirée.

— Ah bon, où ça ? ai-je dit gaiement, bien que d'une voix étranglée.

Je me rends compte que j'ai changé et que les situations sentimentales embarrassantes du passé — c'est-à-dire, juste pour prendre un exemple au hasard : trouver une femme nue l'été dernier sur le balcon de Daniel alors que je croyais sortir avec lui — ne pourraient plus jamais arriver à celle que je suis devenue. Enfin, n'empêche que je n'apprécie pas que le spectre de l'humiliation infligée par Daniel continue à surgir sans prévenir, genre monstre du Loch Ness, ou érection incontrôlée.

— Au Groucho Club, a dit Tom.

— Tu lui as parlé ?

— Oui.

— Qu'est-ce que tu lui as dit ? ai-je interrogé, menaçante.

L'essentiel avec les ex, c'est que vos copains doivent les ignorer et leur faire payer, et non essayer de ménager les deux parties comme le font Tony et Cherie avec Charles et Diana.

— Bof. Je ne m'en souviens pas exactement. J'ai dit, euh... « Pourquoi as-tu été si dégueulasse avec Bridget alors qu'elle est super ? »

Quelque chose dans la façon dont il a débité ça comme un perroquet suggérait que ce n'était pas une citation littérale de ses propos.

— Bien, ai-je dit. Très bien.

Je me suis tue, décidée à laisser tomber et à changer de

sujet. Après tout, qu'est-ce que j'en ai à faire de ce qu'a dit Daniel ? Mais ça a été plus fort que moi :

— Alors, qu'est-ce qu'il a dit ?

— Il a dit..., a commencé Tom, puis il s'est mis à rire. Il a dit...

— Quoi ?

— Il a dit...

Il pleurait presque à force de rire.

— Quoi ? Quoi ? QUOOOOI ?

— Comment peut-on sortir avec quelqu'un qui ne sait pas où est l'Allemagne ?

Ai laissé échapper un rire strident de hyène, un peu comme quand on apprend la mort de sa grand-mère et qu'on croit que c'est une blague. Puis la réalité m'est revenue en pleine figure. Me suis retenue au rebord de la table, le cerveau en ébullition.

— Bridge ? Tout va bien ? Je riais seulement parce que c'est tellement... ridicule. Je veux dire, évidemment que tu sais où se trouve l'Allemagne. Hein ? Bridge ?

— Oui, ai-je murmuré faiblement.

Il s'est passé un certain temps pendant lequel je me suis efforcée d'accepter ce qui s'était passé, c'est-à-dire que Daniel m'avait larguée à cause de ma bêtise.

— Alors, dis-moi, a repris Tom avec bonne humeur, où est-ce..., l'Allemagne ?

— En Europe.

— Oui, mais où exactement en Europe ?

Franchement. Est-ce qu'il est nécessaire dans notre monde moderne de savoir où est un pays alors qu'en fait tout ce que vous avez à faire, c'est acheter un billet d'avion pour vous y rendre ? Ils ne vous demandent pas à l'agence de voyages le nom des pays que vous allez survoler avant de vous vendre un billet, que je sache ?

— Donne-nous juste une situation approximative.

— Euh...

J'ai calé, tête baissée, cherchant désespérément autour de moi un atlas qui se serait égaré là par inadvertance.

— Quels sont les pays qui pourraient être proches de l'Allemagne, d'après toi ? a-t-il insisté.

J'ai réfléchi.

— La France.

— La France. Je vois. Alors la France est « proche » de l'Allemagne, tu crois ?

Quelque chose dans le ton de Tom m'a donné l'impression que j'avais fait une gaffe monumentale. Puis il m'est venu à l'idée que l'Allemagne était évidemment liée à l'Allemagne de l'Est et par conséquent qu'elle avait des chances d'être plus proche de la Hongrie, de la Russie ou de Prague.

— De Prague, ai-je dit.

Tom a éclaté de rire.

— De toute façon, les connaissances générales, ça n'existe plus, ai-je protesté avec indignation. Des articles ont prouvé que les médias avaient créé une étendue de connaissances tellement vaste qu'il est impossible que tout le monde sélectionne les mêmes.

— Ça ne fait rien, Brıdge. Ne t'inquiète pas pour ça. Tu veux aller au ciné demain ?

23:00. Oui, je vais me contenter d'aller au ciné et de lire des livres, dorénavant. Ce qu'a pu dire ou ne pas dire Daniel m'indiffère totalement.

23:15. Comment Daniel a-t-il osé dire du mal de moi à tout le monde ! Comment est-ce qu'il savait que je ne sais pas où est l'Allemagne ? Nous n'y sommes jamais allés, ni de loin ni de près. Le plus loin que nous soyons allés ensemble, c'est Rutland Water. Ouais.

23:20. De toute façon, je suis une fille bien. Et pan !

23:30. Je suis horrible. Stupide. Je vais me mettre à étudier

The Economist et en plus j'irai à des cours du soir et je lirai *Money* de Martin Amis.

23:35. Ah ! J'ai trouvé un atlas.

23:40. Bon, parfait. Je vais appeler ce salaud.

23:45. Je viens de faire le numéro de Daniel.

— Bridget ? a-t-il dit, avant que j'aie eu le temps de prononcer un mot.

— Comment savais-tu que c'était moi ?

— Un sixième sens, a-t-il répondu d'une voix amusée. Ne quitte pas. (Je l'ai entendu allumer une clope.) Alors, vas-y, je t'écoute.

Il a tiré une profonde bouffée.

— Quoi ? ai-je marmotté.

— Dis-moi où se trouve l'Allemagne.

— C'est à côté de la France. Et de la Hollande, de la Belgique, de la Pologne, de la Tchécoslovaquie, de la Suisse, de l'Autriche et du Danemark. Et il y a une côte.

— Quelle mer ?

— La mer du Nord.

— Et ?

J'ai scruté frénétiquement l'atlas. Il n'indiquait pas d'autre mer.

— OK, a-t-il dit. Une mer sur deux, c'est bien. Alors, tu veux passer chez moi ?

— Non !

Franchement, Daniel dépasse vraiment les bornes. Pas question de replonger là-dedans.

Samedi 12 juillet

130 kg (j'ai cette impression, par comparaison avec Rebecca), nombre de douleurs dans le dos à cause de l'infâme matelas en mousse : 9, nombre de pensées impliquant Rebecca et catastrophes naturelles, incendies, inondations et tueurs à gages : grand, mais somme toute modeste, toutes proportions gardées.

Chez Rebecca, dans le Gloucestershire. Dans l'horrible cottage réservé aux invités.

Pourquoi est-ce que je suis venue ici ? Pourquoi ? Pourquoi ? Sharon et moi sommes parties assez tard si bien que nous sommes arrivées dix minutes avant le dîner. Rebecca ne l'a pas très bien pris et nous a accueillies en piaillant : « Oh, nous étions prêts à vous considérer comme perdues ! » On aurait cru entendre ma mère ou Una Alconbury.

On nous a installées dans le cottage des domestiques, ce que j'ai trouvé bien parce qu'il n'y avait pas de danger de croiser Mark dans les couloirs, jusqu'au moment où nous y sommes arrivées : c'est peint tout en vert et il y a des lits à une place avec des matelas en mousse et des têtes de lit en formica, un contraste frappant avec ma dernière visite, où j'avais eu droit à une belle chambre genre hôtel avec salle de bains privée.

— C'est du Rebecca tout craché, a râlé Sharon. Les célibataires sont des citoyens de second ordre. Mettez-vous bien ça dans le crâne.

Nous sommes arrivées en retard au dîner, j'avais l'impression que nous étions deux vieilles divorcées genre épouvantails, tant nous nous étions pressées pour nous maquiller. La salle à manger avait toujours la même splendeur à couper le souffle, avec une grande cheminée à un bout et vingt personnes assises autour d'une antique table de chêne éclairée par des candélabres d'argent et décorée de guirlandes de fleurs.

Mark présidait, entre Rebecca et Louise Barton-Foster, en grande conversation.

Rebecca a fait comme si elle ne nous avait pas vues entrer. Nous sommes restées plantées devant la table jusqu'à ce que Giles Benwick hurle :

— Bridget ! Par ici !

J'étais placée entre Giles et le Jeremy de Magda, qui semblait avoir totalement oublié que je sortais naguère avec Mark Darcy. Il a démarré très fort en disant :

— Alors ! On dirait que Darcy a fixé son choix sur Rebecca. C'est marrant, parce que je me rappelle cette petite poulette, Heather quelque chose, la copine de Barky Thomson, qui avait l'air d'en pincer pour lui, le bougre !

Le fait que Mark et Rebecca étaient à portée de voix avait visiblement échappé à Jeremy, mais pas à moi. J'essayais de me concentrer sur sa conversation et pas sur la leur, qui s'était orientée sur des vacances qu'organisait Rebecca dans une villa toscane en août, avec Mark, apparemment, et où tout le monde devait *absolument* les rejoindre, sauf moi et Shaz, probablement.

— Qu'est-ce que c'est, Rebecca ? a beuglé une espèce de gandin que je me rappelais vaguement avoir vu au ski.

Tout le monde a regardé la cheminée où était gravée une couronne flambant neuve aux armes de la famille portant la devise : *Per Determinam ad Victoriam.* Curieux d'avoir une couronne nobiliaire étant donné que la famille de Rebecca ne fait pas partie de l'aristocratie, mais elle doit avoir de grosses parts dans l'agence immobilière Knight, Frank et Rutley.

— *Per Determinam ad Victoriam ?* a rugi le gandin. La victoire à tout prix. C'est ça, notre Rebecca, méfiez-vous !

Énorme éclat de rire général. Shazzer et moi avons échangé un petit regard joyeux.

— En fait, ça signifie : La détermination au service du succès, a rectifié Rebecca, glaciale.

J'ai jeté un coup d'œil à Mark, qui cachait un reste de sourire derrière sa main.

Ai réussi à finir le repas tant bien que mal, à écouter Giles, qui parlait de sa femme avec une lenteur incroyable et s'analysait en détail. Me suis efforcée de ne pas penser à ce qui se passait du côté de Mark en partageant mes connaissances en matière de guides pratiques.

Je n'avais qu'une envie : aller me coucher et échapper à ce douloureux cauchemar, mais il a fallu passer dans la grande salle pour danser.

Ai commencé à regarder la collection de CD pour me distraire du spectacle de Rebecca qui tournait lentement avec Mark, les bras autour de son cou en jetant des coups d'œil satisfaits autour d'elle. J'avais envie de vomir, mais pas question de le montrer.

— Oh, Bridget, je t'en prie ! Un peu de bon sens, a dit Sharon en prenant les choses en main et en remplaçant *Jesus to a Child* par un pot-pourri frénétique de *garage acid*.

Elle a arraché Mark à Rebecca et s'est mise à danser avec lui. En fait, c'était plutôt marrant de voir Mark rigoler des efforts de Shazzer pour essayer de le mettre dans le coup. Rebecca avait la tête de quelqu'un qui a mangé un tiramisu et qui vient de découvrir le pourcentage de matières grasses inscrit sur l'emballage.

Soudain, Giles m'a prise par le bras pour m'entraîner dans un rock endiablé et je me suis retrouvée catapultée aux quatre coins de la pièce, un rictus figé aux lèvres, la tête bondissant de haut en bas comme une poupée de chiffon.

À la suite de ça, je n'ai littéralement pas pu le supporter davantage.

— Je vais devoir y aller, ai-je chuchoté à Giles

— Je comprends, a-t-il acquiescé d'une voix de conspirateur. Vous voulez que je vous raccompagne au cottage ?

Ai réussi à le décourager, suis rentrée en titubant sur le gravier dans mes sandales à brides Pied-à-Terre, et me suis écroulée avec satisfaction dans mon lit pourtant ridiculement inconfortable. Mark est probablement en ce moment même en train de se mettre au lit avec Rebecca. Je voudrais être n'importe où mais pas ici, à la kermesse du Rotary de Kettering, à la conférence de rédaction de *Sit Up Britain*, même au gymnase. Mais c'est bien de ma faute J'ai accepté de venir.

Dimanche 13 juillet

140 kg, unités d'alcool : 0, cigarettes : 12 (toutes en cachette), nombre de personnes sauvées de la noyade : 1, nombre de personnes qu'on n'aurait pas dû sauver de ladite noyade mais laisser dans l'eau jusqu'à complet ratatinement : 1.

Journée bizarre, qui donne à réfléchir.

Après le petit déjeuner, j'ai décidé de m'échapper et je suis allée me balader dans le jardin aquatique, qui est très joli, avec des ruisseaux qui serpentent entre des rives herbeuses et sous des petits ponts de pierre, entouré d'une haie avec plein de champs derrière. Je me suis assise sur un pont de pierre pour regarder le ruisseau, en me disant que rien n'avait d'importance parce qu'il y aurait toujours la nature, et c'est alors que j'ai entendu des voix qui approchaient derrière la haie.

— ...le pire conducteur qui soit... Mère était constamment... le corriger mais... aucune idée... incapable de tenir un volant. Il a perdu son bonus il y a quarante-cinq ans et n'a jamais pu le regagner... (C'était Mark.) À la place de ma mère, je refuserais de monter en voiture avec lui, mais ils ne se séparent jamais. C'est assez touchant.

— Oh ! Comme ça me plaît ! (Rebecca.) Si j'étais mariée, je voudrais être tout le temps avec mon époux.

— C'est vrai ? a-t-il demandé avec empressement. (Puis il a poursuivi :) Je crois que, quand on vieillit... le danger est que si vous avez été longtemps célibataire, vous vous trouvez pris dans un réseau d'amis — c'est surtout vrai pour les femmes — qui laissent difficilement de la place pour un homme dans leur vie, aussi bien affectivement que pour le reste, parce que leurs amies et les opinions de leurs amies sont leurs références prioritaires.

— Oh, je suis tout à fait d'accord. Pour ma part, j'aime

mes amies, bien entendu, mais elles ne figurent pas en première place sur ma liste de priorités.

Tu parles ! me suis-je dit. Il y a eu un silence, puis Mark a
repris :

— Tous ces guides pratiques d'aide comportementale,
quelle absurdité ! Toutes ces règles de conduite mythiques
que vous êtes censé suivre. Et vous savez que tous vos gestes
vont être disséqués par un comité de copines selon un code
incroyablement arbitraire fondé sur *Le Bouddhisme aujour-
d'hui, Vénus et Mars vont baiser* et le Coran. Vous finissez par
vous prendre pour une souris de laboratoire qui aurait une
oreille sur le dos !

J'ai agrippé mon livre, le cœur battant la chamade. Ça ne
pouvait pas être comme ça qu'il interprétait ce qui m'était
arrivé ?

Mais Rebecca entonnait déjà son grand air :

— Oh, je suis bien d'accord. Je n'ai pas de temps à perdre
pour ce genre de choses. Si je décidais d'aimer quelqu'un,
rien ne pourrait m'en dissuader. Rien. Aucune copine. Aucune
théorie. Je ne suis que mon instinct, que mon cœur, a-t-elle
dit d'une voix nouvelle, chichiteuse, genre femme fleur éva-
nescente.

— Je te respecte pour cela, a dit Mark, doucement. Une
femme doit savoir en quoi elle croit, sinon, comment les autres
pourraient croire en elle ?

— Et elle doit surtout avoir confiance en celui qu'elle aime,
a dit Rebecca, encore d'une voix différente, sonore et contrô-
lée, comme une actrice cabotine jouant du Shakespeare.

Il y a eu un silence atroce. Je mourais, paralysée sur place,
sûre qu'ils étaient en train de s'embrasser.

— Naturellement, j'ai dit tout ça à Jude, a repris Rebecca.
Elle se faisait tellement de souci à propos de ce que Bridget et
Sharon lui avaient raconté pour qu'elle n'épouse pas Richard
— c'est quelqu'un de si bien ! — et je lui ai conseillé tout
simplement : Jude, écoute ton cœur.

Je suis restée bouche bée, comptant sur une abeille de passage pour me réconforter. Mark ne pouvait certainement pas la respecter pour ça, quand même ?

— Ou...i, a-t-il dit, hésitant. Tout de même, je ne suis pas sûr...

— Giles a l'air de beaucoup s'intéresser à Bridget ! a lancé Rebecca, sentant apparemment qu'elle perdait du terrain.

Silence. Puis Mark a dit, d'une voix anormalement aiguë :

— Ah bon. Et c'est... réciproque ?

— Oh, tu connais Bridget. Jude dit qu'elle a je ne sais combien de types qui lui tournent autour (cette chère vieille Jude, ai-je pensé), mais elle est tellement perturbée qu'elle ne veut pas... Comme tu le disais, elle ne peut s'entendre avec personne.

— Vraiment ? (Mark a immédiatement mordu à l'hameçon.) Alors, est-ce qu'il y a eu des... ?

— Oui, je crois, tu sais bien, mais elle est tellement embourbée dans tous ses codes relationnels ou je ne sais quoi que personne n'est assez bien pour elle.

Je n'arrivais pas à comprendre ce qui se passait. Rebecca cherchait peut-être à l'empêcher de se sentir coupable à mon égard.

— Vraiment ? a répété Mark. Alors, elle n'est pas...

— Oh, regarde ! Un petit canard ! Oh, regarde, toute une couvée de petits canards ! Et voilà le père et la mère. Oh, c'est merveilleux ! Quel instant extraordinaire ! Oh, viens, allons voir !

Et ils sont partis, me laissant le souffle coupé, l'esprit en ébullition.

Après le déjeuner, il faisait une chaleur d'enfer et tout le monde a cherché refuge sous un arbre au bord du lac. Scène pastorale idyllique : un vieux pont de pierre sur la rivière, les berges herbeuses à l'ombre des saules pleureurs. Rebecca triomphait :

— Oh, c'est merveilleux ! Comme on est bien ! Dites, tout
le monde, on est bien, hein ?

Le gros Nigel, un collègue de Mark, amusait la galerie en
tapant dans un ballon de foot avec l'un des gandins, son
énorme ventre tremblotant sous le soleil éclatant. Il a tenté de
bloquer une passe, l'a ratée et a plongé dans l'eau la tête la
première, créant une vague gigantesque.

— Bravo ! a crié Mark en riant. Incompétence époustou-
flante !

— Comme c'est mignon, ai-je dit à Shaz d'une voix somno-
lente. On s'attend presque à voir les lions se coucher avec les
agneaux.

— Des lions, Bridget ? a relevé Mark.

J'ai sursauté. Il était assis à l'autre bout du groupe et, dans
l'espace entre les autres, me regardait, le sourcil levé.

— Comme dans je ne sais plus quel psaume, je veux dire,
ai-je expliqué.

— D'accord. (Il y avait une petite lumière moqueuse familière dans son regard.) Tu penses peut-être aux lions de Long-
leat ?

Rebecca s'est levée d'un bond.

— Je vais sauter du pont !

Elle a regardé autour d'elle avec un sourire radieux. Tous
les autres étaient en short ou en robe légère, mais elle était nue
sous une espèce de minuscule robe à bretelles Calvin Klein, en
nylon marron.

— Pourquoi ? a demandé Mark.

— Parce qu'on ne fait plus attention à elle depuis cinq
minutes, a soufflé Sharon.

— Nous le faisions quand nous étions petits ! C'est génial !

— Mais il n'y a presque pas d'eau, a objecté Mark.

C'était vrai, il y avait au moins cinquante centimètres de
vase séchée tout autour du lac.

— Mais non. Je suis experte en la matière, et très courageuse.

— Je crois que tu ne devrais pas essayer, tu sais, a dit Jude.

— Je l'ai décidé ! Je ne reviens jamais sur mes décisions, a-t-elle pépié malicieusement.

Et, en enfilant ses mules Prada, elle s'est dirigée d'un pas dansant vers le pont. Par chance, il y avait une tache de boue et d'herbe collée sur sa fesse gauche, ce qui améliorait grandement l'effet produit. Sous notre regard attentif, elle a ôté ses mules, les a prises à la main et a grimpé sur le parapet.

Mark s'était levé et, avec inquiétude, regardait alternativement le ruisseau et le pont.

— Rebecca ! a-t-il dit. Je ne crois pas...

— Pas de problème, je fais confiance à mon jugement, a-t-elle coupé d'un ton enjoué en rejetant ses cheveux en arrière.

Puis elle a regardé vers le ciel, a levé les bras et, après une pause théâtrale, a sauté.

Tout le monde la regardait au moment où elle a touché l'eau. Elle aurait dû réapparaître. Mais non. Mark s'est élancé vers le lac juste au moment où elle faisait surface en hurlant.

Il s'est précipité dans l'eau, ainsi que les deux autres mecs. J'ai fouillé dans mon sac à la recherche de mon portable.

Ils l'ont tirée vers le bord où l'eau était peu profonde et, finalement, après bien des larmes et des contorsions, Rebecca est remontée en boitant sur la berge, soutenue par Mark et Nigel. Il était clair que ça ne pouvait pas être très grave.

Je me suis levée pour lui tendre ma serviette.

— Est-ce que j'appelle le SAMU ? ai-je proposé en manière de plaisanterie.

— Oui... oui.

Tout le monde s'est attroupé pour examiner le pied blessé de notre hôtesse. Elle pouvait remuer les orteils, artistiquement laqués de Rouge Noir, quelle chance !

En définitive, j'ai appelé son médecin, noté le numéro d'urgence sur son répondeur, je l'ai composé et j'ai passé le téléphone à Rebecca.

Elle a longuement parlé avec le médecin, remuant le pied en suivant ses instructions et en poussant des cris variés, mais finalement il a été établi qu'il n'y avait rien de cassé, même pas vraiment une entorse, juste une petite foulure.

— Où est Benwick ? a demandé Nigel, tout en se séchant et en avalant une bonne rasade de vin blanc frais.

— Oui, au fait, où est Giles ? a dit Louise Barton-Foster. Je ne l'ai pas vu de la matinée.

— Je vais aller voir, ai-je proposé, contente de trouver un prétexte pour échapper au spectacle insupportable de Mark en train de frictionner la cheville délicate de Rebecca.

C'était bon de pénétrer dans la fraîcheur du vestibule au grand escalier circulaire. Il y avait une rangée de statues sur des piédestaux de marbre, des tapis d'Orient sur le sol dallé et une seconde gigantesque couronne avec armoiries au-dessus de la porte, d'aussi mauvais goût que l'autre. Je me suis arrêtée un instant, heureuse d'un peu de paix.

— Giles ? ai-je appelé, et ma voix a résonné en écho. Giles ?

Pas de réponse. Je n'avais aucune idée de l'endroit où se trouvait sa chambre, j'ai donc entrepris de monter le magnifique escalier.

— Giles !

J'ai jeté un coup d'œil dans l'une des chambres et j'ai vu un gigantesque lit à baldaquin, sculpté. La pièce était entièrement drapée de rouge et donnait sur le lac. La robe rouge que portait Rebecca pendant le dîner était suspendue devant le miroir. J'ai regardé le lit et j'ai eu l'impression de recevoir un coup de poing dans l'estomac. Le caleçon Newcastle United que j'avais offert à Mark pour la Saint-Valentin était soigneusement plié sur le couvre-lit.

Je suis ressortie de la chambre comme une flèche et suis restée appuyée, le dos contre la porte, la respiration coupée. Puis j'ai entendu un gémissement.

— Giles ? ai-je dit.

Pas de réponse.
— Giles ? C'est Bridget.
Nouveau gémissement.
J'ai suivi le corridor.
— Où êtes-vous ?
— Ici.
J'ai poussé la porte. Cette chambre-là était hideuse, d'un vert sinistre, bourrée de meubles sombres et moches. Giles était couché sur le dos, la tête tournée sur le côté, il gémissait faiblement, le téléphone décroché à côté de lui.

Je me suis assise sur le lit et il a ouvert les yeux avec peine, mais il les a refermés aussitôt. Ses lunettes étaient de travers. Je les ai ôtées.
— Bridget.
Il tenait un flacon de comprimés.
Je lui ai pris des mains. Temazepam.
— Combien en avez-vous pris ? ai-je demandé en lui attrapant le poignet.
— Six... ou quatre ?
— Quand ?
— Il n'y a pas longtemps... environ... pas longtemps.
— Forcez-vous à vomir, ai-je ordonné, me disant qu'on faisait toujours un lavage d'estomac dans ces cas-là.

Je l'ai accompagné dans la salle de bains. Ce n'était pas très ragoûtant, honnêtement, mais je lui ai ensuite fait boire beaucoup d'eau, puis il est revenu s'effondrer sur le lit et s'est mis à sangloter doucement, en me tenant la main. Au milieu de ses sanglots, pendant que je lui caressais le front, j'ai fini par comprendre qu'il avait téléphoné à Veronica, sa femme. Il avait perdu toute dignité et l'avait suppliée de revenir, détruisant ainsi tout le bon travail des deux derniers mois. Elle lui avait alors annoncé qu'elle voulait un divorce définitif et il s'était senti désespéré, ce que je pouvais parfaitement imaginer. Comme je lui ai dit, ça suffisait pour pousser n'importe qui au Temazepam.

J'ai entendu des pas dans le couloir, on a frappé à la porte et Mark est apparu sur le seuil.

— Est-ce que tu peux rappeler le docteur, s'il te plaît ?

— Qu'est-ce qu'il a pris ?

— Du Temazepam. Environ une demi-douzaine. Il a vomi.

Il est ressorti dans le couloir. On a entendu d'autres voix, Rebecca qui disait : « Oh, mon Dieu ! » et Mark qui essayait de la calmer, puis encore des chuchotements.

— Je veux que tout s'arrête. Je ne veux pas être comme ça. Je veux juste que tout s'arrête, gémissait Giles.

— Mais non, mais non, ai-je dit. Il faut avoir confiance et espérer que tout s'arrangera, et ça ira.

Autres bruits de pas et de voix dans la maison. Mark a réapparu. Il a eu un petit sourire.

— Excusez-moi pour l'interruption. (Puis il est redevenu sérieux.) Tout ira bien, Giles. Tu es en de bonnes mains. Le médecin sera ici dans un quart d'heure, mais d'après lui, il n'y a pas lieu de s'inquiéter.

— Et toi, ça va ? m'a-t-il demandé.

J'ai acquiescé.

— Tu es super, a-t-il dit. George Clooney, en plus mignonne. Tu veux bien rester avec lui jusqu'à l'arrivée du médecin ?

Quand le médecin a finalement tout arrangé pour Giles, la moitié des gens étaient partis. Rebecca, assise dans la grande salle, le pied sur une chaise, parlait à Mark en pleurnichant, Shaz était debout à la porte, fumant une cigarette, près de nos deux valises.

— C'est un tel manque d'égards envers les autres, disait Rebecca. Il a gâché tout le week-end ! Les gens devraient être forts et courageux, c'est tellement... égoïste de s'apitoyer comme ça sur son sort. Pourquoi tu ne dis rien, tu ne trouves pas que j'ai raison ?

— Je crois que nous devrions... en reparler plus tard, a répondu Mark.

Après avoir fait nos adieux, Shaz et moi étions en train de mettre les bagages dans la voiture quand Mark est sorti nous rejoindre.

— Bravo ! a-t-il aboyé. Excusez-moi. Bon Dieu, on dirait un sergent-major. Le cadre est en train de déteindre sur moi. Tu as été très bien, tu sais, avec... avec..., enfin, avec les deux.

— Mark ! a hurlé Rebecca. J'ai fait tomber ma canne.

— Rapporte ! a dit Sharon.

L'espace d'une fraction de seconde, une expression de réel embarras a traversé le visage de Mark, puis il s'est ressaisi :

— Bon, salut les filles, j'étais très content de vous voir. Rentrez bien.

Pendant le trajet du retour, Shaz rigolait doucement à l'idée de Mark forcé pour le reste de ses jours à courir derrière Rebecca, obéissant à ses ordres et rapportant son bâton comme un petit chien, mais moi, je ne cessais de penser à la conversation que j'avais entendue derrière la haie.

10
Mars et Vénus, à la poubelle

Lundi 14 juillet

58 kg, unités d'alcool : 4, cigarettes : 12 (ce n'est plus une priorité), calories : 3752 (pré-régime), guides pratiques destinés à la poubelle : 47.

8:00. Suis complètement perturbée. Ce n'est pas possible, quand même, que la lecture des guides pratiques destinés à améliorer mes relations avec Mark ait abouti à leur totale destruction ? J'ai l'impression que le travail d'une vie entière s'est soldé par un échec. Mais s'il y a une chose que m'ont apprise les guides pratiques, c'est bien à faire table rase du passé et à aller de l'avant.

> **Sur le point de passer à la poubelle**
> *Ce que veulent les hommes*
> *Comment pensent les hommes et ce qu'ils ressentent*
> *Pourquoi les hommes ont l'impression d'avoir besoin de ce qu'ils croient vouloir*
> *Les Règles*
> *Comment ignorer les Règles*
> *Pas maintenant, chérie, je regarde le match*
> *Comment chercher et trouver l'amour qui vous convient*
> *Comment trouver l'amour sans le chercher*
> *Comment se rendre compte que vous avez besoin de l'amour que vous n'avez pas cherché*
> *Heureuse d'être célibataire*

261

Comment ne pas rester célibataire
Si Bouddha rencontrait l'âme sœur
Si Mahomet rencontrait l'âme sœur
Si Jésus rencontrait Aphrodite
La Route de la faim, de Ben Okri (pas un guide pratique à proprement parler, autant que je sache, mais je ne lirai jamais ce foutu bouquin, quoi qu'il en soit).

Bon. Tout ça va à la poubelle, plus trente-trois autres. Oh, mon Dieu, je ne peux quand même pas jeter *Le Chemin le moins fréquenté* ni *Transformez votre vie.* Où peut-on trouver une aide spirituelle pour résoudre les problèmes du monde moderne si on n'a pas de guides ? Peut-être que je devrais plutôt les donner au Secours Populaire ? Mais non, il ne faut pas que je détruise la vie de couple des autres, surtout dans le tiers monde. Ce serait pire que les ravages causés par les grandes firmes de cigarettes.

Problèmes
Trou dans mur d'appartement.
Finances dans le rouge à cause du deuxième emprunt pour avoir un trou dans le mur.
Jules qui sort avec Autre Femme.
Ne parle plus à ma meilleure copine parce qu'elle part en vacances avec mon jules et l'Autre Femme.
Boulot nul mais nécessaire en raison du deuxième emprunt contracté pour trou dans le mur.
J'ai grand besoin de vacances à cause de problèmes avec jules / amies / trou dans le mur / crises professionnelle et financière, mais personne avec qui partir en vacances.
Tom repart à San Francisco.
Magda et Jeremy vont en Toscane avec Mark et cette salope de Rebecca, et probablement Jude et Richard le Cruel, autant que je sache. Shazzer reste évasive en attendant sans doute de savoir si Simon accepte de partir quelque part avec elle à condition de coucher dans des lits jumeaux (pas moins d'un mètre quatre-vingts), tout en espérant qu'il viendra dans le sien.

En plus, pas d'argent pour partir en vacances à cause de crise financière liée à trou dans le mur.

Non. Je ne vais pas faiblir. J'ai été trop ballottée dans tous les sens par les idées des autres. Ils vont. Passer. A. La. Poubelle. Je. Resterai. Ferme.

8:30. Appartement débarrassé de toute trace de guides pratiques. Je me sens vide et perdue spirituellement. Mais certains trucs vont bien me rester en mémoire, non ?

Principes spirituels acquis par l'étude des guides pratiques (mais ne concernant pas les problèmes de couple)
1. Importance de la pensée positive, cf. *Intelligence affective, Confiance affective, Le Chemin le moins fréquenté, Comment se débarrasser de la cellulite en 30 jours*, Évangile selon saint Luc, ch.13.
2. Importance du pardon.
3. Importance de suivre son premier mouvement et son instinct plutôt que de tout vouloir maîtriser et organiser.
4. Importance de la confiance en soi.
5. Importance de l'honnêteté.
6. Importance de jouir du moment présent et de ne pas vivre dans le rêve ou dans le regret.
7. Importance de ne pas penser qu'aux guides pratiques.

La solution est donc :
1. De me dire que c'est amusant d'écrire des listes de problèmes et de solutions morales plutôt que de prévoir...

Aaaah ! Aaaah ! Il est neuf heures moins le quart ! Je vais être en retard à la conférence de rédaction et je n'aurai pas le temps de prendre un cappuccino.

10:00. Aux toilettes, au bureau. Dieu merci, j'ai un cappuccino pour me remettre de l'engueulade essuyée pour avoir pris un cappuccino alors que j'étais en retard. C'est bizarre comme les files d'attente devant les machines à cappuccino donnent à des quartiers entiers de Londres l'allure d'un pays en guerre, ou communiste, avec des gens qui font patiemment la queue pendant des heures comme s'ils attendaient du pain à Sarajevo pendant que d'autres transpirent, triment et s'échinent, tapent sur des trucs métalliques dans la boue et au milieu de jets de vapeur. Curieux, alors que les gens acceptent de plus en plus difficilement d'attendre pour quoi que ce soit, comme ils sont prêts à le faire pour ça : comme si, dans la cruauté du monde moderne, c'était la seule chose à laquelle on pouvait vraiment se raccrocher avec confiance et... Aaah !

10:30. Au bureau, encore. C'était Richard Finch, m'engueulant :

— Allons, Bridget, ne sois pas timide ! hurlait ce gros tas devant tout le monde, gesticulant et mâchouillant dans une frénésie due, je le sais maintenant, à la cocaïne. Quand est-ce que tu pars ?

— Euh..., ai-je balbutié, espérant que je pourrais demander plus tard à Patchouli où.

— Tu n'as aucune idée de ce que je te demande, hein ? C'est absolument incroyable. Quand pars-tu en vacances ? Si tu ne remplis pas le tableau aujourd'hui, tu ne partiras pas.

— Oh, hum, ouais.

— Pas tablo pas parto.

— Ouais, ouais, bien sûr. Il faut seulement que je regarde mon agenda, ai-je dit en serrant les dents.

Dès la fin de la réunion, me suis précipitée dans les toilettes pour me réconforter avec une cigarette. Peu importe si je suis la seule personne de toute l'équipe à ne pas partir en vacances. Aucune importance. Aucune. Ça ne veut pas dire que je suis une paria. Absolument pas. Tout va pour le mieux dans le meilleur des mondes. Même si je dois avoir recours à produits de substitution, encore une fois.

18:00. Journée de cauchemar à essayer de faire parler des femmes des problèmes de nausées induits par transplantation d'ovules. Ne peux me résoudre à rentrer directement chez moi pour me retrouver face à chantier de démolition. Soirée exceptionnellement douce et ensoleillée. Vais peut-être aller me promener à Hampstead Heath.

21:00. Incroyable. Incroyable. Ça montre bien que si on cesse de se prendre la tête et se laisse porter par son influx positif, façon zen, des solutions apparaissent.

J'étais en train de me promener sur le chemin qui monte au parc d'Hampstead Heath en me disant que London est super en été quand les gens défont leurs cravates après le boulot et se répandent amoureusement sur les pelouses au soleil, lorsque mon regard a été arrêté par un couple qui avait l'air particulièrement heureux : elle était couchée sur le dos, la tête sur le ventre de son compagnon, et lui souriait et lui caressait les cheveux tout en parlant. Ils avaient quelque chose de familier. En m'approchant, j'ai vu que c'était Jude et Richard le Cruel.

Me suis rendu compte que je ne les avais jamais vus seuls ensemble — évidemment, si j'avais été là, ils n'auraient plus été seuls. Soudain, Jude a éclaté de rire à propos de quelque chose que disait Richard. Elle avait l'air vraiment heureuse J'ai hésité, me demandant si je devais passer devant eux ou faire demi-tour, quand Richard le Cruel a dit :

— Bridget ?

Je me suis immobilisée, pétrifiée, Jude a levé les yeux et elle est restée bouche bée, pas très élégamment.

Richard le Cruel s'est relevé en époussetant les brins d'herbe de son pantalon.

— Hé ! Ça fait plaisir de te voir, Bridget, a-t-il dit avec un sourire.

Je me suis aperçue que je l'avais toujours rencontré dans des circonstances définies par Jude, c'est-à-dire flanquée de Shazzer et Tom, et qu'il avait toujours paru d'une ironie agressive.

— J'allais chercher du vin, assieds-toi avec Jude en attendant. Oh, allons, elle ne va pas te manger. Elle n'aime pas les trucs laiteux.

Après son départ, Jude a souri d'un air penaud.

— Je ne suis pas particulièrement contente de te voir, tu sais.

— Moi non plus, ai-je fait sèchement.

— Tu veux bien t'asseoir quand même ?

— D'accord, ai-je dit en m'agenouillant sur la couverture.

Elle m'a flanqué un coup sur l'épaule qui m'a presque renversée.

— Tu m'as manqué, a-t-elle dit.

— La ferme, ai-je rétorqué, les dents serrées.

Pendant un instant, j'ai cru que j'allais me mettre à pleurer.

Jude s'est excusée de n'avoir pas vu clair dans le jeu de Rebecca. Elle avait seulement apprécié que quelqu'un soit content qu'elle épouse Richard le Cruel. Il s'avère que Richard le Cruel et Jude ne vont pas en Toscane avec Mark et Rebecca, bien qu'ils aient été invités, parce que Richard ne veut pas recevoir des ordres d'une manipulatrice détraquée et en plus il préfère qu'ils partent seuls. Richard le Cruel m'a soudain paru beaucoup plus sympa, inexplicablement. J'ai dit que je regrettais d'être tombée dans le piège du stupide week-end de Rebecca.

— Ce n'était pas stupide. Tu en as vraiment bavé, a dit Jude.

Puis elle m'a appris qu'ils remettaient leur mariage parce que les choses étaient trop compliquées mais qu'elle voulait toujours que Shaz et moi soyons demoiselles d'honneur.

— Si tu veux bien, a-t-elle ajouté timidement. Mais je sais que tu ne l'aimes pas.

— Tu l'aimes vraiment, hein ?

— Oui, a-t-elle répondu, heureuse, puis elle a eu l'air inquiète. Mais je ne sais pas si j'ai pris la bonne décision. On dit dans *Le Chemin le moins fréquenté* que l'amour n'est pas quelque chose qu'on ressent mais qu'on décide. Et aussi, dans

Comment trouver l'amour que vous voulez, que si on sort avec quelqu'un qui ne gagne pas sa vie et accepte l'aide de ses parents, alors c'est qu'il n'a pas coupé le cordon et que ça ne marchera jamais.

J'entendais dans ma tête la chanson de Nat King Cole que mon père écoute dans sa cabane de jardin. *La plus belle chose... que tu apprendras...*

— Et en plus, je crois qu'il est toxico parce qu'il fume de la dope et les toxicos ne peuvent pas avoir de vraies relations de couple. Mon psy me dit...

— ... *comment aimer et être aimé en retour.*

— ... que je ne devrais pas tomber amoureuse pendant un an parce que je suis une droguée de l'amour, continuait Jude. Et Shaz et toi, vous trouvez que c'est un enfoiré. Bridge ? Tu m'écoutes ?

— Oui, oui, excuse-moi. Si tu le sens, je crois que tu devrais le faire, c'est tout.

— Exactement, a dit Richard le Cruel, arrivant comme Bacchus avec une bouteille de chardonnay et deux paquets de Silk Cut.

J'ai passé une soirée géniale avec Jude et Richard le Cruel, puis nous nous sommes entassés dans un taxi pour rentrer ensemble. Dès que j'ai été chez moi, j'ai téléphoné à Shaz pour lui annoncer la nouvelle.

— Oh, a-t-elle dit quand j'ai eu fini d'expliquer en détail les miracles de l'influx zen. Hé, Bridge ?

— Quoi ?

— Tu veux qu'on parte en vacances ?

— Je croyais que tu ne voulais pas partir avec moi ?

— Ben, c'est juste que je voulais attendre de savoir...

— De savoir quoi ?

— Oh, rien. Mais de toute façon...

— Shaz ?

— Simon va à Madrid retrouver je ne sais quelle fille qu'il a rencontrée sur Internet.

Étais partagée entre la compassion pour Sharon, la joie d'avoir quelqu'un avec qui partir en vacances et le sentiment que j'aurais dû être un architecte d'un mètre quatre-vingts doté d'un pénis. Un peu difficile !

— Bah ! C'est du pur pashminaïsme. Il va probablement s'apercevoir que c'est un mec, en définitive, ai-je dit à Shaz pour la consoler.

— Mais en tout cas, a-t-elle repris gaiement, après un silence qui transmettait des ondes de souffrance sur la ligne, j'ai trouvé un vol super pour la Thaïlande, à 249 livres. On pourrait aller à Koh Samui, comme des hippies, et ça nous coûterait trois fois rien.

— Super ! ai-je acquiescé. La Thaïlande ! Bonne idée ! On pourra étudier le bouddhisme et vivre une épiphanie spiri-tuelle !

— Oui ! a renchéri Shaz. Oui ! Et on ne s'occupe plus de ces salauds de mecs !

Vous voyez bien... Oh, téléphone. Mark Darcy, peut-être ?

Minuit. C'était Daniel, au téléphone, avec une voix pas comme d'habitude, mais, de toute évidence, encore bourré. Il m'a dit qu'il était vraiment déprimé parce que ça se passait mal à son boulot, et il s'est excusé pour le coup de l'Allema-gne. Il a reconnu que j'étais très bonne en géographie et m'a demandé si je pouvais dîner avec lui vendredi. Juste pour dis-cuter. Alors j'ai accepté. Ça m'a fait du bien. Pourquoi est-ce que je ne serais pas l'amie de Daniel alors qu'il en a besoin ? Il ne faut pas être rancunier, ça n'arrange rien. il faut pardon-ner, au contraire.

En plus, comme on le voit avec Jude et Shaz, les gens peu-vent changer et j'étais vraiment dingue de lui. J'ai bien dit *j'étais*.

Et je me sens t. seule.

Et ce n'est qu'un dîner.

Pas question de coucher avec lui, non mais !

Vendredi 18 juillet

56,5 kg (excellent présage), nombre de préservatifs que j'ai tenté d'acheter : 84, nombre de préservatifs achetés : 36, nombre de préservatifs utilisables : 12 (ça devrait largement suffire, je crois. Surtout que je n'ai pas l'intention de m'en servir).

14:00. Je sors à l'heure du déjeuner pour acheter des préservatifs. Non pas que j'aie l'intention de coucher avec Daniel. Mais il faut prendre ses précautions.

15:00. L'expédition préservatifs s'est révélée un échec total. Au départ, j'étais ravie d'être d'un seul coup redevenue consommatrice de préservatifs. Quand ma vie sexuelle est désertique, je me sens toujours triste en passant devant le rayon des préservatifs, car c'est tout un aspect de la vie qui m'est refusé. Mais, une fois devant le comptoir, je me suis retrouvée devant un choix ahurissant de préservatifs de toutes sortes : Ultra-Sûr « pour sensibilité extrême », Assortiment Varié « pour un plus grand choix » (suggestion tentante, genre Kellogg's Corn Flakes), Ultra-Mince « avec lubrifiant spermicide », Gossamer « avec lubrifiant extra-doux sans (attention, horrible mot dégoûtant) spermicide », Naturel « pour confort extrême » (est-ce que ça veut dire plus grand ? Et si c'est trop grand ?). Je regardais frénétiquement, à travers mes cils, l'étalage de préservatifs. C'est évident que tout le monde veut à la fois une sensibilité extrême, un confort extrême et une finesse extrême, alors, pourquoi est-ce qu'il faut choisir entre les trois ?

— Je peux vous aider ? a questionné un pharmacien indiscret, avec un sourire entendu.

Évidemment, je ne pouvais pas dire que je voulais des préservatifs, c'était comme si j'avais annoncé : « Je suis sur le point de coucher avec quelqu'un. » Presque comme ces femmes qui se pavanent, enceintes jusqu'aux yeux, et qui ont l'air de dire : « Regardez, tout le monde, j'ai couché avec quelqu'un. » Je ne comprends pas l'industrie du préservatif, qui passe son temps à admettre implicitement que tout le monde a des relations sexuelles (sauf moi), au lieu de faire comme si personne n'en avait, ce qui est certainement plus normal dans notre pays.

Enfin... Je viens d'acheter une boîte de pastilles Valda.

18:10. Ai été retenue au bureau jusqu'à six heures ; ennuyeux, parce que maintenant la pharmacie est fermée et que je n'ai toujours pas de préservatifs. Je sais : je vais aller chez Tesco Metro. Ils en ont sûrement parce que c'est un supermarché conçu pour célibataires impulsifs.

18:40. Ai exploré subrepticement le rayon dentifrices. Que dalle. Finalement, en désespoir de cause, ai abordé une dame qui avait l'allure d'un chef de rayon et lui ai chuchoté en essayant de prendre un ton complice, avec un sourire goguenard :

— Où sont vos préservatifs ?

— Nous allons bientôt en avoir, a-t-elle dit après réflexion. Peut-être d'ici une ou deux semaines.

Ça me fait une belle jambe ! Et ce soir, comment je fais ?

Mais, bien entendu, je ne vais pas coucher avec lui.

Bof. Parlons-en, de leur magasin soi-disant branché et conçu pour célibataires !

19:00. Viens d'aller à la boutique pourrie du coin où tout est deux fois plus cher qu'ailleurs. J'ai vu des préservatifs derrière le comptoir, à côté des cigarettes et de collants ringards, mais je me suis abstenue, le décor est vraiment trop sordide. Je veux acheter des préservatifs dans un environnement propre et agréable, style drugstore. Et de premier choix. Exclusivement qualité supérieure avec embout tétine.

19:15. Éclair de génie ! Je vais aller à la station-service et faire la queue en regardant discrètement les préservatifs et... Je ne devrais pas me conformer à des stéréotypes éculés imposés par des mecs et me sentir dévergondée sous prétexte que j'ai des préservatifs dans mon sac. Toutes les jeunes filles saines ont des préservatifs. Simple question d'hygiène.

19:30. Tralalalalère. Je l'ai fait. Facile. Ai même réussi à prendre deux boîtes : un Assortiment Varié (la variété est le sel de l'existence) et un Latex Ultra-Léger avec embout tétine pour sensibilité extrême. Le vendeur a eu l'air stupéfait devant l'étendue de ma sélection, mais en même temps curieusement respectueux : il m'a probablement prise pour un prof de biologie qui achetait des préservatifs pour des élèves précoces.

19:40. Ahurie par les dessins explicites sur le mode d'emploi, qui m'ont fait penser de façon troublante non pas à Daniel, mais à Mark Darcy. Hmmm. Hmmm.

19:50. Je parie qu'ils ont eu du mal à choisir la taille des illustrations de façon à ne pas décourager le client ou à ne pas le flatter abusivement. L'Assortiment Varié est dingue. « Préservatifs de couleurs vibrantes pour un plaisir plus festif ». Plus festif ? J'ai eu tout à coup des visions atroces de couples avec membres de couleur vibrante, chapeaux de papier, hoquetant d'un rire sexy en se lançant des ballons de baudruche. Je crois que je vais balancer l'Assortiment Varié. Bon, je ferais mieux de me préparer. Oh, mon Dieu, téléphone.

20:15. Putain. C'était Tom qui se lamentait d'avoir perdu son portable et croyait l'avoir oublié ici. Il m'a obligée à regarder partout, alors que j'étais déjà en retard, mais je ne l'ai pas trouvé et j'ai fini par craindre de l'avoir jeté avec les guides pratiques et les vieux journaux.

— Bon, est-ce que tu peux aller le chercher ? m'a-t-il demandé d'un ton urgent.

— Je suis vraiment en retard. Ça ne peut pas attendre demain ?

— Mais si jamais ils vident les poubelles ? Quel jour passent-ils ?

— Demain matin, ai-je répondu à regret, découragée. Le problème, c'est que ce sont de grandes poubelles collectives et je ne sais pas dans laquelle il peut être.

En fin de compte, j'ai enfilé une longue veste en cuir sur mon soutien-gorge et mon slip et je suis allée dans la rue attendre que Tom fasse sonner son téléphone pour que je puisse repérer dans quelle poubelle il était. J'étais debout sur le muret à observer les poubelles quand une voix familière m'a dit :

— Salut.

Je me suis retournée. C'était Mark Darcy.

Au coup d'œil qu'il m'a lancé, je me suis rendu compte que mes sous-vêtements — coordonnés, heureusement — étaient librement exposés aux regards.

— Qu'est-ce que tu fais ?

— J'attends que la poubelle sonne, ai-je répondu dignement en resserrant les pans de ma veste.

— Je vois. (Il y a eu un instant de silence.) Tu attends depuis... longtemps ?

— Non, ai-je dit prudemment. Normalement.

Juste à ce moment-là, une des poubelles s'est mise à sonner.

— Ah ! ça doit être pour moi, ai-je fait en essayant d'atteindre l'intérieur.

— Si tu veux bien me permettre, a dit Mark, et, posant sa sacoche, il a sauté avec une certaine agilité sur le muret, a plongé le bras dans la poubelle et attrapé le téléphone.

— Ici le poste de Bridget Jones, a-t-il dit. Oui, naturellement, je vous la passe.

Il me l'a tendu.

— C'est pour toi.

— Qui est-ce ? a chuchoté Tom avec un enthousiasme quasi hystérique. Quelle voix sexy ! Qui est-ce ?

J'ai mis la main sur l'écouteur.

— Merci beaucoup, ai-je dit à Mark Darcy, qui avait sorti de la poubelle une poignée de guides pratiques et les examinait avec une expression perplexe.

— De rien, a-t-il dit en remettant les bouquins où il les avait pris. Euh...

Il s'est interrompu, regardant ma veste en cuir.

— Quoi ? ai-je demandé, le cœur battant.

— Oh, rien, euh, juste, hum... content de t'avoir vue.

Il a hésité.

— Enfin... content de t'avoir revue.

Puis il a tenté de sourire, a fait demi-tour et est parti.

— Tom, je te rappelle ! ai-je dit en réponse aux protestations du portable.

Mon cœur battait à tout rompre. Selon toutes les lois du code des relations amoureuses, j'aurais dû le laisser partir, mais je pensais à la conversation surprise derrière la haie.

— Mark ?

Il s'est retourné, l'air très ému. Un instant, nous nous sommes dévisagés sans rien dire.

— Hé, Bridge ? Tu ne vas pas sortir dans cette tenue ?

C'était Daniel qui arrivait derrière moi, en avance.

J'ai vu Mark le reconnaître. Il m'a lancé un long regard peiné avant de s'éloigner à grands pas.

23:00. Daniel n'avait pas repéré Mark Darcy — heureusement et malheureusement, parce que, d'un côté, je n'ai pas eu besoin d'expliquer ce qu'il faisait là, mais, d'autre part, je ne pouvais pas expliquer pourquoi j'étais si bouleversée. À la minute même où nous sommes rentrés dans l'appartement, Daniel a essayé de m'embrasser. C'était très bizarre de ne pas avoir envie de lui, quand on sait que j'ai passé toute l'année dernière à ne penser qu'à ça et à me demander pourquoi ce n'était pas réciproque.

— OK, OK, a-t-il dit, tendant les mains, paumes vers moi. Pas de problème.

Il nous a servi un verre de vin et s'est assis sur le canapé, ses longues jambes minces très sexy dans son jean.

— Écoute, je sais que je t'ai blessée et je m'en excuse. Je comprends que tu sois sur la défensive, mais j'ai changé, tu sais. Je t'assure. Viens t'asseoir près de moi.

— Je vais juste aller m'habiller.

— Non, non, viens ici, a-t-il dit en tapotant le canapé à côté de lui. Allons, Bridget, je ne te toucherai pas, je te le promets.

Je me suis assise, pas très rassurée, en resserrant ma veste, les mains posément croisées sur les genoux.

— Voilà, voilà. Et maintenant, tu vas boire un petit coup et te détendre, tout simplement.

Il m'a passé doucement le bras autour des épaules.

— Je n'arrête pas de m'en vouloir pour la façon dont je t'ai traitée. C'était impardonnable.

C'était si bon de sentir à nouveau le bras de quelqu'un.

— Jones, a-t-il chuchoté tendrement. Ma petite Jones.

Il m'a attirée contre lui, posant ma tête contre sa poitrine.

— Tu ne méritais pas ça. (Son parfum jadis familier m'enveloppait.) Là, là. Juste un petit câlin. Tout va bien maintenant.

Il caressait mes cheveux, mon cou, mon dos, commençait à faire glisser la veste de mes épaules et, allongeant la main, il avait dégrafé mon soutien-gorge avant que j'aie pu dire ouf.

— Arrête ! ai-je dit en essayant de resserrer ma veste. Franchement ! Daniel !

Je riais à moitié. Soudain, j'ai vu son visage. Lui ne riait pas.

— Pourquoi ? a-t-il dit en tirant brutalement ma veste. Pourquoi pas ? Allons !

— Non ! Daniel, nous sortons seulement pour dîner. Je n'ai pas envie de t'embrasser.

Il a baissé la tête, la respiration inégale, puis s'est redressé, a relevé la tête, les yeux fermés.

Je me suis levée en refermant ma veste et me suis approchée

de la table. Quand je me suis retournée, Daniel avait la tête entre les mains. Je me suis aperçue qu'il pleurait.

— Je suis désolé, Bridge. Je viens de me faire rétrograder. C'est Perpétua qui a pris ma place. Je me sens exclu professionnellement et en plus tu ne veux pas de moi. Aucune fille ne voudra de moi. Personne ne veut d'un homme de mon âge qui a raté sa carrière.

Je l'ai dévisagé avec stupéfaction.

— Et comment crois-tu que je me sentais, moi, l'année dernière ? Quand j'étais en bas de l'échelle, dans ce bureau, que tu te foutais de ma gueule et me donnais l'impression d'être une rechapée ?

— Rechapée, Bridge ?

J'allais me mettre à expliquer la théorie de la rechapée, mais quelque chose m'a décidée à ne pas me donner ce mal.

— Je crois qu'il vaudrait mieux que tu partes, maintenant.

— Oh, allons, Bridge...

— Va-t'en, c'est tout.

Humm. Enfin... Il vaut mieux que je prenne du recul par rapport à tout ça. Je suis contente de partir. En Thaïlande, je pourrai arrêter de me prendre la tête avec des problèmes de mecs et penser un peu à moi.

Samedi 19 juillet

57,5 kg (pourquoi ? Le jour où je vais acheter un bikini, pourquoi ?), pensées troublantes concernant Daniel : trop, bas de bikini dans lesquels je rentre : 1, hauts de bikini dans lesquels je rentre : 1 demi, pensées salaces concernant le prince William : 22, nombre de fois où j'ai écrit « le prince William et sa jolie cavalière Bridget Jones à Ascot » sur Hello ! *magazine : 7.*

18:30. Merde, merde, merde. J'ai passé toute la journée dans les cabines d'Oxford Street à essayer de faire tenir mes seins dans des hauts de maillots de bain conçus pour des gens ayant soit les deux seins l'un sur l'autre au milieu de la poitrine, soit un sein sous chaque bras, sous l'éclairage effroyable des projecteurs qui me font ressembler à une frittata du River Café. La solution est évidemment de prendre un maillot de bain une pièce mais, au retour, j'aurai le ventre — dont la texture déjà molle laisse à désirer — tout blanc par rapport au reste du corps.

Programme de régime amaigrissant d'urgence spécial bikini, 1re semaine :

Dim 20 juillet	57,5 kg
Lun 21 juillet	57 kg
Mar 22 juillet	56,5 kg
Mer 23 juillet	56 kg
Jeu 24 juillet	55,5 kg
Ven 25 juillet	55 kg
Sam 26 juillet	54,5 kg

Super ! Dans une semaine j'aurai presque atteint l'objectif et, après avoir réduit la masse corporelle, il ne me restera plus qu'à modifier la texture et la répartition de la graisse grâce à quelques exercices.

Oh, et puis merde ! Ça ne marchera jamais. De toute façon, je ne partagerai ma chambre et probablement mon lit qu'avec Shaz. Il vaut mieux que je me concentre plutôt sur mon esprit. De toute façon, Jude et Shaz ne vont pas tarder. Super !

Minuit. Soirée sympa. T. chouette de se retrouver avec les copines, bien que Shaz se soit mise dans une fureur indescriptible après Daniel et que j'aie eu toutes les peines du monde à l'empêcher de téléphoner à la police pour le faire arrêter pour viol.

— Monsieur se sent exclu ? Voyez-vous ça ! Daniel est le parfait archétype du mâle fin de millénaire. Il commence à voir clairement que les femmes sont la race supérieure. Il se rend compte qu'il n'a ni rôle ni fonction, alors, qu'est-ce qu'il fait ? Il a recours à la violence.

— Allons, il a seulement essayé de l'embrasser, a dit Jude mollement, en feuilletant distraitement *Comment choisir votre tente*.

— Mais justement ! C'est exactement le problème. Elle a vachement de chance qu'il n'ait pas attaqué sa banque déguisé en guérillero et tué dix-sept personnes avec une mitraillette.

Juste à cet instant, le téléphone a sonné. C'était Tom, non pas, comme on aurait pu s'y attendre, pour me remercier de lui avoir renvoyé son portable après le merdier infâme dans lequel m'avait mis son foutu engin, mais parce qu'il voulait le numéro de téléphone de ma mère. Tom a l'air très copain avec ma mère, je le soupçonne de voir en elle une espèce d'hybride kitsch de Judy Garland et d'Ivana Trump. (Curieux, parce que je me rappelle que pas plus tard que l'année dernière, ma mère me tenait des grands discours comme quoi « l'homosexualité n'est pas autre chose que de la paresse, ma chérie, ils ne peuvent même pas se donner la peine d'avoir des relations avec le sexe opposé ». Mais bon, ça, c'était l'année dernière.) J'ai craint tout d'un coup que Tom ne veuille demander à ma mère de chanter *Non, je ne regrette rien* dans un club qui s'appelle La Pompe, ce qu'elle accepterait — en toute naïveté, mais bien dans sa logique égocentrique — en pensant que ça a un rapport avec les anciennes machines des filatures des Cotswolds.

— Pour quoi faire ? ai-je interrogé, soupçonneuse.

— Elle est bien membre d'un club de lecture ?

— J'sais pas. Tout est possible. Pourquoi ?

— Jérôme a l'impression que ses poèmes sont prêts, alors, je lui cherche des invitations pour donner des lectures dans des clubs. Il en a fait une la semaine dernière à Stoke Newington et c'était impressionnant.

— Impressionnant ? ai-je dit, en faisant comme si je vomissais à l'intention de Jude et Shaz.

J'ai fini par donner le numéro à Tom, en dépit de mes réserves, car j'imagine que ma mère a peut-être besoin de distractions maintenant que Wellington est parti.

— Qu'est-ce qui se passe avec ces clubs de lecture ? ai-je dit après avoir raccroché. C'est une impression ou il en sort vraiment de partout ? Vous croyez qu'on devrait s'y mettre ou est-ce qu'il faut être Marié-Fier-de-l'Être ?

— Il faut être Marié-Fier-de-l'Être, a dit Shaz d'un ton sans réplique. C'est parce qu'ils ont la trouille de voir leur cerveau se dessécher à cause de toutes les exigences paternalistes de... Oh, mon Dieu, regardez le prince William.

— Voyons, l'a interrompue Jude en attrapant le numéro de *Hello !* avec la photo du fringant marmot royal.

Je me suis retenue de le lui arracher. Même si visiblement j'ai envie d'admirer le plus grand nombre possible de photos du prince William, de préférence dans des tenues variées, je me rends compte que c'est une pulsion à la fois déplacée et malsaine. Je ne peux pas pour autant ignorer que de grandes choses semblent fermenter dans le jeune cerveau royal et je sens qu'à sa maturité, il se lèvera comme un des chevaliers de la Table ronde, en projetant son épée en l'air, et lancera un genre nouveau et éblouissant qui fera passer Tony Blair et le président Clinton pour de vieux ringards.

— C'est quoi, trop jeune, d'après vous ? a demandé Jude, l'air rêveur.

— Trop jeune pour être légalement ton fils, a dit Shaz, péremptoire, comme si ça faisait déjà partie des statuts officiels.

Ce qui est possible, quand on y pense, tout dépend de l'âge qu'on a. Juste à ce moment-là, le téléphone s'est remis à sonner.

— Oh, bonjour, ma chérie, tu sais quoi ? (Ma mère.) Ton copain Tom, tu sais, l'homo, eh bien, il nous amène un poète pour une lecture au Lifeboat Book Club ! Il va nous lire des poèmes romantiques. Comme Lord Byron ! C'est marrant, non ?

— Euh... tu crois ?

— En fait, ça n'a rien d'extraordinaire, a-t-elle poursuivi d'un air dégagé. Nous avons souvent la visite d'auteurs.

— C'est vrai ? Qui, par exemple ?

— Oh, des quantités, ma chérie. Penny est une très bonne amie de Salman Rushdie. Mais bon, tu viendras, ma chérie, bien sûr ?

— C'est quand ?

— Vendredi en huit. Una et moi, nous ferons des vols-au-vent avec du poulet grillé.

Un frisson de terreur m'a soudain parcourue.

— Est-ce que l'amiral et Elaine Darcy doivent venir ?

— Voyons, ma chérie ! Les hommes ne sont pas invités. Elaine vient, mais les hommes nous rejoindront après.

— Mais il y aura bien Tom et Jérôme ?

— Ce ne sont pas des hommes, ma chérie.

— Tu es sûre que les poèmes de Jérôme sont le genre de choses qui...

— Bridget, je ne sais pas ce que tu essaies de me dire. Nous ne sommes pas nées d'hier, figure-toi. Et l'important, en littérature, c'est la liberté d'expression. Oh, au fait, je crois que Mark viendra plus tard. Il doit faire le testament de Malcolm — on ne sait jamais !

Vendredi 1er août

57,5 kg (échec total du régime bikini), cigarettes : 19 (aide au régime), calories : 625 (il n'est jamais trop tard).

18:30. Grr. Grr. Je pars pour la Thaïlande demain, je n'ai pas fait mes bagages et je ne m'étais pas rendu compte que le « vendredi en huit » de la soirée du club de lecture, c'était ce soir, merde ! Je n'ai vraiment, mais alors vraiment aucune envie de me cogner tout le trajet en voiture jusqu'à Grafton Underwood. Il fait une chaleur étouffante ce soir, et Jude et Shaz vont à une soirée super-sympa au River Café. Mais, évidemment, c'est important de soutenir ma mère, la vie amoureuse de Tom, l'art, etc. C'est en respectant les autres qu'on se respecte soi-même. En plus, ce n'est pas grave si je suis fatiguée demain pour prendre l'avion puisque je pars en vacances. Mes préparatifs de voyage ne devraient pas être longs, je n'ai besoin que d'une garde-robe minimum (juste un ou deux bodys et un sarong !) et on met toujours un temps infini pour faire ses bagages quand on a le temps, alors, la meilleure solution, c'est sûrement de ne pas avoir le temps ! Oui ! Vous voyez bien ! Alors je réussirai à tout faire !

Minuit. Je viens de rentrer. Suis arrivée en retard à cause de la débâcle habituelle de la signalisation sur l'autoroute. (S'il y avait une guerre, je suis sûre qu'il vaudrait mieux laisser les panneaux pour embrouiller les Allemands.) J'ai été accueillie par maman, vêtue d'un étrange caftan de velours chocolat que, je présume, elle jugeait littéraire.

— Comment va Salman ? ai-je demandé, alors qu'elle me réprimandait pour mon retard.

— Oh, nous avons décidé de faire plutôt du poulet, a-t-elle répondu, l'air pincé, en m'entraînant vers le salon par les portes-fenêtres en verre biseauté.

La première chose que j'ai remarquée, c'est une nouvelle couronne avec armoiries, affreusement voyante, au-dessus de la cheminée en fausses pierres, où on pouvait lire : *Hakuna Matata*.

— Chut ! a dit Una, le doigt levé, l'air captivé.

Jérôme le Prétentieux, dont on voyait nettement le bout de sein percé d'un anneau sous un maillot noir collant, debout devant la vitrine contenant la collection de verrerie taillée, beuglait agressivement : « Je vois ses cuisses dures, osseuses, noueuses. Je les regarde, je les veux, je les prends », devant un parterre de bonnes dames du Lifeboat Book Club, effarées, en deux pièces Jaeger, sur des chaises de salle à manger imitation Régence. J'ai aperçu à l'autre bout de la pièce la mère de Mark Darcy, Elaine, qui arborait une expression d'amusement contenu.

— « Je les veux, continuait à rugir Jérôme. J'empoigne ses cuisses noueuses, velues. Il faut que je le prenne. Je souffle, j'ahane, je... »

— Bon ! Je trouve que c'était absolument magnifique ! a dit maman, se levant d'un bond. Quelqu'un veut-il un vol-au-vent ?

C'est ahurissant la manière dont le monde des dames de la bourgeoisie parvient à tout aplanir et à tout intégrer, à transformer la complexité et le chaos ambiants en quelque chose de charmant, d'inoffensif et d'aseptisé, un peu comme un détergent colore tout en rose dans la cuvette des W.C.

— Oh, j'adore le monde de la langue parlée et écrite ! Cela me donne une telle impression de liberté ! pérorait Una à l'intention d'Elaine, tandis que Penny Husbands-Bosworth et Mavis Enderbury s'extasiaient autour de Jérôme le Prétentieux comme si c'était T.S. Eliot.

— Mais je n'avais pas fini ! pleurnichait Jérôme. Je voulais lire « Contemplations foutrales » et « Insondables trous ».

Juste à ce moment-là, on a entendu des vociférations :

— *Si tu peux conserver ton courage et ta tête quand tous les autres la perdront.*

C'était papa et l'amiral Darcy. Complètement pétés, tous les deux. Seigneur. À chaque fois que je vois mon père, ces temps-ci, il a l'air d'être bourré, bizarre inversion de rôles entre père et fille.

— *Si tu peux rencontrer Triomphe après Défaite*, meuglait l'amiral Darcy, sautant d'un bond sur une chaise, au grand effarement des dames assemblées.

— *Et recevoir ces deux menteurs d'un même front*, a ajouté

papa, des larmes dans la voix, s'appuyant contre l'amiral pour ne pas tomber.

Le duo éméché a continué à réciter intégralement le texte de Rudyard Kipling à la manière de Laurence Olivier et John Gielgud, ce qui a déclenché la fureur de maman et de Jérôme le Prétentieux, qui ont levé simultanément un poing vengeur.

— Ça ne m'étonne pas ! Ça ne m'étonne pas ! rageait maman, tandis que l'amiral Darcy, à genoux, se frappant la poitrine, entonnait :

— *Si tu peux supporter d'entendre tes paroles travesties par des gueux pour exciter des sots.*

— C'est de la foutaise réac-colonialiste ! a persiflé Jérôme.

— *Et d'entendre mentir sur toi leurs bouches folles sans mentir toi-même d'un mot.*

— Ma parole, ça rime, putain ! a re-persiflé Jérôme.

— Jérôme, je ne veux pas de mots de ce genre chez moi, a re-ragé maman.

— *Si tu peux voir détruit l'ouvrage de ta vie*, a dit papa avant de se jeter sur le tapis à rosaces en mimant le trépas.

— Alors, pourquoi m'avez-vous invité ? a rugi Jérôme, vraiment rageur.

— *Et sans dire un seul mot te mettre à rebâtir*, a rugi l'amiral.

— *Alors les Rois, les Dieux, la Chance et la Victoire*, a vociféré papa, sur le tapis, ... *seront à tout jamais...* (il s'est redressé d'un bond sur les genoux et a levé les bras) *tes esclaves soumis !*

Salves d'applaudissements et acclamations du parterre de dames. Jérôme est parti en claquant la porte et Tom s'est précipité à ses trousses. En tournant la tête, désespérée, j'ai croisé le regard de Mark Darcy.

— Ma foi, c'était intéressant ! a dit Elaine Darcy en s'approchant de moi, alors que, tête baissée, je tentais de retrouver mon sang-froid. La poésie réunit jeunes et vieux.

— Ivres et sobres, ai-je ajouté.

Là-dessus, l'amiral Darcy a perdu l'équilibre, agrippant son poème.

— Ma chère, ma chérie ! a-t-il lancé en se jetant sur Elaine. Oh, mais c'est... comment déjà ? a-t-il dit en m'apercevant. Parfait ! Mark est arrivé, c'est bien, mon garçon. Tu es venu nous chercher, sobre comme un juge. Tout seul comme un grand. Voyez-vous ça !

Ils se sont tournés tous deux pour regarder Mark qui était assis devant le petit guéridon d'Una, en train d'écrire quelque chose à la hâte sous le regard d'un dauphin en verre bleu.

— Il écrit mon testament pendant une réception. Voyez-vous ça ! Ce travail ! Ce travail ! a rugi l'amiral. Il nous a amené cette petite poulette, comment elle s'appelle déjà, Rachel, c'est ça ? Betty ?

— Rebecca, a dit Elaine, froidement.

— Et maintenant, elle a disparu. Je lui demande ce qu'elle est devenue, et il bredouille. Je n'ai jamais pu supporter les gens qui bredouillent. Jamais !

— Écoute, je crois qu'elle n'était pas vraiment..., a murmuré Elaine.

— Pourquoi pas ? Pourquoi pas ? Elle était très bien ! Allez donc savoir ! Il faut toujours trouver à redire à ci, à ça, à autre chose ! J'espère que vous autres jeunes filles n'êtes pas toujours en train de papillonner ici et là comme ces garçons ont l'air de le faire !

— Non, ai-je dit tristement. En fait, quand nous aimons quelqu'un, c'est plutôt dur de l'oublier quand il nous largue !

Fracas derrière moi. Je me retourne et je vois que Mark Darcy a fait tomber le dauphin de verre bleu, qui à son tour a entraîné dans sa chute un vase de chrysanthèmes et un cadre de photo, dans un méli-mélo de verre brisé, de fleurs et de bouts de papier, tandis que l'affreux dauphin est resté miraculeusement intact.

Grand branle-bas : maman, Elaine et l'amiral Darcy se précipitent sur les lieux. L'amiral galope en tous sens en hurlant, papa s'acharne sur le dauphin par terre en disant : « Débarrassez-moi de cette saloperie », Mark récupère ses papiers et propose de payer les dégâts.

— Tu es prêt à partir, papa ? marmonne Mark, l'air extrêmement gêné.

— Non, non, quand tu seras prêt ; je suis en très bonne compagnie avec Brenda. Tu peux aller me chercher un autre porto, fiston ?

Silence embarrassé, tandis que Mark et moi nous regardons.

— Bonjour, Bridget, dit Mark avec brusquerie. Viens, papa, je crois que nous ferions mieux d'y aller.

— Oui, Malcolm, allons-y, dit Elaine en le prenant affectueusement par le bras. Sinon, tu vas finir par dégouliner sur le tapis.

— Oh, dégouliner, dégouliner, voyez-vous ça.

Ils ont fait leurs adieux, tous les trois, Mark et Elaine soutenant l'amiral pour passer la porte. Je les ai regardés, avec une immense impression de vide, puis tout à coup Mark est réapparu et il est venu vers moi.

— Ah, j'avais oublié mon stylo, a-t-il dit en ramassant son Mont-Blanc sur le guéridon. Quand pars-tu en Thaïlande ?

— Demain matin.

L'espace d'une seconde, j'aurais pu jurer qu'il avait l'air déçu.

— Comment savais-tu que j'allais en Thaïlande ?

— Tout Grafton Underwood en parle. Tu as fait tes bagages ?

— Qu'est-ce que tu crois ?

— Tu n'as pas commencé, a-t-il dit avec un sourire forcé.

— Mark ! a hurlé son père. Alors, fiston, je croyais que tu étais pressé ?

— J'arrive, a répondu Mark en jetant un coup d'œil derrière lui. Tiens, c'est pour toi.

Il m'a tendu un morceau de papier froissé et m'a jeté un regard... euh... pénétrant, avant de filer.

J'ai attendu que personne ne me regarde pour déplier le papier, les mains tremblantes. C'était juste une copie du poème de papa et de l'amiral Darcy. Pourquoi m'avait-il donné ça ?

Samedi 2 août

57 kg (Zut, échec total de régime pré-vacances), unités d'alcool : 5, cigarettes : 42, calories : 4457 (désespoir total), bagages prêts : 0, idées de l'endroit où se trouve mon passeport : 6, passeport à l'endroit où idées s'avèrent exactes : 0.

5:00. Pourquoi, mais pourquoi est-ce que je pars en vacances ? Je vais passer tout ce temps à regretter que Sharon ne soit pas Mark Darcy et elle que je ne sois pas Simon. Il est cinq heures du matin. Ma chambre est entièrement jonchée de linge humide, de stylos-bille et de sacs en plastique. Je ne sais pas combien je dois emporter de soutiens-gorge, impossible de trouver ma petite robe noire Jigsaw sans laquelle je ne peux absolument pas partir, ni ma deuxième mule rose en plastique transparent, je n'ai pas de chèques de voyage et je crois que ma carte de crédit ne marche pas. Il ne me reste qu'une heure et demie avant de devoir quitter la maison et tout ne tiendra pas dans ma valise. Je vais peut-être fumer une cigarette et jeter un coup d'œil à la brochure pour me calmer quelques minutes.

Mmm. Ça va sûrement être génial de se dorer au soleil sur la plage. Soleil, baignades et... Oooh ! Le répondeur clignote. Comment se fait-il que je ne l'aie pas remarqué ?

5:10. Ai appuyé sur la touche MESSAGES.

« Oh, Bridget, c'est Mark. Je me demandais seulement. Tu sais que c'est la saison des pluies en Thaïlande, dis-moi ? Tu devrais peut-être emporter un parapluie dans tes bagages. »

11
Livraison thaïlandaise

Dimanche 3 août

En état d'apesanteur (en l'air), unités d'alcool : 8 (mais en vol, donc annulées par l'altitude), cigarettes : 0 (désespérée : place non-fumeur), calories : 1 million (provenant uniquement de trucs que je n'aurais jamais imaginé ingurgiter s'ils n'étaient pas sur plateau-repas), pets du passager voisin : 38 (jusqu'à présent), variations arôme pets : 0.

16:00. Heure anglaise. En vol. Suis obligée de faire comme si j'étais très occupée à écrire, walkman sur les oreilles, car l'horrible type sur le siège d'à côté, en costume de tergal marron clair, n'arrête pas d'essayer de me parler entre d'effroyables pets silencieux mais nauséabonds. Ai tenté de faire semblant de dormir en me bouchant le nez mais, au bout de quelques minutes, l'horrible type m'a tapé sur l'épaule en me demandant :

— Quels sont vos passe-temps favoris ?

— Faire la sieste, ai-je répondu, mais ça ne l'a même pas découragé et, en quelques secondes, il m'a entraînée dans le monde obscur des anciennes monnaies étrusques.

Sharon et moi sommes séparées parce que nous étions tellement en retard pour l'enregistrement qu'il ne restait plus de sièges contigus. Shazzer était furieuse contre moi. Malgré tout, elle a l'air de s'être bien remise, ce qui n'a naturellement rien à voir avec le fait qu'elle a pour voisin un inconnu qui ressemble à Harrison Ford, en jean et chemise kaki froissée, qui rit comme un lavabo (curieuse expression, non ?) à tout ce qu'elle dit. Tout ça, bien sûr, en dépit du fait que Shaz déteste tous les hommes parce qu'ils ont abandonné leur rôle et se sont convertis au pashminaïsme et à la violence gratuite. Moi, pendant ce temps-là, je me cogne monsieur Pète-Machine et ne peux pas allumer de cigarette pendant douze heures. Dieu merci, j'ai apporté mes Nicorette.

Démarrage moyen mais suis encore t. enthousiaste pour voyage Thaïlande. Sharon et moi avons décidé d'être voyageuses plutôt que touristes, c'est-à-dire de ne pas nous limiter à des enclaves hermétiques pour touristes mais au contraire de découvrir la religion et la culture locales.

Objectifs de vacances
1. Voyager branché.
2. Perdre du poids grâce à une légère dysenterie sans danger pour la santé.
3. Bronzer discret, genre biscuit doré, et non pas orange flamboyant style Sheryl Gascoigne, ce qui provoque des mélanomes et des rides prématurées.
4. M'amuser.
5. Me trouver, et retrouver mes lunettes (j'espère qu'elles sont dans ma valise).
6. Nager et prendre des bains de soleil (il ne pleut sûrement que par courtes averses tropicales).
7. Visiter temples (pas trop quand même, j'espère).
8. Vivre épiphanie spirituelle.

Lundi 4 août

52 kg (impossible de se peser désormais, je peux donc choisir mon poids selon mon humeur : grand avantage des voyages), calories : 0, minutes passées hors du siège des W.C. : 12 (j'en ai l'impression).

2:00. Heure locale. Bangkok. Shazzer et moi essayons de nous endormir dans le lieu le plus horrible que je connaisse. Je crois que je vais étouffer et cesser de respirer. Quand nous sommes arrivées au-dessus de Bangkok, il y avait un énorme nuage gris et il pleuvait à torrents. Le Sin Sane (Sin Sae) est un hôtel sans toilettes, à part d'affreux trous puants dans le sol dans des espèces de guérites. La fenêtre ouverte et le ventilateur ne font aucun effet car l'air est pratiquement de l'eau tiède. Il y a une discothèque en dessous (de l'hôtel, pas des toilettes) et quand par hasard la musique s'arrête, on entend le vacarme de la rue et on ne peut pas dormir non plus. J'ai l'impression d'être une énorme baudruche blanchâtre et boursouflée. Mes cheveux se sont d'abord transformés en plumes, puis se sont collés sur ma figure. Mais le pire de tout, c'est que Sharon n'arrête pas de caqueter sur son Harrison Ford de rencontre :

— ... Une telle expérience des voyages... Un jour, dans un avion de Sudan Airways, le pilote et le copilote sont venus serrer la main de tous les passagers et la porte du cockpit s'est refermée ! Ils ont été obligés de l'ouvrir à coups de hache. Il est d'un drôle ! Il est descendu à l'hôtel Oriental. Il m'a dit de passer le voir.

— Je croyais que tu ne voulais plus entendre parler des mecs, ai-je ronchonné.

— Non, non, mais je pense que dans un pays étranger, c'est toujours utile de rencontrer des gens qui ont l'expérience des voyages.

6:00. J'ai fini par m'endormir à quatre heures et demie du matin, pour être réveillée à six heures moins le quart par Sharon qui sautait sur le lit en disant qu'on devrait aller visiter un temple et voir le soleil se lever. (À travers une couche nuageuse de cent mètres ?) Ça ne peut pas continuer comme ça. Aaah ! Il se passe des choses horribles dans mon ventre. Je n'arrête pas d'avoir des petits renvois d'œuf dur.

11:00. Sharon et moi sommes debout depuis cinq heures, dont

291

quatre et demie passées à nous rendre aux « toilettes » à tour de rôle. Sharon dit que la souffrance et le retour à une vie simple font partie de l'épiphanie spirituelle. Le confort physique est non seulement inutile mais une entrave à la spiritualité. Nous allons entrer en méditation.

12:00. Super ! Nous avons déménagé à l'hôtel Oriental ! Je me rends compte que ça va nous coûter plus cher pour une seule nuit que pour une semaine complète à Corfou, mais c'est une urgence. Sinon, à quoi servent les cartes de crédit ? (Celle de Shazzer marche encore et elle m'a dit que je pourrais la rembourser plus tard. Je me demande si c'est bien de s'offrir une épiphanie spirituelle avec la carte de crédit de quelqu'un d'autre.)

Nous trouvons toutes les deux que l'hôtel est génial et nous avons immédiatement enfilé nos peignoirs de bain bleus, joué avec le bain moussant, etc. En plus, Shazzer a dit que ce n'était pas nécessaire de vivre tout le temps à la dure pour être de vrais voyageurs, parce que, ce qui compte le plus pour l'épiphanie spirituelle, c'est le contraste entre les styles de vie. Je ne pouvais pas être plus de son avis. J'apprécie pleinement, par exemple, la présence simultanée des toilettes et du bidet, vu la gastro en cours.

20:00. Shazzer dormait (ou était morte de dysenterie), ai donc décidé de sortir me promener sur la terrasse de l'hôtel. Tout simplement magnifique. Dans la nuit d'encre, la brise tiède soulevait les mèches collées sur mon visage et je regardais la rivière Chao Phraya — et toutes les lumières scintillantes et les silhouettes fugitives des embarcations orientales. L'avion est vraiment un moyen de transport génial — il y a moins de vingt-quatre heures, j'étais assise sur mon lit dans mon appartement au milieu de ma lessive humide, et maintenant tout est incroyablement exotique et romantique. J'étais sur le point d'allumer une cigarette quand un luxueux briquet en or a surgi sous mon nez. J'ai aperçu le visage à la lueur de la flamme et émis un bruit bizarre. C'était le Harrison Ford voyageur ! Un serveur a apporté des gins tonic qui avaient l'air corsés. Harrison Ford, alias « Jed », a expliqué qu'il était important de prendre de la quinine sous les tropiques. Je voyais assez bien ce que Shaz lui trouvait. Il m'a demandé quels étaient nos projets. Je lui ai répondu que nous avions décidé d'aller sur l'île hippie de Koh Samui où nous résiderions dans des huttes pour vivre une épiphanie spirituelle. Il m'a dit qu'il viendrait peut-être, lui aussi. J'ai dit que Sharon en serait ravie (puisque apparemment il lui appartient mais je n'ai pas dit ça à Harrison Ford) et que je devais peut-être la réveiller. À ce stade, je me sentais plutôt vaseuse, sans doute à cause de toute cette quinine, alors j'ai paniqué quand il m'a caressé doucement la joue en se penchant vers moi.

— Bridget ! a-t-on sifflé derrière moi. On peut dire que t'es une copine, bordel !

Oh, non ! Non ! C'était Shazzer.

Jeudi 7 août

51,5 kg ou 50, peut-être ?, cigarettes : 10, apparitions du soleil : 0.

Ile Koh Samui, Thaïlande. (Hmm : ça vous a un parfum d'exotisme...)

Nous sommes arrivées sur une plage idyllique (pluie torrentielle mise à part) : charmante anse de sable et petites paillotes sur pilotis avec restaurants tout le long. Les huttes sont construites en bambou avec des balcons donnant sur la mer. Les relations sont encore un peu crispées entre Shaz et moi, et elle manifeste une aversion soudaine pour les « mecs de la paillote voisine », ce qui fait que, bien que nous soyons ici depuis moins de dix-huit heures, nous avons déjà changé trois fois de paillote sous la pluie. La première fois, c'était assez justifié, parce que nous n'étions pas là depuis trois minutes que les mecs d'à côté essayaient déjà de nous fourguer soit de l'héroïne, soit de l'opium, soit du shit. Alors nous avons déménagé dans un nouveau bungalow où les occupants de la paillote voisine avaient l'air bien propres sur eux, genre biochimistes ou un truc du même style. Malheureusement, les biochimistes sont venus nous annoncer que quelqu'un s'était pendu dans notre paillote trois jours auparavant et Sharon a absolument voulu déménager. Il faisait déjà nuit noire à ce moment-là. Les biochimistes ont proposé de nous aider à transporter nos affaires, mais Shaz n'a rien voulu entendre et nous avons dû nous traîner sur la plage avec nos sacs pendant une éternité. Le meilleur, c'est que, après avoir fait environ trente mille kilomètres pour avoir vue sur la mer au réveil, nous avons finalement atterri dans une hutte qui donne sur l'arrière d'un restaurant et un fossé. Alors maintenant, nous n'avons plus qu'à arpenter la plage dans tous les sens pour repérer une paillote libre avec vue sur la mer qui n'ait pas de voisins indésirables ni de karma souillé par pendaison. Foutue Shazzer.

23:30. Ouah ! Chuper, che resto ganja. Shaz est chupergéniale. Ch'est ma mmmeilleure copine, na.

Vendredi 8 août

48,5 kg (conséquence miraculeuse d'explosion gastrique), unités d'alcool : 0, cigarettes : 0 (t. b.), champignons magiques : 12 (mmmmm chhhhh ouiiiiiii).

11:30. Quand je me suis réveillée, assez tard il faut bien le dire, je me suis retrouvée seule. Pas moyen de trouver Shaz dans la paillote, alors je suis sortie sur le balcon pour jeter un coup d'œil aux alentours. Ce qui m'a inquiétée, c'est que les terrifiantes Suédoises de la paillote d'à côté avaient l'air d'avoir été remplacées par un « mec de la paillote voisine », mais il était clair que je ne pouvais pas en être considérée comme responsable, vu que les gens ici n'arrêtent pas d'aller et venir. J'ai pris mes lunettes, comme je n'avais pas encore eu le temps de mettre mes lentilles, et, en y regardant de plus près, le mec de la paillote voisine s'est révélé être le Harrison Ford voyageur alias dragueur de l'hôtel Oriental. Au moment où je le regardais, il s'est retourné et a souri à quelqu'un qui sortait de sa hutte. C'était Shazzer, preuve que sa philosophie de méfiance irréductible à l'égard des mecs de la paillote voisine devait comporter une énorme clause restrictive du genre : « à moins qu'ils ne soient particulièrement séduisants ».

13:00. Jed nous emmène toutes les deux au café pour manger une omelette aux champignons magiques ! Au début, nous étions un peu réticentes, car strictement opposées à toute substance hallucinogène, mais Jed nous a expliqué que les champignons magiques ne sont pas des drogues mais des produits naturels qui vont nous aider à trouver la voie de notre épiphanie spirituelle. Comme c'est excitant !

14:00. Je suis belle, d'une beauté saisissante et exotique, je fais partie de toutes les couleurs, de la vie et de ses lois. Quand je me couche sur le sable et que je regarde le ciel à travers mon chapeau militaire, des rayons lumineux le transpercent et c'est la plus belle, la plus précieuse des visions imaginables. Shazzer est belle. Je vais emporter mon chapeau dans la mer pour que la beauté de la mer se combine aux précieux rayons lumineux comme des joyaux.

17:00. Seule dans le restaurant ganja. Shazzer ne me parle plus. Après l'omelette aux champignons magiques, rien ne s'est passé tout d'abord, mais en rentrant, tout m'a semblé soudain extrêmement amusant et j'ai malheureusement commencé à rigoler de manière incontrôlable. Shaz n'avait pas du tout l'air de trouver ça marrant. En arrivant à notre dernière paillote, j'ai décidé d'installer mon hamac dehors avec de la ficelle trop fine qui a cassé et je me suis retrouvée sur le sable. Ce qui m'a paru tellement amusant sur le moment que j'ai immédiatement voulu recommencer et Shazzer prétend que j'ai rejoué le coup de la chute du hamac pendant quarante-cinq bonnes minutes sans que la répétition atténue mon hilarité. Jed était rentré avec Shaz dans la hutte, mais était reparti se baigner, alors j'ai décidé d'aller la retrouver à l'intérieur. Elle était couchée sur le lit et gémissait :

— Je suis laide, laide, laide, laide.

Alarmée par le contraste entre l'humeur de Shaz et la mienne, je me suis précipitée pour la réconforter. En passant devant le miroir, je me suis aperçue. Je n'avais jamais vu de créature plus belle et plus fascinante de ma vie.

Shaz prétend que pendant les quarante minutes qui ont suivi, j'ai essayé de lui remonter le moral mais sans cesser de me regarder dans le miroir, prenant des poses et la suppliant de m'admirer. Pendant ce temps, elle vivait un traumatisme absolu, persuadée que son visage et son corps étaient devenus irrémédiablement difformes. Je suis allée lui chercher à manger et je suis revenue avec une banane et un Bloody Mary, je lui ai raconté que la serveuse du restaurant avait un abat-jour sur la tête, avant de me replonger, fascinée, dans ma propre contemplation devant le miroir. À la suite de quoi, selon Shaz, je suis restée allongée sur la plage pendant deux heures et demie à observer mon chapeau militaire en agitant doucement les doigts pendant qu'elle envisageait le suicide.

La seule chose que je me rappelle, c'est que je vivais l'instant le plus heureux de ma vie, sûre d'avoir compris les lois profondes et permanentes de l'existence, que tout ce qui comptait était d'entrer en état d'Influx — comme indiqué dans *Intelligence affective* — et de suivre les lois zen. Puis, tout d'un coup, c'est comme si on avait appuyé sur un interrupteur. Je suis rentrée dans la hutte et, au lieu de la radieuse incarnation féminine du Bouddha, il n'y avait dans le miroir que ma propre image, rouge comme une tomate, le visage en sueur, les cheveux collés sur un côté de la tête et hérissés de l'autre, tandis que Shaz, sur le lit, me regardait avec l'expression d'un meurtrier fou. Suis t. triste et j'ai honte de ma conduite, mais ce n'était pas moi, c'était les champignons.

Peut-être que si je rentre dans la paillote et lui parle d'épiphanie spirituelle, elle ne me fera plus la gueule.

Vendredi 15 août

49 kg (suis d'humeur à être un peu plus ronde aujourd'hui), unités d'alcool : 5, cigarettes : 25, épiphanies spirituelles : 0, désastres : 1

9:00. Nous avons passé des vacances géniales malgré l'absence d'épiphanie spirituelle. Je me suis sentie un peu délaissée parce que Shaz était souvent avec Jed, mais le soleil a fait plusieurs apparitions alors j'ai pu me baigner et bronzer pendant qu'ils baisaient, et le soir nous dînions tous les trois. Shaz a le cœur un peu brisé parce que Jed est parti hier soir vers d'autres îles. Nous allons nous réconforter avec un bon petit déjeuner (mais pas de champignons magiques !), ensuite nous pourrons nous retrouver toutes les deux et bien nous amuser. Super !

11:30. Oh, putain de bordel de Dieu ! Sharon et moi venons de rentrer. Nous avons trouvé le cadenas de la porte ouvert et nos sacs ont disparu. Je suis sûre que je l'avais fermé, mais on a dû le forcer. Par chance, nous avions nos passeports sur nous et toutes nos affaires n'étaient pas dans nos sacs, mais nos billets d'avion et nos chèques de voyage se sont envolés. La carte de crédit de Shazzer ne fonctionne plus après toutes les courses à Bangkok et le reste. Nous n'avons que 38 livres à nous deux, l'avion part de Bangkok mardi et nous sommes à des centaines de kilomètres sur une île. Sharon n'arrête pas de pleurer et j'essaie de la consoler, sans grand effet.

Notre situation me rappelle *Thelma et Louise* quand Thelma couche avec Brad Pitt qui lui vole tout leur argent et que Geena Davis dit que ça n'est pas grave et que Susan Sarandon sanglote et dit : « Si, c'est grave. Thelma, c'est vraiment grave. »

Rien que d'aller à Bangkok par avion pour arriver à temps, ça va nous coûter 100 dollars chacune, et qui sait s'ils voudront nous croire à l'aéroport de Bangkok quand nous leur dirons que nous avons perdu nos billets... Oh, mon Dieu. Il faut garder la tête froide et le moral. Je viens de proposer à Shaz d'aller au restaurant ganja boire un ou deux Bloody Mary avant de nous coucher, et elle s'est mise en rage.

Le problème, c'est que d'un côté je suis complètement affolée et qu'en même temps je me dis que c'est génial de vivre une aventure et que ça me change de ne pas penser qu'à mon tour de cuisses. Je crois que je vais sortir en douce pour aller chercher les Bloody Mary. Après tout, ça nous fera du bien de nous réconforter un peu. On ne peut rien faire avant lundi de toute façon, puisque tout est fermé, à part nous produire dans un bar pour gagner de l'argent en faisant des danses exotiques avec des balles de ping-pong, mais j'ai comme l'impression que nous ne serions pas à la hauteur.

1:00 du matin. Hourra ! Shaz et moi, on va vivre à Koh Samui comme des hippies, on mangera des bananes et on vendra des coquillages sur la plage. Super-épiphanie spirituelle, hein ? Sssuper-génial. Que nous à penser. Ouah ! Ssspirituelle, j'ai bien dit, hein ?

17:00. Hmm. Shaz dort encore, c'est plutôt une bonne chose parce qu'elle a l'air de très mal prendre ce qui nous arrive. Moi, je me dis que c'est une occasion de tester nos ressources personnelles. Je sais ce que je vais faire. Je vais aller dans un grand hôtel et me renseigner sur les moyens possibles de nous tirer d'affaire. Par exemple, je pourrais téléphoner à la compagnie de chèques de voyage. Mais on ne sera jamais remboursées à temps. Non, non, restons positive.

19:00. Si on garde le moral, il y a toujours un moyen de s'en sortir. Devinez sur qui je suis tombée dans le hall de l'hôtel ? Jed ! Il m'a dit qu'il avait annulé son voyage dans les autres îles à cause de la pluie, qu'il rentrait à Bangkok ce soir et était justement sur le point de passer nous dire au revoir avant de partir. (Je pense que Shaz risque de l'avoir un peu mauvaise qu'il ne soit pas venu lui dire plus tôt, mais bon. Peut-être qu'il croyait qu'on était déjà parties ou... Enfin, je ne vais pas commencer à me prendre la tête à la place de Sharon.)

En plus, Jed a été très sympa, même s'il n'a pas pu s'empêcher de dire qu'on n'aurait pas dû laisser des trucs de valeur dans la paillote, sous prétexte qu'il y avait un cadenas. Il m'a fait un peu la morale (très sexy, le mec, genre paternel et ecclésiastique), puis il a dit qu'on aurait du mal à arriver à Bangkok à temps pour le vol de mardi, parce que tous les avions étaient complets aujourd'hui et demain, mais qu'il allait nous trouver des billets pour le train de nuit de demain, qui devrait nous assurer la correspondance. Il a également proposé de nous donner de l'argent pour les taxis et pour payer l'hôtel. Il croit que si nous téléphonons à l'agence de voyages à Londres à la première heure lundi matin, ils vont sûrement nous refaire des billets qu'on pourra récupérer à l'aéroport.

— Nous te rembourserons, ai-je dit avec gratitude.

— Oh, ne t'inquiète pas. Ce n'est pas grand-chose.

— Mais si, j'y tiens.

— Bon, quand vous pourrez, a-t-il dit en riant.

C'est un rêveur généreux, qui a les moyens, bien qu'évidemment ce ne soit pas l'argent qui compte. Sauf quand on n'en a pas et qu'on en a besoin !

Lundi 18 août

Dans le train entre Surat Thani Koh Samui et Bangkok. C'est sympa ce train, on voit défiler les champs en patchwork et des gens avec des chapeaux pointus. À chaque arrêt, des gens viennent à la fenêtre nous proposer du poulet au saté, délicieux. Je n'arrête pas de penser à Jed. Il a été si gentil et si présent pour nous aider que ça m'a rappelé Mark Darcy, du temps où il n'avait pas fichu le camp avec Rebecca. Il nous a même donné un de ses sacs, pas abîmé d'ailleurs, pour mettre nos affaires et tous les petits savons et shampooings récupérés dans les hôtels. Shaz est toute contente parce qu'ils ont échangé leurs numéros de téléphone et leurs adresses et qu'ils se reverront dès qu'elle sera rentrée. En fait, pour être honnête, Shaz est fière de son coup à un point insupportable. D'accord, c'est quand même une bonne chose, parce qu'elle en a assez bavé avec Simon. En plus, je l'ai toujours soupçonnée de ne pas détester tous les mecs, mais seulement les nuls. Oh, mon Dieu, pourvu qu'on arrive à temps pour l'avion.

Mardi 19 août

11:00. Aéroport de Bangkok. J'ai l'impression de vivre un cauchemar atroce. On dirait que tout le sang m'est monté à la tête, je n'y vois presque plus. Shaz est partie devant moi pour garder des places dans l'avion pendant que je portais les bagages. J'ai dû passer devant un douanier avec un chien en laisse qui a tiré sur mon sac en aboyant. Les gardes de l'aéroport se sont tous mis à baragouiner et une femme de l'armée m'a emmenée avec le sac dans une pièce à part. Ils ont vidé le sac de voyage, puis avec un couteau ont lacéré la doublure et à l'intérieur il y avait un sac plastique plein de poudre blanche. Et alors... Oh, mon Dieu. Oh, mon Dieu. Aidez-moi.

Mercredi 20 août

38 kg, unités d'alcool : 0, cigarettes : 0, calories : 0, probabilite de remanger un jour nourriture thaïlandaise : 0.

11:00. En détention. Poste de police de Bangkok. Du calme. Du calme. Du calme. Du calme.

11:01. Du calme.

11:02. Je suis enchaînée par des fers aux pieds. J'ai des FERS AUX PIEDS. Emprisonnée dans une cellule puante du tiers monde avec huit prostituées thaïes et un seau hygiénique dans un coin. J'ai l'impression que je vais m'évanouir de chaleur. Je ne peux pas croire ce qui m'arrive.

11:05. Oh, mon Dieu ! Tout s'éclaire. Je ne peux pas croire que quelqu'un soit cynique au point de coucher avec une personne pour lui voler toutes ses affaires et se servir d'elle comme pigeon. Je n'y crois pas. Enfin, j'espère que l'ambassadeur britannique va bientôt arriver et me sortir de là.

Midi. Je commence à me demander avec angoisse où est passé l'ambassadeur britannique.

13:00. L'ambassadeur britannique va sûrement venir après la pause-déjeuner.

14:00. Peut-être que l'ambassadeur a été retenu par un cas plus urgent de véritable trafic de drogue, alors que moi je ne suis qu'une dupe innocente.

15:00. Putain de bordel de Dieu. J'espère qu'ils ont réellement averti l'ambassadeur. Shazzer a sûrement alerté quelqu'un. Peut-être qu'ils ont aussi arrêté Shazzer ? Mais où est-elle ?

15:30. Bon, il faut, il faut que je me ressaisisse. Je ne peux

301

compter que sur moi. Putain de Jed ! Il ne faut pas garder rancune, je sais... Oh, Seigneur, ce que j'ai faim !

16:00. Un garde vient de m'apporter un bol de riz dégoûtant et les quelques affaires personnelles autorisées : un slip, une photo de Mark Darcy, une autre de Jude montrant à Shazzer comment avoir un orgasme et un bout de papier froissé qui était dans la poche de mon jean. J'ai essayé de demander au garde des nouvelles de l'ambassadeur, mais il s'est contenté de hocher la tête en disant quelque chose que je n'ai pas compris.

16:30. Vous voyez. Même quand tout semble foutu, il y a encore des lueurs d'espoir. Le papier froissé, c'était le poème de papa au club de lecture, que Mark m'a donné. De la littérature. Je vais le lire et penser à des choses plus belles.

> *Si...'* de Rudyard Kipling
> *Si tu peux conserver ton courage et ta tête*
> *Quand tous les autres les perdront...*

Oh, mon Dieu. Oh, mon DIEU ! Est-ce qu'on décapite encore les gens en Thaïlande ?

Jeudi 21 août

32 kg (t.b. mais imaginaires), unités d'alcool : 14 (mais également imaginaires), cigarettes : 0, calories : 12 (riz), nombre de fois où j'ai regretté de n'être pas allée plutôt à Cleethorpes[1] : 55.

5:00. Nuit affreuse, blottie sur un vieux sac infesté de puces et bourré de chaussettes en guise de matelas. C'est drôle comme on s'habitue vite à la saleté et à l'inconfort. Le pire,

---

1. Station balnéaire pas du tout branchée, synonyme de coin perdu où personne ne veut aller.

c'est l'odeur. Ai réussi à dormir deux heures, ce qui était super sauf au moment où je me suis réveillée, quand je me suis rappelé ce qui s'était passé. Toujours aucune nouvelle de l'ambassadeur de Grande-Bretagne. Je suis sûre que c'est une erreur et que tout va s'arranger. Il faut garder le moral.

10:00. Un garde vient d'apparaître sur le seuil, accompagné d'un type en chemise rose qui ressemble à Sloaney.

— Vous êtes l'ambassadeur de Grande-Bretagne ? ai-je hurlé en me jetant pratiquement sur lui.

— Ah. Non. L'assistant du consul. Charlie Palmerston. Très heureux de faire votre connaissance.

Il m'a serré la main d'une manière qui aurait pu être réconfortante s'il ne s'était pas essuyé ensuite sur son pantalon.

Il m'a demandé ce qui s'était passé et a noté les détails dans un calepin Mulberry à reliure en cuir en disant des trucs du genre : « Ouais. Ouais. Oh, mon Dieu, quelle horreur ! », comme si je lui racontais une anecdote de polo. J'ai commencé à paniquer car il a) ne semblait pas saisir la gravité de la situation, b) n'avait pas l'air — sans vouloir être snob — d'être le ressortissant le plus futé de Grande-Bretagne, c) ne paraissait pas aussi convaincu que je l'aurais souhaité qu'il s'agissait d'une erreur et que je devais être libérée dans les secondes qui suivaient.

— Mais pourquoi ? ai-je demandé, après avoir raconté une fois de plus toute l'histoire.

J'ai expliqué comment Jed avait dû cambrioler notre paillote et manigancé tout le truc.

— Vous comprenez, l'ennui, c'est que (Charlie s'est penché vers moi d'un air confidentiel) tous ceux qui viennent ici ont une histoire de ce genre, généralement assez proche de la vôtre. Alors, à moins que ce fameux Jed ne fasse des aveux complets, c'est un peu délicat.

— Est-ce que je suis passible de la peine capitale ?

— Grands dieux, non ! Foutre, je ne crois pas. Le pire que vous puissiez écoper, c'est dix ans de détention.

— DIX ANS ? Mais je n'ai rien fait !

— Ouais, ouais, c'est un salaud, je sais, a-t-il dit en hochant gravement la tête.

— Mais je ne savais pas ce qu'il y avait dans le sac !

— Bien sûr, bien sûr, a-t-il acquiescé avec l'air de quelqu'un qui s'est mis lui-même dans une situation un peu délicate au cours d'un cocktail mondain.

— Vous ferez tout ce que vous pouvez ?

— Absolument, a-t-il affirmé en se levant. Ouais.

Il m'a dit qu'il m'apporterait une liste d'avocats pour que je fasse un choix et qu'il pouvait donner deux coups de téléphone de ma part, juste pour donner des détails sur ce qui m'était arrivé. J'étais bien embêtée. La personne la mieux placée, sur le plan pratique, serait Mark Darcy, mais je n'avais pas du tout envie d'admettre que je m'étais encore fourrée dans le pétrin, surtout qu'il avait déjà arrangé le coup pour maman et Julio l'année dernière. Finalement, j'ai opté pour Shazzer et Jude.

J'ai l'impression que mon sort est entre les mains d'un zozo frais émoulu d'Oxbridge. Seigneur, que c'est horrible ici. Il fait chaud, ça pue et c'est bizarre. J'ai l'impression que tout ça n'est pas vrai.

16:00. C'est l'horreur. Toute ma vie, j'ai eu l'impression que quelque chose de terrible allait m'arriver et maintenant ça y est.

17:00. Il ne faut pas que je craque. Il faut que je pense à autre chose. Je vais peut-être lire le poème, en essayant d'ignorer les deux premiers vers.

Si...' de Rudyard Kipling
Si tu peux conserver ton courage et ta tête
Quand tous les autres les perdront ;
Si tu peux rencontrer Triomphe après Défaite
Et recevoir ces deux menteurs d'un même front,

Si tu peux être amant sans être fou d'amour,
Si tu peux être fort sans cesser d'être tendre
Et, te sentant haï, sans haïr à ton tour,
Pourtant lutter et te défendre ;

Si tu peux supporter d'entendre tes paroles
Travesties par des gueux pour exciter des sots,
Et d'entendre mentir sur toi leurs bouches folles
Sans mentir toi-même d'un mot ;
Si tu peux rester digne en étant populaire,
Si tu peux rester peuple en conseillant les rois
Et si tu peux aimer tous tes amis en frère
Sans qu'aucun d'eux soit tout pour toi ;

Si tu sais méditer, observer et connaître
Sans jamais devenir sceptique ou destructeur,
Rêver, mais sans laisser ton rêve être ton maître,
Penser sans n'être qu'un penseur ;
Si tu peux être dur sans jamais être en rage,
Si tu peux être brave et jamais imprudent,
Si tu sais être bon, si tu sais être sage
Sans être moral ni pédant ;

Si tu peux voir détruit l'ouvrage de ta vie
Et sans dire un seul mot te mettre à rebâtir,
Ou perdre en un seul coup le gain de cent parties
Sans un geste et sans un soupir ;
Alors les Rois, les Dieux, la Chance et la Victoire
Seront à tout jamais tes esclaves soumis
Et, ce qui vaut mieux que les Rois et la Gloire,
Tu seras un homme, mon fils.

Très bon, ce poème. Excellent, ça vaut presque un guide pratique. Peut-être que c'est pour ça que Mark Darcy me l'a donné ! Peut-être qu'il a senti que j'allais être en danger ! Ou peut-être qu'il essayait seulement de me dire quelque chose à propos de mon attitude. Quel culot. Enfin, je ne suis pas sûre de son truc d'être brave sans être imprudent, ni d'avoir vraiment envie d'être un homme. En plus, c'est un peu dur de

305

traiter le désastre actuel comme mes triomphes, parce qu'il n'y a pas beaucoup de triomphes qui me reviennent à l'esprit, mais bon... Je vais lutter et me défendre et ainsi de suite, genre soldat de la Première Guerre mondiale ou de la jungle ou je ne sais quoi qu'était Rudyard Kipling et je tiendrai bon. Au moins, moi, je ne suis pas en train de me faire tirer dessus et je ne suis pas obligée de sortir des tranchées sous le feu ennemi. Et en plus, je ne dépense rien en prison, alors ça va résoudre ma crise financière. Oui, il faut voir le bon côté des choses.

Aspects positifs de mon emprisonnement
1. Je ne dépense rien.
2. Mes cuisses ont vraiment diminué et j'ai probablement perdu trois kilos sans même faire d'effort.
3. Ça fera du bien à mes cheveux que je ne les lave pas, chose que je n'ai jamais pu faire parce qu'ils étaient trop fous pour que j'ose sortir.

Donc, quand je rentrerai, je serai mince, j'aurai les cheveux brillants et je serai moins fauchée. Mais quand vais-je rentrer ? Quand ? Je serai vieille. Je serai morte ? Si je reste ici dix ans, je ne pourrai jamais avoir d'enfants. À moins de suivre un traitement pour la fertilité et alors j'en aurai huit d'un coup. Je serai une vieille femme seule et brisée, réduite à insulter les gamins des rues qui mettront des étrons dans ma boîte à lettres. Mais peut-être que je pourrais avoir un enfant pendant mon séjour en prison ? Je pourrais demander à l'assistant du consul de Grande-Bretagne de m'en faire un ? Mais est-ce qu'on peut se procurer de l'acide folique en prison ? Le bébé serait tout rabougri. Il faut que j'arrête. Stop. Stop. Je dramatise.
Mais c'est dramatique.
Je vais relire le poème.

Vendredi 22 août

Calories : 22, minutes passées à méditer sans devenir sceptique : 0.

20:00. Prison correctionnelle de femmes de Bangkok. Ce matin, ils sont venus me transférer de la maison d'arrêt à la vraie prison. Je suis désespérée. J'ai l'impression que ça signifie qu'on m'a abandonnée, qu'on a accepté mon arrestation. La cellule est une grande pièce crasseuse où s'entassent au moins soixante femmes. On dirait qu'on est irrémédiablement dépouillé de tout pouvoir ou de toute personnalité à mesure qu'on devient plus sale et plus épuisé. J'ai pleuré aujourd'hui pour la première fois depuis quatre jours. J'ai l'impression de glisser entre les mailles du filet. J'ai l'impression qu'on va m'oublier et que je vais rester ici à dépérir, ma vie est foutue. Vais essayer de dormir. Si seulement je pouvais dormir.

23:00. Aaah ! Je venais juste de m'endormir quand j'ai été réveillée par quelque chose qui me suçait le cou. C'était la Ligue des lesbiennes qui me tombait dessus. Elles se sont toutes mises à m'embrasser et à me tripoter. Je ne pouvais rien leur donner pour qu'elles s'arrêtent parce que j'avais déjà refilé mon Wonderbra, et pas question de me passer de slip. Je ne pouvais pas crier pour appeler les gardiens, c'est la pire des choses à faire ici. Il a fallu que j'échange mon jean contre un vieux sarong dégueulasse. Je me sentais violée, évidemment, mais, d'autre part, je ne pouvais pas m'empêcher de trouver bon qu'on me touche. Aaah ! Peut-être que je suis lesbienne ? Non. Je ne crois pas.

Dimanche 24 août

Minutes passées à pleurer : 0 (hourra !).

Ça va beaucoup mieux depuis que j'ai dormi. Je crois que je vais aller retrouver Phrao. Phrao est ma copine parce qu'elle a été transférée ici en même temps que moi et je lui ai prêté mon Wonderbra. Bien qu'elle n'ait pas de seins à mettre dedans, elle a l'air de l'apprécier et n'arrête pas de se balader avec en disant : Madonna. Je ne peux pas m'empêcher de penser que son affection est intéressée, mais je n'ai pas le choix et c'est sympa d'avoir une amie. En plus, je ne veux pas que ça se passe comme quand les otages de Beyrouth ont été libérés, on voyait bien que personne n'aimait Terry Waite.

On peut s'habituer à tout si on fait des efforts. Je ne vais pas me laisser aller et devenir une lavette. Ils font certainement ce qu'ils peuvent, chez nous. Shazzer et Jude doivent organiser une campagne de presse, comme pour John McCarthy, et manifestent devant le palais du Parlement avec des photos de moi sur des banderoles en brandissant des torches.

Je dois sûrement pouvoir faire quelque chose. Je crois que si ma libération dépend de l'arrestation de Jed pour le forcer à avouer, il faudrait faire un peu plus d'efforts pour l'arrêter et le forcer à avouer, bordel !

14:00. Super ! Je suis devenue d'un seul coup la fille la plus populaire de la cellule. J'étais tranquillement en train d'apprendre à Phrao les paroles d'une chanson de Madonna, puisqu'elle a l'air d'être fascinée par Madonna, quand un petit groupe a commencé à se former autour de nous. Elles ont l'air de me considérer comme une espèce de déesse parce que je connais toutes les paroles de *Immaculate Collection*. En fin de compte, à la demande générale, j'ai été forcée de chanter *Like a Virgin* debout sur une pile de matelas, vêtue de mon Wonderbra et d'un sarong, en utilisant un Tampax comme micro, jusqu'au moment où le garde s'est mis à hurler d'une voix aiguë. En levant les yeux, j'ai vu que le représentant du consul de Grande-Bretagne venait d'arriver.

— Ah, Charlie, ai-je dit gracieusement en descendant du matelas pour me précipiter vers lui, tout en essayant de tirer les pans du sarong sur mon soutien-gorge et de garder ma dignité. Je suis si contente que vous soyez venu ! Nous avons beaucoup de choses à nous dire !

Charlie n'avait pas l'air de savoir dans quelle direction regarder, mais semblait particulièrement attiré par celle du Wonderbra. Il m'apportait un paquet de l'ambassade de Grande-Bretagne contenant de l'eau, des biscuits, des sandwiches, de l'insecticide, des stylos, du papier et, merveille des merveilles, du savon.

J'étais complètement bouleversée. C'était le plus beau cadeau ma vie.

— Merci, merci. Je ne sais comment vous remercier, ai-je dit avec émotion, sur le point de me jeter à son cou, au risque de le projeter contre les barreaux.

— Pas de problème, c'est le kit habituel, en fait. Je vous l'aurais amené plus tôt mais toutes les nanas du bureau n'arrêtaient pas de manger les sandwiches.

— Je vois. Bon, Charlie, où en est-on avec Jed ?

Regard vide.

— Vous vous rappelez : Jed ? ai-je insisté sur le ton d'une mère en train de donner des leçons à son enfant. Le type qui m'a refilé le sac ? C'est très important de l'arrêter. Je voudrais que vous notiez tous les détails possibles à son sujet et qu'ensuite vous m'envoyiez quelqu'un de la brigade antidrogue qui pourrait lancer les recherches.

— D'accord, a répondu Charlie avec gravité, mais sans la moindre conviction. D'accord.

— Allons, voyons, ai-je poursuivi, prenant cette fois le ton du personnage de Peggy Ashcroft[1] dans *Les Derniers Jours du Raj*, quand elle est sur le point de lui taper sur la tête avec un parapluie. Si les autorités thaïlandaises tiennent à montrer l'exemple dans la lutte antidrogue au point d'emprisonner une Occidentale innocente sans la juger, elles doivent au moins manifester un minimum d'intérêt pour arrêter les trafiquants.

Charlie m'a dévisagée d'un air obtus.

— Ouais, d'accord, d'accord, a-t-il dit en fronçant les sourcils et en hochant la tête, sans que la moindre lueur de compréhension éclaire son regard.

Il m'a fallu réexpliquer les choses un certain nombre de fois avant qu'il ne parvienne à saisir.

— Ouais, ouais. Je vois ce que vous voulez dire. Ouais. Il faut qu'ils poursuivent le type qui vous a mise dans le pétrin parce que sinon on croira qu'ils ne font pas d'efforts.

— Exactement, ai-je approuvé, radieuse, contente de mon travail.

— D'accord, d'accord, a dit Charlie en se levant, l'expression toujours on ne peut plus sérieuse. Je vais immédiatement faire le nécessaire.

Je l'ai regardé partir, me demandant comment un type pareil avait réussi à franchir les échelons du service diplomatique britannique. J'ai eu soudain une illumination.

— Charlie ?

— Ouais ? a-t-il dit, en vérifiant que sa braguette n'était pas ouverte.

— Que fait votre père ?

— Mon père ? (Le visage de Charlie s'est éclairé.) Oh, il travaille au ministère des Affaires étrangères. C'est une sacrée huile.

— C'est un politicien ?

— Non, il est fonctionnaire, en fait. C'était le bras droit de Douglas Hurd[2], fut un temps.

---

1. Comédienne contemporaine de Laurence Olivier.
2. Ministre des Affaires étrangères de Margaret Thatcher.

J'ai vérifié que les gardes ne nous regardaient pas et je me suis penchée vers lui.

— Comment va votre carrière ?

— Un peu statique, pour être tout à fait honnête, a-t-il répondu gaiement. C'est le trou noir de Calcutta, ici, sauf si vous allez dans les îles, évidemment. Oh, excusez-moi.

— Vous ne croyez pas que ça vous ferait du bien de réussir un coup diplomatique ? ai-je commencé d'un ton engageant. Pourquoi est-ce que vous ne passeriez pas un petit coup de fil à votre papa ?

Lundi 25 août

45 kg (maigreur intéressante), nombre de... oh, merde, mon cerveau a fondu. C'est bon pour perdre du poids, certainement.

Midi. Mauvaise journée. Moral à zéro. Je dois être folle d'avoir cru que je pouvais influencer le cours des choses. Suis dévorée par piqûres de moustiques et de puces. Nauséeuse et faible à cause de la diarrhée, ce qui n'est pas commode, vu l'installation sanitaire sommaire. Mais, d'une certaine façon, ce n'est pas si mal, parce que comme j'ai la tête qui tourne, tout a l'air irréel. Tout vaut mieux que la réalité. Si seulement je pouvais dormir. J'ai peut-être la malaria.

14:00. Ce Jed, quel salaud ! Enfin, je veux dire, comment peut-on être aussi... Mais si je laisse libre cours à ma rancune, je vais me rendre malade. Être indifférente, voilà ce qu'il faut. Je ne lui veux pas de bien, je ne lui veux pas de mal. Je suis indifférente.

14:01. Putain de salaud d'enculé de merde. J'espère qu'il va se planter la gueule sur un porc-épic.

18:00. Ça marche ! Ça marche ! Il y a une heure, le garde est venu et m'a fait sortir de la cellule sans ménagements. Génial de ne plus sentir cette puanteur. On m'a emmenée dans un petit parloir avec une table en formica imitation bois, un classeur métallique gris et un exemplaire d'un magazine porno japonais gay, que le garde a rapidement fait disparaître au moment où un Thaïlandais entre deux âges, petit et distingué, est entré en se présentant sous le nom de Dudwani.

Apparemment, c'est le noyau dur de la brigade antidrogue. Merci, Charlie.

J'ai commencé à raconter mon histoire en détail, les vols par lesquels Jed était arrivé et probablement reparti, le sac, la description de Jed.

— Donc, vous pouvez probablement le retrouver à partir de ça, ai-je conclu. Il doit y avoir des empreintes sur le sac.

— Oh, nous savons où il est, a-t-il déclaré. Et il n'a pas d'empreintes.

Berk ! Pas d'empreintes. Comme quelqu'un qui n'aurait pas de seins, ou quelque chose du genre.

— Alors, pourquoi ne l'avez-vous pas arrêté ?

— Il est à Dubaï, a-t-il dit froidement.

Tout d'un coup, ça m'a vraiment énervée.

— Alors comme ça, il est à Dubaï hein ? Et vous savez tout de lui. Et vous savez que c'est lui le coupable. Et vous savez que je suis innocente et qu'il s'est arrangé pour que ça soit moi qui prenne. Mais vous rentrez tranquillement chez vous le soir manger vos brochettes au saté et retrouver votre femme et vos enfants, et je vais rester emprisonnée ici jusqu'à la fin de ma vie de femme pour quelque chose que je n'ai pas fait uniquement parce que ça vous casse les pieds d'envoyer quelqu'un recueillir ses aveux pour quelque chose que je n'ai pas fait ?

Il m'a regardée, l'air consterné.

— Pourquoi est-ce que vous ne le faites pas avouer ?

— Il est à Dubaï.

— Et alors ? Trouvez un autre témoin.

— Mademoiselle Jones, en Thaïlande, nous...

— Quelqu'un a bien dû le voir cambrioler notre paillote ou l'a fait à sa place ? Quelqu'un a bien dû coudre la drogue dans la doublure. Ça a été fait à la machine. Menez une enquête, c'est votre boulot.

— Nous faisons tout ce qu'il est possible de faire, a-t-il répondu, glacial. Notre gouvernement prend très au sérieux toutes les infractions aux lois sur la drogue.

— Et mon gouvernement prend très au sérieux la protection de ses citoyens, ai-je dit, imaginant un instant Tony Blair entrant dans la pièce pour envoyer une beigne au bureaucrate thaï.

Le Thaïlandais s'est éclairci la gorge avant de parler :

— Nous...

— Et je suis journaliste. Pour l'une des plus importantes émissions de faits de société de Grande-Bretagne, ai-je déclaré, essayant de repousser une vision de Richard Finch en train de dire : « Je pense Harriet Harman, je pense lingerie noire, je pense... » Ils projettent une campagne musclée pour me défendre.

Retour mental à Richard Finch : « Oh, Bridget et son bikini pendouillant ne sont pas encore revenus de vacances, tiens ? Sûrement trop baisé sur la plage. Elle aura raté son avion. »

— J'ai des relations dans les plus hautes sphères gouvernementales et je *crois* que, compte tenu du climat actuel (je me suis tue un instant pour lui lancer un regard lourd de sens, parce que le climat actuel, c'est toujours important, non ?), ça ferait vraiment très mauvaise impression dans les médias si j'étais emprisonnée dans ces conditions franchement épouvantables pour un crime que, comme vous le reconnaissez vous-même, je n'ai de toute évidence pas commis, alors que les forces de police locales ne parviennent ni à enquêter correctement sur le crime ni à faire respecter la loi par leurs propres ressortissants.

313

Me drapant dans mon sarong et dans ma dignité, je me suis redressée sur ma chaise et l'ai toisé froidement.

Le bureaucrate, mal à l'aise sur sa chaise, a regardé ses papiers. Puis il a levé les yeux, le stylo en l'air.

— Mademoiselle Jones, pouvons-nous reprendre au moment où vous vous êtes aperçue que votre hutte avait été cambriolée ?

Ah mais !

Mercredi 27 août

50,5 kg, cigarettes : 2 (mais à quel prix !), fantasmes où Mark Darcy / Colin Firth / le prince William surgissent en disant : « Au nom de Dieu et de l'Angleterre, libérez ma future femme ! » : permanents.

Deux jours inquiétants où rien ne s'est passé. Pas un mot, pas une visite, uniquement des demandes constantes d'interprétation de chansons de Madonna. Seul moyen de garder mon sang-froid : lectures répétées de « Si... ». Puis ce matin Charlie est apparu — dans un état d'esprit très différent ! Très sérieux, top-niveau et sûr de lui, avec un autre kit contenant des sandwiches au fromage blanc que, vu mes fantasmes précédents de fécondation, je n'ai pas eu vraiment envie de manger.

— Ouais. Les choses commencent à bouger, a annoncé Charlie avec l'air important de quelqu'un chargé d'une mission secrète concernant les explosifs M15. Super-bien, en fait. Nous avons eu des mouvements diplomatiques.

En m'efforçant de ne pas penser à des petites merdes haute performance alignées dans des caisses, j'ai demandé :

— Vous avez parlé à votre père ?

— Ouais, ouais, ils sont au courant de tout.

— Ça a paru dans les journaux ? ai-je demandé, tout excitée.

— Non, non. Chut ! Ils ne veulent pas faire de vagues. Au fait, j'ai du courrier pour vous. Vos amies l'ont fait passer par mon père. Elles sont sacrément chouettes, à ce qu'il m'a dit.

J'ai ouvert la grande enveloppe brune du ministère des Affaires étrangères, les mains tremblantes. Il y avait d'abord une lettre de Jude et Shaz, quasiment écrite en code, par précaution, comme si elles avaient pensé que des espions allaient la lire.

> Bridge,
> Ne t'en fais pas, on t'aime. On va te sortir de là. Jed est repéré.
> Mark Darcy est sur le coup(!).

Mon cœur a fait un bond. Rien ne pouvait me faire plus plaisir (sauf, évidemment, si on m'annonçait que la sentence de dix ans d'emprisonnement était levée).

> N'oublie pas l'équilibre intérieur et les avantages du régime prison. À bientôt au 192. Encore une fois, ne t'en fais pas. Les copines sont là.
> Affectueusement,
>> Jude et Shaz.

J'ai regardé la lettre, les yeux papillotant d'émotion, et je me suis empressée de déchirer la seconde enveloppe. De Mark, peut-être ?

La lettre était écrite au dos d'une carte en accordéon représentant des vues du lac Windermere et disait :

> Nous rendons visite à grand-mère à St Anne et faisons le tour des lacs. Temps mitigé mais super-magasins d'usine. Papa a acheté un gilet en peau de mouton ! Peux-tu appeler Una et vérifier qu'elle a bien mis le minuteur en marche ?
> Affectueusement,
>> Maman.

Samedi 30 août

50,5 kg (j'espère), unités d'alcool : 6 (super !), calories 8755 (super !), nombre de vérifications de mon sac pour m'assurer qu'il ne contient pas de drogue : 24.

6:00. Dans l'avion. Je rentre à la maison ! Libre ! Mince ! Propre ! Mes cheveux brillent ! J'ai retrouvé mes vêtements propres ! Youpi ! J'ai des journaux, *Marie-Claire* et *Hello !* Tout est merveilleux.

6:30. Chute de moral inexplicable. Suis toute désorientée d'être à nouveau serrée dans un avion dans le noir avec tant de gens qui dorment. Je devrais me sentir euphorique mais en fait j'ai l'impression d'être drôlement vidée. Les gardes sont venus pour me faire sortir hier soir. On m'a emmenée dans une pièce où on m'a rendu mes vêtements, j'ai été prise en charge par un autre fonctionnaire de l'ambassade, un certain Brian, qui avait une espèce de chemise bizarre en nylon, à manches courtes, et des lunettes cerclées de métal. Il m'a dit qu'il y avait eu du « nouveau » à Dubaï et que quelqu'un au plus haut niveau du ministère des Affaires étrangères avait fait pression pour me faire sortir du pays avant que le climat ne change.

C'était tout bizarre à l'ambassade. Il n'y avait personne, à part Brian qui m'a immédiatement conduite à une antique salle de bains assez sommaire où se trouvaient toutes mes affaires. Il m'a dit de prendre une douche et de me changer, mais de faire très vite.

Incroyable ce que j'avais maigri, mais il n'y avait pas de sèche-cheveux, alors j'ai les cheveux encore un peu hirsutes. Évidemment, ça n'a pas d'importance, mais j'aurais bien aimé être à mon avantage au retour. Je commençais à me maquiller quand Brian a frappé à la porte en disant qu'il fallait absolument partir.

Tout s'est passé comme dans un brouillard, nous avons foncé vers la voiture dans la nuit moite, puis traversé à toute vitesse des rues pleines de chèvres, de pousse-pousse, de klaxons, de familles entières empilées sur une seule bicyclette. La propreté de l'aéroport m'a semblé incroyable. Je ne suis pas passée par la voie normale, mais par un itinéraire spécial ambassade, tout était prévu et réglé d'avance. Quand nous sommes arrivés à la porte d'embarquement, la salle était vide, l'avion prêt à décoller et il n'y avait qu'un type en veste jaune fluo qui nous attendait.

— Merci, ai-je dit à Brian. Remerciez Charlie pour moi.

— Je n'y manquerai pas, a-t-il fait avec une grimace. Ou son père, plutôt.

Puis il m'a tendu mon passeport et m'a serré la main avec un respect auquel je n'étais absolument pas habituée, même avant mon incarcération.

— Vous vous êtes bien débrouillée, a-t-il dit. Bravo, mademoiselle Jones.

10:00. Viens de dormir un peu. Suis tout excitée à l'idée de rentrer. J'ai vraiment eu mon épiphanie spirituelle. Tout va changer à présent.

Résolutions pour une nouvelle vie post-épiphanie spirituelle
1. Ne pas recommencer à fumer et à boire, car je n'ai rien bu depuis onze jours et fumé seulement deux cigarettes (je n'ai pas envie d'entrer dans les détails sur ce que j'ai dû faire pour me les procurer). Mais quand même, je pourrais bien prendre une petite bouteille de vin dès maintenant. Il faut arroser ça, c'est clair. Oui.
2. Ne pas compter sur les hommes, mais sur moi. (À moins que Mark Darcy ne veuille ressortir avec moi. Oh, mon Dieu, j'espère. J'espère qu'il se rend compte que je l'aime toujours. J'espère que c'est lui qui m'a sortie de là. J'espère qu'il sera à l'aéroport.)
3. Ne pas me préoccuper de choses stupides genre poids, cheveux hirsutes, qui Jude veut inviter à son mariage.
4. Ne pas rejeter les conseils des guides pratiques, des poèmes,

317

etc., mais les limiter aux questions clés telles que : rester opti- miste, ne pas se prendre la tête, pardonner (mais peut-être quand même pas à Jed l'Enfoiré, comme on l'appellera désormais).

5. Être plus prudente avec les hommes car de toute évidence — si on en veut pour preuve Jed l'Enfoiré, sans parler de Daniel — ils sont dangereux.

6. Ne plus me laisser marcher sur les pieds par qui que ce soit, notamment Richard Finch, mais avoir confiance en moi.

7. Développer ma spiritualité et m'attacher aux principes moraux.

Bon, maintenant je peux regarder *Hello !* et les tabloïds.

11:00. Mmm. Photos géniales d'une Diana plus épanouie et d'un Dodi velu. Ouais, quand même. Juste au moment où je suis mince, elle lance une nouvelle tendance formes pulpeuses. Super. Suis bien contente qu'elle soit heureuse, mais je ne suis pas sûre que ce soit le mec qu'il lui faut, je ne sais pas pour- quoi. J'espère qu'elle ne sort pas avec lui uniquement parce que ce n'est pas un enfoiré affectif, lui. Malgré tout, si c'est le cas, je la comprends.

11:15. Il ne semble pas qu'il y ait quoi que ce soit à mon sujet dans les journaux. Quoique, comme a dit Charlie, c'est top secret et gardé sous le boisseau par le gouvernement pour ne pas influencer les relations diplomatiques avec la Thaïlande, à cause des importations de sauce d'arachide, et tout ça.

11:30. Le noir, cette saison, c'est le marron ! Je viens de jeter un coup d'œil à *Marie-Claire*.

11:35. Quoique, logiquement, ce qui devrait être marron cette saison, c'est le gris, puisque le gris était le noir de la saison passée. Oui.

11:40. C'est tout de même une catastrophe, car je n'ai rien de marron dans ma garde-robe, mais peut-être que l'argent tom- bera du ciel, de manière aussi inespérée que ma libération.

11:45. Mmm. Délicieux, le vin, quand on n'en a pas bu depuis si longtemps. Me monte à la tête.

12:30. Berk. Me sens légèrement écœurée après mon orgie de presse à sensation. J'avais oublié cette impression déprimante et honteuse qu'on a après, comme une sorte de gueule de bois, et le sentiment que le monde se résume à une horrible histoire toujours recommencée : au départ on croit que les gens sont bien et ensuite ils se révèlent mauvais et pourris.

J'ai particulièrement apprécié, sur le moment, l'histoire du prêtre qui s'est avéré être un enfoiré lubrique. C'est tellement chouette quand ce sont les autres qui agissent mal. Mais j'ai l'impression, quand même, que les initiateurs du mouvement de soutien aux victimes du prêtre (sous prétexte que « les femmes qui ont des relations sexuelles avec des prêtres sont souvent des femmes qui n'ont personne vers qui se tourner ») ne sont pas très objectifs. Et que font les autres qui n'ont personne vers qui se tourner ? Il faudrait sûrement aussi des groupes de soutien pour les femmes qui se sont fait baiser par les ministres conservateurs, pour les membres des équipes nationales de sport qui ont couché avec des membres de la famille royale, pour les membres du clergé catholique qui ont couché avec des célébrités ou des membres de la famille royale, et pour les célébrités qui ont couché avec des gens qui ont confessé leur histoire aux membres du clergé catholique qui ont ensuite vendu leur histoire aux journaux du dimanche. Je vais peut-être vendre mon histoire aux journaux du dimanche, comme ça, je trouverai l'argent dont j'ai besoin. Non, c'est mal. Voilà, ma spiritualité est déjà contaminée par la mentalité des tabloïds.

Ou alors je vais écrire un livre. Je vais peut-être être accueillie en héros, comme John McCarthy, et écrire un bouquin intitulé *Quelques Formations nuageuses*, ou un autre truc météorologique. Peut-être qu'on me réserve un accueil triomphal, avec Mark, Jude, Shazzer, Tom, mes parents, une foule de photographes impatients et Richard Finch me suppliant à genoux de lui accorder une interview exclusive. Il vaut mieux que je ne me mette pas en colère. J'espère que je ne vais pas trop m'énerver. J'ai l'impression qu'il faudrait que la police ou des conseillers ou je ne sais qui soient là pour m'accueillir et m'emmener dans une base secrète afin de m'aider à relâcher la pression. Je crois que je vais dormir un peu.

21:00. (heure anglaise) Suis arrivée à Heathrow avec gueule de bois monstre à cause du vol. J'essayais de débarrasser mes vêtements des miettes de pain et de la pâte dentifrice rose frauduleusement présentée en guise de dessert, je répétais mes répliques, prête à affronter la horde des journalistes. « C'était un cauchemar. Un vrai cauchemar éveillé. Un coup de tonnerre inattendu. Je ne ressens aucune haine (amertume, peut-être ?), car si d'autres peuvent être avertis des dangers que l'on court à laisser ses amies coucher avec des inconnus, mon incarcération n'aura pas été inutile (vaine ?). » Malgré tout, je me disais tout le temps que la horde de journalistes ne serait peut-être pas là. J'ai passé la douane sans encombre et juste comme je regardais avec impatience autour de moi dans l'espoir de découvrir des visages familiers, j'ai été assaillie... par une horde de journalistes. Une foule de photographes et de reporters me mitraillaient de flashs. Mon cerveau s'est vidé et j'ai été totalement incapable de faire ou de dire quoi que ce soit, sauf : « Pas de commentaire », genre ministre qui vient de se faire prendre à baiser une prostituée, et j'ai continué à avancer en poussant mon chariot, me disant que mes jambes allaient me lâcher. Puis tout d'un coup, on m'a pris mon chariot et quelqu'un m'a serrée dans ses bras en disant : « Tout va bien, Bridge, nous sommes là, nous t'avons retrouvée, tout va bien. »

C'était Jude et Shazzer.

Dimanche 31 août

51,5 kg (Ouii ! Ouii ! triomphal aboutissement de dix-huit ans de régime, quoique peut-être à un prix injustifié), unités d'alcool : 4, calories : 8995 (certes méritées), évolution dans le trou du mur grâce à Garry l'Artisan : 0.

2 heures du matin. Chez moi. Génial d'être chez soi. Génial de retrouver Jude et Shazzer. À l'aéroport, un policier nous a aidées à traverser la foule pour nous diriger vers un bureau où des gens de la brigade antidrogue et un type des Affaires étrangères ont commencé à me poser un tas de questions.

— Écoutez, ça ne peut pas attendre ? a éclaté Shazzer, indignée, au bout d'une minute environ. Vous ne voyez pas dans quel état elle est ?

Les types ont eu l'air de penser qu'il était nécessaire de continuer, mais finalement ils ont été tellement terrifiés par Shazzer qui râlait : « Vous êtes des hommes ou des monstres ? », et par ses menaces de les dénoncer à Amnesty International qu'ils nous ont donné un flic pour nous accompagner jusqu'à Londres.

— Faites attention aux gens avec qui vous vous liez, la prochaine fois, a dit le type des Affaires étrangères.

— Oh, je vous en prie ! a répondu Shaz.

Juste en même temps, Jude disait :

— Oh, tout à fait, monsieur, et elle s'est lancée dans un discours genre motion de confiance devant conseil d'administration.

Quand je suis rentrée chez moi, le frigo était plein, il y avait des pizzas prêtes à réchauffer, des boîtes de chocolats, des toasts au saumon fumé, des paquets de Minstrels et des bouteilles de chardonnay. Plus une grande affiche sur la bâche plastique devant le trou du mur, qui disait : « Bienvenue à la maison, Bridget. » Et un fax de Tom — qui avait *emménagé* avec le douanier de San Francisco :

CHÉRIE, LA DROGUE EST LA POUDRE DE SATAN, REFUSE-LA ! J'IMA-
GINE QUE TU ES PLUS MINCE QUE JAMAIS. LAISSE IMMÉDIATEMENT
TOMBER LES HOMMES ET DEVIENS GAY. VIENS ICI VIVRE AVEC NOUS
EN TRIO SANDWICH CALIFORNIEN. J'AI BRISÉ LE CŒUR DE JÉRÔME !
HAHAHAHA.
      APPELLE-MOI. JE T'AIME. BON RETOUR.

En plus, Shaz et Jude avaient rangé tout le bazar que j'avais laissé en partant, changé les draps et mis des fleurs et des Silk Cut sur la table de nuit. Elles sont adorables, ces copines ! Et ce nombriliste de Tom aussi.

Elles m'ont fait couler un bain et apporté un verre de champagne, et je leur ai montré mes piqûres de puce. Puis j'ai mis mon pyjama et nous nous sommes toutes assises sur le lit avec des cigarettes, du champagne et du chocolat au lait Cadbury, et nous avons commencé à passer en revue tout ce qui s'était passé, mais je crois que j'ai dû m'endormir parce que maintenant il fait nuit, Jude et Shaz sont parties, mais elles ont laissé un mot sur mon oreiller disant de les rappeler quand je me réveillerais. Elles dorment toutes les deux chez Shazzer parce que l'appartement de Jude est en travaux pour qu'elle puisse y habiter avec Richard le Cruel quand ils seront mariés. J'espère qu'elle a un meilleur artisan que moi. Le trou dans le mur en est toujours exactement au même point.

10:00. Aaah ! Où suis-je ? Où suis-je ?

10:01. Ça fait tout drôle de se retrouver dans un lit avec des draps. C'est bien, mais irréel. Oooh ! Je viens de me rappeler que je vais être dans le journal. Je vais le chercher. Je découperai tous les articles et je les garderai dans un album pour montrer à mes petits-enfants. (Si jamais j'en ai un jour.) Super !

10:30. C'est incroyable. Comme un rêve ou un poisson d'avril de mauvais goût. Incroyable. Diana ne peut pas être morte. Ce n'est pas son genre.

11:10. Je vais allumer la télé et ils diront que c'était une erreur et qu'elle est revenue, et on la verra sortir du Harbour Club, assaillie par une nuée de photographes qui lui demanderont comment c'était.

11:30. Je n'y crois pas. C'est si effrayant quand ceux qui nous gouvernent ne savent pas quoi faire.

Midi. Au moins, Tony Blair a pris les choses en main. C'était comme s'il avait dit ce que tout le monde pensait au lieu de répéter sans arrêt « Quel malheur ! Quel choc ! » comme un perroquet.

13:15. On dirait que le monde est devenu fou. Je ne retrouve rien de normal.

13:21. Pourquoi Shaz et Jude n'ont-elles pas téléphoné ?

13:22. Oh, elles pensent peut-être que je dors. Je vais les appeler.

13:45. Jude, Shazzer et moi sommes d'avis qu'elle était notre trésor national et nous en voulons à tous ceux qui ont été si mesquins avec elle qu'elle ne voulait plus rester en Angleterre. C'est comme le doigt de Dieu venant du ciel pour dire : « Puisque vous voulez vous chamailler à son sujet, eh bien, personne ne l'aura. »

14:00. Il fallait bien que ça tombe le seul jour où j'aurais pu être dans le journal, putain. Il n'y a pas une ligne sur moi. Pas une.

18:00. Je ne peux pas croire qu'elle est morte. Je suis obligée de relire sans arrêt les titres du journal pour m'en convaincre. En fait, la princesse Diana était la sainte patronne des Célibattantes parce qu'elle a commencé dans la vie comme l'archétype de l'héroïne des contes de fées en faisant ce que nous croyons toutes que nous allons faire, c'est-à-dire épouser un prince charmant, et elle a été assez honnête pour dire que la vraie vie, c'était autre chose. En plus, ça nous donnait l'impression que si une personne aussi belle et aussi merveilleuse pouvait être traitée comme de la merde par des mecs stupides et se sentir malaimée et abandonnée, alors ce n'était pas parce que nous ne valions rien que ça nous arrivait à nous aussi. Et elle a continuellement redéfini ce qu'elle était et réglé elle-même ses problèmes. Elle faisait toujours de son mieux, comme les femmes modernes.

18:10. Hmm. Je me demande ce que les gens diraient si je mourais.

18:11. Rien.

18:12. Surtout si on se base sur ce qu'ils disent de moi quand je suis enfermée dans une prison thaïlandaise.

18:20. Je viens de me rendre compte de quelque chose d'horrible. Je regardais la télé sans le son et ils ont montré la première page d'un tabloïd qui avait l'air de représenter les images de l'accident dans toute son horreur. Je me suis aperçue qu'il y avait une horrible partie de moi qui voulait effectivement voir ces images. Il est clair que je n'achèterais pas ce journal même si j'en avais la possibilité, mais c'est dégoûtant. Berk ! Qu'est-ce que ça révèle ? Oh, mon Dieu. Je suis abominable.

18:30. Je ne fais que rêvasser, les yeux dans le vide. Je ne m'étais absolument pas rendu compte à quel point la princesse Diana faisait partie de moi et de mon environnement. Comme si Jude et Shazzer étaient là à un moment, débordantes de vie, de rigolades, de rouge à lèvres, et devenaient la minute d'après adultes, terrifiantes, étrangères. Comme si elles étaient mortes.

18:45. Je viens de voir à la télé une femme qui est allée dans une jardinerie acheter un arbre et l'a planté pour la princesse Diana. Je pourrais peut-être planter quelque chose dans la jardinière de la fenêtre, par exemple du basilic, non ? Je pourrais en trouver chez Cullens.

19:00. Hmm. Je ne suis pas sûre que le basilic convienne.

19:05. Tout le monde va porter des fleurs à Buckingham Palace comme si c'était une tradition établie. Est-ce que ça s'est toujours fait ? Est-ce que c'est un truc de ringards qui veulent passer à la télé, comme ceux qui campent toute la nuit devant les grands magasins la veille des soldes, ou est-ce que c'est une manifestation de sincérité ? Je me demande. Mais j'ai quand même envie d'y aller.

19:10. Je crois que ce serait un peu nul d'aller porter des fleurs... mais le problème, c'est que je l'aimais vraiment beaucoup. C'était comme si quelqu'un au cœur du pouvoir était comme nous. Et tous les donneurs de leçons critiquaient son engagement dans la lutte contre les mines antipersonnel, mais moi, je trouve que c'était une utilisation très intelligente de sa notoriété. Mieux que de ne rien faire à part rester chez soi à critiquer.

19:15. À quoi ça sert de vivre dans une capitale si on ne participe pas aux grands mouvements d'expression populaire ? Ce n'est pas une attitude très anglaise, mais peut-être que tout a changé, avec l'effet de serre, l'Europe, Tony Blair et le reste, et qu'on peut exprimer ses sentiments, maintenant. Peut-être qu'elle a changé les préjugés anglais.

19:25. OK, j'ai décidé d'aller à Kensington Palace. L'ennui, c'est que je n'ai pas de fleurs. J'en trouverai à la station-service.

19:40. La station-service a été dévalisée. Il ne reste plus que des trucs comme du chocolat à l'orange ou de la crème vanille. C'est bon, mais pas vraiment approprié aux circonstances.

19:45. Pourtant, je parie qu'elle aimerait ça.

19:50. J'ai choisi un numéro de *Vogue*, du chocolat Milk Tray, des bonbons et un paquet de Silk Cut. Ce n'est pas l'idéal, mais tout le monde aura acheté des fleurs et je sais qu'elle aimait bien *Vogue*.

21:30. T. contente d'y être allée. Je me sentais un peu intimidée en traversant Kensington, parce que je craignais que les gens ne devinent où j'allais. Et j'étais toute seule, mais quand on y pense, la princesse Diana était souvent toute seule.

Dans le parc, il faisait très sombre et l'ambiance était très douce, les gens allaient tous dans la même direction, sans rien dire. Il n'y avait aucune manifestation délirante, contrairement à ce qu'on voit aux infos. Le pied du mur était recouvert de fleurs et de bougies, et les gens rallumaient les bougies éteintes et lisaient des messages.

J'espère qu'elle est rassurée maintenant, après toutes les fois où elle a eu peur de ne pas être à la hauteur. On voit bien ce que les gens ressentent. En fait, tout ça devrait faire passer le message de ne pas se faire trop de souci à toutes les femmes qui s'inquiètent de la façon dont on les voit, qui craignent de ne pas être bien et qui sont trop exigeantes envers elles-mêmes. Je me sentais un peu gênée avec mon *Vogue*, mes chocolats et mes bonbons, alors je les ai cachés sous les fleurs et j'ai regardé les messages, qui montraient bien qu'on n'a pas besoin d'être orateur pour être capable d'exprimer des choses. Le plus beau était copié de la Bible, je crois, d'une écriture tremblante de vieille dame, et disait : « *Quand j'ai eu des ennuis, tu t'es occupée de moi ; quand j'ai été en danger, tu as cherché à me protéger, quand j'ai été malade, tu m'as soignée ; quand les gens m'ont abandonnée, tu as pris ma main. Tout ce que tu as fait pour les plus humbles et les plus pauvres, c'est comme si tu l'avais fait pour moi.* »

12
Quelle époque bizarre !

Lundi 1ᵉʳ septembre

51,5 kg (je dois faire en sorte de ne pas reprendre immédiate-ment tous mes kilos), calories : 6452.

— J'ai compris qu'il y avait un problème quand je suis arri-vée à la porte d'embarquement, a raconté Shaz, quand elle est venue avec Jude hier soir. Mais l'équipage n'a pas voulu me dire ce qui s'était passé, ils m'ont forcée à embarquer, ensuite ils ne m'ont pas laissée ressortir et l'avion a immédiatement pris la piste de décollage.

— Alors, quand as-tu compris ? ai-je demandé en vidant mon verre de chardonnay.

Sur quoi, Jude a immédiatement pris la bouteille pour m'en verser un autre. C'était génial, génial.

— Pas avant l'atterrissage, a dit Shaz. Le vol a été absolu-ment horrible. J'espérais que tu avais simplement raté l'avion, mais ils étaient vraiment bizarres et désagréables avec moi. Et après, dès que je suis descendue de l'avion...

— Elle s'est fait arrêter ! a annoncé Jude en rigolant. Elle était furax.

— Oh, c'est pas vrai ! Et toi qui espérais que Jed serait là !

— Ce salaud ! a dit Shaz en rougissant.

J'ai pensé qu'il vaudrait peut-être mieux ne plus parler de Jed.

— Il avait mis quelqu'un derrière toi dans la file d'attente à Bangkok, a expliqué Jude. Apparemment, il attendait à Heathrow qu'on l'appelle et il a immédiatement pris un avion pour Dubaï.

Finalement, Shaz avait appelé Jude du poste de police et ils avaient rapidement joint les Affaires étrangères.

— Ensuite, plus rien, a repris Jude. Ils ont commencé par dire que tu étais bonne pour dix ans.

— Oui, je me souviens, ai-je dit en frissonnant.

— On a appelé Mark le mercredi soir et il a immédiatement pris contact avec Amnesty et Interpol. On a essayé de joindre ta mère, mais son répondeur nous a appris qu'elle était en vacances dans la région des lacs. On a pensé à téléphoner à Una et Geoffrey, mais on a pensé que tout le monde allait s'affoler et que ça ne servirait à rien.

— Sage décision.

— Le premier vendredi, on a su que tu avais été transférée dans une vraie prison...

— Et Mark a pris l'avion pour Dubaï.

— Il est allé à Dubaï ? Pour moi ?

— Il a été super, a dit Shaz.

— Et où est-il ? Je lui ai laissé un message, mais il n'a pas rappelé.

— Il y est encore, a repris Jude. Ensuite, lundi, le ministère des Affaires étrangères a téléphoné et tout semblait avoir changé.

— C'est sans doute quand Charlie a parlé à son père, ai-je dit, tout excitée.

— Ils nous ont laissées envoyer nos lettres...

— Et mardi, on a appris qu'ils avaient arrêté Jed...

— Mark a téléphoné vendredi pour dire qu'il avait fait des aveux complets...

— Puis tout d'un coup on a eu un coup de fil nous annonçant que tu étais dans l'avion !

— Super ! avons-nous crié toutes ensemble en trinquant.

J'aurais donné n'importe quoi pour revenir à Mark, mais je

ne voulais pas avoir l'air ingrate après tout ce qu'avaient fait les copines.

— Alors, il sort toujours avec Rebecca ? ai-je éclaté.

— Non ! a dit Jude. Mais non, pas du tout !

— Qu'est-ce qui s'est passé ?

— On ne sait pas exactement, a dit Jude. Tout était normal, et tout d'un coup, Mark a annulé son voyage en Toscane et...

— Tu ne devineras jamais avec qui Rebecca sort maintenant, l'a interrompue Shaz.

— Qui ça ?

— C'est quelqu'un que tu connais.

— Ce n'est pas Daniel ? ai-je demandé, avec des sentiments curieusement mitigés.

— Non.

— Colin Firth ?

— Non.

— Ouf. Tom ?

— Non. Pense à quelqu'un que tu connais bien Il est marié.

— Mon père ? Le Jeremy de Magda ?

— Tu brûles.

— Quoi ? C'est quand même pas Geoffrey Alconbury ?

— Non. (Shaz rigolait.) Il est marié avec Una et il est pédé

— Giles Benwick, a dit Jude brutalement.

— Qui ?

— Giles Benwick, a confirmé Shaz. Tu connais Giles, bon Dieu, le collègue de Mark, tu l'as sauvé du suicide chez Rebecca.

— Il en pinçait sacrément pour toi, tu sais bien.

— Rebecca et lui sont restés terrés tous les deux dans le Gloucestershire après leurs accidents respectifs, à lire des guides pratiques, et maintenant, ils sont ensemble.

— Comme les deux doigts de la main, a ajouté Jude.

— Ils sont unis dans l'acte d'amour a renchéri Shaz.

Nous sommes restées un moment à nous regarder en silence, ébahies par cette étrange manifestation céleste.

— Le monde est devenu fou, ai-je éclaté, à la fois émerveillée et terrifiée. Giles Benwick n'est ni beau ni riche.

— Si, en fait, il est riche, a murmuré Jude.

— Mais ce n'était même pas le jules de quelqu'un d'autre. Il n'a aucun prestige social selon les critères habituels de Rebecca.

— Sauf qu'il est très riche, a dit Jude.

— Et pourtant, Rebecca l'a choisi.

— C'est vrai, c'est tout à fait vrai, a dit Shaz, tout excitée Quelle époque ! Quelle époque bizarre !

— Bientôt, le prince Philip va me demander de sortir avec lui et Tom sera le petit ami de la reine ! me suis-je écriée.

— Pas de Jérôme le Prétentieux, la reine des folles, mais de notre bonne chère vieille reine d'Angleterre, a précisé Shaz.

— Les chauves-souris vont se mettre à bouffer le soleil, ai-je renchéri, en plein délire, les chevaux vont naître avec une queue sur la tête et des cubes d'urine congelée vont atterrir sur nos terrasses pour nous offrir des cigarettes.

— Et la princesse Diana est morte, a dit Shazzer, solennellement.

L'humeur a brutalement changé. Nous sommes restées muettes toutes trois, nous efforçant d'intégrer cette idée bouleversante, démente, inconcevable.

— Quelle époque ! a déclaré Shaz en hochant la tête avec une emphase funèbre. Quelle époque bizarre !

Mardi 2 septembre

52 kg (j'arrête de me goinfrer demain, c'est décidé), unités d'alcool : 6 (il ne faut pas que je me mette à trop boire), cigarettes · 27 (il ne faut pas que je me mette à trop fumer), calories · 6285 (il ne faut pas que je me mette à trop manger).

8:00. Chez moi. En raison de la mort de Diana, Richard Finch a annulé le sujet qu'ils préparaient, intitulé « Trafiquante de drogue en Thaïlande » (c'est-à-dire moi), et m'a donné deux jours de congé pour me remettre. Je n'arrive pas à accepter la mort de Diana. Le reste non plus, d'ailleurs. Il va peut-être y avoir une crise nationale maintenant. C'est la fin d'une époque, sans aucun doute, mais aussi le début d'une ère nouvelle, l'automne en l'occurrence. C'est le moment propice aux recommencements.

Suis bien décidée à ne pas retomber dans les vieilles habitudes, c'est-à-dire passer ma vie à consulter le répondeur et à attendre que Mark m'appelle. Je serai calme et équilibrée.

8:05. Mais pourquoi Mark a-t-il rompu avec Rebecca ? Pourquoi sort-elle avec ce binoclard de Giles Benwick ? POURQUOI ? POURQUOI ? Est-ce qu'il est allé à Dubaï parce qu'il m'aime encore ? Mais pourquoi est-ce qu'il ne m'a pas rappelée ? POURQUOI ? POURQUOI ?

Enfin. Tout cela ne me concerne plus. Je m'occupe de moi. Je vais aller me faire épiler les jambes.

10:30. De retour chez moi. Suis arrivée en retard (huit heures et demie) pour mon épilation et on m'a appris que l'esthéticienne ne viendrait pas aujourd'hui « à cause de la princesse Diana ». La fille à l'accueil avait un ton presque sarcastique en me l'annonçant mais, comme je lui ai fait remarquer, qui sommes-nous pour juger les autres ? Si tout ça nous a appris quelque chose, c'est bien à ne pas juger son prochain.

J'ai quand même eu du mal à garder ma sérénité en rentrant, quand j'ai été coincée dans un gigantesque embouteillage sur Kensington High Street qui m'a fait mettre quarante minutes pour rentrer, au lieu de dix habituellement. Quand je suis arrivée à l'origine de l'embouteillage, je me suis rendu compte qu'il y avait des travaux, mais aucun ouvrier sur le chantier, simplement une pancarte qui disait : « Les ouvriers qui travaillent dans cette rue ont décidé d'arrêter le travail pendant les quatre prochains jours en signe de respect pour la princesse Diana. »

Oooh ! Mon répondeur clignote.

C'était Mark ! Il avait une voix toute faible et chevrotante.

« Bridget... on vient de me mettre au courant. Je suis ravi que tu sois libre. Ravi. Je serai de retour plus tard dans... »

Il y a eu un chuintement sonore sur la ligne, et la communication a été coupée.

Dix minutes plus tard, le téléphone a sonné.

— Oh, bonjour, ma chérie, tu sais quoi...

Ma mère. Ma mère à moi. J'ai été submergée par une vague d'affection.

— Quoi ? ai-je demandé, sentant les larmes me monter aux yeux.

— Traverse tranquillement le bruit et la fureur et n'oublie pas la paix que peut t'apporter le silence.

Long silence.

— Maman ? ai-je fini par dire.

— Chut ! Silence, ma chérie. (Encore une pause.) N'oublie pas la paix que peut t'apporter le silence.

J'ai respiré un bon coup, coincé le téléphone sous mon menton et continué à préparer le café. J'ai appris à quel point il est important de prendre du recul par rapport aux lubies des autres, car on a déjà assez de mal comme ça à garder son propre cap. Juste à ce moment-là, mon portable s'est mis à sonner.

Tout en essayant d'ignorer le premier téléphone, qui s'était mis à vibrer et à hurler : « Bridget, tu ne trouveras jamais ton équilibre si tu ne cherches pas à améliorer ton rapport au silence », j'ai appuyé sur la touche OK du portable. C'était mon père.

— Ah, Bridget, a-t-il dit d'une voix sèche de militaire. Peux-tu répondre à ta mère sur le téléphone fixe ? On dirait qu'elle s'est mise dans une situation difficile.

Elle s'était mise dans une situation difficile, *elle* ? Est-ce qu'ils ne s'intéressaient pas du tout à moi ? Mes propres parents ?

Il y a eu une succession de sanglots, de cris et de fracas inexpliqués sur la ligne fixe.

— OK, papa, au revoir, ai-je dit en reprenant le téléphone.

— Ma chérie, a croassé maman dans un lamentable murmure rauque, il faut que je te dise quelque chose. Je ne peux plus le cacher plus longtemps à ma famille et à ceux que j'aime.

J'ai essayé de ne pas faire attention à la distinction implicite entre « ma famille » et « ceux que j'aime » et j'ai lancé gaiement :

— Tu sais, il ne faut pas te sentir obligée de me le dire, si tu ne veux pas.

— Qu'est-ce que tu voudrais que je fasse ? a-t-elle hurlé de façon théâtrale. Que je vive dans le mensonge ? Je suis une droguée, ma chérie, une droguée !

Je me suis creusé la cervelle pour deviner à quoi elle pouvait croire être droguée. Ma mère n'a jamais bu plus d'un verre de sherry depuis le jour où Mavis Enderbury s'est enivrée pour son vingt et unième anniversaire en 1952 ; il avait alors fallu l'accompagner chez elle sur la barre de la bicyclette d'un certain Peewee. Quant à sa consommation de médicaments, elle se limite à quelques cuillerées de sirop pour remédier à une toux d'irritation qu'elle attrape régulièrement pendant les représentations bisannuelles de la Société de théâtre amateur de Kettering.

— Je suis une droguée, a-t-elle répété, avant de replonger dans un silence théâtral.

— D'accord. Tu es droguée. Et puis-je savoir exactement à quoi tu te drogues ?

— Aux relations affectives, a-t-elle répondu. Je suis une accro des relations affectives, ma chérie. Je ne peux pas m'en passer.

Je me suis cogné la tête sur la table devant moi.

335

— Trente-cinq ans avec ton père ! m'a-t-elle dit, et je n'avais pas compris !

— Mais, maman, ce n'est pas parce qu'on est mariés que...

— Oh non, ce n'est pas à ton père que je suis accro. Je suis accro au plaisir. J'ai dit à papa que je... Oooh, il faut que je file. C'est l'heure de ma séance.

Je fixais la cafetière sans la voir, le cerveau en déroute. Est-ce qu'ils ignoraient ce qui m'était arrivé ? Est-ce qu'elle avait pété les plombs, une bonne fois pour toutes ?

Le téléphone a sonné une nouvelle fois. C'était papa.

— Je suis désolé.

— Qu'est-ce qui se passe ? Tu es avec maman en ce moment ?

— Oui, enfin... en quelque sorte. Elle vient de partir à je ne sais quelle séance.

— Où êtes-vous ?

— Nous sommes dans une... enfin, c'est une sorte de... bon, ça s'appelle L'Arc-en-ciel.

Une secte ? ai-je pensé. Scientologie ? Temple solaire ?

— C'est... euh, c'est un centre de désintoxication.

Oh, mon Dieu. Finalement, je n'étais pas la seule à m'inquiéter des abus d'alcool de papa. Maman m'a dit qu'un soir, alors qu'ils rendaient visite à grand-mère à St Anne, il était allé à Blackpool et il était arrivé à la maison de retraite complètement bourré, une bouteille de Famous Grouse dans une main, et dans l'autre une poupée gonflable à l'effigie d'une Spice Girl dans le sein de laquelle son dentier était resté accroché. On avait appelé les médecins et, la semaine dernière, ils étaient allés directement de St Anne à ce centre de désintoxication, où maman, comme d'habitude apparemment, n'avait pas l'intention de se laisser voler la vedette.

— Ils n'ont pas l'air de penser que le scotch soit un problème majeur. Ils disent que j'ai seulement voulu masquer ma souffrance ou quelque chose comme ça, à propos de tous ces

Julio, Wellington et autres. Alors maintenant, l'idée est de nous adonner ensemble à son addiction au plaisir.

Mon Dieu.

Je crois qu'il vaut mieux ne pas parler de la Thaïlande à papa et maman, du moins pas pour l'instant.

22:00. Encore chez moi. Et voilà ! Super ! J'ai passé la journée à ranger et à trier, et tout est en ordre. J'ai fait tout mon courrier (enfin, il est rangé en pile, en tout cas). En plus, Jude a raison. C'est ridicule d'avoir ce foutu trou dans le mur depuis quatre mois et c'est un miracle que personne n'ait escaladé par-derrière pour venir me cambrioler. Je ne vais pas supporter plus longtemps les excuses idiotes de Gary l'Artisan. Ai demandé à un copain de Jude, qui est avocat, de lui écrire une lettre. Vous voyez ce qu'on est capable de faire quand on est devenu une nouvelle personne dotée de volonté. Génial...

Cher Monsieur,

Nous agissons au nom de Mlle Bridget Jones.

Nous sommes informé que notre cliente a contracté avec vous un accord verbal aux environs du 5 mars 1997, suivant lequel vous avez accepté de construire une extension à l'appartement de notre cliente (consistant en une deuxième chambre / bureau et une terrasse) pour un montant (estimé) de 7 000 livres. Notre cliente vous a versé le 21 avril 1997 une somme de 3 500 livres comme avance sur travaux. Il était expressément entendu que les travaux seraient terminés dans un délai de six semaines à partir de ce premier paiement.

Vous avez commencé les travaux le 25 avril 1997 en ouvrant un trou de 1,5 m sur 2,5 m dans le mur extérieur de l'appartement de notre cliente. Vous n'avez ensuite effectué aucune avancée dans les travaux pendant une période de plusieurs semaines. Notre cliente a tenté de vous contacter plusieurs fois par téléphone, vous laissant des messages auxquels vous n'avez jamais répondu. Vous êtes finalement revenu chez notre cliente le 30 avril 1997, alors qu'elle était absente. Cependant, au lieu de continuer les travaux que vous aviez convenu de faire, vous vous etes contenté de recouvrir le trou que vous aviez réalisé dans son mur extérieur par une bâche. Depuis lors, vous n'êtes jamais revenu terminer les travaux et n'avez jamais répondu aux nombreux messages téléphoniques de notre cliente qui vous demandaient de le faire.

Le trou que vous avez effectué dans le mur extérieur de l'appartement de notre cliente est cause de froid et d'insécurité en cas de cambriolage. Le fait que vous n'ayez ni accompli ni achevé les travaux pour lesquels vous vous étiez engagé constitue clairement un manquement à votre contrat avec notre cliente. Vous avez par conséquent rompu le contrat, et notre cliente entérine cette rupture...

Blablabla... ayant droit à remboursement... directement responsable des pertes encourues... À moins d'une réponse de votre part dans les huit jours confirmant que vous prenez en charge les pertes encourues par notre cliente... en conséquence nous avons ordre de lancer contre vous une procédure pour rupture de contrat sans préavis.

Ah mais ! Ça lui apprendra. Il n'est pas près d'oublier la leçon. J'ai posté la lettre aujourd'hui et il l'aura demain au courrier. Il verra que je parle sérieusement et qu'il n'est pas question de continuer à me rouler dans la farine et à se moquer de moi.

Bon. Maintenant, je vais prendre une demi-heure afin de rassembler quelques idées pour la réunion de demain matin.

22:15. Hmmm. Je vais peut-être aller acheter des journaux pour trouver quelques idées. Quoi qu'il soit un peu tard, quand même.

22:30. En fait, je ne vais pas me tracasser à propos de Mark Darcy. Les hommes ne sont pas indispensables. C'est seulement que jadis les hommes et les femmes vivaient ensemble parce que les femmes ne pouvaient pas survivre sans eux, mais à présent... les choses ont bien changé. J'ai un appartement à moi (même s'il est plein de trous), des amis, un salaire et un boulot (jusqu'à demain du moins), alors, hein ? Hahahaha-haha !

22:40. Voyons. Nous avons dit *idées*.

22:41. Oh, là, là. Ce que j'ai envie de faire l'amour. Je n'ai pas fait l'amour depuis une éternité.

22:45. Peut-être un truc sur ce qui a changé en Grande-Bretagne avec le nouveau travaillisme ? Comme après la lune de miel, quand vous vivez avec quelqu'un depuis six mois et que ça commence à vous agacer qu'il ne fasse jamais la vaisselle ? Est-ce qu'ils ne commencent pas déjà à réduire les bourses des étudiants ? Hmm. C'était si facile de faire l'amour et de sortir avec quelqu'un quand on était étudiant. Peut-être qu'ils ne méritent pas ces foutues bourses, puisqu'ils n'arrêtent pas de faire l'amour.

Nombre de mois que je n'ai pas fait l'amour : 6
Nombre de secondes que je n'ai pas fait l'amour :
(Combien y a-t-il de secondes dans une journée ?)
$60 \times 60 = 3\,600 \times 24 =$
(Je crois que je vais prendre ma calculette.)
$86\,400 \times 28 = 2\,419\,200 \times$
six mois $= 14\,515\,200$
Quatorze millions cinq cent quinze mille deux cents secondes que je n'ai pas fait l'amour.

23:00. Peut-être que, si ça se trouve, je ne FERAI PLUS JAMAIS L'AMOUR.

23:05. Je me demande ce qui se passe si on ne fait plus l'amour. Est-ce bon ou mauvais ?

23:06. Peut-être que, je ne sais pas, on se *bouche*.

23:07. Attendez, je ne suis pas censée penser au sexe. Je suis une intellectuelle.

23:08. D'autre part, c'est sûrement une bonne chose de pro-créer.

23:10. Germaine Greer n'a pas eu d'enfants. Mais qu'est-ce que ça prouve ?

23:15. Bon. Nouveau travaillisme, nouveau...

Oh, mon Dieu ! Je suis devenue célibataire.

Le célibat ! Les nouveaux célibataires ! Mais oui, si ça m'arrive à moi, il y a des chances que ça arrive aussi à plein d'autres gens. Est-ce que ce n'est pas ça, le concept de tendance ?

« Soudain, le sexe passe à l'arrière-plan. » Quand même, j'ai horreur de ces nouveaux sujets de société qui fleurissent dans les journaux. Ça me rappelle une fois, un article du *Times* qui commençait par « Soudain, on trouve des salles à manger partout », le même jour où le *Telegraph* titrait : « Que sont devenues les salles à manger ? »

Bon, il faut que j'aille me coucher. J'ai décidé d'arriver très tôt le premier jour de mon retour, je suis quelqu'un d'autre, ne l'oublions pas.

Mercredi 3 septembre

53 kg (aah, quelle horreur !), calories : 4 955, nombre de secondes que je n'ai pas fait l'amour : 14 601 600 (chiffres d'hier + 86 400, soit la valeur d'une journée).

19:00. Suis arrivée tôt au bureau, premier jour depuis mon retour de Thaïlande, espérant être accueillie avec un intérêt et un respect nouveaux, mais j'ai trouvé Richard Finch de la même humeur odieuse que d'habitude : irritable, fumant sans arrêt et mâchouillant avec une lueur démente dans le regard.

— Oh ! a-t-il dit quand je suis entrée. Oh ! Ah ! Qu'est-ce que nous avons dans ce sac ? De l'opium, dites-moi ? De la skunk ? Avons-nous du crack dans la doublure ? Avons-nous apporté des poppers ? De l'ecstasy pour les petits copains ? Ou du bon speedy speed ? Du haschich ? De la coke ? Rockey Cokey ?

OOHH okeecokeycokee, s'est-il mis à chanter comme un dingue. *Ooh okeeeccockeycockee. Oooh ! okeeeccockeycockee !*

Une lueur de folie dans le regard, il a empoigné les deux chercheurs à côté de lui et s'est précipité vers moi en hurlant .

— Genoux pliés, bras tendus, c'est dans le sac de Brid-get, Ra-Ra !

Me rendant compte que notre producteur exécutif faisait une crise de démence sous l'emprise de la drogue, j'ai souri béatement sans lui prêter attention.

— Oh, mais c'est notre petite sainte-nitouche ! Oooh ! Allons, venez tous. Notre Bridget sainte-nitouche sortie de prison est arrivée. Commençons. Commençons, tralalalalère.

Franchement, ce n'était pas ce que j'avais prévu. Tout le monde a convergé vers la table, avec des regards accusateurs allant alternativement de moi à la pendule. Merde, il était à peine neuf heures vingt : normalement, la réunion ne devait pas commencer avant neuf heures et demie ! Ce n'est pas parce que je me mets à arriver en avance que la réunion doit commencer en avance au lieu de commencer en retard.

— Alors, Brrrridget ! Parlons idées. Quelles idées avons-nous aujourd'hui pour ravir la nation impatiente ? Dix super-conseils de première main pour la contrebande ? Le meilleur soutien-gorge sur le marché britannique pour cacher la came dans le rembourrage ?

Si tu peux supporter d'entendre tes paroles travesties par des gueux pour exciter des sots..., ai-je pensé. Oh, et puis merde, j'ai envie de lui foutre mon poing dans la gueule.

Il me regardait, mâchouillant, guettant ma réaction avec un sourire sadique. Assez bizarrement, il n'y a pas eu les ricane-ments habituels autour de la table. En fait, l'interlude thaïlan-dais semblait avoir suscité de la part de mes collègues un respect nouveau qui m'emplissait d'aise, naturellement.

— Que diriez-vous du nouveau travaillisme — après la lune de miel ?

Richard Finch s'est écroulé, la tête sur la table, et s'est mis à ronfler.

— En fait, j'ai une autre idée, ai-je dit après un silence désinvolte. À propos de sexe, ai-je ajouté, et Richard Finch s'est immédiatement redressé. (Juste la tête. Du moins, je l'espère.)

— Alors ? Tu vas nous en faire part ? Ou la garder pour tes petits copains de la brigade antidrogue ?

— Le célibat, ai-je lancé.

Silence impressionné.

Richard Finch me regardait, les yeux exorbités, comme s'il n'y croyait pas.

— Le célibat ?

— Le célibat, ai-je répété, contente de moi. Le nouveau célibat.

— Quoi, tu veux dire les moines et les nonnes ? a dit Richard Finch.

— Non, le célibat, c'est tout.

— Les gens ordinaires qui n'ont pas de relations sexuelles, a précisé Patchouli en le regardant avec insolence.

Il y avait vraiment un changement d'ambiance autour de la table. Richard avait peut-être tellement dépassé les bornes que personne ne cherchait plus à lui lécher les bottes.

— Quoi, à cause du bouddhisme, ou un truc comme ça ? a ricané Richard, la jambe agitée de soubresauts convulsifs pendant qu'il continuait à mâcher.

— Non, a dit Sexy Matt en baissant prudemment les yeux sur son carnet de notes. Les gens ordinaires, comme nous, qui n'ont pas de relations sexuelles pendant de longues périodes.

J'ai lancé un regard à Matt, juste au moment où il me regardait, lui aussi.

— Quoi ? Vous ? a dit Richard en nous dévisageant d'un air incrédule. Vous êtes tous dans votre prime jeunesse — enfin, sauf Bridget.

— Merci, ai-je marmonné.

— Vous passez tous vos nuits à ça, comme des lapins ! *Pas*

vrai ? Par-devant, par-derrière, par-dessus, par-dessous, s'est-il mis à chanter. *Pouet pouet machin dans tous les trous, et on recommence, par-devant, par-derrière, par-dessus, par-dessous, pouet pouet machin dans tous les trous* ! Pas vrai ?

Il y a eu un moment de flottement autour de la table.

— Pas vrai ?

Silence.

— Qui n'a pas fait l'amour cette semaine ?

Tout le monde fixait son carnet de notes.

— OK. Qui a fait l'amour dans la semaine qui vient de s'écouler ?

Personne n'a levé la main.

— Je n'y crois pas. D'accord. Lequel d'entre vous a fait l'amour ce mois-ci ?

Patchouli a levé la main. Harold aussi, avec un regard satisfait derrière ses lunettes. Mensonge, probablement. Ou juste une petite baise à la papa.

— Ce qui veut dire que tous les autres... Mon Dieu ! Vous n'êtes qu'une bande de tarés. Ce n'est quand même pas parce que vous travaillez trop ! Le célibat ! Merde ! Vous parlez d'une façon de se bouger le cul. Nous sommes en perte de vitesse à cause de l'effet Diana, alors vous avez intérêt à trouver quelque chose de mieux pour le reste de la saison. Je ne veux pas de ces conneries mollassonnes genre abstinence. Il faut frapper un grand coup pour la semaine prochaine.

Jeudi 4 septembre

53,5 kg (il faut que ça cesse, sinon mon emprisonnement n'aura servi à rien), nombre de méthodes imaginées pour assassiner Richard Finch : 32 (ça aussi doit cesser, sinon toute valeur dissuasive de mon emprisonnement sera annulée), nombre de vestes noires que j'ai envisagé d'acheter : 23, nombre de secondes sans faire l'amour : 14 688 000.

18:00. J'aime bien l'ambiance rentrée des classes de la mode d'automne. Je vais profiter des horaires nocturnes pour faire du shopping : pas pour acheter quelque chose, étant donné ma situation financière, mais pour essayer la nouvelle collection d'automne, la tendance noire étant au marron. T. excitée et bien décidée à faire de meilleurs achats cette année, c'est-à-dire a) ne pas paniquer, même si je m'aperçois que la seule chose que je peux acheter est une veste noire, parce qu'il y a une limite au nombre de vestes noires dont on a besoin et b) trouver de l'argent quelque part. Du côté de Bouddha, peut-être ?

20:00. Angus Steak House, Oxford Street. Crise de panique incontrôlable. Les boutiques ont toutes l'air de n'avoir que des versions très légèrement différentes de la même chose. Ce qui me plonge dans la plus grande perplexité tant que je n'ai pas passé en revue et catalogué, par exemple, toutes les vestes en nylon noir possibles : une French Connection à 129 livres ou une Michael Kors très classe (étroite, matelassée) à 400 livres. Chez Hennes, les vestes en nylon noir ne coûtent que 39, 99 livres. Je pourrais par exemple acheter dix vestes en nylon noir chez Hennes pour le prix d'une seule Michael Kors, mais du coup ma penderie serait encore plus encombrée de vestes noires que jamais et de toute façon je n'ai pas les moyens d'en acheter une seule.

C'est peut-être mon look qui est complètement à revoir. Je devrais peut-être me mettre à porter des salopettes de clown de couleur vive, style Zandra Rhodes[1] ou Su Pollard[2]. Ou réduire ma garde-robe à deux ou trois articles très classe que je porterais tout le temps. (Mais si jamais je renverse quelque chose, ou que je vomis dessus ?)

Bon. Du calme. Du calme. Voici ce qu'il faut que j'achète :
— Veste de nylon noir (1 seule).

---

1. Créatrice de mode connue pour ses amples robes de voile coloré.
2. Actrice comique qui porte souvent des tenues amusantes.

— Torque. Ou bien Tong ou Tonk ? Enfin, bon, un truc qu'on met autour du cou.

— Pantalon marron « boot leg » (ça dépendra de ce qu'on entend par « boot leg »).

— Tailleur marron pour le bureau (ou équivalent).

— Chaussures.

Un vrai cauchemar, chez le marchand de chaussures ! Essaye des chaussures marron, talon haut et bout carré style années soixante-dix, avec un terrible sentiment de déjà-vu qui me rappelait toutes ces rentrées scolaires, quand, au moment d'acheter des chaussures neuves, je me disputais avec ma mère sur ce qu'on était autorisé à porter à l'école. Soudain, je me suis rendu compte avec horreur que ce n'était pas une impression bizarre de déjà-vu, c'était exactement les mêmes chaussures, de chez Freeman Hardy Willis, que j'avais eues en terminale.

J'ai eu tout d'un coup l'impression qu'on se foutait de moi, que j'étais la marionnette de stylistes qui ne se cassent même pas la tronche à imaginer des trucs nouveaux. Le pire, c'est que maintenant je suis si vieille que la nouvelle génération d'acheteuses ne se rappelle même pas ce que je portais quand j'étais adolescente. Je comprends enfin à quel moment les dames commencent à opter pour les deux pièces Jaeger : quand elles ne supportent plus que la mode de la rue leur rappelle leur jeunesse perdue. Je viens d'atteindre ce stade. Je vais laisser tomber Kookaï, Agnès B., Whistles, etc., et passer au style mémé et à la spiritualité. En plus, ça me coûtera moins cher. Je rentre chez moi.

21:00. Chez moi. Je me sens très bizarre et vide. C'est bien joli de croire que tout va être différent quand on revient, mais finalement, c'est toujours pareil. Je suppose que c'est à moi de changer les choses. Mais qu'est-ce que je vais faire de ma vie ?

Je sais. Je vais manger un bout de fromage.

Le problème, comme on le voit dans *Le Bouddhisme : le drame du moine rémunéré*, c'est que l'atmosphère et les événements qui nous entourent sont générés par l'atmosphère qui est en nous. Pas étonnant donc que tous ces trucs dégueulasses — la Thaïlande, Daniel, Rebecca, etc. — me soient arrivés. Il faut absolument que je commence à trouver plus d'équilibre intérieur et spirituel, et alors j'attirerai des trucs paisibles et des gens généreux, aimants et équilibrés. Comme Mark Darcy.

Mark Darcy — quand il reviendra — va découvrir celle que je suis devenue : une femme calme et équilibrée, qui attire la paix et l'ordre autour d'elle.

Vendredi 5 septembre

54 kg, cigarettes : 0 (triomphe), nombre de secondes sans faire l'amour : 14 774 400 (désastre), (il faut savoir être objectif).

8:15. Bon. Je me lève de bonne heure. C'est important, vous comprenez : prendre la journée de vitesse !

8:20. Oh, je viens de recevoir un paquet. Un cadeau, peut-être ?

8:30. Mmm. C'est une boîte décorée de roses. C'est peut-être de Mark Darcy ! Peut-être qu'il est rentré.

8:40. C'est une sorte de joli stylo à bille doré, avec mon nom gravé. Ça vient peut-être de chez Tiffany ! Le bout est rouge. Du rouge à lèvres ?

8:45. C'est bizarre. Il n'y a aucun message. Peut-être un rouge à lèvres envoyé par une boîte de promotion publicitaire.

8:50. Ça ne peut pas être du rouge à lèvres, ça ne s'ouvre pas. C'est peut-être un stylo. Avec mon nom ! Peut-être une invitation à une soirée, une sorte d'avant-première promotionnelle — peut-être le lancement d'un nouveau magazine qui s'intitulerait *Lipstick !* ou d'un produit de Tina Brown ! Et l'invitation à la soirée va suivre.

Oui, sûrement. Je crois que je vais aller au Coins Café prendre un cappuccino. Mais sans pain au chocolat, évidemment.

9:00. Je suis au café. Hmm. Ravie du petit cadeau, mais je ne suis pas sûre que ce soit un stylo. Ou alors, c'est un modèle dont je ne comprends pas le fonctionnement.

Plus tard. Oh, mon Dieu. Je venais de m'asseoir avec mon cappuccino et mon pain au chocolat quand Mark Darcy est entré, comme ça, comme s'il n'était jamais parti : en costume de travail, rasé de frais, une coupure au menton avec un petit morceau de papier-toilette collé dessus, comme tous les matins. Il s'est dirigé vers le comptoir et a posé sa mallette en regardant autour de lui comme s'il cherchait quelqu'un ou quelque chose. Il m'a vue. Pendant un bon moment, son regard s'est adouci (mais pas, évidemment, jusqu'à fondre). Il s'est retourné pour commander son cappuccino. Je me suis dépêchée de paraître encore plus calme et plus équilibrée. Puis il est venu vers moi, l'air beaucoup plus sérieux. J'avais envie de lui sauter au cou.

— Bonjour, a-t-il dit avec brusquerie. Qu'est-ce que tu as là ? en désignant le cadeau.

Totalement muette d'amour et de bonheur, je lui ai tendu la boîte.

— Je ne sais pas ce que c'est. Peut-être un stylo.

Il a sorti le petit stylo du paquet, l'a tourné entre ses doigts et l'a vite remis dans la boîte, comme si ça l'avait brûlé, puis il a dit :

— Bridget, ce n'est pas un stylo publicitaire. C'est une balle de fusil.

Encore plus tard. Oh, là, là, mon Dieu ! Pas le temps de parler de la Thaïlande, ni de Rebecca, ni d'amour, ni de rien.

Mark a attrapé une serviette pour tenir le couvercle de la boîte et l'a refermé.

— *Si tu peux conserver ton courage et ta tête quand tous les autres...*, ai-je chuchoté toute seule.

347

— Quoi ?

— Rien.

— Reste ici. N'y touche pas. C'est une balle explosive.

Il est sorti dans la rue et a jeté un coup d'œil à droite et à gauche, à la manière d'un détective de feuilleton télévisé. C'est marrant comme tout dans le comportement de la police réelle fait penser à la télé, un peu comme quand on est en vacances, les paysages pittoresques nous rappellent les cartes postales..

Il est revenu.

— Bridget ? Tu as payé ? Qu'est-ce que tu attends ? Viens.

— Où ça ?

— Au commissariat.

Dans la voiture, j'ai commencé à parler, à le remercier pour tout ce qu'il avait fait et à lui dire que le poème m'avait beaucoup aidée en prison.

— Le poème ? Quel poème ? a-t-il demandé en virant dans Kensington Park Road.

— Le poème « Si », tu sais bien, *Si tu peux voir détruit l'ouvrage de ta vie...* Oh, si tu savais comme je regrette que tu aies été obligé d'aller jusqu'à Dubaï, je te suis tellement reconnaissante, je...

Il s'est arrêté aux feux et s'est tourné vers moi.

— Ce n'était rien du tout. Et maintenant, arrête-moi ce charabia d'excuses Tu as eu un grand choc. Il faut que tu te calmes.

Ouais. C'était réussi : il était censé remarquer ma sérénité et mon équilibre, pas me dire de me calmer. J'ai tenté de me calmer, mais c'était très dur étant donné que je n'arrêtais pas de penser : quelqu'un veut me tuer.

Quand nous sommes arrivés au commissariat, ça n'était plus tout à fait comme dans les séries télévisées, parce que tout était moche et sale et que personne ne semblait s'intéresser à nous le moins du monde. L'agent de police à la réception a essayé de nous faire attendre dans la salle d'attente, mais Mark a insisté pour monter. Finalement, nous nous sommes retrouvés assis dans un grand bureau miteux où il n'y avait personne.

Mark m'a fait raconter tout ce qui s'était passé en Thaïlande, m'a demandé si Jed avait parlé de quelqu'un qu'il connaissait au Royaume-Uni, si le paquet était arrivé par le courrier normal, si j'avais remarqué quelqu'un de bizarre qui rôdait dans les parages depuis mon retour.

Je me sentais un peu idiote en lui racontant à quel point nous avions été confiantes avec Jed, je croyais qu'il allait m'engueuler, mais il a été super-gentil.

— La seule chose dont on pourrait vous accuser, Shaz et toi, c'est d'avoir été d'une bêtise hallucinante, a-t-il dit. Mais tu t'es très bien débrouillée, en prison, d'après ce qu'on m'a raconté.

Il était gentil, mais en même temps il n'était pas... enfin, tout ça avait l'air très sérieux, pas du tout comme s'il avait voulu recommencer avec moi ou parler de trucs sentimentaux.

— Tu ne crois pas que tu ferais mieux de téléphoner au bureau ? a-t-il suggéré en regardant sa montre.

J'ai étouffé un cri. J'ai essayé de me dire que ça n'était pas important de garder mon boulot si j'étais morte, mais il était dix heures vingt !

— Ne prends pas cet air-là, a dit Mark en riant. On croirait que tu viens de manger un bébé sans le faire exprès. Pour une fois, tu as une excuse raisonnable pour ton retard pathologique !

J'ai pris le téléphone et composé le numéro direct de Richard Finch. Il a répondu immédiatement :

— Oooh, c'est Bridget, pas possible ? Notre petite demoiselle célibataire ? Rentrée depuis deux jours et elle fait déjà l'école buissonnière. Alors, où es-tu ? On fait du lèche-vitrine, c'est ça ?

Si tu peux être dur sans jamais être en rage, ai-je pensé. *Si tu peux...*

— On s'amuse avec une bougie, hein ? Fini, les bougies, les filles !

Il a émis un bruit grossier de bouchon.

J'ai fixé le téléphone, horrifiée Je n'arrivais pas à savoir si Richard Finch avait toujours été comme ça et si c'était moi qui avais changé, ou bien s'il dégringolait dans une effroyable spirale due à la drogue.

— Passe-le-moi, a dit Mark.

— Non ! ai-je répondu en agrippant le téléphone et en chuchotant : Je suis une personne à part entière.

— Bien sûr, chérie, sauf que tu n'as pas toute ta tête, a murmuré Mark.

Chérie ! Il m'a appelée chérie !

— Bridget ? Tu t'es rendormie, c'est ça ? Où es-tu ? a croassé Richard Finch.

— Je suis au commissariat.

— Ooh, on a replongé ? Mais c'est très bien. Tu me gardes un peu de schnouf, d'accord ? a-t-il rigolé.

— J'ai reçu des menaces de mort.

— Oooh ! Elle est bien bonne, celle-là. Tu ne vas pas tarder à recevoir des menaces de mort de ma part. Hahaha. Le commissariat, tu disais ? J'aimerais bien voir ça. Je veux des gens respectables, pas des drogués, dans mon équipe.

Bon. Ça commençait à bien faire. J'ai pris une grande inspiration.

— Richard, ai-je commencé, grandiose, c'est ce qu'on appelle, je crois bien, la poêle qui se moque du chaudron. Sauf que moi, je n'ai pas le derrière sale parce que je ne me drogue pas. Contrairement à toi. De toute façon, je ne reviendrai pas. Salut.

Et j'ai raccroché. Ah mais ! me suis-je dit avant de me rappeler mon découvert bancaire. Et les champignons hallucinogènes. Sauf que ce ne sont pas des drogues à proprement parler, ce sont des champignons naturels.

Sur ces entrefaites, un flic est arrivé, l'air très pressé, bien décidé apparemment à nous ignorer.

— Écoutez ! a dit Mark en frappant du poing sur la table. Il y a ici une jeune femme qui a reçu une balle explosive avec son nom gravé dessus. Serait-il possible de faire quelque chose ?

Le flic s'est arrêté dans son élan et nous a regardés.

— C'est *l'enterrement* demain, a-t-il rétorqué d'un air méprisant, et nous avons une attaque au couteau à Kensal Rise. Je veux dire, il y a des gens qui sont *déjà* assassinés, eux.

Il a relevé le menton et s'est précipité dehors.

Dix minutes après, l'inspecteur qui était censé s'occuper de nous est entré avec un listing d'ordinateur.

— Bonjour, je suis l'inspecteur Kirby, a-t-il dit sans nous regarder.

Il a scruté son listing quelques instants, puis il m'a dévisagée, les sourcils levés.

— C'est le dossier Thaïlande, j'imagine, a lancé Mark en regardant par-dessus son épaule. Oh... je vois... cet incident...

— Oui, en effet, a dit l'inspecteur.

— Non, non, c'était juste une tranche de filet de bœuf, a repris Mark.

Le flic regardait Mark d'un drôle d'air.

— C'est ma mère qui l'avait laissée dans mon sac, ai-je expliqué, et ça s'est mis à pourrir.

— Vous voyez ? Là ? Et ça, c'est le rapport thaïlandais, a insisté Mark en se penchant sur le dossier.

L'inspecteur a protégé la feuille avec son bras, comme si Mark était en train de copier sur lui pendant un devoir. Juste à cet instant, le téléphone a sonné. L'inspecteur Kirby a décroché.

— Oui. Je veux être dans une voiture de patrouille dans Kensington High Street, pas loin de l'Albert Hall. Quand le cortège démarrera. Je veux rendre les derniers honneurs, a-t-il dit d'un ton exaspéré. Qu'est-ce que l'inspecteur Rogers fout là-bas, putain ? OK, bon, Buckingham Palace, ça ira. Quoi ?

— Que dit le rapport au sujet de Jed ? ai-je chuchoté.

— Ah bon, il vous a raconté qu'il s'appelait Jed ! a raillé Mark. Son nom est Roger Dwight, en fait.

— OK, bon, Hyde Park Corner. Mais je veux qu'elle soit

351

devant la foule. Excusez-moi, a dit l'inspecteur Kirby en repo-
sant le téléphone, avec exactement le même air super-impor-
tant que je prends quand j'arrive en retard au bureau. Roger
Dwight. On dirait que tout indique que c'est par-là qu'il faut
chercher, hein ?

— Je serais très surpris qu'il ait réussi à organiser ça lui-
même, a observé Mark. En détention en Arabie, ça paraît difficile.

— Oh, tout est possible.

C'était absolument horripilant, la manière dont Mark parlait au flic par-dessus ma tête. Presque comme si j'étais une
sorte d'idiote, de débile mentale.

— Excusez-moi, ai-je lancé sèchement. Me serait-il possible
de participer à cette conversation ?

— Bien sûr, a dit Mark, du moment que tu ne fais pas
intervenir de poêles ni de chaudrons.

J'ai vu l'inspecteur nous jeter alternativement des regards
perplexes.

— Il aurait pu, je suppose, s'arranger pour le faire envoyer
par quelqu'un d'autre, a poursuivi Mark en se tournant vers
l'inspecteur, mais ça paraît plutôt invraisemblable, voire
imprudent, étant donné...

— Oui, en effet, dans des cas de ce genre. Excusez-moi.
(L'inspecteur Kirby a repris le téléphone.) Bon, très bien, pré-
viens Harrow Road qu'ils ont déjà deux voitures sur l'itinéraire ! a-t-il dit d'un ton agressif. Non, je veux voir le cercueil
avant le service. Oui. Bon, tu diras à Rimmington d'aller se
faire foutre. Excusez-moi, monsieur.

Il a reposé le téléphone et a souri, l'air autoritaire.

— Dans des cas de ce genre... ? ai-je commencé.

— Oui, il est peu probable que quelqu'un animé de mauvaises intentions les manifeste au préalable...

— Vous voulez dire qu'il la tuerait plutôt directement ? a
dit Mark.

Oh, *doux Jésus*.

Une heure plus tard, on avait emporté le paquet pour analyser les empreintes et l'ADN, et on m'interrogeait toujours.

— Y a-t-il quelqu'un en dehors de la connexion thaïlandaise qui peut vous en vouloir, jeune fille ? a demandé l'inspecteur Kirby. Un de vos ex, ou un soupirant éconduit ?

J'étais ravie de m'entendre appeler « jeune fille ». Vous comprenez, je ne suis plus dans ma prime jeunesse, mais...

— Bridget ! a dit Mark. Fais bien attention à ce qu'on te demande ! Y a-t-il quelqu'un qui voudrait te faire du mal ?

— Il y a plein de gens qui m'ont fait du mal, ai-je déclaré en regardant Mark et en me creusant la cervelle. Richard Finch, Daniel..., mais je ne crois pas que ni l'un ni l'autre aurait fait ça, ai-je ajouté, hésitante.

Est-ce que Daniel croyait que j'avais raconté ce qui s'était passé le soir où nous devions aller dîner ? Est-ce qu'il était contrarié à ce point-là d'avoir été repoussé ? Ça me paraissait une réaction excessive, quand même, non ? D'autre part, peut-être que Sharon avait raison de parler de l'effondrement de l'image masculine en cette fin de millénaire.

— Bridget, m'a dit Mark, doucement, quoi que tu penses, je crois que tu dois en parler à l'inspecteur Kirby.

C'était affreusement gênant. J'ai fini par raconter tous les détails de la soirée, comment j'étais en petite tenue sous ma veste, etc., tandis que l'inspecteur Kirby prenait des notes, le visage impassible. Mark n'a rien dit pendant que je parlais, mais il avait l'air réellement furieux. J'ai remarqué que l'inspecteur n'arrêtait pas de l'observer.

— Avez-vous déjà eu des contacts avec des personnes dépravées ? a demandé l'inspecteur Kirby.

Le seul qui me soit venu à l'idée, c'était l'éventuel gigolo de l'oncle Geoffrey, mais c'était ridicule parce que ce type ne me connaissait ni d'Ève ni d'Adam.

— Vous allez devoir quitter votre appartement. Avez-vous un endroit où aller ?

— Tu peux venir chez moi, a dit Mark tout d'un coup, et

mon cœur a bondi. Il y a de la place dans l'une des chambres d'amis, a-t-il vivement ajouté.

— Pouvez-vous nous laisser un moment, monsieur ? a demandé l'inspecteur.

Mark a eu l'air interloqué, puis il a dit :

— Bien sûr, et il a quitté la pièce sur-le-champ.

— Je ne suis pas sûre qu'il serait prudent d'aller chez Mr Darcy, mademoiselle, a déclaré l'inspecteur avec un regard vers la porte.

— Oui, vous avez peut-être raison, ai-je dit, pensant qu'il me manifestait un intérêt paternel et me suggérait, en tant qu'homme, de garder une part de mystère et de distance, et de laisser Mark en position de demandeur, mais ensuite je me suis souvenue que je n'étais plus censée raisonner de cette manière.

— Quelles étaient exactement vos relations avec Mr Darcy dans le passé ?

— Eh bien..., ai-je commencé, et je lui ai raconté toute l'histoire.

L'inspecteur Kirby avait l'air étrangement soupçonneux à propos de tout ça. La porte s'est rouverte au moment où il disait :

— Ainsi, Mr Darcy était *justement* dans le café, c'est ça ? Le matin où vous avez reçu la balle ?

Mark s'est approché.

— OK, a-t-il fait d'un air las, me regardant comme pour dire : « Tu es la source de tous les ennuis. » Prenez mes empreintes, inspecteur, et qu'on en finisse.

— Oh, je ne dis pas que c'est vous, monsieur, a lancé vivement l'inspecteur. C'est juste que nous devons éliminer toutes les...

— D'accord, d'accord, a dit Mark. Allons-y.

13
Aaaaah !

Vendredi 5 septembre, toujours

54,5 kg, nombre de secondes sans faire l'amour : aucune impor-
tance maintenant, nombre de minutes de vie depuis menaces de
mort : 34 800 (t. b.).

18:00. Chez Shazzer. Je regarde par la fenêtre. Ça ne peut pas
être Mark Darcy. C'est ridicule. Impossible. Ça doit avoir un
rapport avec Jed. Je veux dire, il a probablement tout un
réseau de contacts ici, prêts à faire n'importe quoi pour se
procurer de la drogue parce que je les ai privés de leur fonds
de commerce. Ou Daniel ? Mais il ne ferait certainement pas
un truc comme ça. C'est peut-être simplement un dingue.
Mais un dingue qui connaît mon nom et mon adresse ? Quelqu'un a quand même pris la peine de se procurer une balle
explosive et de graver mon nom dessus.

Il faut que je reste calme. Du calme. Du calme. Oui. Il faut
que je garde la tête froide quand tous les autres... Je me
demande s'ils ont des gilets pare-balles chez Kookaï.

J'aimerais bien que Shaz revienne. Je suis toute désorientée.
L'appart de Shaz est minuscule, et déjà complètement bordé-
lique d'habitude, surtout que c'est une pièce unique, mais
depuis que nous y sommes toutes les deux, le sol et tout l'espace semblent totalement recouverts de soutiens-gorge Agent
Provocateur, de bottines en léopard, de sacs de voyage Gucci,
de faux sacs à main Prada, de cardigans courts Voyage et de

bizarres sandales à brides. Je ne sais plus où j'en suis. Je vais peut-être essayer de trouver un endroit pour m'allonger.

Après qu'ils eurent emmené Mark, l'inspecteur Kirby a répété que je ne pouvais pas rester dans mon appartement et il m'y a accompagnée pour prendre quelques affaires, mais le problème, c'est que je ne savais pas où aller. Papa et maman étaient encore en désintoxication. L'appartement de Tom aurait été idéal, mais je n'ai pas réussi à trouver son numéro de téléphone à San Francisco. J'ai essayé de joindre Jude et Shaz à leur bureau, mais elles étaient toutes deux sorties déjeuner.

C'était vraiment affreux. Je laissais des messages à tout le monde pendant que les flics piétinaient partout, prenaient des trucs pour relever des empreintes et cherchaient des indices.

— Qu'est-ce que c'est que ce trou dans le mur, mademoiselle ? m'a demandé un des flics, pendant qu'ils furetaient en essuyant des machins.

— Oh, euh... quelqu'un l'a laissé, ai-je répondu, évasive.

Juste à ce moment-là, le téléphone a sonné. C'était Shaz qui me disait que je pouvais venir chez elle et m'indiquait où était cachée la deuxième clé.

Je crois que je vais dormir un peu.

23:45. Si seulement je ne me réveillais pas toutes les cinq minutes. C'est pourtant très réconfortant d'avoir Shaz et Jude qui dorment dans la même pièce, comme des bébés. C'était super quand elles sont rentrées du travail. On a mangé des pizzas et je me suis endormie de très bonne heure. Aucune nouvelle de Mark Darcy. Mais au moins j'ai un système d'alarme. Super. C'est une télécommande reliée à une petite valise. Penser que si j'appuie, de jeunes policiers sveltes vont accourir en uniforme pour me sauver ! ! ! Mmm. J'adore cette idée... Très envie... de dormir...

Samedi 6 septembre

55 kg, cigarettes : 10, unités d'alcool : 3, calories : 4 255 (autant en profiter tant qu'on a la chance d'être en vie), minutes sans faire l'amour : 1 600 512 400 (donc il faut faire quelque chose).

18:00. Shaz, Jude et moi avons passé la journée à regarder l'enterrement de la princesse Diana à la télévision. Toutes trois d'accord pour dire que c'était comme l'enterrement de quelqu'un qu'on connaît, mais à une plus grande échelle, si bien qu'après on a l'impression d'avoir été passées dans une essoreuse, mais soulagées en même temps. J'étais tellement contente que tout se soit bien passé. C'était parfait. Très beau et parfait, comme si l'establishment avait enfin compris le message, et que notre pays soit à nouveau capable de faire les choses bien.

Tout ça ressemble à une tragédie de Shakespeare ou à une ancienne légende, surtout avec ces passes d'armes entre les deux grandes familles nobles, les Spencer et les Windsor. J'ai vraiment honte d'avoir travaillé pour cette émission de télé stupide où on a consacré je ne sais combien d'après-midi à la coupe de cheveux de Diana. Je vais changer de vie. Si l'establishment peut changer, moi aussi.

Je me sens un peu seule, à vrai dire. Jude et Shaz sont sorties en disant qu'elles commençaient à être claustrophobes. On a essayé d'appeler le commissariat, étant donné que je ne suis pas autorisée à sortir sans policier, mais finalement, au bout de quarante-cinq minutes, on a eu une standardiste qui nous a répondu que tout le monde était très occupé. J'ai dit à Jude et Shaz que ça ne me faisait rien du tout si elles sortaient sans moi, du moment qu'elles me ramenaient une pizza. Ah. Téléphone.

— Bonjour, ma chérie, c'est maman.

Maman ! On aurait cru que j'étais sur le point de faire mon petit caca.

— Où es-tu ? ai-je demandé.

— Oh, j'ai franchi le pas, je suis sortie, ma chérie.

L'espace d'une seconde, j'ai cru qu'elle me disait qu'elle était lesbienne et qu'elle allait se mettre en ménage avec l'oncle Geoffrey. Mariage de raison homosexuel.

— Nous sommes rentrés à la maison. Tout est arrangé et papa est guéri. Quand j'y pense ! Il buvait depuis tout ce temps dans sa cabane de jardin. Et moi qui croyais que c'était les tomates ! Mais, remarque, Gordon Gomersall a eu exactement le même problème, tu sais, et Joy ne s'est rendu compte de rien. Ils disent que c'est une maladie, maintenant. Comment as-tu trouvé l'enterrement ?

— Très bien. Alors maintenant, qu'est-ce qui se passe ?

— Eh bien, ma chérie..., a-t-elle commencé, puis il y a eu une certaine confusion, et papa a pris le téléphone.

— Tout va bien, ma chérie. Il faut seulement que j'arrête de boire, a-t-il dit. Tu sais, ils ont essayé de renvoyer Pam dès le premier jour.

— Pourquoi ? ai-je demandé, tandis qu'une vision sinistre de ma mère en train de séduire une kyrielle de jeunes drogués de dix-huit ans surgissait dans mon esprit.

Il a eu un petit rire goguenard.

— Ils ont dit qu'elle était trop normale. Attends, je vais te la passer.

— Franchement, ma chérie ! C'est totalement absurde de faire payer des sommes pareilles à des gens pour leur dire des choses que tout le monde sait depuis toujours !

— Quel genre de choses ?

— Oooh, ne quitte pas, je vais retourner le poulet.

J'ai éloigné l'écouteur, essayant de ne pas imaginer quelle recette bizarre nécessitait un poulet à l'envers.

— Ouf, c'est bon, allons-y.

— Qu'est-ce qu'on vous a dit ?

— Bon, le matin, on nous demandait de nous asseoir en cercle et de dire toutes sortes de stupidités.

— Par exemple ?

— Oh, voyons ! Tu sais bien. Je m'appelle Pam et je suis je ne sais quoi...

Quoi, en effet ? me suis-je demandé. Une enquiquineuse incroyablement sûre d'elle ? Une obsédée des sauces sans grumeaux ? Une tortionnaire d'enfants ?

— Tu n'imagines pas les trucs que les gens sortaient ! « Aujourd'hui, j'aurai confiance en moi, je ne me préoccuperai pas de l'opinion des autres. » Et ainsi de suite. Je veux dire, franchement, ma chérie, quand même ! Si on n'a pas confiance en soi, où va-t-on ? Mon Dieu ! Pas confiance en soi ! Qu'est-ce que ça veut dire ! Et pour quelle raison se préoccuperait-on de ce que les autres pensent de vous ?

J'ai regardé avec angoisse dans toutes les directions.

— Alors, qu'est-ce que tu as pris comme résolutions ?

— Oh, moi, je n'étais pas autorisée à parler. Enfin, si.

— Quoi ? Qu'est-ce que tu devais dire ?

J'ai entendu mon père rire derrière. Il avait l'air en forme, en tout cas.

— Dis-lui, Pam.

— Bof. Enfin, bon, je devais dire : « Je ne me laisserai pas aveugler par un excès de confiance en moi », et : « Aujourd'hui, je reconnaîtrai mes défauts au même titre que mes qualités », etc. Je veux dire, c'était complètement ridicule, ma chérie. Bon, il faut que je me dépêche, le minuteur sonne. À lundi, alors.

— Quoi ?

— On ne dit pas quoi, on dit pardon, ma chérie. Je t'ai pris un rendez-vous pour trouver la palette de couleurs qui convient à ta personnalité, chez Debenhams, tu sais bien. Je te l'avais dit. À quatre heures.

— Mais...

Ce n'est pas vrai. Quand me l'a-t-elle dit ? En janvier ?
— Il faut que j'y aille, ma chérie. Les Enderbury arrivent.

Dimanche 7 septembre

55 kg, mètres carrés non recouverts de soutiens-gorge, chaussu-res, bouffe, bouteilles ou rouge à lèvres : 0

10:00. Super ! Un jour de plus et je ne suis pas encore morte. Nuit affreuse, pourtant. Je me sentais vraiment épuisée après ma conversation avec maman, alors j'ai vérifié que toutes les portes étaient bien fermées, je me suis faufilée sous le fatras de slips, caracos et autres foulards léopard de Shaz, et je me suis endormie. Je ne les ai pas entendues rentrer et quand je me suis réveillée à minuit, elles dormaient. Ça commence vraiment à schlinguer dans cette piaule. En plus, le problème, c'est que si je me réveille au milieu de la nuit, la seule chose que je puisse faire, c'est rester allongée sans bruit à regarder le plafond pour ne pas les déranger en faisant tomber quelque chose.

Ooh. Téléphone. Il faut que je décroche pour ne pas les réveiller.

— Bon, ils ont fini par admettre que je ne suis pas un ex-amant qui veut t'assassiner par vengeance.

Super ! C'était Mark Darcy.

— Comment vas-tu ? a-t-il dit, non sans gentillesse étant donné que, grâce à moi, apparemment, il venait de passer sept heures au commissariat. Je t'aurais appelée avant, mais ils n'ont pas voulu me dire où tu étais avant de m'avoir relâché.

J'ai essayé de paraître sereine, mais j'ai fini par lui avouer en chuchotant que nous étions un peu à l'étroit chez Shazzer.

— Bon, mon offre tient toujours, tu sais, a-t-il dit d'un ton détaché. Viens chez moi. Il y a de la place.

J'aimerais bien qu'il ne répète pas sans arrêt qu'il ne tient pas à coucher avec moi. On dirait que ça tourne au scénario pashmina et je sais par Shazzer et Simon à quel point c'est impossible d'en sortir une fois qu'on a commencé, parce que, à la moindre allusion au sexe, tout le monde se met à paniquer sur le risque de « détruire l'amitié ».

Juste à ce moment-là, Jude s'est retournée en bâillant, déstabilisant avec son pied une pile de boîtes de chaussures qui s'est écrasée par terre, éparpillant des perles, des boucles d'oreilles, des produits de maquillage et une tasse de café qui s'est vidée dans mon sac à main. J'ai respiré un bon coup.

— Merci, ai-je chuchoté au téléphone. J'accepte avec plaisir.

23:45. Chez Mark Darcy. Ça ne va pas très bien. Je suis toute seule, couchée dans une drôle de chambre blanche avec pour tout mobilier un lit blanc, un store blanc et une inquiétante chaise blanche deux fois plus haute qu'une chaise normale. Cette maison est effrayante : une espèce de palais immense et désert où il n'y a rien à manger. On dirait que je ne peux rien faire ni rien repérer sans un effort mental colossal car tous les interrupteurs, chasses d'eau, etc., sont déguisés en autre chose. En plus, il fait aussi froid que dans un frigo.

J'ai passé une journée bizarre, crépusculaire, à somnoler et à me réveiller. Par moments, j'ai l'impression de redevenir normale et tout d'un coup je replonge dans une poche de sommeil, un peu comme un avion happé par un trou d'air. Je ne sais pas si c'est encore l'effet du décalage horaire ou si j'essaie seulement de fuir la réalité. Mark a été obligé d'aller travailler aujourd'hui, bien qu'on soit dimanche, à cause de tout le temps perdu vendredi. Shaz et Jude sont venues vers quatre heures avec la vidéo d'*Orgueil et Préjugés*, mais je n'ai pas eu le courage de regarder la scène du lac après mon fiasco avec Colin Firth, alors on a seulement discuté et lu des magazines. Puis Shaz et Jude ont entrepris de visiter la maison, en rigolant comme des bossues. Je me suis endormie et, quand je me suis réveillée, elles étaient parties.

Mark est rentré vers neuf heures avec des plats préparés pour notre dîner. J'espérais beaucoup une réconciliation romantique, mais je faisais tellement d'efforts pour ne pas lui donner l'impression que j'avais envie de coucher avec lui ou que je considérais mon séjour chez lui comme autre chose qu'un arrangement plus ou moins juridico-policier, que nous avons fini par être si distants et si guindés vis-à-vis l'un de l'autre qu'on aurait cru un médecin avec son patient, des pensionnaires de *Blue Peter*[1] ou un truc du genre.

Si seulement il rentrait maintenant ! Très frustrant d'être si proche de lui et d'avoir envie de le toucher. Je devrais peut-être dire quelque chose. Mais ça me fait tellement peur d'aborder la question, parce que, si je lui dis ce que je ressens et qu'il ne veuille pas renouer, ce sera odieusement humiliant, étant donné que nous vivons sous le même toit. En plus, on est en pleine nuit.

Oh, mon Dieu, et si c'était vraiment Mark qui avait fait ça ? Peut-être qu'il va rentrer dans la chambre et, je ne sais pas, me tirer dessus, et il y aura du sang partout dans la chambre blanche virginale, genre sacrifice de vierge, sauf que je ne suis pas vierge. Juste une foutue célibataire sans homme.

Je ne dois pas avoir ce genre d'idées. Il n'a pas fait ça, évidemment. Et de toute façon, j'ai un système d'alarme. C'est tellement horrible de ne pas pouvoir dormir alors que Mark est en bas, probablement nu. Mmmm. Mmm. Si seulement je pouvais descendre et, je ne sais pas, le violer ? Je n'ai pas fait l'amour depuis... le calcul est très difficile.

Peut-être qu'il va monter ! Je vais entendre un pas dans l'escalier, la porte va s'ouvrir tout doucement et il va venir s'asseoir sur le lit — tout nu — et... Oh, mon Dieu ! Ce que je suis frustrée !

Si seulement je pouvais être comme ma mère, avoir simplement confiance en moi et ne pas me soucier de ce que pensent

---

1. Émission de télévision pour les enfants.

les autres, mais c'est très dur quand on sait que quelqu'un d'autre *pense* à vous. Pense à la façon de vous tuer.

Lundi 8 septembre

54,5 kg (ça devient vraiment critique), nombre d'expéditeurs de menaces de mort capturés par la police : 0 (pas t. bon), nombre de secondes sans faire l'amour : 15 033 600 (situation épouvantablement critique).

13:30. Dans la cuisine de Mark Darcy. Viens de manger sans raison un énorme morceau de fromage. Vais vérifier la teneur en calories.

Oh, merde. 310 calories pour 100 grammes. Comme c'est un paquet de 250 grammes déjà entamé — de 50 grammes, mettons — et qu'il en reste encore un peu, je viens d'ingurgiter 500 calories en trente secondes. Incroyable. Je devrais peut-être me faire vomir en souvenir de la princesse Diana. Quelle horreur ! Pourquoi ai-je des idées d'aussi mauvais goût ? Oh, et puis flûte, autant manger ce qui reste et tirer un trait sur ce triste épisode.

Je crois que je vais être obligée de croire les médecins qui soutiennent que les régimes ne marchent pas, parce que votre corps pense qu'on veut le faire mourir de faim, si bien que dès que vous recommencez ne serait-ce qu'à lui montrer de la nourriture, il se goinfre comme une Fergie. Maintenant, chaque matin à mon réveil, je me découvre de la graisse dans de nouveaux endroits bizarres et effrayants. Je ne serais pas du tout surprise de trouver un fanon genre pâte à pizza suspendu entre mon oreille et mon épaule, ou arrondi sur le côté des genoux, oscillant légèrement dans la brise comme une oreille d'éléphant.

Situation toujours embarrassante et indécise avec Mark. Quand je suis descendue ce matin, il était déjà parti travailler (pas étonnant, il était midi), mais il avait laissé un mot pour me dire de « faire comme chez moi » et d'inviter qui je voulais. Qui, je vous le demande ? Tout le monde bosse. C'est d'un calme, ici. J'ai la trouille.

13:45. Parfait. Tout va bien. Absolument. Je n'ai pas de boulot, pas d'argent, pas de mec, un appart avec un trou et où je ne peux pas aller ; j'habite dans un gigantesque frigo avec le type que j'aime, en qualité de gouvernante platonique, et quelqu'un veut me tuer, mais tout ceci, très certainement, n'est qu'une situation passagère.

14:00. J'ai vraiment besoin de ma mère.

14:15. Téléphoné à la police pour leur demander de m'emmener chez Debenhams.

Plus tard. Ma mère a été super. Enfin, en quelque sorte. Finalement.

Elle s'est pointée dix minutes en retard, en rouge cerise des pieds à la tête, le cheveu bouffant et dru, avec environ quinze sacs de chez John Lewis.

— Ma chérie, tu sais quoi ? a-t-elle dit en s'asseyant. Toutes les autres clientes étaient affolées par son étalage de paquets.

— Quoi ? ai-je demandé en agrippant ma tasse de café à deux mains.

— Geoffrey a dit à Una qu'il était homosexuel, bien qu'en réalité ce ne soit pas vrai, il est bisexuel, sinon, ils n'auraient jamais eu Guy et Alison. Bon, enfin, Una dit que ça ne la dérange pas du tout puisqu'il a réussi à l'avouer. Gillian Robertson de Saffron Waldhurst a été mariée pendant des années avec un type comme ça et c'était un excellent mariage. Remarque, en fin de compte, ils ont été obligés d'arrêter, parce qu'il était toujours fourré dans ces roulottes à hamburgers, sur les voies de garage, et la femme de Norman Middleton est morte — tu sais, celui qui était directeur de l'école de garçons ? Si bien qu'à la fin, Gillian... Oh, Bridget, Bridget. Qu'est-ce qui t'arrive ?

Quand elle s'est rendu compte à quel point j'étais bouleversée, elle est devenue d'une gentillesse surprenante : elle est sortie avec moi de la cafétéria en laissant ses paquets à la garde du serveur, a extrait une quantité de mouchoirs de son sac à main, m'a emmenée dans l'escalier de secours, où on s'est assises, et elle m'a demandé de tout lui raconter.

Pour une fois, elle m'a vraiment écoutée. Quand j'ai eu fini, elle m'a prise dans ses bras comme une mère et m'a serrée très fort, m'engloutissant dans un nuage de Givenchy étrangement réconfortant.

— Tu as été très courageuse, ma chérie, a-t-elle chuchoté. Je suis fière de toi.

Comme c'était bon. Finalement, elle s'est redressée et s'est essuyé les mains.

— Maintenant, allons-y. Il faut réfléchir à ce que nous allons faire. Je vais parler à cet inspecteur et arranger ça avec lui. C'est ridicule que cette personne ait été laissée en liberté depuis vendredi. Ils ont eu plus de temps qu'il n'en faut pour l'arrêter. Qu'est-ce qu'ils ont fabriqué ? Ils lambinent, ou quoi ? Oh, ne t'inquiète pas. Je sais m'y prendre avec la police. Tu peux venir chez nous si tu veux. Mais je crois que tu devrais rester chez Mark.

— Mais je suis nulle avec les hommes.

— Ne dis pas de sottises, ma chérie. Franchement, pas étonnant que vous n'ayez pas de fiancé, si vous faites les malignes en prétendant être des super-nanas qui n'ont besoin de personne, sauf si c'est James Bond, et qu'ensuite vous restez chez vous à vous lamenter que vous êtes nulles avec les hommes. Oh, tu as vu l'heure qu'il est ? Vite, nous allons être en retard pour ton rendez-vous couleurs !

Dix minutes plus tard, j'étais installée dans une pièce blanche Mark Darcyesque, dans un peignoir blanc, une serviette blanche sur la tête, entourée de maman, d'une panoplie de panneaux de différentes couleurs et d'une certaine Mary.

— Quand même..., pérorait maman, tu tournes en rond toute seule et tu te montes la tête avec toutes ces théories. Essayez donc la cerise écrasée, Mary.

— Ce n'est pas moi, c'est une tendance actuelle de la société, ai-je protesté avec indignation. Les femmes restent célibataires parce qu'elles subviennent à leurs besoins et veulent assurer leur carrière, et après, quand elles vieillissent, tous les hommes pensent que ce sont des rechapées, des refoulées prêtes à tout qui ont dépassé la date de péremption, et ils préfèrent des filles plus jeunes.

— Franchement, ma chérie ! Rechapée ! La date de péremption ! On croirait que tu es un pneu ou un pot de fromage frais ! Toutes ces absurdités n'existent que dans les films.

- Non, pas du tout.

— Allons ! Je t'en ficherais, des dates de péremption ! Ils prétendent peut-être qu'ils veulent une petite poulette, mais ça n'est pas vrai du tout. Ce qu'ils veulent, c'est une amie, une vraie. Tu sais, Roger Machin-Chose qui a quitté sa femme Audrey pour partir avec sa secrétaire ? C'était une idiote, évidemment. Six mois après, il suppliait Audrey de revenir et elle n'a pas voulu !

— Mais...

— Elle s'appelait Samantha. Bête à manger du foin. Et Jean Dawson, qui était mariée avec Bill, tu sais, Dawson, le boucher ? Après la mort de Bill, elle a épousé un garçon deux fois plus jeune qu'elle et il est en adoration devant elle, aux petits soins et pourtant, Bill ne lui a pas laissé grand-chose, tu sais, la boucherie, ça ne rapporte guère.

— Mais si on est féministe, on devrait avoir besoin d'un...

— C'est ce qui est idiot dans le féminisme, ma chérie. Il suffit d'avoir une once de bon sens pour savoir que nous sommes la race supérieure. Le seul problème, c'est quand ils croient qu'à la retraite ils peuvent rester tranquillement assis dans leur fauteuil à nous regarder trimer comme des nègres...

— Maman !

— ...sans lever le petit doigt. Alors, Mary, qu'en dites-vous ?

— Je préférais le corail, a dit Mary avec hauteur.

— Exactement, ai-je dit, derrière un écran de bleu aigue-marine. Pas question d'aller travailler et en plus d'aller faire les courses en rentrant s'ils ne mettent pas la main à la pâte.

— C'est extraordinaire ! Vous avez toutes l'air d'imaginer bêtement que vous allez réussir à amener Indiana Jones chez vous pour remplir le lave-vaisselle. Il faut les dresser. Au début de notre mariage, papa allait au club de bridge tous les soirs ! Tous les soirs ! Et en plus, il fumait !

Hélas. Pauvre papa, me suis-je dit, tandis que Mary, dans le miroir, plaçait un échantillon rose pâle contre ma joue et que maman se dépêchait de le remplacer par un violet.

— Les hommes ne supportent pas qu'on leur donne des ordres, ai-je dit. Ils veulent qu'on ne soit pas disponibles pour pouvoir nous séduire et...

Maman a poussé un gros soupir.

— A quoi cela a-t-il servi que papa et moi t'envoyions à l'école du dimanche toutes les semaines si tu ne sais pas ce que tu penses ? Tu n'as qu'à t'en tenir à ce que tu crois juste, retourner voir Mark et...

— Ça ne marchera pas, Pam. Je vous dis qu'elle est Hiver.

— Et moi, je vous dis qu'elle est Printemps ou je suis un pot de moutarde. Écoute-moi. Tu vas rentrer chez Mark et...

— Mais c'est affreux. On se regarde en chiens de faïence, bien polis et tout, et je ressemble à une serpillière...

— Bon, mais nous sommes en train d'arranger ça, hein, ma chérie, avec tes couleurs ? En fait, ça n'a aucune importance, l'apparence, n'est-ce pas, Mary ? Il faut simplement que tu sois authentique.

— C'est exact, a dit Mary avec un sourire rayonnant.

Elle n'était pas plus grande qu'un buisson de houx.

— Authentique ? ai-je demandé.

— Oh, tu sais bien, ma chérie. Comme *le Petit Lapin de velours*. Tu te rappelles ! C'était ton livre préféré ; Una te le lisait quand papa et moi avions des ennuis avec la fosse septique. Alors, regardez-moi ça.

— Savez-vous, Pam, je crois que vous avez raison, a dit Mary en se reculant, stupéfaite. Elle est Printemps.

— Qu'est-ce que je vous disais ?

— Oui, vous l'avez dit, Pam, et moi qui l'avais classée Hiver ! Vous vous rendez compte !

Mardi 9 septembre

2 heures du matin. Dans mon lit, seule, toujours chez Mark. On dirait que je passe ma vie dans des pièces complètement blanches. Me suis perdue avec le flic en rentrant de chez Debenhams. Ridicule. Comme je lui ai dit, quand j'étais petite on me répétait tout le temps que si j'étais perdue, je devais demander mon chemin à un agent de police. Mais il n'a pas eu l'air de saisir l'humour de la situation. Quand je suis enfin rentrée, j'ai sombré dans une nouvelle poche de sommeil et me suis réveillée à minuit. Toutes les lumières étaient éteintes et la porte de la chambre de Mark fermée.

Je vais peut-être descendre me faire du thé et regarder la télé dans la cuisine. Mais si jamais Mark n'est pas rentré, s'il sort avec une autre fille et la ramène ici et qu'il me trouve en train de boire du thé comme une vieille tante folle ou Mrs Rochester[1] ?

Je n'arrête pas de repenser à ce que m'a dit maman, que ce qui compte, c'est d'être vrai, comme dans le livre du *Petit Lapin de velours* (quoique, franchement, j'aie déjà eu assez d'ennuis dans

---

1. Personnage de *Jane Eyre*, de Charlotte Brontë.

370

cette maison avec les lapins). Mon livre préféré, selon elle — je ne me souviens pas si c'est vrai —, racontait comment les jeunes enfants ont toujours un jouet qu'ils aiment plus que les autres, et même quand la peluche est usée, toute déformée et qu'elle part en morceaux, l'enfant pense toujours que c'est le plus beau jouet du monde et ne supporte absolument pas de s'en séparer.

— C'est comme ça, quand les gens s'aiment vraiment, m'a-t-elle chuchoté dans l'ascenseur en sortant de chez Debenhams, comme si elle confessait un secret hideux et embarrassant. Mais il est certain, ma chérie, que ça ne marche pas pour ceux qui sont tout en angles, ou qui se cassent quand on les laisse tomber, ou ceux qui sont en matière synthétique qui ne dure pas. Il faut être courageux et faire comprendre à l'autre qui on est et ce qu'on éprouve.

L'ascenseur s'est arrêté à l'étage des installations de salle de bains.

— Ouf ! Eh bien, c'était merveilleux, n'est-ce pas, ma chérie ? a-t-elle claironné en changeant brutalement de ton, au moment où trois dames en blazer de couleur vive s'entassaient à côté de nous avec leurs quatre-vingt-douze paquets. Tu vois, j'étais sûre que tu étais Printemps.

C'est facile pour elle de parler ainsi. Si je disais à un mec ce que j'éprouve réellement, il s'enfuirait en courant. Voilà — juste pour prendre un exemple au hasard — comment je me sens à ce moment précis :

1) Seule, fatiguée, triste, extrêmement frustrée sexuellement et complètement paumée.

2) Affreuse, vu que mes cheveux se dressent dans tous les sens imaginables et que j'ai le visage bouffi de fatigue.

3) Déboussolée et triste, vu que je ne sais pas du tout si Mark m'aime encore et que j'ai trop peur de lui poser la question.

4) T. amoureuse de Mark.

5) Lasse de dormir toute seule et d'essayer de me débrouiller sans personne.

6) Atterrée par l'idée épouvantable que je n'ai pas fait l'amour depuis quinze millions cent vingt mille secondes.

Bon. En résumé, je suis donc seule, affreuse, triste et affamée de sexe. Mmm. Voilà qui est attirant et séduisant. Oh, merde, je ne sais pas du tout quoi faire. J'ai vraiment envie d'un verre de vin. Je crois que je vais descendre. Je ne boirai pas de vin, mais sans doute du thé. À moins qu'il n'y ait une bouteille ouverte. Je veux dire, ça pourrait effectivement m'aider à dormir.

8:00. Suis descendue à pas de loup vers la cuisine. Sans pouvoir allumer, vu que j'étais incapable de trouver ces foutus interrupteurs design. J'espérais à moitié que Mark se réveillerait quand je suis passée devant sa porte, mais non. Ai continué à descendre l'escalier sans bruit, puis me suis arrêtée, pétrifiée. Il y avait une grande ombre devant moi, comme un homme. L'ombre se rapprochait. Me suis rendu compte que c'était un homme — grand et costaud — et me suis mise à hurler. Le temps que je réalise que c'était Mark — nu ! —, j'ai pris conscience qu'il hurlait, lui aussi. Mais beaucoup plus fort que moi. En proie à une terreur totale. Il hurlait — dans une sorte de demi-sommeil — comme s'il venait de voir la scène la plus terrifiante de sa vie.

Génial, me suis-je dit. Voilà ce qu'on gagne à être authentique. C'est donc ce qui se passe quand il me voit avec les cheveux hirsutes et sans maquillage.

— C'est moi, ai-je dit. C'est Bridget.

Un instant, j'ai cru qu'il allait se remettre à hurler de plus belle, mais il s'est écroulé dans l'escalier, agité de tremblements incontrôlables.

— Oh, a-t-il fait en s'efforçant de reprendre sa respiration. Oh, oh.

Il avait l'air si vulnérable et si mignon que je n'ai pas pu résister, je me suis assise à côté de lui et j'ai mis mes bras autour de lui pour l'attirer contre moi.

— Oh, mon Dieu, a-t-il dit en se pelotonnant contre mon pyjama. Ce que je peux me sentir con.

Tout d'un coup, ça m'a paru très drôle — je veux dire, c'est vraiment marrant d'être terrorisé à ce point-là par votre ex-petite amie. Il s'est mis à rire, lui aussi.

— Bon, a-t-il repris. Pas très viril, hein, d'avoir peur du noir. Je t'ai prise pour l'expéditeur de la balle.

J'ai caressé ses cheveux, embrassé la petite tonsure où sa peluche est usée à force de bisous. Et je lui ai dit ce que j'éprouvais, tout ce que j'éprouvais vraiment. Et le miracle, c'est que, quand j'ai eu fini, il m'a avoué qu'il ressentait à peu près la même chose.

Main dans la main, comme les Bisto Kids [1], nous nous sommes rendus dans la cuisine où, avec la plus grande difficulté, nous avons repéré le cacao et le lait derrière les déconcertants murs d'acier chromé.

— Tu comprends, m'a dit Mark, alors que, serrant nos tasses dans nos mains pour nous réchauffer, nous restions blottis devant la cuisinière, quand tu n'as pas répondu à ma lettre, j'ai cru que c'était fini, alors je ne voulais pas que tu croies que je te mettais la pression. Je...

— Attends, attends. Quelle lettre ?

— La lettre que je t'ai donnée à la lecture de poésie, juste avant de partir.

— Mais c'était seulement le poème de ton père.

Incroyable ! Quand il a fait tomber le dauphin bleu, Mark n'était pas en train d'écrire un testament, il m'écrivait une lettre.

— Ma mère m'avait dit que la seule chose à faire était d'exprimer sincèrement mes sentiments, a-t-il commenté.

Bravo, les anciens de la tribu ! La lettre disait qu'il m'aimait toujours, qu'il n'était pas avec Rebecca, que je devais l'appeler

---

1. Personnages enfantins d'une publicité pour la sauce Bisto, où on les voit, main dans la main, se diriger vers la cuisine, guidés par la bonne odeur de sauce.

ce soir-là si j'éprouvais les mêmes sentiments et que sinon, il ne m'ennuierait plus jamais mais resterait mon ami.

— Mais alors, pourquoi m'as-tu laissée tomber pour sortir avec elle ?

— Mais pas du tout ! C'est toi qui m'as quitté ! Et je ne me suis même pas rendu compte que j'étais censé sortir avec Rebecca jusqu'au week-end dans sa foutue maison de campagne où je me suis retrouvé dans la même chambre qu'elle.

— Mais... alors tu n'as jamais couché avec elle ?

J'étais vraiment, vraiment soulagée qu'il n'ait pas eu l'indélicatesse de préméditer d'apporter le caleçon Newcastle United que je lui avais offert pour baiser avec Rebecca.

— Enfin... (Il a baissé les yeux en rigolant.) Seulement cette nuit-là.

— Quoi ? ai-je rugi.

— Je veux dire, c'est humain, c'est tout. J'étais invité, quand même. Ça paraissait la moindre des choses.

J'ai commencé à essayer de le frapper à la tête.

— Comme le dit Shazzer, les hommes sont *perpétuellement* taraudés par le désir, a-t-il poursuivi en parant les coups. Elle n'arrêtait pas de m'inviter à des trucs : des dîners, des fêtes enfantines avec des animaux de basse-cour, des vacances...

— Ouais, OK. Et tu n'avais pas du tout envie de coucher avec elle !

— Enfin, c'est une fille très séduisante, ça aurait été bizarre si...

Il a cessé de rire et m'a pris les mains en m'attirant contre lui.

— À chaque fois, a-t-il chuchoté passionnément, à chaque fois j'espérais que tu viendrais. Et cette nuit-là, dans le Gloucestershire, de savoir que tu étais à quinze mètres...

— À deux cents mètres, dans le pavillon des domestiques.

— Tout à fait ce qui te convient et où j'ai l'intention de te laisser jusqu'à la fin de tes jours.

Heureusement, il me tenait toujours serrée, alors je n'ai pas

374

pu recommencer à le frapper. Puis il m'a dit que la maison
était grande, froide et déserte sans moi. Et qu'il aimait bien
mieux mon appartement, où c'était plus douillet. Et il m'a dit
qu'il m'aimait, il ne savait pas exactement pourquoi, mais rien
n'avait plus de goût sans moi. Et alors... Punaise, que le carre-
lage était froid !

Quand nous sommes montés dans sa chambre, j'ai remarqué une petite pile de livres près de son lit.

— Qu'est-ce que c'est que ça ? ai-je demandé, sans en
croire mes yeux. *Comment aimer et perdre tout en gardant
l'estime de soi ? Comment regagner la femme qu'on aime ? Ce
que veulent les femmes ? Mars et Vénus ont une liaison ?*

— Oh..., a-t-il dit, tout honteux.

— Espèce de salaud ! J'ai balancé tous les miens !

Le pugilat a repris, puis, de fil en aiguille, nous avons fait
l'amour pendant... je ne sais pas, *toute la nuit.*

8:30. Mmm. J'adore le regarder dormir.

8:45. Je voudrais bien qu'il se réveille, quand même.

9:00. Je ne vais pas vraiment le *réveiller*, mais peut-être qu'il
va se réveiller tout seul grâce à mes vibrations mentales.

10:00. Tout d'un coup, Mark s'est assis tout droit et m'a regardée. Je croyais qu'il allait m'engueuler ou se remettre à hurler.
Mais il a souri paresseusement et s'est laissé retomber en
arrière en m'attirant brutalement contre lui.

— Je suis désolée, ai-je dit après.

— Oui, j'espère bien, sale petite garce, a-t-il murmuré lasci-
vement. Pourquoi, au fait ?

— De t'avoir réveillé en te regardant.

— Tu sais quoi ? Ça m'a manqué.

Finalement, nous sommes restés au lit encore pas mal de
temps, ce qui ne posait pas de problème puisque Mark n'avait
pas de rendez-vous urgent et je n'avais plus de rendez-vous

du tout jusqu'à la fin de mes jours. Juste au moment crucial, le téléphone a sonné.

— Laisse, a haleté Mark sans s'arrêter.

Le répondeur s'est déclenché :

« Bridget, c'est Richard Finch. Nous faisons un sujet sur le nouveau célibat. Nous avons essayé de trouver une jeune femme présentable qui n'ait pas fait l'amour depuis six mois. Mais que dalle. Alors, je me suis dit qu'on se contenterait de n'importe quelle vieille mal baisée, toi, par exemple. Bridget ? Décroche. Je sais que tu es là, ta copine Shazzer me l'a dit. Bridget. Bridgeeeeeeeet. BRIDGEEEEEEEEEET ! »

Mark a cessé de s'activer, levé un sourcil à la manière de Roger Moore, décroché le téléphone et murmuré : « Elle arrive, monsieur », avant de le laisser choir dans un verre d'eau.

Vendredi 12 septembre

Minutes depuis que j'ai fait l'amour : 0 (super !)

Journée de rêve. Surtout quand je suis allée au supermarché Tesco Metro avec Mark Darcy. Pas moyen de l'arrêter de charger le caddie d'une foule de trucs : des framboises, de la crème glacée Häagen-Dasz au praliné, et un poulet avec une étiquette indiquant : « cuisses extra-grasses ».

En arrivant à la caisse, le total était de 98,50 livres.

— C'est incroyable, a-t-il dit en sortant sa carte de crédit, hochant la tête d'un air incrédule.

— Je sais, ai-je fait, penaude. Tu veux que j'en enlève ?

— Mon Dieu, non ! C'est stupéfiant. Pour combien de temps en avons-nous ?

J'ai jeté un coup d'œil dubitatif.

— Une semaine, peut-être ?

— Mais c'est incroyable ! C'est extraordinaire !

— Quoi ?

— Tu te rends compte, ça coûte moins de cent livres Moins qu'un dîner au Pont de la Tour !

Ai préparé le poulet avec Mark, il était vraiment ému, il arpentait la pièce dans tous les sens, excité comme un pou, tout en découpant le poulet en morceaux.

— Ça a été une semaine géniale, tu te rends compte ! Et ça doit être comment les gens vivent tout le temps ! Ils vont travailler, puis ils rentrent chez eux et l'autre les attend, et ils bavardent et regardent la télé, tout simplement, et ils *font la cuisine* ! C'est inimaginable !

— Oui, ai-je dit, regardant à droite et à gauche en me demandant s'il n'était pas fou, en fait.

— Tu te rends compte, je ne me suis pas précipité une seule fois sur le répondeur pour voir si quelqu'un sait que j'existe ! Je n'étais pas obligé d'aller dans je ne sais quel restaurant avec un livre, en me disant que j'allais peut-être mourir tout seul et...

— ... et qu'on allait me retrouver trois semaines plus tard à moitié dévoré par un berger allemand ? ai-je terminé pour lui.

— Exactement, exactement ! a-t-il dit en me regardant comme si nous avions simultanément découvert l'électricité.

— Tu m'excuses une seconde ?

— Bien sûr. Euh, pourquoi ?

— J'en ai pour une minute.

Je montais juste en vitesse pour appeler Shazzer et lui annoncer la grande nouvelle : ils ne sont peut-être pas les adversaires stratégiques inaccessibles qu'on croyait, après tout, ils sont comme nous... quand le téléphone a sonné en bas.

J'entendais la voix de Mark. Ça durait une éternité, si bien que je ne pouvais pas appeler Shazzer et finalement je me suis dit : Punaise, il exagère ! et je suis redescendue.

— C'est pour toi, m'a-t-il lancé en me tendant le téléphone. Ils l'ont arrêté.

J'ai eu l'impression de recevoir un coup dans l'estomac Mark m'a tenu la main et j'ai pris le téléphone, en tremblant.

— Allô, Bridget. C'est l'inspecteur Kirby. Nous tenons un suspect pour la balle. Nous avons trouvé les mêmes traces d'ADN sur le timbre et les tasses.

— Qui est-ce ? ai-je murmuré dans un souffle.

— Le nom de Gary Wilshaw vous dit quelque chose ?

Gary ! Oh, mon Dieu !

— C'est mon menuisier.

Il s'est avéré que Gary était recherché pour un certain nombre de petits larcins dans des maisons qu'il avait aménagées, qu'il avait été arrêté et qu'on avait pris ses empreintes l'après-midi même.

— Nous le tenons en garde à vue. Nous n'avons pas encore obtenu d'aveux, mais maintenant que le lien est établi, je suis plutôt confiant. Nous vous tiendrons au courant et ensuite vous pourrez rentrer chez vous en toute sécurité.

Minuit. Chez moi. Incroyable ! L'inspecteur Kirby a rappelé une demi-heure plus tard pour dire que Gary avait fait des aveux complets, en pleurant, et que nous pouvions regagner l'appartement sans crainte et ne pas oublier qu'il y avait un dispositif d'alarme dans la chambre.

Nous avons fini le poulet avant d'aller chez moi. Là, nous avons allumé le feu, regardé *Friends*, puis Mark a décidé de prendre un bain. On a sonné à la porte pendant qu'il était dans la baignoire.

— Oui ?

— Bridget, c'est Daniel.

— Hum.

— Tu peux me laisser entrer ? C'est important.

— Attends, je descends, ai-je dit avec un coup d'œil vers la salle de bains.

Je pensais qu'il valait mieux que j'arrange les choses avec Daniel, mais je ne voulais pas courir le risque de mettre Mark en colère. Au moment même où j'ai ouvert la porte d'entrée, j'ai compris que j'avais fait une erreur. Daniel était bourré.

— Alors, tu m'as dénoncé à la police ? a-t-il bredouillé.

J'ai commencé à reculer sans le quitter des yeux, comme s'il était un serpent à sonnette.

— Tu étais nue sous cette veste. Tu...

Tout d'un coup, quelqu'un a dégringolé l'escalier avec fracas, Daniel a levé les yeux et vlan ! Mark Darcy lui avait mis son poing sur la gueule et il s'écroulait contre la porte d'entrée, le nez pissant le sang.

Mark a eu l'air assez décontenancé.

— Désolé, a-t-il dit. Hum...

Daniel a essayé de se relever et Mark s'est précipité pour l'aider.

— Je suis désolé, a-t-il répété poliment. Ça va aller ? Vous voulez que j'appelle un... euh... ?

Daniel s'est contenté de se frotter le nez, l'air sonné.

— Bon, je m'en vais, a-t-il grommelé d'un ton mauvais.

— Oui, a dit Mark. Je crois que ça vaut mieux. Laissez-la tranquille, compris ? Ou alors, hum, je serai obligé, vous savez, de recommencer.

— Ouais. OK, a fait Daniel, docile.

Une fois rentrés dans l'appartement, toutes portes verrouillées, nous avons connu une situation plutôt agitée sur le front de la chambre à coucher Je n'en ai pas cru mes oreilles quand on a recommencé à sonner à la porte.

— J'y vais, a dit Mark avec un air de responsabilité virile, en se drapant dans une serviette de bain. C'est encore Cleaver, sûrement. Reste ici.

Trois minutes plus tard, bruit de pas précipités dehors, et la porte de la chambre s'ouvre brutalement. J'ai failli hurler quand l'inspecteur Kirby a passé la tête dans l'entrebâillement. J'ai remonté les couvertures jusqu'au menton et, rouge de confusion, suivi son regard qui remontait la piste de vêtements et sous-vêtements jusqu'au lit. Il a refermé la porte derrière lui.

— Tout va bien maintenant, a dit l'inspecteur Kirby d'une voix calme et rassurante, comme si j'étais sur le point de me jeter du dixième étage. Vous pouvez tout me raconter, j'ai des hommes qui le retiennent dehors.

— Qui ça ? Daniel ?

— Non, Mark Darcy.

— Pourquoi ? ai-je demandé, complètement perdue.

Il a jeté un regard vers la porte.

— Mademoiselle Jones, vous avez appuyé sur le signal d'alarme.

— Quand ?

— Il y a cinq minutes environ. Nous avons reçu un signal répété, de plus en plus frénétique.

J'ai regardé là où j'avais suspendu le dispositif d'alarme à la tête du lit. Il n'y avait rien. J'ai fouillé, penaude, sous les couvertures, et j'ai ressorti le truc orange.

L'inspecteur Kirby a regardé le dispositif, il m'a regardée, puis les vêtements sur le plancher, et il s'est mis à rire.

— Bien, bien, je vois. (Il a ouvert la porte.) Vous pouvez rentrer, monsieur Darcy, si vous en avez encore... euh.. l'énergie.

Les flics ne se sont pas privés de rigoler quand il a expliqué la situation à mots couverts.

— OK. On y va. Amusez-vous bien, a lancé l'inspecteur Kirby, au moment où les flics redescendaient. Oh, au fait, encore une chose. Le premier suspect, c'était M. Cleaver.

— J'ignorais que Daniel était le premier suspect ! ai-je dit.

— Voilà. Nous avons tenté de le questionner à une ou deux occasions et il a paru très réticent et très remonté. Cela vaudrait peut-être la peine de lui téléphoner pour arranger les choses.

— Oh, merci beaucoup, a lancé Mark, sarcastique, s'efforçant de rester digne en dépit de sa serviette de bain qui fichait le camp. Merci de nous le dire maintenant. Mieux vaut tard que jamais.

Il a raccompagné l'inspecteur Kirby et je l'ai entendu expliquer le coup de poing, puis l'inspecteur lui a demandé de le tenir informé des problèmes éventuels et des poursuites que nous souhaitions engager contre Gary.

Quand Mark est revenu, je sanglotais. J'avais commencé d'un seul coup et je ne pouvais plus m'arrêter, je ne sais pas pourquoi.

— Tout va bien, m'a dit Mark en me serrant très fort et en me caressant les cheveux. C'est fini. Tout va bien. Tout va s'arranger.

14

Pour le meilleur ou pour le pire ?

Samedi 6 décembre

11:15. Hôtel Claridge. Aaaah ! Horreur ! HORREUR ! Le mariage est dans quarante-cinq minutes et je viens de renverser un énorme plâtras de vernis Rouge Noir sur le devant de ma robe.

Qu'est-ce que je fais là ? Un mariage est un concept de torture absolument dingue. Les victimes (quoique, évidemment, pas à mettre tout à fait sur le même plan que les clients d'Amnesty International) étant les invités, tous sur leur trente et un, avec des tenues bizarres qu'ils ne porteraient jamais d'habitude, par exemple des collants blancs. Les pauvres sont obligés de sortir du lit quasiment au milieu de la nuit un samedi matin, de courir dans tous les sens en hurlant « Merde, merde, merde ! » pour trouver du papier d'emballage argenté et envelopper des cadeaux bizarres et inutiles, genre saucier ou machine à faire le pain (destinés à un recyclage infini entre Mariés-Fiers-de-l'Être, car qui voudrait rester chez soi le soir à passer une heure à mélanger des ingrédients dans une gigantesque machine en plastique afin de pouvoir, au réveil, engloutir une énorme miche de pain avant d'aller travailler, plutôt que d'acheter un pain au chocolat en prenant son cappuccino ?), puis de faire 600 kilomètres en mâchant des chewing-gums au raisin achetés à la station-service et en vomissant dans la voiture pour finalement ne pas trouver l'église ? Regardez-moi ! Pourquoi moi, mon Dieu ? Pourquoi ? On dirait que je viens d'avoir mes règles, mais que, curieusement, j'ai taché le devant de ma robe.

11:20. Dieu merci, Shazzer vient de rentrer dans la chambre et nous avons décidé que la seule chose à faire est de *découper* la tache de vernis, car le tissu est si épais et si rigide que le vernis n'a pas pénétré jusqu'à la doublure, qui est de la même couleur. Et je tiendrai mon bouquet devant.

Oui, ça ira certainement. Personne ne fera attention. On pourrait même croire que le modèle a été conçu avec le trou. Comme si la robe était réalisée dans une dentelle à motifs gigantesques.

Bon. Calme et sereine. Sérénité intérieure. La présence ou l'absence d'un trou dans la robe n'a rien à voir avec l'occasion. Heureusement. Sûr que tout va bien se passer, dans le calme et la sérénité. Shaz était vraiment complètement beurrée hier soir. J'espère qu'elle va tenir le coup aujourd'hui.

Plus tard. Bénédiction ! Arrivées seulement vingt minutes en retard. Ai immédiatement cherché Mark. Ai vu qu'il était tendu rien qu'en regardant sa nuque. Puis l'orgue s'est mis en branle et il s'est retourné, m'a vue et malheureusement on aurait dit qu'il allait éclater de rire. Difficile de lui en vouloir, car je ne suis pas déguisée en canapé mais en chou à la crème géant.

Départ en procession solennelle vers l'autel. Punaise, ce que Shaz avait l'air mal en point. Elle avait cette expression de concentration intense destinée à ne pas trahir sa gueule de bois. On a mis je ne sais combien de temps à avancer, au son de :

Here comes the bride
Sixty inches wide
See how she wa-ddles from side unto side.

Franchement, pourquoi ? Je vous demande un peu.
— Bridget. Ton pied, a chuchoté Shaz.

J'ai baissé les yeux. Le soutien-gorge lilas Agent Provoca-teur de Shazzer, celui qui est bordé de fourrure, était pris dans le talon de ma chaussure de satin. Ai envisagé de m'en débarrasser d'un coup de pied, mais le soutien-gorge allait trôner dans l'allée aux yeux de tous pendant toute la cérémonie. J'ai essayé alors sans succès de le faire remonter sous ma robe grâce à une démarche sautillante assez maladroite et inefficace. Intense soulagement quand je suis arrivée devant l'autel et que j'ai pu ramasser le soutien-gorge et le fourrer sous mon bouquet pendant l'hymne. Richard le Cruel était superbe, très sûr de lui. Il portait simplement un costume normal, ce qui était bien — au moins, il n'était pas attifé d'un queue-de-pie, comme les larbins dans le film *Oliver*, qui chantent *Who Will Buy This Wonderful Morning ?* en faisant des claquettes.

Malheureusement, Jude avait fait l'erreur tragique — on commençait à s'en rendre compte — de ne pas exclure les tout jeunes enfants du mariage. Juste au moment où la cérémonie proprement dite a commencé, un bébé s'est mis à pleurer au fond de l'église. Une vraie crise — c'est-à-dire ils démarrent, puis il y a une pause, le temps qu'ils reprennent leur souffle, comme entre l'éclair et le coup de tonnerre, et enfin un énorme hurlement primitif. Je ne comprends pas les mères modernes de la classe moyenne. En me retournant, j'ai vu cette bonne femme agiter son bébé de haut en bas, en roulant des yeux satisfaits en direction de l'assistance comme pour dire : « Vous vous rendez compte ! » Ça ne l'a apparemment pas effleurée une seconde que ce serait sympa de sortir le bébé pour que les spectateurs puissent entendre Jude et Richard le Cruel unir leurs âmes pour la vie. Le mouvement d'une longue chevelure brillante au fond de l'église a accroché mon regard : Rebecca. Elle portait un tailleur gris perle immaculé et se tordait le cou pour apercevoir Mark. À côté d'elle, Giles Ben-

387

wick, l'air maussade, tenait un paquet-cadeau décoré d'un nœud.

— Richard Wilfred Albert Paul..., a commencé le pasteur d'une voix sonore.

N'imaginais pas que Richard le Cruel avait tant de prénoms. À quoi pensaient ses parents ?

— Acceptez-vous de l'aimer, la chérir...

Mmmm. Adore cérémonie de mariage. Ça fait chaud au cœur.

— ... la soutenir et la garder...

Boum. Un ballon de foot a rebondi dans l'allée jusque sur la traîne de la robe de Jude.

— ...pour le meilleur et pour le pire...

Deux gosses minuscules qui portaient, je le jure, des chaussures à claquettes, ont bondi de leur banc et couru après le ballon.

— ... aussi longtemps que vous vivrez ?

On a entendu un brouhaha étouffé, puis les deux gamins se sont lancés dans un chuchotement inarticulé de plus en plus bruyant pendant que le bébé se remettait à pleurer.

Par-dessus le vacarme, j'ai vaguement entendu Richard le Cruel dire : « Oui », mais ça aurait aussi bien pu être « Non », sauf que Jude et lui se regardaient avec un sourire béat.

— Judith Caroline Jonquil...

Comment se fait-il que je n'aie que deux prénoms, moi ? Est-ce que tout le monde, sauf moi, a un chapelet de charabia après son nom ?

— ... voulez-vous prendre Richard Wilfred Albert Paul...

Ai eu vaguement conscience que le livre de prières de Shazzer commençait à disparaître de mon champ de vision gauche.

— ... accept...

Le livre de prières de Shaz était manifestement en train de sombrer. Je me suis retournée, paniquée, juste à temps pour voir Simon, en costume trois pièces, se précipiter. Les jambes de Shazzer ont commencé à se plier sous elle dans une sorte de révérence au ralenti et elle s'est effondrée juste dans les bras de Simon.

— ... acceptez-vous de l'aimer, de le chérir...

Tant bien que mal, Simon tirait maintenant vers la sacristie Shazzer dont les pieds, émergeant du chou à la crème lilas, traînaient sur le sol comme ceux d'un cadavre.

— ... de l'honorer et de lui obéir...

Obéir à Richard le Cruel ? J'ai brièvement envisagé de suivre Shazzer dans la sacristie pour m'assurer qu'elle allait bien, mais que penserait Jude si elle se retournait maintenant au moment où elle avait le plus besoin de soutien, et s'apercevait que Shaz et moi l'avions abandonnée ?

— ... aussi longtemps que vous vivrez ?

On a entendu une série de chocs au moment où Simon manœuvrait Shazzer dans la sacristie.

— Oui.

La porte de la sacristie s'est refermée avec fracas derrière eux.

— Je vous déclare...

Les deux gamins ont surgi du côté des fonts baptismaux et sont repartis à fond la caisse dans l'allée. Le bébé hurlait pour de bon à présent.

Le pasteur s'est interrompu et s'est éclairci la gorge. En me retournant, j'ai vu les deux mouflets qui shootaient dans le ballon contre les bancs. J'ai croisé le regard de Mark. Soudain, il a posé son livre, est sorti de la travée, a pris un gamin sous chaque bras et les a sortis de l'église tambour battant.

— Je vous déclare mari et femme.

Toute l'église a retenti d'applaudissements et Jude et Richard ont souri, rayonnants de bonheur.

Quand nous sommes ressortis de la sacristie après avoir signé le registre, l'ambiance parmi les moins de cinq ans était pour le moins festive. Une fiesta enfantine s'organisait effectivement devant l'autel et nous avons redescendu l'allée centrale derrière Magda, furieuse, qui sortait manu militari une Constance hurlante en répétant : « Maman va donner une fessée, elle va donner une fessée, elle va donner une fessée. »

En sortant dans la pluie glaciale et la bourrasque, j'ai entendu la mère des jeunes footballeurs dire méchamment à Mark, interloqué :

— Mais c'est merveilleux de voir des enfants qui se comportent avec naturel pendant un mariage. Je veux dire, c'est bien là toute l'idée d'une cérémonie de mariage, non ?

— Comment le saurais-je ? a répondu Mark, jovial. Je n'ai pas été fichu d'entendre un mot de ce qui se disait.

De retour au Claridge, je me suis aperçue que les parents de Jude n'avaient pas lésiné. La salle de bal était décorée de guirlandes dorées, de feuilles et de fruits, de pyramides de fruits cuivrés et d'angelots de la taille d'un âne.

En entrant, la seule chose qu'on entendait était des commentaires du genre :

— Deux cent cinquante mille.

— Oh, voyons ! Au moins trois cent mille, je te dis.

— Tu rigoles ? Au Claridge ? Un demi-million, oui.

J'ai aperçu Rebecca qui regardait frénétiquement dans tous les sens avec un sourire figé, comme la tête d'une marionnette au bout d'un bâton. Giles la suivait, crispé, tentant de la prendre par la taille.

Le père de Jude, Sir Ralph Russell, un fort en gueule, genre « Ne vous inquiétez pas, j'ai réussi en affaires et je suis riche à millions », serrait la main de Sharon dans la file des invités.

— Ah, Sarah, a-t-il rugi, ça va mieux ?

— Sharon, a corrigé Jude, radieuse.

— Oh, oui, je vous remercie, a dit Shaz en portant délicatement la main à sa gorge. C'était seulement à cause de la chaleur...

J'ai failli éclater de rire, étant donné qu'il faisait si froid que les gens avaient tous mis leur thermolactyl.

— Tu es sûre que ce n'était pas ton corset qui comprimait le chardonnay, Shaz ? a dit Mark.

Elle l'a menacé du doigt en riant.

La mère de Jude a eu un sourire glacial. Elle était maigre comme un clou et attifée d'une robe Escada cauchemardesque avec des incrustations et des espèces de nageoires insolites hérissées au niveau des hanches, sans doute pour donner l'illusion qu'elle en avait. (Quel rêve d'avoir besoin d'une illusion pareille !)

— Giles, ne mets pas ton portefeuille dans la poche de ton pantalon, chéri, ça te fait des grosses cuisses, a lancé Rebecca.

— Mais tu deviens accro, ma chérie, a dit Giles en tendant la main vers sa taille.

— Pas du tout, a répliqué Rebecca en repoussant sa main avec colère, avant de recomposer son sourire. Mark ! s'est-elle écriée.

Elle le regardait comme si elle croyait que la foule s'était ouverte, que le temps s'était immobilisé et que l'orchestre de Glen Miller allait se mettre à jouer *It Had to be You*.

— Oh, salut, a lancé Mark, l'air détaché. Giles, mon vieux ! Je n'aurais jamais cru te voir en gilet !

— Salut, Bridget, m'a dit Giles en me faisant la bise Jolie robe !

— À part le trou, a observé Rebecca.

J'ai regardé ailleurs, exaspérée, et j'ai aperçu Magda à l'extrémité de la pièce, l'air torturé, qui repoussait d'un geste maniaque une mèche de cheveux imaginaire.

— Oh, c'est le modèle, a repris Mark en souriant avec fierté. C'est un symbole de fertilité yurde.

— Excusez-moi, ai-je dit, puis j'ai chuchoté à l'oreille de Mark : Je crois que Magda a un problème.

J'ai trouvé Magda tellement bouleversée qu'elle pouvait à peine parler.

— Arrête, chérie, arrête, disait-elle confusément à Constance qui essayait de fourrer une sucette au chocolat dans la poche de son ensemble vert pistache.

— Qu'est-ce qui ne va pas ?

— C'est... cette... pétasse avec qui Jeremy a eu une liaison l'année dernière. Elle est ici ! Si jamais il ose seulement lui adresser la parole, putain...

— Alors, Constance ? Tu t'es bien amusée au mariage ?

C'était Mark, qui tendait à Magda un verre de champagne.

— Quoi ? a demandé Constance en regardant Mark avec des yeux ronds.

— Le mariage ? Dans l'église, tu sais ?

— La fête ?

— Oui, a-t-il dit en riant. La fête dans l'église.

— Maman n'a pas voulu que je reste, a-t-elle lancé en le regardant comme si c'était un demeuré.

— La salope ! a dit Magda.

— Je croyais que c'était une fête, a ajouté Constance, mena-çante.

— Est-ce que tu peux l'éloigner ? ai-je chuchoté à Mark.

— Viens, Constance, on va chercher le ballon de foot.

À ma grande surprise, Constance a pris sa main et elle est partie avec lui sans faire d'histoires.

— La salope. Je vais la tuer. Je vais...

J'ai suivi le regard de Magda et j'ai vu une jeune fille en rose en grande conversation avec Jude. C'était elle que j'avais vue avec Jeremy l'année derrière dans un restaurant de Porto-bello, et une seconde fois devant la boîte The Ivy un soir, quand ils montaient dans un taxi.

— Qu'est-ce qui a pris à Jude de l'inviter ? a demandé Magda, hors d'elle.

— Enfin, comment voulais-tu que Jude sache que c'était elle ? ai-je dit en les observant. C'est peut-être une de ses col-lègues, si ça se trouve.

— Je t'en foutrais, des mariages ! Jurez-vous fidélité ! Tu

parles ! Oh, mon Dieu, Bridge ! (Magda s'est mise à sangloter en cherchant désespérément un Kleenex.) Je suis désolée.

Shaz avait repéré que quelque chose n'allait pas et se précipitait vers nous.

— Allez, les filles, allez !

Jude, sans se rendre compte de rien, entourée par un groupe extatique d'amis de ses parents, était sur le point de lancer son bouquet. Elle s'est frayé bruyamment un chemin vers nous, suivie de son entourage.

— Attention, on y va. Prête, Bridget ?

Comme au ralenti, j'ai vu le bouquet voler vers moi, je l'ai attrapé sans conviction et, voyant le visage en larmes de Magda, l'ai relancé à Shazzer, qui l'a laissé tomber par terre.

— Mesdames et messieurs...

Un maître d'hôtel ridiculement attifé d'une culotte bouffante frappait sur un lutrin décoré de fleurs dorées à l'aide d'un marteau en forme d'angelot.

— ... Voulez-vous, je vous prie, faire silence et vous lever, car les mariés et leur escorte vont prendre place à la table d'honneur.

Merde ! La table d'honneur ! Où était passé *mon* bouquet ? Je me suis baissée, j'ai ramassé celui de Jude sous les pieds de Shazzer et, avec un joyeux sourire figé, l'ai placé devant le trou de ma robe.

— C'est quand nous avons déménagé à Great Missenden que le don remarquable de Judith pour la nage libre et la brasse papillon...

Il était cinq heures et Sir Ralph parlait depuis vingt-cinq minutes.

— ... est devenu évident pour tous, non seulement pour ses parents, naturellement convaincus (il a levé les yeux pour laisser déferler un léger éclat de rire docilement feint), mais aussi pour la région du South Buckinghamshire tout entière. Cette année-là, Judith a non seulement décroché la première place en nage libre et brasse papillon dans trois compétitions consécutives de la Ligue des dauphins du South Buckinghamshire, catégorie benjamines, mais elle a également obtenu la médaille d'or de Sauveteur tout juste trois semaines après les examens de première année !...

— Qu'est-ce qui se passe entre Simon et toi ? ai-je soufflé à Shaz.

— Rien, a-t-elle chuchoté en regardant fixement le public.

— ... Au cours de cette même année bien remplie, Judith a obtenu un prix au concours de clarinette de niveau deux, ce qui laissait déjà entrevoir les qualités de la « Famma Universale » qu'elle allait devenir...

— Mais il devait forcément t'observer à l'église, sinon il ne se serait pas précipité juste à temps pour te retenir.

— Je sais, mais dans la sacristie je lui ai vomi dans les mains.

— ... nageuse accomplie et talentueuse, déléguée adjointe des élèves — ce qui, franchement, comme la directrice me l'a confié en confidence, était une erreur de jugement, car Karen Jenkins en tant que déléguée principale n'a pas été... bref. C'est un jour de fête, non de regrets, et je sais que le... euh, le *père* de Karen est parmi nous aujourd'hui...

Ai croisé le regard de Mark et cru que j'allais exploser. Jude était le détachement même, elle souriait à tout le monde, caressait le genou de Richard le Cruel et lui faisait des petits bisous exactement comme s'il n'y avait pas eu cette cacophonie cauchemardesque autour d'elle et comme si elle ne s'était jamais, en je ne sais combien d'occasions, effondrée sur mon tapis en répétant : « Le salaud ! Irresponsable ! Incapable de s'engager ! Cruel par le nom, cruel par nature ! Alors quoi, y a plus rien à boire ? »

— .. Deuxième clarinettiste dans l'orchestre du collège, bonne trapéziste, Judith était et est un *inestimable trésor*...

Je voyais où il voulait en venir. Malheureusement, il lui a fallu pérorer pendant encore trente-cinq minutes pour évoquer l'année préparatoire de Jude, son triomphe à Cambridge, et son ascension météorique dans le monde financier pour arriver là où elle était.

— ... et finalement, il ne me reste qu'à espérer que... euh..

Tout le monde retenait son souffle, tandis que Sir Ralph consultait ses notes pendant un temps qui dépassait largement le bon sens, la raison, la décence et les bonnes manières.

— *Richard !* a-t-il fini par dire, éprouvera la reconnaissance qui convient en recevant ce don inestimable, ce précieux joyau qui lui est si gracieusement octroyé.

Richard, non sans esprit, a roulé des yeux admiratifs et la pièce a croulé sous les applaudissements soulagés. Sir Ralph avait l'air enclin à débiter une quarantaine de pages supplémentaires, mais, Dieu merci, il a abandonné quand les applaudissements, eux, se sont interrompus.

Richard le Cruel a ensuite fait un petit discours assez émouvant et lu quelques télégrammes de félicitations, qui étaient tous sans grand intérêt, sauf un, envoyé par Tom de San Francisco, qui disait malheureusement : FÉLICITATIONS : QUE CE SOIT LE PREMIER D'UNE LONGUE SÉRIE.

Puis Jude s'est levée. Elle a dit quelques mots très gentils de remerciements puis a commencé — hourra ! — à lire ce que Shaz et moi avions préparé avec elle hier soir. C'est-à-dire ce qui suit. Hourra.

— Je dis adieu aujourd'hui à ma vie de Célibattante. Mais, même si j'entre aujourd'hui dans la catégorie des Mariées, je promets de ne pas être une Fière-de-l'Être. Je promets de ne jamais torturer aucune Célibattante en lui demandant pourquoi elle n'est pas encore mariée, ni de dire : Comment va ta vie amoureuse ? Au contraire, je considérerai toujours que c'est une affaire strictement personnelle, tout comme de savoir si j'ai encore des relations sexuelles avec mon mari.

— Je promets qu'elle aura encore des relations sexuelles avec son mari, a dit Richard le Cruel, et tout le monde a ri.

— Je promets de ne jamais suggérer que le célibat est une

erreur, ni que quelqu'un est anormal parce qu'il est célibataire. Car, comme nous le savons tous, le célibat est un état normal dans notre monde moderne, nous sommes tous célibataires à un moment ou à un autre de notre vie et c'est un état aussi respectable à tous points de vue que celui que confèrent les liens sacrés du mariage.

Murmures d'approbation dans l'assistance. (Du moins, c'est ce que j'ai cru.)

— Je promets également de rester en contact permanent avec mes meilleures amies, Bridget et Sharon, qui sont la preuve vivante que la Famille Célibattante Urbaine peut jouer un rôle de soutien aussi fort et aussi présent en cas de besoin que n'importe quelle famille de sang.

J'ai souri béatement quand Shazzer m'a écrasé le pied sous la table. Jude s'est tournée vers nous et a levé son verre.

— Et maintenant, je voudrais porter un toast à Bridget et Shazzer : les meilleures amies qu'une fille peut avoir.

(C'est moi qui ai écrit cette partie.)

— Mesdames et messieurs : aux demoiselles d'honneur.

Tonnerre d'applaudissements. J'adore Jude, j'adore Shaz, me suis-je dit au moment où tout le monde se levait.

— Aux demoiselles d'honneur, a entonné l'assistance.

C'était génial d'être au centre de l'attention générale. J'ai vu Simon qui souriait à Shaz, j'ai jeté un coup d'œil en direction de Mark et me suis aperçue qu'il me souriait aussi.

Tout le reste est un peu brumeux, mais je me souviens d'avoir vu Magda et Jeremy qui riaient ensemble dans un coin et d'avoir ensuite intercepté Magda.

— Qu'est-ce qui se passe ?

Apparemment, la pouffiasse travaille dans la même boîte que Jude. Jude a dit à Magda que tout ce qu'elle savait, c'est que la fille avait eu une aventure passionnelle avec un type marié qui était encore amoureux de sa femme. Elle a failli avoir une attaque quand Magda lui a dit que c'était Jeremy, mais nous avons convenu toutes trois qu'il ne fallait pas agres-

ser la fille parce que, en fait, c'était Jeremy qui avait été l'enfoiré dans l'histoire.

— Putain de salaud. Enfin, ça lui a servi de leçon. Personne
n'est parfait et je l'aime, le vieux con.

— Oui, regarde l'exemple de Jackie Onassis, ai-je dit pour
la réconforter.

— Tout à fait, a dit Magda.

— Ou Hilary Clinton.

Nous nous sommes regardées, dubitatives, puis nous avons
éclaté de rire.

La meilleure, c'est que quand je suis allée aux toilettes,
Simon était en train d'embrasser Shazzer, la main sous sa robe
de demoiselle d'honneur !

Il y a parfois de ces histoires d'amour, une fois que vous les
voyez démarrer, clac : vous savez que c'est bon, c'est parfait,
ça va marcher, elles vont tenir la distance. En général, c'est le
genre d'histoire que vous voyez commencer entre votre ex,
avec qui vous espériez vous remettre, et quelqu'un d'autre.

Je suis revenue discrètement à la réception, avant que Sharon et Simon aient pu me voir. Je rigolais. Cette bonne vieille
Shaz ! Elle le mérite bien, me disais-je. Et alors, je me suis
arrêtée net. Rebecca, agrippant Mark par le revers de sa veste,
était en train de lui parler avec passion. Je me suis faufilée en
vitesse derrière un pilier pour écouter.

— Tu ne crois pas, disait-elle, tu ne crois pas qu'il est parfaitement possible que deux personnes qui devraient être
ensemble, un couple idéal à tous points de vue — intellectuel-
lement, physiquement, par l'éducation, le statut social —,
soient séparées à cause d'un malentendu, parce qu'elles sont
sur la défensive, orgueilleuses, ou... (elle s'est interrompue,
puis a articulé, menaçante :)... à cause d'interventions extérieures, et se retrouvent finalement avec le mauvais partenaire ? Tu ne crois pas ?

— Oui, peut-être, a murmuré Mark. Bien que je ne sois
pas convaincu par ta liste de...

— C'est vrai ? C'est vrai ?

Elle avait l'air d'être saoule.

— C'est effectivement ce qui a failli arriver, entre Bridget et moi.

— Je sais, je sais ! Elle n'est pas celle qu'il te faut, mon chéri, pas plus que Giles n'est fait pour moi... Oh, Mark, je suis allée vers Giles uniquement pour que tu te rendes compte de ce que tu éprouvais pour moi. J'ai peut-être eu tort, mais... ils ne nous valent pas.

— Hum..., a dit Mark.

— Je sais. Je sais. Je comprends à quel point tu te sens coincé. Mais c'est ta vie ! Tu ne peux pas vivre avec quelqu'un qui croit que Rimbaud est un rôle joué par Sylvester Stallone, tu as besoin d'être stimulé, tu as besoin...

— Rebecca..., a dit Mark doucement, j'ai besoin de Bridget.

À ces mots, Rebecca a laissé échapper un bruit effrayant, quelque chose entre un gémissement aviné et une gueulante furax.

Ai décidé gentiment de n'éprouver aucun sentiment mesquin de triomphe, ni de me repaître d'une allégresse peu généreuse sous prétexte que cette garce hypocrite, cet échalas à pattes d'insecte, cette salope puante des beaux quartiers avait eu ce qu'elle méritait, et je me suis éclipsée, hilare, rayonnante de satisfaction.

Me suis retrouvée contre un pilier, à regarder Magda et Jeremy, leurs corps enlacés bougeant à l'unisson avec l'harmonie des couples qui dansent ensemble depuis dix ans, la tête de Magda sur l'épaule de Jeremy, les yeux clos, paisible, et la main de Jeremy tendrement vagabonde sur son postérieur. Il a murmuré quelque chose et elle a ri sans ouvrir les yeux.

J'ai senti une main me prendre la taille. C'était Mark, qui regardait Magda et Jeremy, lui aussi.

— Tu veux danser ? a-t-il dit.

15

Vive Noël !
(Mais point trop n'en faut)

Lundi 15 décembre

57,5 kg (il semble exact, hélas, que le poids finit toujours par retrouver son niveau de stabilité), cartes envoyées : 0, cadeaux achetés : 0, progrès dans le trou du mur depuis son origine . une seule branche de houx.

18:30. Tout va bien. Généralement, une semaine avant Noël, me sens délaissée et hystérique, furieuse contre moi-même parce que je n'ai pas le courage de m'enfuir dans une cabane de bûcheron au cœur de la forêt pour m'asseoir tranquillement devant la cheminée, au lieu de me réveiller tous les jours dans cette ville immense, vrombissante, où les gens de plus en plus surexcités se rongent les ongles jusqu'au sang à l'idée de ne pas finir à temps leurs diverses tâches, leurs achats de cadeaux et leurs cartes de vœux, se harnachent comme des poulets prêts à rôtir pour s'empiler dans des taxis dans des rues bloquées par la circulation en hurlant comme des ânes après des chauffeurs qui viennent d'être recrutés et essayent de repérer Soho Square en se servant d'une carte d'Addis-Abeba, se pointent à des soirées où les accueillent les mêmes personnes que les trois derniers soirs, à cette différence près qu'elles sont trois fois plus bourrées, avec une seule envie, leur hurler ALLEZ VOUS FAIRE FOUTRE ! et rentrer à la maison.

Cette attitude est à la fois négative et mauvaise. J'ai enfin trouvé une nouvelle façon de vivre, paisible, pure et harmonieuse. Je ne fume presque plus et c'est à peine si je me suis un peu pintée au mariage de Jude. Même le type bourré qui, à une soirée, vendredi, nous a traitées, Shaz et moi, de « putes à la solde de la presse pourrie », n'a pas réussi à perturber mon équilibre.

Ai également reçu courrier génial ce matin, dont une carte postale de papa et maman, du Kenya, disant que papa s'amusait comme un petit fou sur le jet-ski de Wellington et avait dansé le limbo avec une jeune Masaï le soir du buffet, et qu'ils espéraient que Mark et moi ne nous sentirions pas trop seuls sans eux à Noël. Il y avait un P.S. de papa : « Pas de jumeaux, le lit fait largement un mètre quatre-vingts, ressorts plus que satisfaisants sur le plan du confort. *Hakuna Matata.* »

Super ! Tout le monde est heureux et en paix. Ce soir, par exemple, vais écrire mes cartes de Noël non seulement sans réticence mais avec joie ! Car, comme il est dit dans *Le Boud-dhisme : le drame du moine rémunéré*, le secret du bonheur spirituel est de ne pas faire la vaisselle pour que la vaisselle soit faite mais pour faire la vaisselle. C'est exactement la même chose avec les cartes de Noël.

18:40. Pas très marrant comme idée, quand même, de rester ici toute la soirée à écrire des cartes de Noël, alors que c'est Noël.

18:45. Vais peut-être manger une des décorations en chocolat du sapin.

18:46. Vais peut-être aussi prendre un petit verre de vin pour fêter Noël.

18:50. Mmm. Délicieux, ce vin. Vais peut-être aussi fumer une cigarette. Juste une.

18:51. Mmm. Très bonne, cette cigarette. Après tout, l'auto-discipline n'est pas la seule chose qui compte. Prenez Pol Pot par exemple.

18:55. Vais commencer mes cartes dans une minute, quand j'aurai fini mon vin. Peut-être que je vais relire ma lettre.

CINNAMON PRODUCTIONS
SIT UP BRITAIN FIVE ALIVE BLIND SNOG

Bureau de Grant D. Pike, directeur général,

Chère Bridget,
Comme vous le savez sans doute, un projet Staf-trak est mis en place depuis un an pour contrôler les performances de notre personnel et évaluer les idées émises dans le cadre de Cinnamon Productions.

Vous serez ravie d'apprendre que 68 pour cent des conclusions amusantes de la rubrique « Et finalement... » de l'émission *Sit Up Britain* vous sont imputées. Félicitations !

Nous avons compris que votre démission en septembre dernier était due à un désaccord entre vous et le producteur de *Sit Up Britain*, Richard Finch. Vous avez sûrement appris que ce dernier a été suspendu de ses fonctions en octobre dernier en raison de « problèmes personnels ».

Nous réorganisons actuellement le plateau de l'émission et vous invitons à rejoindre l'équipe, soit en qualité d'assistante de production, soit à titre de conseil freelance pour nous apporter des idées. La période écoulée depuis votre démission serait considérée comme congé rémunéré.

Nous sommes convaincus que, revitalisée par une énergie positive et une nouvelle détermination, *Sit Up*, émission leader de Cinnamon Productions, est promise à un bel avenir à l'aube du vingt et unième siècle. Nous espérons que vous serez l'une des forces de création majeures de notre nouvelle équipe remodelée. Si vous voulez téléphoner à ma secrétaire pour fixer un rendez-vous, je serai ravi de discuter avec vous des nouveaux termes et conditions de votre contrat.

Cordialement,

Grant D. Pike,
Directeur général de Cinnamon Productions.

403

Qu'est-ce que vous dites de ça ? Et en plus, Michael, de l'*Independent*, dit que je peux faire un autre essai d'interview de célébrité, car ils ont reçu pas mal de lettres après mon interview de Mr Darcy. Comme il me l'a dit, tout ce qui provoque du courrier de la part des lecteurs est bon, même si c'est mauvais. Alors, je pourrai travailler en freelance ! Youpi ! Et je ne serai plus jamais obligée d'être en retard. Je crois que je vais m'en repayer un petit pour fêter ça ! Oh, super, on sonne !

20:00. Lorsque j'ai vu les livreurs chanceler sous le poids du sapin en montant l'escalier, ahanant et ronchonnant, j'ai eu peur d'avoir sous-estimé la taille de l'arbre, surtout qu'il occupait entièrement l'encadrement de la porte. Quand il est entré en force, il y avait des branches partout qui battaient de façon terrifiante, on aurait cru une attaque de Macduff[1] dans les bois de Dunsinane. Suivaient une traînée de terre et deux jeunes qui répétaient ·

— Putain, il est vachement gros, où c'est que vous voulez le mettre ?

— Près de la cheminée, ai-je dit.

Malheureusement, le sapin ne tenait pas, il y avait des branches jusque dans le feu, d'autres coincées verticalement par le canapé et le reste s'étalait au milieu de la pièce alors que le sommet était bizarrement tordu sous le plafond.

— Vous pouvez essayer de ce côté-là ? ai-je suggéré. C'est quoi cette odeur, au fait ?

Prétendant que c'était une invention finlandaise pour empêcher les aiguilles de tomber, au lieu d'admettre l'évidence, c'est-à-dire que le sapin était plutôt pourri, les types se sont efforcés de mettre le sapin entre les portes de la salle de bains et de la chambre, mais les branches bloquaient totalement les deux.

---

1. Personnage de *Macbeth*.

— Essayez le milieu de la pièce, peut-être, ai-je insisté avec une dignité remarquable.

Les deux jeunes ont échangé des ricanements et déplacé le sapin vers le centre de la pièce. À ce moment-là, je ne les voyais plus ni l'un ni l'autre.

— C'est parfait, ça ira, merci, ai-je dit d'une voix aiguë et étranglée, et je les ai entendus rigoler comme des bossus en descendant l'escalier.

20:05. Hum.

20:10. Bon, pas de problème. Je vais simplement penser à autre chose et écrire mes cartes.

20:20. Mmm. J'adore ce vin. Délicieux. La question est de savoir si c'est grave de ne pas envoyer de cartes de Noël. Sûr qu'il y a des gens de qui je n'ai jamais reçu une seule carte de ma vie. Est-ce impoli ? Ça me paraît toujours un peu ridicule d'envoyer par exemple des cartes de Noël à Jude et Shazzer, alors que je les vois tous les deux jours. Mais alors, comment peut-on espérer en recevoir en réponse ? Sauf que, évidemment, on ne récolte ce qu'on a semé que l'année suivante, à moins d'envoyer ses cartes dès la première semaine de décembre, ce qui serait impensable, genre Mariée-Chiante. Hum. Peut-être que je devrais faire la liste du pour et du contre.

20:25. Je crois que je vais jeter un petit coup d'œil à *Vogue*, d'abord.

20:40. Suis séduite, mais totalement démoralisée, par la tendance Noël de *Vogue*. Je me rends compte que toutes mes idées de fringues et de cadeaux sont gravement démodées et que je devrais être en train de faire du vélo, en jupon fluide Dosa, avec doudoune par-dessus et chiot négligemment jeté sur l'épaule, de me faire photographier à un dîner avec ma fille mannequin prépubescente ou de prévoir d'offrir à mes amis des housses de bouillottes en cachemire, des trucs parfumés à mettre dans le linge pour dissiper l'habituelle puanteur de lessive du pressing, et des lampes de poche en argent de chez Asprey, tandis que les lumières du sapin se refléteraient sur l'émail scintillant de mes dents.

Ne vais pas faire attention. Tout ça est très futile. Imaginez seulement que si un volcan venait à exploser au sud de Slough, comme à Pompéi, et que tout le monde soit pétrifié sur des bicyclettes, avec des chiots, des doudounes et des filles, les futures générations rigoleraient bien et se moqueraient de cette vacuité spirituelle. En plus, je ne suis pas pour les cadeaux luxueux dénués de sens, qui dénotent la vanité de celui qui offre mais ne prouvent pas qu'on a pensé à faire plaisir à celui qui les reçoit.

21:00. Mais j'aimerais bien qu'on m'offre une housse de bouillotte en cachemire, ceci dit.

21:15. Liste de cadeaux de Noël :

Maman : housse de bouillotte en cachemire.
Papa : housse de bouillotte cachemire.

Oh, la barbe ! Pas moyen d'ignorer que le sapin schlingue affreusement : c'est une espèce d'odeur acide qui rappelle les effluves dégoûtants des semelles de caoutchouc à la sève de pin qu'on aurait portées plusieurs mois, et ça commence à imprégner les murs et le bois de la porte. Foutu sapin. La seule manière possible de traverser la pièce, maintenant, c'est de se faufiler sous l'arbre comme un sanglier. Je crois que je vais relire la carte de Noël que m'a envoyée Gary. Super. La carte était roulée comme une balle de fusil et dessus, il y avait marqué : « Pardon. » À l'intérieur, il a écrit :

Chère Bridget,
Pardon pour la balle. Je ne sais pas ce qui m'a pris, mais les choses ont mal tourné pour moi question argent et avec l'incident

406

du concours de pêche. Bridget, c'était sympa entre nous. Je suis sûr que ça voulait dire quelque chose. J'avais l'intention de finir la cloison quand j'aurais eu l'argent. Quand la lettre de l'avocat est arrivée, c'était tellement minable que ça m'a dégoûté et j'ai pété les plombs.

Il y avait aussi un exemplaire du *Courrier du pêcheur* ouvert à la page 10. À côté d'une page intitulée « Le monde de la carpe » comprenant un article sur « les meilleures boulettes d'appât », il y avait six photos de pêcheurs qui tenaient tous d'énormes poissons gris gluants, y compris une de Gary portant en surimpression la mention « disqualifié » et une colonne ayant pour titre :

FOU À LIER

C'est la troisième fois que Gary Wilshaw, le champion de East Hendon, est exclu de l'Association de pêche de East Hendon, après tentative de substitution de poisson. Wilshaw, 37 ans, de West Elm Drive, a pris la première place du concours avec une carpe commune de 13,8 kg, prise selon ses dires avec un hameçon n° 4, un bas de ligne de résistance 12 et une bulle d'eau de 14 mm.

Il s'est ensuite révélé, grâce à des informations extérieures, que la carpe provenait d'un élevage de East Sheen et avait probablement été accrochée à l'hameçon la nuit précédente.

Un porte-parole de l'Association de pêche de East Hendon a déclaré : « Ce genre de pratique jette le discrédit sur la communauté des pêcheurs en étang et ne peut être toléré par l'association. »

21:25. Vous comprenez, c'est le même sentiment d'impuissance que pour Daniel. Pauvre Gary, avec son poisson ! Humilié. Il adore le poisson. Pauvre Daniel. Les hommes sont en danger, les pauvres choux, hein ?

21:30. Mmm. Délicieux, ce vin. Je fais la fête toute seule, na. En pensant à tous les gens adorables qui ont traversé ma vie cette année. Même ceux qui m'ont fait des vacheries. Ne suis qu'amour et pardon. Tttrop facile, la rancune, hein ?

21:45. Vvvais écrire cartes à présent, hein ? Vvvais faire ma liste.

23:20. Fini ! Ouah ! Vvvais les mettre à la boîte, hein ?

23:30. Retour appart. Fffoutu sapin. J'ai une idée ! Mes ciseaux, ils sont où ?

Minuit. Ouais. Bbbeaucoup mieux. Ouf. Envie de dddormir... Oups. J'tiens plus debout...

Mardi 16 décembre

61 kg, unités d'alcool : 6, cigarettes : 45, calories : 5 732, décorations de sapin en chocolat : 132, cartes envoyées : catastrophe, calamité, enfer et damnation.

8:30. N'ai pas les idées très claires. Viens de passer une heure et sept minutes à m'habiller et ne suis encore pas habillée, parce que je me suis aperçue qu'il y avait une grosse tache sur le devant de ma jupe.

8:45. Ai quitté ma jupe. Vais mettre ma grise, mais où elle est, bordel ? Ouille ouille ouille. J'ai mal à la tête. D'accord, je ne bois plus jusqu'à... Oh, peut-être que ma jupe est dans le séjour.

9:00. Suis dans le séjour, mais qu'est-ce que c'est que tout ce bazar ? Je crois que je vais me faire griller du pain. Les cigarettes sont du poison pur.

9:15. Aaah ! Viens de découvrir le sapin.

9:30. Aaah ! Horreur ! Viens de retrouver une carte que j'ai oublié de poster. Voyons ce qu'elle dit :

Joyeux Noël à mon cher, mon très cher Ken. J'ai beaucoup apprécié ta gentillesse cette année. Tu es quelqu'un de merveilleux, si fort, si lucide et si bon en arithmétique. Même si nous avons eu des hauts et des bas, il est très important de ne pas garder rancune si on veut évoluer. Je me sens très proche de toi maintenant, à la fois sur le plan professionnel et en tant qu'homme.
Très affectueusement,

Bridget.

Qui est Ken ? Aaah ! C'est le comptable. Je ne l'ai vu qu'une seule fois et encore nous nous sommes engueulés parce que je lui avais envoyé ma déclaration de TVA en retard. Oh, mon Dieu ! Il faut absolument que je trouve la liste.

Horreur ! Outre Jude, Shazzer, Magda, Tom, etc., la liste comprend :

L'assistant du consul britannique à Bangkok
L'ambassadeur britannique en Thaïlande
L'Honorable Sir Hugo Boynton
L'amiral Darcy
L'inspecteur Kirby
Colin Firth
Richard Finch
Le ministre des Affaires étrangères
Jed
Michael (de l'*Independent*)
Grant D. Pike
Tony Blair

Ces cartes se baladent en liberté dans la nature et je ne sais même pas ce que j'ai écrit dessus.

Mercredi 17 décembre

Aucun retour d'info sur mes cartes. Peut-être que les autres étaient très bien et que celle de Ken était l'exception que j'ai éliminée.

Jeudi 18 décembre

9:30. Me préparais à sortir quand le téléphone a sonné.
— Bridget, c'est Gary !
— Oh, salut ! ai-je roucoulé d'une façon hystérique. Où êtes-vous ?
— En taule, où voulez-vous que je sois ? Merci pour la carte. C'était gentil. Très gentil. Ça me fait très plaisir.
— Oh, ahahaha, ai-je ri nerveusement.
— Alors, vous allez venir me voir aujourd'hui ?
— Quoi ?
— Vous savez bien, la carte...
— Hum ? ai-je fait d'une voix étranglée. Je ne me rappelle pas bien ce que j'ai mis. Vous ne pourriez pas...
— Je vais vous la relire, d'accord ? a-t-il dit timidement. Puis s'est mis à lire, en butant sur les mots.

> Très cher Gary,
> Je sais que votre métier d'artisan est très différent du mien. Mais je le respecte totalement, parce que c'est un vrai métier. Vous fabriquez des choses avec vos mains et vous levez tôt le matin et ensemble — même si l'extension n'est pas terminée — nous avons construit quelque chose de beau et de grand, un vrai travail d'équipe entre deux personnes très différentes, et bien que le trou soit encore là, dans le mur — près de huit mois plus tard ! —, je vois se dessiner l'évolution du projet. Ce qui est merveilleux. Je sais que vous êtes en prison, pour purger votre peine, mais le temps sera bientôt passé. Merci pour votre carte

410

sur la balle et le concours de pêche et je vous pardonne sincèrement, de tout mon cœur.

Je me sens très proche de vous aujourd'hui, à la fois en tant
qu'artisan et en tant qu'homme. Et si quelqu'un mérite la joie et
une véritable fonction de création — même en prison —, c'est
bien vous.

Affectueusement,

Bridget.

— Fonction de création, a-t-il répété d'une voix gutturale.

Ai réussi à me défiler en expliquant que j'allais être en
retard au bureau mais... Oh, mon Dieu, à qui ai-je bien pu
envoyer ces cartes ?

19:20. Chez moi. Suis allée à ma première réunion en tant que
consultante, qui s'est d'ailleurs très bien passée — d'autant
plus que l'Horrible Harold avait été rétrogradé à la vérifica-
tion des faits parce qu'il est trop chiant —, jusqu'au moment
où Patchouli a crié qu'elle avait un appel de Richard Finch
du Prieuré, où il est en désintoxication, et qu'elle le passait
sur haut-parleur pour que tout le monde puisse écouter.

« Salut, l'équipe ! a-t-il dit. J'appelle juste pour faire couler
un peu d'esprit festif, puisque c'est le seul qui me soit autorisé.
Je voudrais vous lire quelque chose... (Il s'est éclairci la gorge.)
"Un joyeux, joyeux Noël, mon très cher Richard." C'est pas
gentil, ça ? (Éclat de rire.) "Je sais que nos relations ont eu
des hauts et des bas. Mais à présent c'est Noël et je me rends
compte à quel point ces relations sont fortes, stimulantes,
roboratives, honnêtes et sincères. Vous êtes quelqu'un de fas-
cinant, plein de vigueur et de contradictions. Je me sens très
proche de vous à l'approche de Noël — aussi bien en tant
que producteur qu'en tant qu'homme. Très affectueusement,
Bridget." »

Oh, si vous saviez, c'était tout simplement... Aaah ! On
sonne.

23:00. C'était Mark. Avec une expression très étrange. Il est

411

rentré dans l'appartement et a regardé autour de lui d'un air consterné.

— Qu'est-ce que c'est, cette odeur bizarre ? Et ça, c'est quoi ?

J'ai suivi son regard. Le sapin, c'est vrai, n'avait pas l'air aussi super que je croyais me rappeler. J'avais coupé le haut et essayé de tailler le reste selon la traditionnelle forme triangulaire, mais là, au milieu de la pièce, il y avait un grand truc dégarni tailladé dans tous les sens qui ressemblait à une mauvaise imitation de sapin achetée au rabais.

— Il était un peu..., ai-je commencé à expliquer.

— Un peu quoi ? a-t-il demandé, mi-amusé, mi-incrédule.

— Un peu gros, ai-je lâché bêtement.

— Gros ? Ah bon ? Je vois. Bon, ne nous occupons pas de ça pour l'instant. Est-ce que je peux te lire quelque chose ? a-t-il ajouté en sortant une carte de sa poche.

— D'accord, ai-je dit, résignée, en m'effondrant sur le canapé.

Mark s'est éclairci la gorge.

— « Mon cher, cher Nigel... » Tu te souviens de mon collègue, Nigel, hein, Bridget ? L'associé principal du cabinet. Le gros, pas Giles, l'autre ? Il a toussoté à nouveau. « Mon cher, cher Nigel. Je sais que nous ne nous sommes rencontrés qu'une seule fois chez Rebecca quand vous l'avez repêchée dans le lac. Mais Noël approche et je me dis que, étant le plus proche collaborateur de Mark, vous avez de façon bizarre été très proche de moi toute l'année. Je me sens... (là, Mark s'est arrêté et m'a lancé un regard) très proche de vous aujourd'hui. Vous êtes un homme merveilleux : séduisant, en forme... »

— C'est de Nigel que nous parlons, je te le rappelle —, « ... vigoureux » (il s'est interrompu en haussant les sourcils), « d'une créativité brillante, car le métier d'avocat est en fait un métier très créatif, je me souviendrai toujours de vous avec émotion scintillant » (il riait à présent) « scintillant... scintillant *courageusement* dans le soleil et l'eau. Joyeux Noël à mon cher, très cher Nigel. Bridget. »

Me suis écroulée sur le canapé.

— Allons, voyons, a dit Mark avec le sourire. Tout le monde comprendra que tu étais bourrée. C'est marrant.

— Il va falloir que je déménage, ai-je déclaré d'une voix sinistre. Il va falloir que je quitte le pays.

Il s'est agenouillé devant moi et m'a pris les mains.

— Tiens, au fait, c'est intéressant que tu dises ça. On m'a demandé d'aller passer cinq mois à Los Angeles. Pour travailler sur le dossier des Calabreras mexicains

— Quoi ?

Tout allait de mal en pis.

— Ne prends pas cet air catastrophé. Je voulais te demander... Est-ce que tu accepterais de venir avec moi ?

J'ai bien réfléchi. J'ai pensé à Jude et Shazzer, à la boutique Agnès B. de Westbourne Grove, aux cappuccinos du Coins Café, à Oxford Street.

— Bridget ? a-t-il repris doucement. Il fait très chaud là-bas, il y a du soleil et ils ont plein de piscines.

— Oh ! ai-je dit en jetant des regards à droite et à gauche.

— Je ferai la vaisselle, a-t-il promis.

J'ai pensé aux balles de fusil, aux poissons, aux passeurs de drogue, à Richard Finch, à ma mère, au trou dans le mur et aux cartes de Noël.

— Tu pourras fumer dans la maison.

Je l'ai regardé, si sérieux, si solennel et si gentil, et me suis dit que, où qu'il aille, je ne voulais pas être séparée de lui.

— Oui, ai-je dit gaiement, je veux bien partir avec toi.

Vendredi 19 décembre

11:00. Super ! Je pars en Amérique pour commencer une nouvelle vie, comme les pionniers. La terre de la liberté. On s'est vraiment bien amusés hier soir. Mark et moi avons ressorti les ciseaux et on s'est amusés à transformer le sapin en minuscule cracker grâce à une taille ornementale efficace. En plus, on a fait une liste de cadeaux et on va faire les courses demain. J'adore Noël. C'est la fête de la convivialité, certainement pas de la perfection. Youpi ! Ça va être super en Californie, il y aura plein de soleil et cinquante mille douzaines de guides pratiques — mais attention, je vire tous les guides de rencontres —, ce sera zen, on mangera des sushis et plein de trucs macrobiotiques genre... Ooh, chouette ! Téléphone !

— Euh... Bridget. C'est Mark. (Sa voix ne me disait rien qui vaille.) Il y a eu des changements dans nos projets. Le dossier Calabreras est repoussé jusqu'en juin. Mais il y a un autre poste qui m'intéresserait bien et, euh... je me demandais...

— Oui ? ai-je interrogé, soupçonneuse.

— Qu'est-ce que tu dirais de partir...

— De partir où ?

— En Thaïlande.

Je crois que je vais prendre un petit verre de vin et une cigarette.

TABLE

La composition de cet ouvrage
a été réalisée par Nord Compo,
l'impression et le brochage ont été effectués
sur presse Cameron
dans les ateliers de **Bussière Camedan Imprimeries**
à Saint-Amand-Montrond (Cher),
pour le compte des Éditions Albin Michel.

Achevé d'imprimer en novembre 2001.
N° d'édition : 20359. N° d'impression : 015221/4.
Dépôt légal : juin 2000.